南无袈裟理科佛 著

金蚕往事

⑧

上海社会科学院出版社
SHANGHAI ACADEMY OF SOCIAL SCIENCES PRESS

本故事纯属虚构。

目录

第二十五卷　洪大校园笔仙杀人事件　001

第三章　录像之诡异画面　001

第四章　招魂之雪瑞出手　005

第五章　预言之历史重演　009

第六章　笔仙之再次来临　013

第七章　异变之六芒星阵　017

第八章　旁观之案情重演　020

第九章　绝境之最大的王　024

第十章　金蚕之国王归来　027

第十一章　苏醒之两狗相斗　030

第十二章　结尾之暗流涌动　033

第二十六卷　鄂都鬼事　036

第一章　该隐的祝福　036

第二章　生病的柑橘　039

第三章　久违的故人　042

第四章　借调的目的　045

第五章　局长的召唤　048

第六章　坚决的打脸　051

第七章　途经包坳子　054

第八章　迷失的农庄　057

第九章　姓孟的婆婆　060

第十章　疯狂的猴子	063
第十一章　搏命一波流	066
第十二章　翻脸的节奏	069
第十三章　坟冢的异动	072
第十四章　汹涌的尸群	075
第十五章　绝境的希望	078
第十六章　破灭的大阵	081
第十七章　果林小屋	084
第十八章　剧毒蓝蛙	087
第十九章　地道暗箭	090
第二十章　离奇重逢	093
第二十一章　又见岩壁画	096
第二十二章　南羌黑瘿	099
第二十三章　肥虫子逞威	102
第二十四章　一个老处男	105
第二十五章　危机降临	108
第二十六章　脚下一阵空	111
第二十七章　香艳的度气	114
第二十八章　谁用谁知道	117
第二十九章　你我皆棋子	121
第三十章　谜底揭晓	124
第三十一章　美人恍如烟	127
第三十二章　第三个问题	130
第三十三章　骨冢的动静	133

第三十四章　恐怖的蜈蚣　　　　　　　　137

第三十五章　神秘的泉眼　　　　　　　　140

第三十六章　伏地的冰尸　　　　　　　　143

第三十七章　恐怖的龙哥　　　　　　　　146

第三十八章　眼熟的老妇　　　　　　　　149

第三十九章　善恶的抉择　　　　　　　　152

第四十章　　乱发死人财　　　　　　　　155

第四十一章　鹏飞的死亡　　　　　　　　159

第四十二章　终极的战斗：序　　　　　　162

第四十三章　援军的汇合　　　　　　　　165

第四十四章　守卫的惩罚　　　　　　　　168

第四十五章　龙哥归来　　　　　　　　　171

第四十六章　开启的血阵　　　　　　　　175

第四十七章　岩洞的崩溃　　　　　　　　178

第四十八章　避水的珠子　　　　　　　　181

第四十九章　河边的小花　　　　　　　　184

第二十七卷　亡命天涯　　　　　　　　187

第一章　战后风波平　　　　　　　　　　187

第二章　静待庆功会　　　　　　　　　　191

第三章　风云突变　　　　　　　　　　　194

第四章　深陷囹圄　　　　　　　　　　　197

第五章　欲加之罪，何患无辞　　　　　　201

第六章　白露潭的自白　　　　　　　　　205

第七章　陪你走天涯　　　　　　　　　　208

3

第八章　另辟蹊径，飞剑啊飞剑	212
第九章　小隐隐于市	215
第十章　精金镀鬼剑	218
第十一章　风中川南行	221
第十二章　恰同学少年	224
第十三章　飞剑名除魔	227
第十四章　左道战飞剑	231
第十五章　峰回路转	235
第十六章　谷仓险惊魂	238
第十七章　纸鬼引灯术	241
第十八章　伤痕累累，逃无可逃	245
第十九章　初战茅同真	248
第二十章　不弃的温情	252
第二十一章　危机进行时	256
第二十二章　警察的突袭	259
第二十三章　世间的百态	262
第二十四章　雪莲的消息	266
第二十五章　金钱的危机	270
第二十六章　山中的邪煞	273
第二十七章　这样的风景	276
第二十八章　有用先拿着	279
第二十九章　门外的飓风	282

第二十五卷　洪大校园笔仙杀人事件

第三章　录像之诡异画面

　　小王老师全名王侨华，是学生会的指导老师，毕业留校没几年，二十七八岁，在学校里，算是一个比较年轻的老师。
　　当得知我的身份后，他下意识地表示了怀疑。不过目前的情况有点儿糟糕，参与笔仙游戏的六个人里面，林陌跳楼身亡，杨紫汐莫名其妙发了疯。这些事情让他很头疼，跟闻讯而来的学生家长沟通了几次，都被骂得狗头喷血，领导对他也十分不满意，总是质问他为什么要让灵学研究会这种宣扬封建迷信的社团存在。
　　小王老师其实也满腹牢骚，他留校不过两年，以前留下的弊端，为什么要由他来扛？
　　短暂的沟通之后，我和雪瑞在学校的监控室里看到了林陌跳楼时的录像。图像并不是很清晰，一条长长的长廊，一盏楼道灯亮着，下方空无一人。在凌晨一点十二分的时候，一个高瘦的男生穿着黑色大裤衩，光着膀子，动作僵硬地出现在了走廊上。
　　这个男生便是林陌，由于角度和画面的关系，显得十分模糊，但是大致能够瞧得出，他的眼睛紧闭，脸上的肌肉不断地抖动着，显得十分诡异。除此之外，他口中还在喃喃自语，嘴皮不断地动，不知道在说些什么。他像没头苍蝇一样，在走廊上转了大概几十秒钟，然后双手攀上了靠里的围栏。
　　整个过程，仿佛有人在拉着他行走。
　　短短几秒钟，林陌便踩上一个凳子，翻过了一米六高的围栏，身子一扭，消失在了画面中。
　　很简单的一个动作，一条年轻而鲜活的生命便消失不见了。
　　画面定格在一点十三分，小王老师按了暂停键，跟我们解释道："根据办案的专家讲，林陌临死前所说的话，大概是'你抓不住我，你抓不住我的，我不会死……'，没有人知道他说的是什么意思。哦，我那里还有一些现场的照片，偷偷留下来的，你们要不要看看？"

我和雪瑞对视一眼，这个小王老师倒是个有心人，这些东西，他都还留着。

不过一个死人的照片，看不出什么稀奇，我们都不想让自己的眼睛再受到污染，便说不用了。

不过雪瑞提出来，要重新再看一遍录像。

小王老师虽然略感奇怪，但还是同意了。雪瑞目不转睛地盯着画面，不断地要求回放。在第五遍的时候，她突然让小王老师停住，然后指着正准备翻身而下的林陌身后，说："陆左哥，你看看这里，有没有感觉到奇怪的地方？"

我凑上前去，眯着眼睛瞧，只见在雪瑞指尖点击的地方，画面似乎格外模糊。

这模糊的产生，并非是监控设备的硬件问题，而是与周围的空间，有一种隐约的疏离感，就仿佛隔了一层毛玻璃。这种差别很细微，常人看不出来，也不可能发现其中的蹊跷，但是身有天眼的雪瑞却可以。

经过提醒，我也看出来了，林陌的死并非是因为他那所谓的梦游，而是有脏东西在。

那东西操控了他的意识，然后一步一步地引导他，将他送入了死亡的深渊。

小王老师见我和雪瑞议论画面上的东西，小心翼翼地问我们，说这里面有什么问题吗？旁边的小妖没好气地说："什么问题？好奇害死猫呗。他们请笔仙请到了怨灵，结果一命呜呼，如是而已。"小王老师见这个漂亮的小萝莉说得肯定，眼睛睁得大大，迟疑地问我是不是？

我点头，说："有可能，按理说像学校这种圣地，文化熏陶，是不会有这等凶灵的，但凡事都怕'万一'二字，谁也保不准会发生什么事情。不是有一个学生昨天刚刚被吓疯了吗？带我们去看看吧。"

小王老师本来是个十分有主意的人，不过最近发生的事情，实在太匪夷所思，由不得他不心惊，思路也完全跟着我们走了。于是点头同意，带我们去找那个学生。

我们在学校附属医院的一间病房里，见到了杨紫汐和她的家长。

杨紫汐的父母是小县城的普通工人，举止都有些拘束。在我们到医院的时候，看到门口有一个蹲在地上吸烟的中年男人，愁眉苦脸，小王老师告诉我他就是杨紫汐的父亲。

杨父不是很好说话，讲话也是粗声粗气的，见到小王老师就是一通训斥，说他要去找院长、校长评理，如果学校不给他一个说法，他就去找市长。当得知身后的这几个男女，就是和他家闺女一起搞那劳什子笔仙的同学，他撸起袖子，准备冲上来扇大耳刮子，被拦住了，仍然止不住愤恨，朝为首的我大骂："你们这些挨千刀的，不好好学习，整日搞这些邪门歪道，现在舒爽了吧？你小子年纪比别人都大，怎么不学学好？一看你脸上这刀疤，就不是个好人……"

我摸了摸左脸颊上面的刀疤，往后退，躲开杨父的唾沫，而雪瑞和小妖则在旁边咯咯地笑。当得知我是被请过来给他闺女"看香"的先生，杨父立刻又变得十分拘谨，连声道歉，拉着我的手，声泪俱下，说一定要救救他闺女，这好好一个女孩子，刚考上大学，可不能就这么毁了。杨母倒是个柔弱性子，趴在病床边哭泣，泪水濡湿了白色的被子。

我盯着病床上裹在被子里瑟瑟发抖的女孩，让杨父杨母先不要出声。杨紫汐名字很好听，但并不算是一个漂亮的女生，皮肤有些黑，脸上还有一些雀斑，我们进来后，她便一直缩在被子里不说话，听到有动静，她掀开被子，看了我们一眼，啊的一声尖叫，又盖住了头，躲进了被子里。

杨母让出位置，劝说她女儿出来与我们谈话，只可惜杨紫汐头蒙在被子里，不断地叫道："鬼、鬼，你抓不住我的，你走开⋯⋯"

听到杨紫汐说的这话，小王老师不由得瞪起眼睛，半天没有说话。过了半分钟，杨紫汐安静了些，小王老师告诉我，说："杨紫汐同学是在昨天早上发病的，胡言胡语，谁也不认识，恐惧、焦虑、哭泣、大吵大闹⋯⋯然后发起了高烧。同学们把她送到了医院，然后通知了她的家长，要等她烧退了之后才能确定，到底是不是精神方面出了问题。"

我摇摇头，说："不用了，她精神没有问题，只是丢魂了。"

"丢魂?!"旁边几个人都疑惑地齐声说道。

我望向雪瑞，她点了点头，说："这位杨同学确实是丢了魂魄，才会显得精神失常，六亲不认。不过这不是什么大事情，我们发现得早，晚上十二点的时候，把魂喊回来便是，你们也不用着急。"

杨紫汐的父母和小王老师将信将疑，我则回过头来，对着后边围着的小婧等人，说："事情我大概清楚了，现在想去看一看你们请笔仙的地方，走吧，谁带我去？"

杨奕告诉我，说他们是在灵学研究会社团办公室里玩的游戏，那是栋老教学楼，腾出来给各社团办活动用的，钥匙在林陌手上，他出事之后，就再也没瞧见了。备用的钥匙在学生会手上，不过因为出了事情，他们把社团办公室给收了，要想进里面去看，估计要费一番周折。

我说没事，直接带我过去就好，有没有钥匙无所谓。

我们说完话就要离开，杨父拉着我的胳膊，说："陆先生，莫走，莫走，我家汐汐还等着你救她呢。"我笑了，说："杨叔，你莫急，喊魂的时辰，一般都是晚上十二点，你先去买一些香烛祭物、杯米竹筷等物。我们又不会跑，到了晚上，自会过来给你家女儿喊魂，耽误不了事儿的。"

杨父这才讪讪地缩回手，说："好的，好的，谢谢陆先生。"

我们离开了病房，小王老师问我："刚才所说的事情，到底是不是真的？"

我笑了，说："是真是假，我们明日自见分晓。"

到了饭点，我们在学校草草吃了东西，小王老师也跟着一起。中午十二点半的时候，我们来到了小婧他们请笔仙的地方，一把铁将军紧锁。不过这难不倒小妖，轻轻一拧，门便被推开了。

　　这房间不大，几张桌子拼凑在中间，上面胡乱铺着十几张报纸，杨奕从抽屉里拿出了那天用到的道具，并没有什么特别。当时正是一天里阳气最旺盛的时候，也瞧不出什么所以然来。我趴在桌子上，盯着那张写有歪歪扭扭数字的白纸，皱着眉头思考，突然看到下面铺着的晚报上，有一则消息，回过头来问："小婧，你们学校最近另外还死过人啊？"

　　小婧凑过头来看了一下，说："是啊，死的是一个读研的学姐，肚子都大了，还被人半路捅死。"

第四章 招魂之雪瑞出手

我开始来了一些兴趣，问："这又是怎么回事？"

小婧说她也不是很清楚，都是听别人说的。我扭过头来，看向了小王老师。

小王老师舔了舔嘴唇，说："有这么一回事，是上个月发生的。学校里面有一个女研究生叫穆昕宇，长得很漂亮，有天晚上回研究生宿舍的时候，路过小树林，被人拖到林子深处，下了黑手——那个凶手十分残忍，不但与被害人发生了非法关系，而且还将其杀害，后来验尸的时候，法医发现被害人肚子里面还有一个三个月大的孩子，一尸两命。这件事情学校有意淡化，不过后来还是被报道出来了。"

我眉头皱起，问："凶手抓住了吗？"

小王老师说："没有。这案子情节十分恶劣，当时警察还组成了专案组，排查了好久，人心惶惶的。嫌疑人很多，但是经过一个多月的调查，还是没有找到凶手。最近学校发生了很多事情，这样的恶性案件频频发生，让各级领导很被动，甚至影响到了招生。所以他们的压力很大，希望能快点解决，防止类似的事情发生。"

我看着报纸上用红色油性笔圈起来的报道标题，若有所思地点了点头，说："知道了。"

小王老师有些忐忑，再次问我，说："这些事情有联系不？"

我笑了，说："我又不是福尔摩斯，哪里会知道？行了，我大概清楚事情的经过了，散了吧。我们这几天估计都会在南方市，先去酒店放点东西，到了晚上，再给那个姓杨的学生招魂，让她恢复神志。雪瑞，你觉得怎么样？"

雪瑞点头，说："听你的安排吧，这些事情，要到晚上才能够有结果。"

说完，我们走出了房间，小婧下午还有课，便不陪我们，说再和我们联系，与胡雪倩、车宏保、杨奕一起离开。小王老师跟我握手，并且留了一个电话号码，说他会把这件事情跟上面汇报一下，晚上给小杨同学招魂，他也会参加，问我有没有问题？

我耸耸肩，说这无所谓，有了校方的支持，说不定事情会进行得更加顺利。

与小王老师告别之后，我牵着小妖的手，和雪瑞一起往校外走去。我问雪瑞，说："刚才虽然没有动用罗盘，但是依你天眼的观察，应该能够看到些不一样的东西吧。"

雪瑞瞪了我一眼，说："瞧你刚才还装得踌躇满志的样子，我还真的信了你呢。陆左哥是个特别有城府的人——这一点，我以前怎么没有发现呢？"

人因亲近而使崇拜减弱。我曾经救助过雪瑞，她以前对我尊重无比。不过接触得越多,雪瑞便对我越来越随意,有的时候,甚至还加入了小妖、虎皮猫大人的阵营,对我各种打击。好在我内心坚强,脸皮甚厚,便当作是轻风拂面,不作计较。

我们相互调笑几句,当谈及正事的时候,雪瑞严肃了起来,说:"看着你堂妹那四个人,黑气都挂上了额头,相当浓重呢。还好我们这次来得及时,不然可能又有人会死去。那东西大恶、大凶,不知道有多少怨念才会有这样的仇恨?我见你问那起女研究生被杀的案件,是不是觉得有可能会是穆昕宇的怨灵没散,在这里作怪?"

我点头,说:"不知道为什么,当我看到晚报上面那个被圈起来的标题时,莫名就心中一动,想着两件事情,或许会有一些牵连。不过第六感告诉我,这里面的关系,似乎并不简单。"

雪瑞噗嗤一笑,说:"什么第六感?男人也有第六感?"

我和雪瑞乘车去预订的酒店开了房,然后通过网络,查找那个女研究生死亡的详细信息。

我和雪瑞研究了一下午,得到的东西并不多,相关的报道跟我看到的那份报纸差不多,但看到了穆昕宇的照片,柳眉杏眼、樱桃小嘴、瓜子小脸,确实是一个美人儿。我看着眼熟,想了好一会儿,原来长得像大明星周迅。

我听小婧说当时校园BBS里面有很多小道消息,不过后来版主给全部和谐了。雪瑞灵机一动,查找学校的贴吧,往下翻了差不多十来页,终于找到几个相关的帖子。

这些帖子也都是些八卦:有人说她表面上是个冰山美人儿,但背地里却出入高级会所,做那种生意;有人说她还有一个神秘的男友,两人奉行着柏拉图式的精神恋爱,结果后来那男友发现她怀孕了,于是悲愤莫名、恼羞成怒,将其奸杀;更有人说这件事情是路过的A级通缉犯做的,那人还在网吧上过网,跟网友吹嘘,而他有在后面偷看到的聊天记录为证……

都是些捕风捉影的谣传,信不得真。我们看得头大,在想要不要找关系,去那个什么专案组里面,找些资料来看。听到我的这个想法,小妖在旁边冷笑,说:"你真是头猪啊,人家忙活了这么久没搞定的事情,你一下子就弄成了,那还得了?这是要显示你多厉害呢,还是表明他们无能?"

我一想也是,有的东西最忌过界,我又不是大师兄,哪来的这么大权柄。

不过,小妖朵朵这小丫头才多大,就这么明了其中的门道,倒真是个人精儿。

傍晚,我们在小婧的带领下,在教工食堂吃了晚饭,看到小婧眉头上面浓重的黑气,我从怀里掏出一张净身神符,递给她收好。这是杂毛小道的作品,我有不少,让小婧拿着,也好防个万一,免得到时候照顾不周全,出了意外。

晚上,我们在附属医院的楼道凳子上安坐,而胡雪倩、车宏保、杨奕还有小王老师,则在旁边陪着说话,等过了夜里十一点,我们来到了病房。因为杨紫汐的父母跟同病房的病人提前请求过，所以大家都很安静，小妖听我吩咐，把包括杨父杨母在内所有人，都赶出了房间。

我告诫外面的所有人，里面无论有什么动静，都不要贸然闯进来，不然惊走了魂魄，只怕杨紫汐这辈子，都是个痴痴傻傻的病人了。他们都说不敢，乖乖等着便是。

等人走光，我环顾一周，朝雪瑞笑，说："我功力未恢复，这次当个看客，由你来喊魂吧？"

雪瑞看着在病床上缩成一团的杨紫汐，也不推托，说："好，不过我们天师道这门法子，需要你家陆夭夭配合才行。"我说："好，你问问小妖呗。"雪瑞跟小妖咬了一阵耳朵，我则把准备好的祭品在桌子上摆弄整齐，将香烛点燃，青烟袅袅，将这病房里熏得一阵迷幻。

杨紫汐刚开始还畏畏缩缩地躲在床上，当我们把灯熄灭，摆起这个架势时，她突然就暴躁不安起来，脸上的肌肉不断抽动。在我将房间四角都插满线香的时候，她突然从病床上一跃而起朝我的脸抓来，口中发出"嗬嗬"的嘶吼，仿佛有痰在喉咙里堵着。

不过雪瑞早有准备，左手结印，拦住了面目狰狞的杨紫汐，右手舞现一张黄色符篆，转了三转，啪的一声，拍在了杨紫汐的额头上。

这一招又准又狠，料敌机先，十分有雪瑞的风格。

杨紫汐的额头汗津津的，符篆黏在上面，稳稳当当。就像是僵尸片一样，脑门子贴着符篆的杨紫汐不再动弹，眼睛直勾勾的，似乎要掉出来一般，口半张，里面有雪白的牙齿。雪瑞摇头，说她不但是吓掉了魂儿，而且还中了邪咒，请来的笔仙，不知道是何方人物，居然如此凶戾。

叹罢，我们把她扶到床上坐正。刚想进入步骤，门外边就传来弱弱的敲门声，是杨母。母女连心，刚才那一声惨叫，使得她忘记了自己的承诺。我沉着脸走到病房门口，严肃地对外面这一堆人说道："这是最后一次，要还有，我就翻脸了……"

杨母心虚地说哦，然后忍不住回头看了一下，似乎在找什么。我不管，把门合拢，返回病床前，只见雪瑞已经开始念起喊魂咒。雪瑞声音清脆，念的是天师道的法子："八方威神，使我自然，灵宝符命，普告九天，乾罗答那，洞罡太玄，魂归来兮，莫徒留外……"

这声音如同黄莺鸣啼，比杂毛小道那机关枪式的念咒好听多了。

念完这番经咒，雪瑞清了清嗓子，喊道："杨紫汐，快回来哟……"

这时小妖朵朵便接上："好哩，我回来了！"

雪瑞又喊："杨紫汐，你早点回来嘛……"

小妖朵朵说："晓得咯，我回来了……"

这样的对话七八句，躺在床头的杨紫汐突然双目一瞪，然后剧烈咳嗽，好一番动静之后，吐出了许多熏臭的酸水来。那粘在她额头的符篆自然脱落，掉在床单上的秽物里,有烟雾升腾。杨紫汐眼睛直勾勾地看着我们,突然冲我一乐,说道:"你来了?"

第五章　预言之历史重演

我有些诧异，看到杨紫汐眼神清亮，显然已经恢复了神志，好奇地问："你认识我们吗？"

杨紫汐摇头，虽然醒转过来，但是似乎有一种情绪在给她做指引，她凝望着在一旁摸脸上刀疤的我，说："我并不认识你们，但是那个人知道你。她让我跟你们带个话，说'是债就要还，谁来都没有用，不然别怪她。'"我注意到她的眼神虽然明亮，但是有一点儿懵，直勾勾的，知道在她的潜意识里面，被"人"强留了一段话，就如同留声机，不由自主。想了想，我问她那人是谁？

杨紫汐站起身来，靠近我。这小姑娘虽然才刚上大一，但是身体却发育很厉害，胸口鼓鼓囊囊的，几乎要顶到我的跟前儿来了。

她光着脚，踮着脚尖，看着我脸上的刀疤，说："她说你是一个故人，不过她要我劝你，赶紧走，不然到时候鱼死网破，大家都不得好死，哈哈！哈哈……"

杨紫汐突然诡异地放声大笑起来，脸色红润有光泽，就像女孩子春宵一度之后的那种艳红。

然后她将双手搭在了我的肩膀上，竟然将嘴唇凑到了我的脑袋面前，想要吻我。我有点儿发晕，不知道这是什么节奏，往后躲闪。接着杨紫汐的身子一震，软软地朝后面倒去。小妖在后面扶住她，面无表情地说道："这小娘们儿，一醒过来就发骚，哼。"

我有些好笑，说："她的三魂七魄都完整了，应该不会有事儿吧？"

小妖瞪了我一眼，说："睡一觉就好啦——怎么，心疼了？"

我摇头苦笑，这杨紫汐口中唇边，全部是污秽之物，我倘若被她给吻上，岂不要恶心半宿？

雪瑞走上前来，捻了些香灰，涂在杨紫汐的太阳穴和人中，然后反复结黄神越章手印，于杨紫汐的头顶三寸处，稳固神魂。差不多十二个回合后，叫我和她一起，将这妞儿扶回病床上。那被单上面有绿得发黑的胆汁胃液，臭得很。这是带着邪气的组织液，也算是一种魔瘴，留在这里不祥，最好还是能够处理掉。既然杨紫汐的魂魄给雪瑞喊了回来，我们便不作停留，后续的清洁工作，便由她父母来做。

我们商量了一番之后，由我把病房门打开，将杨紫汐的父母叫进来。

屋里很臭，大家纷纷捂鼻，我跟她父母交代说："杨紫汐的魂魄已经喊回，因为身体太困倦，所以醒不过来。到了明天第一束阳光照进病房的时候，她就能够苏醒，一如往常,不会留下什么病患。这些污秽,劳烦阿姨清理一下,我们明天再过来。"

杨母瞧见女儿安详睡去的样子(其实是被小妖给敲晕了),嘴唇一阵哆嗦,号啕大哭:"陆先生啊,谢谢你了,汐汐可是我们家的希望,她要真的出事了,我们可完了……"说着话,她身子一软,就要跪下来。

我连忙扶着她的胳膊,说:"阿姨,可别这样。活人常被跪,是要折寿的。莫哭,莫哭,惹到杨紫汐同学此时醒来,反倒不好!"

她听我说得煞有介事,连忙止住了眼泪,哽咽着点头。

杨父在旁边冷静地看着,他倒是一个谨慎的人,没亲眼看到自家女儿好转,也不肯轻易收起怀疑,不过他还是向我表示了感谢。刚才配合着出门的几个病人有些意见,埋怨说:"这病房里,怎么搞得乱七八糟的,又是烟熏又是恶臭,怎么住人啊?"

杨家父母在旁边赔笑,连声道歉,语气低三下四的,态度十分卑微。

我从怀里掏出此行带的最后一张净身神符,交给杨父,让他放在自家女儿的枕下,三天之内,都不要拿开,不然有可能还会被其他邪气所侵——医院生老病死的事情太多,总会有些看不见的东西在,我们又不能二十四小时跟在旁边,有这符箓,好以防万一。

杨父小心翼翼地接过去,像电视里捧着圣旨的大臣,然后贴身收好。

我、小妖、雪瑞出了病房,小王老师追上来,惴惴不安地问我,说:"陆先生,杨紫汐同学明天就能够醒过来吗?不会出什么岔子吧?"我回转过身,盯着他,说:"能出什么岔子,不会的,明天一定没事。"小王老师松了一口气,说:"那就好,学校最近焦头烂额的,总算是有了一个好消息。嗯,接下来我们要去哪里?"

我说:"去白天那个办公室看一看吧,我们再玩一次请笔仙,把那个魂灵叫过来,问一下。"

再请一次笔仙?

那天玩过这游戏的四个人听到,都不由得眼睛一瞪,忍不住直摇头。经过上次的事情,别说玩笔仙,就是拿个笔,都忍不住地打颤,哪里还有这胆量?看着满脸忐忑的几个人,我笑了,说:"不用怕,有我和雪瑞在,保你们没问题。"

车宏保咽着口水,说:"陆哥,既然你这么说了,那我们就去吧。"

其余人纷纷点头,人都有从众心理,一个人未必敢做的事情,倘若人多了,便觉得有底气,心安。小婧在旁边说了几句我如何厉害的话语,给大家打气,使得众人的心思都活泛起来,觉得有我和雪瑞在,必能够驱邪除魔,将那邪恶的笔仙给一举清除,不留后患。

说着话,我们就要走出医院,雪瑞突然停住,上下打量我,说:"陆左哥,你身上好臭啊,去洗洗吧。"

我愣了一下,这才发现刚刚杨紫汐靠近我的时候,将身上的秽物擦到了我的衣服上,刚才在里面还没怎么觉得,走下楼来,一股让人发狂的咸鱼加狗屎的味道,雪瑞生性爱洁，自然受不了，我也有些扛不住，便回头问哪里有洗手间。车宏保说楼道尽头就有，他领我过去，我点头说好，让大家在门口等我一会儿，我去去就回。

洗手间在楼道拐角处，我跟着车宏保走，因为是后半夜，为了节能和病人休息，楼道的灯间隔着亮起，比白天和前半夜，要昏暗许多。我们来到男洗手间，推门而入，和大部分公共洗手间一样，几个厕位、几个尿便器，还有一个洗手的水池子，在斑驳的墙面上，到处都贴有包过医师考试的小广告。

南方的十月，依然热意不减，我就穿了一件格子衬衫，胸襟沾着稍许秽物，绿油油的。将衬衫脱下来，我光着膀子，拿着沾染到的地方，在洗手池里面搓起来，旁边还有一些洗手液，我便挤了一些弄上去，快速地搓动。

车宏保在我后面放水嘘嘘，这年轻人火力足，激荡的水花声，老半天不停歇。

我好笑，跟他聊天，说："小车，我听小婧说你也是大一的新生，上的是什么专业？哪儿的人啊，我感觉你口音有些川味，莫不是西川人？不过要我说，你的这个姓倒是奇怪，乍一听，有点韩国人的感觉，演《我的野蛮女友》的那个车太贤，也姓车，是不是？"

我这也是随便扯淡，因为这卫生间的灯坏了，就剩下旁边的一个，空间狭小又灰暗，还满鼻子的尿臊味，让人心里面不舒服，便聊天解个闷。

然而车宏保这小子放完水之后，根本就不答我，半天没动静。我摇头叹气，白天看这小子还挺会来事儿的，这会儿怎么就不搭理我了。现在的年轻人，还真是不好相处，太个性了，总是以自我为中心。这样的性子，倘若到社会上，定会处处碰壁的。

那衬衣沾染的污秽并不多，我很快就洗完了，连带着把胸口也擦了下，回头找纸巾去揩干，然而却没看到车宏保这小子。我穿上衬衣，往旁边走两步，听到最里面的厕位处有动静，敢情车宏保临时上大号，拉屎去了。

我有点郁闷，有的人就是这样，条件反射，本来没有什么的，可一到厕所里，不做点什么，好像就不自在。不过我答应了雪瑞她们尽量快些，却不知道车宏保这一泡屎要弄多久，我皱着眉头，走到关闭的厕位门口，催他，说："小车，快一点儿，大家伙都在楼下等呢，呃，里面有没有纸巾？"依旧没有回答，不过门里面倒是有一些动静，让我可以确定车宏保在里面。

等了差不多三五秒，我的脸沉了下来。

不对劲儿！

很不对劲——车宏保性子阳光，不可能我问话不回。而且我的功力，虽然被打回原形，但是感应却比往日更加敏锐。在我感应到的"炁"之场域中，这厕门后面，一股黑雾萦绕，煞气冲天。"死四存二！"我脑海里立即蹦出了那个凶险的结论，忍不住心头狂跳，一脚就将那虚掩的厕门给踹开。

里面有人在挡着，我这一脚，正好把厕门和人给一起踹到。

"啪"的一声，车宏保摔倒在了厕所里，我紧张地伸出一只脚进去，灯光昏暗，

011

看得不是很仔细，只见车宏保脑袋塞在蹲坑的便池里，浑身直抽搐。

突然，门下面伸出一只手，紧紧抓住我的脚踝，便池里面的那个头颅也同时翻转过来，一脸的腌臜，脸上的肌肉抽动，冲着我冷笑连连。

第六章　笔仙之再次来临

见到车宏保这副狰狞模样，我心中咯噔一下，知道他这是中邪了。

录像里跳楼身亡的林陌，临死前的笑容，也是这个德性，一样一样的，就仿佛投影一般。我知道，其实这并不是他在笑，而是肌肉在不受控制地抽动。这里的中邪，并不是指"被上身"，而是沾染到了一些怨气，或者因果，使得人被鬼惦记上，做出些连自己都无法控制的事情。

我看着厕位里，黑气缭绕，知道车宏保身上的怨念被引发了，刚才似乎想要把自己的头，硬生生地挤进厕坑的管道里面去，见我进来，又想要攻击我。

车宏保是个瘦高个儿，三年枯燥的高中生活将他消磨成了一个手无缚鸡之力的小年轻，看着并不是很难缠的角色。然而在中了邪之后，那劲儿却十分的大，抓在我脚踝上面的手使劲一拉，差一点让我跌倒在地。

所幸我这人的平衡感还算不错，抓住门框，稳住了身形，朝下一看，脸顿时就变成了黑色——咱这刚给衬衫给洗了干净，裤脚这里，又是湿漉漉的一摊污水，上面尽是些黄的白的不明物体。

我一阵火大，也不管车宏保中没中邪，抬脚就是一通踹，将这张诡异的笑脸，给重新踹回蹲坑里去。费了好大劲儿，我挣脱车宏保的拉扯，跑到了洗手间的灯下来。我听到最里面的黑暗角落里一阵响声，哐啷啷、哐啷啷，接着伸出一只沾满污秽的手，车宏保从最里面的那个厕位，动作僵硬地爬了出来。

倘若是以前，我定会冲上前去，双手结个内狮子印，当头一拍，口中大喝一声"洽"，将其驱散。只可惜现在的我哪里还有往日那等威势，此刻冲上去，若不能将他给镇住，定然被其紧紧相拥，一身"异香"。我摸了摸包里的震镜，这东西好久没有开张，因我没有任何功力导引，里面的人妻大姐未必卖我面子，此刻也是无用之物。看到车宏保摇摇晃晃地朝我扑来，我一咬牙，决定使出大招——开溜。

我一边跑一边安慰自己，我不是在逃跑，而是在战略转移。

很快，我们都跑出了厕所，在走廊上，一前一后地追逐着。刚才在厕所，朵朵不好意思跳出，此刻到了走廊上，她便想着出来，将车宏保体内的邪气震散。我没同意，一是楼道里有监控，朵朵虽然可以隐去身形，但是鬼妖之体从槐木牌中出来时，总会有一些动静；二呢，这小家伙出手没轻没重的，我怕她不但将那邪气给震散，就连车宏保的神魂，都受了创伤，这可不好。

当时的我确实小瞧了朵朵，谁也没有想到，这怯怯弱弱的小妮子，已经不是我印

013

象中的那个样子了——不过这是后话,此刻暂且不提。

在短暂的适应后,车宏保恢复了正常人类的行走速度,朝着我狂奔而来,我自然不会让他得逞,快速朝楼下奔去。虽是下半夜,医院还是有些人的,不过车宏保别人都不看,就认准了我,死咬不放。我们俩一身臭气,风一般地冲过,旁边的病人或者病人家属,都不由得用看神经病的目光,朝我们瞧过来。

很快,我来到了大楼门口,小妖远远地朝我抱怨,说:"你搞什么,让我们等了这么久……"

我大步跑过去,高声示警:"大家小心,小车他中邪了!"

小婧、胡雪倩、杨奕还有小王老师本来准备迎上来,一听这话,均抬头朝我身后看去,只见车宏保一脸狰狞地朝这边狂冲而来,顿时吓得连连退后,小婧和胡雪倩更是忍不住惊声尖叫起来。

雪瑞凝神一看,二话不说,从包包里掏出一物,朝着奔来的车宏保脸上甩去。

车宏保虽然中了邪,但是普通的防护反应还是有的,下意识地伸手去挡。谁知那黑影在空中一顿,居然攀到了他胳膊上,几下闪现,最后到了他的头顶上。

我这才看清,这东西居然是雪瑞那个吉娃娃。巴掌大的小狗,四肢攀在了车宏保的脑袋上,头高高昂起,然后使劲儿吸气。有冉冉萦绕的黑色游丝,从车宏保的眼睛、鼻子和嘴巴中流出来,然后钻进了吉娃娃粉红色的鼻子里去。片刻之后,车宏保浑身一震,瘫软在地。

雪瑞走上前去,那可爱的吉娃娃朝她"汪汪"叫了两声,看到车宏保一身污秽,雪瑞皱紧眉头,回过头来问我:"这怎么回事?"

我看着车宏保身上的黄白之物,不由得深深鄙视起那些办完事不冲水的无公德人士。再看看自己裤管上面的那些腌臜,脸黑得不行。正在这个时候,车宏保在我们的围观之下,醒了过来。他迷迷糊糊地揉了一下眼睛,正待说话,便感觉口中有异常的东西,顿时肚中翻涌,把昨天的饭食全部给喷了出来。我看了一下,蒜薹炒肉,嗯,看来大学生的伙食还是不错的。

事情到了这里,再去那社团办公室请笔仙,似乎有些不合时宜,我们商量了一下,先各自返回住处,沐浴更衣,再行前往。杨奕、小王老师等人本来还是将信将疑,此刻看到车宏保刚才六亲不认、张牙舞爪的凶残模样,一百信了九十九,也不敢分得太散,一同结伙而去。

回到附近的宾馆,花了大半个小时,我终于把自己弄清爽,换了一套衣服出来。在外面等待的雪瑞和小妖都下意识地跟我保持距离,让我很郁闷。我问雪瑞,说是不是可以确认,有恶灵在作怪?

雪瑞一边往后退,一边说:"是的,现在的疑点在于,倘若那个恶灵真是那个穆昕宇的话,为何才死去没多久,就有这般厉害的手段?这似乎很不科学,不合常理啊!"

我见这两个丫头一副很嫌弃我的模样,心里顿时有些不爽,一边走近一边问:"雪瑞,你往后面退什么?"雪瑞摇头,说:"我哪里退了?"我说:"你还退,是不是嫌我臭?我可是打了三遍沐浴乳,香着呢。"

雪瑞乐了,说:"你香你香,不过男女授受不亲,我们还是保持距离的好。"

我们说着话,一进一退,看着面前这个美丽的小女生,我心中不由得生出一个恶作剧的想法,伸出手,跨前一步,将躲着我的雪瑞给紧紧搂在怀里,得意地大叫道:"看你还嫌弃我,哈哈……"

然而刚一搂住雪瑞,我就愣住了。因为她躲闪的缘故,我伸手过去的时候,正好划过雪瑞的胸口,接着两个人紧紧搂在一起,我立刻感到了这小妮子微微突出的一对小馒头。许是好久没有碰过女人了,我的脑子顿时停滞,竟然忘了放开她。

雪瑞也没有想到我会突然抱她,也呆了,愣住神,与我紧紧相拥。

我脑海里一片混乱,只有一个念头:这丫头,长大了啊……

大了啊……

大了……

正美美享受着弹软的感觉,鼻翼馨香,我的脚尖突然传来一阵剧痛,然后被雪瑞猛力推开,我这才发现右脚被雪瑞用高跟鞋给狠狠地踩了一下。雪瑞精致的脸上,仿佛蒙上了一层红布,她咬着嘴唇,狠狠地瞪了我一眼:"臭陆左,你竟然对我耍流氓?"

小妖在旁边呆呆地看着,我顿时一阵羞涩,摸着头,结结巴巴地说:"意外,意外……"

雪瑞双颊飞霞,吸着鼻子看我,说:"臭男人,你可别对我有坏心思,我可是只喜欢释小龙那样的小正太。千万、千万不许打我的主意,听到没有?!"说完这话儿,雪瑞扬起头,转身朝电梯走去。

小妖看着尴尬得手都不知道该往哪儿放的我,走过来,也狠狠踩了我一脚,扬长而去。

啊——

一番折腾,我们在差不多凌晨一点钟的时候,聚在了灵学研究会的办公室里。我、雪瑞、小妖、小婧、胡雪倩、车宏保、杨奕再加上小王老师,总共八个人,围着桌子,坐成一圈,然后准备了一根红色蜡烛,点燃后,将电灯关掉,由杨奕主持,小婧和车宏保双手交错,同握一支竹制蘸墨的毛笔。

杨奕与死去的林陌一样,是灵学研究会的老人了,相关的仪式,都门儿清,故而唠唠叨叨,念了差不多五分钟。我听着请灵的词语,跟莎士比亚戏剧有得一拼,不愧是英国留学生嫡传。

因为尴尬,雪瑞离我远远坐着,而小妖更是在门口守着,一副不想管我的表情。

我满脑子都在自责刚才的冲动,差一点都没有脸见人了。

禽兽啊，雪瑞好像还没满十八岁。

我满脑子胡思乱想时，蜡烛焰火突然一阵乱，然后左右跳跃，最后杨奕开口恭敬地说道："笔仙，你老人家来了？"而这个时候，小婧和车宏保双手握紧的毛笔，在白纸上面，书写了一个大大的"O"。

它来了。

第七章　异变之六芒星阵

杨奕的这一声喊，让我们的精神都为之一震，朝着桌子上面的那支笔看去。

小婧和车宏保都是一副紧张得要死的表情。如果说他们第一次还有猎奇的心理，那么这一回，心里面装着的，满满都是恐惧。杨奕见他们心情太过惶恐，导致那笔一直在抖，便催促说："笔仙过来了，你们随便问些什么吧，不然它是不肯走的。"

昏暗狭窄的房间里，红色蜡烛的火焰，不断跳跃，映照在他们的脸上，阴晴不定。

小婧无助地看着我，问："我们要问什么啊？"

我掏出手机，在上面打出"你是谁"三个字，杨奕瞧见了，摇头，说："不能问这个，笔仙会怪罪的，只能问自己的事情，不能谈及它的底细，这个是游戏的忌讳之一。"我听他这么说，耸了耸肩膀，说："那随便问吧，我没有意见的。"

说完这话，我开始闭上眼睛，认真感应起这空间中炁场的流动来。

片刻之后，我"看到"了一双素手，从不可知的地方伸出来，握在笔的下端，推动着它运转。这素手既遥远，又近在咫尺，让人无法捉摸，似乎有一个随时逃脱的后门。想要直接揪住它，却担心它瞬间遁走。我睁开眼来，瞧向雪瑞，只见她也是秀眉紧锁，并没有任何动作。

从本质上来说，我们所在的这个空间其实是交叠的。这个事情从高能粒子对撞机的科学实验中，已经得到了证实；而从我们所获得的传承上来讲，人有人路，鬼有鬼道，大家各行其路，少有重叠。

就比如白露潭所请的山神，其实也是一种灵体，那东西应是寄居于各处山脉地煞之中，获得了某种规则的认可，就如同微博的实名认证，避免阴风洗涤。至于它们存在于哪里，怎么生存，这个实在不好说。如同幽府，除了少数逆天的家伙，没有谁有发言权。总之，我感觉绝对不是在地下，而是在我们所感应不到的世界中。

人类受制于肉体，很少有知晓那个地方。但是只要这个世界存在，就总有蛛丝马迹留下来，被我们知晓、发现。

在我闭眼的几分钟里，小婧问了笔仙三个问题："我会死吗？""为什么要杀我？""我死之后，还会有意识吗？"小婧很聪明，她知道我们想要得到这个恶灵的信息，但是规则要求不能直接询问，于是便旁敲侧击，迂回着问。

在两人反握着的笔锋之上，有一种神奇的力量在引导，第一个问题的答案是肯定的"会"，第二个问题的答案是"有罪"，第三个答案，却是乱七八糟地一团弧线。

小婧和车宏保面面相觑,不知道说什么好。

我思考了一番,对旁边的人说:"我来吧,谁和我一起?"

我的目光扫过去,胡雪倩和杨奕都回避了我的目光,雪瑞想起之前被我偷袭的事情,不由得俏脸发烫,狠狠地瞪了我这个臭流氓一眼,头偏到了一边去。雪瑞身具天眼,是一个很不错的合作对象,然而她不肯,我也只有把目光,投向了小王老师。

见我盯着他,小王老师浑身不自在,眼神闪烁,结结巴巴地说:"陆先生,你、你不会是想让我来吧?"

我笑了笑,说有何不可呢?

小王老师百般推脱,说不行,他玩不来这些新潮东西的,要不然还是陆婧同学和车同学他们来吧?我好是一番劝,把他架到了爱岗敬业的高度,他才勉强答应了。在杨奕的主持之下,小婧和车宏保姿势保持不动,然后由我和小王老师缓慢接替两人,将那只存有笔仙的笔,反握住。

当我紧紧握住那笔和小王老师的手之后,便清晰感受到了那神秘的力量。

小王老师的手在颤抖,抖得像新婚之夜,揭开新娘盖头的汉子。

这般握着,我突然想到了某些科普杂志上面,对于笔仙、碟仙的所谓解密,说这主要是因为呼吸、心跳、脉搏、血流等原因,两个人的身体随时随地都在轻轻地晃动,这种晃动是身体下意识的反应,而笔所书写出来的结果,也是我们潜意识中所期望的一种答案。

这是一种相对比较靠谱的解释。然而此刻,我却能够感受到除了小王老师和我之外,还有一股无形的压力作用于笔杆。

这力量就如风、如水,如同我们在游泳池中,感受四面八方传来的力量,相互作用,最后朝着一个地方涌过去。

力量,从不可知的地方而来。

我突然明白,力量的生成和消失、起源和成长,其实都是有规律可循的。这规律便是"道",每一个修行者都是在追求道,追求与自然、天地相和谐的超脱中,领悟力量,并完成自身的淬炼。我静静体悟,旁边的杨奕则嘀嘀咕咕地念了一大堆恭敬的话语,突然如同宣布比赛般地喊道:"笔仙笔仙请显灵,我等凡人,有话要问!"

我放松双手,感觉到笔尖在引导着我和小王老师颤抖的左手,然后在白纸上画下了一个大大的圈——这是同意的意思。

我敏感地发觉笔杆上的那股力量,似乎也在颤抖,仿佛是激动,又或者是恐惧。为什么会有这样的感觉,我也不知道,也许真的是我跟雪瑞吹嘘过的第六感吧?我抬起头,看到雪瑞正闭着眼睛,脸朝这边探来,门口处,背着身子的小妖也忍不住侧过脸,用余光瞧来,见我看她,又赌气地转过头去。

我忍不住发笑,这小狐媚子,还真是有趣得紧。

我清了清嗓子,瞧向紧张得满脸是汗的小王老师,宽慰他,说不要紧,玩玩游戏而已,莫当真,不会有什么问题的。他木然地点头,却没有说话,嘴唇抖得厉害。我跟小王老师商量,说:"我们一个人问一个问题吧,要不我先来?"

见小王老师没反应,我朗声说道:"笔仙啊笔仙,我和王侨华,哪个更可爱?"

听到我的话,紧张的小王老师不由得笑了,这笑容舒展,他拧得紧紧的心情终于放松了不少,深呼吸,然后把手臂上的肌肉伸了伸,不再那么紧张。我们两个紧握着的笔开始行走,弯弯绕绕,最后化作一个大大的箭头,指向了我。

看到这个情况,我不由得咧嘴笑了起来,朝周围紧张的几人自嘲地说道:"虽然我破了相,但是似乎更加有爷们气魄一些,很讨人喜欢,对吧?"

小婧、车宏保等人纷纷点头称赞,胡雪倩更是朝我抛了一个媚眼,说:"陆哥,你很有男人味,看好你哟。"雪瑞则给了我一个白眼,噘着粉嫩的嘴唇,朝我呸了一口,低声说道:"臭美……"小王老师也笑了,他深吸了一口气,然后接着我的话语问道:"笔仙啊笔仙,我哪里不可爱了?"

那笔一阵抖动,不知道是小王老师的手抖,还是其他原因。不过,它开始在白纸上行走了。

一分钟之后,那白纸上面出现了两个歪歪扭扭的大字:"有罪!"

我抬起头看向小王老师,他脸色灰白,眼神躲闪。我心中一动,直起了腰杆,吸一口气,接着问道:"王侨华为何有罪?他究竟做了什么坏事情?或者,他对你做了什么,对吗?"听到我一连串的问话,小王老师的身子突然一僵,下意识地要把我的手和那支笔给甩开去,然而我却紧紧抓着他的手,不让他脱离。

我们的手悬空在纸面上,暗自较劲,一阵抖动,笔尖上突然滴落三滴墨水,溅在白纸上。

那墨水润湿白纸后,竟如同电路图一样,自行扩展开来。

出现在我面前的是一个巨大而标准的六芒星,在它的外围,第三滴墨水绕成了一个正圆。我心中诧异,突然感到脚底一阵抖动,我和小王老师之间的课桌也抖动起来。很快,我发现并不是这桌子抖,而是整个地面在不停地颤抖,仿佛发生了地震一般。

我终于松开了小王老师的左手,毛笔跌落,笔尖戳在了六芒星的正中点。

这一下仿佛点燃了导火索,整个空间都为之一震。

我感觉视线中的世界霎时分成了无数的碎片,旁边所有的人,与我的距离都变得无比的遥远,我似乎听到了小妖叫唤我的声音,也看见朵朵不顾旁人的恐惧,从我胸前冲了出来……所有的一切,都化作了影子,我低头看向脚下,只见一个巨大的六芒星在我脚底蔓延,然后是漫天的黑暗,浓郁无边。

当黑暗渐渐散去,社团办公室消失了,在淡淡的黑雾中,一对男女肩并肩,朝我走了过来。

第八章　旁观之案情重演

　　我定睛一看，大惊失色。
　　男的是刚才跟我一起做笔仙游戏，紧张得要死的小王老师；而女的竟是我们白天研究了一下午，那个已经死去的女研究生——穆昕宇。两人并肩而行，距离不过一拳之隔，表情亲昵，由远及近，谈笑走来，似乎并没有瞧见我一般。
　　此时的我还有些摸不着头脑，不知道发生了什么事情。自己为何就从社团办公室一下子到了这个黑麻麻的地界来？也不知道我身边的那些人，到底去了哪里？
　　我的脑子飞速转动，想起了那耀眼的六芒星阵来。
　　这六芒星阵，我最早是看岛国动漫时知道的，后来踏入了这一行，才知道这东西是神秘主义中魔法阵的代表图案，寓意深刻，通常被西方神秘文学引用。
　　想来我是被那个笔仙画出来的六芒星，引导到这里来的。只是问题在于，从我"丕"之场域的感应中看，这并不是原地，而是一个全新的地方。
　　我的心猛然一跳，从这风格看来，难道这里是那个创办灵学研究会的留学生，留下来的布置吗？
　　倘若如是，那么此行，只怕是出乎我们的掌控之外了。
　　我摸着胸口的槐木牌，在我的感应里，空荡荡的，什么也没有。随着意识缓慢恢复，我想起在六芒星起作用的时候，朵朵似乎飞了出来，想要拯救我。也许就是那个时候，六芒星阵将她与我分隔开了？
　　想到这里，我不由得开始紧张起来。
　　没有了小妖，没有了朵朵，肥虫子又在呼呼睡大觉。虽然往日里一身技艺，但是此时的我，却只是一个什么都没有的普通人，哪是这神秘鬼灵的对手？
　　在我紧张之时，小王老师和穆昕宇已经来到了我的面前。我堆起笑容，正想跟两人"Say Hello"，他们却像是没看到我一般，直接朝我撞过来。我本来想要躲开，却不知道怎么的，身子突然一僵，动弹不得。
　　然后，两人就直接从我的身上，穿了过去。
　　我顿时就愣住了，摸了摸自己的身子，发现没有什么异常。怎么会出现这种情况呢？
　　好在我自出道以来，啥怪事都见到过，转念一想，我是实体，被这么穿透而过，那么他们两个自然就是灵体咯。见到他们似乎对我并没有什么威胁，我的好奇心浮现了出来。喊了几声王老师，结果两人都置若罔闻，我心中更加确定，知道这只是一场

电磁波的表演而已,于是心中淡定,跟着两人走去。

走了一段路程,我听到两人在聊天,他们居然在谈论现代文学史。这一路,从王小波的《我的精神家园》说到了黄仁宇的《万历十五年》,穆昕宇谈得兴高采烈,而小王老师却只是心不在焉地回应着,身侧的那只手,时不时地在穆昕宇的身后晃荡。

他想拉起穆昕宇的手,但是终究没有勇气。

这纯纯的恋爱,让我不由得回忆起了自己那酸涩懵懂的初恋来。不过小王老师是二十七八的大好青年,穆昕宇也有二十三四岁了,从心理到生理,都已然成熟,在这个浮躁的时代,拉个小手,至于这么纠结吗?

他们两个看起来应该是男女朋友的关系啊?

我跟在后面,满耳朵都是戚继光、张居正、海瑞这几位大人物的名字,脑子却不由得想起了贴吧里的八卦新闻——据说,死去的女研究生暗地里谈有一个柏拉图式恋爱的神秘男友……

这个小王老师,莫非就是女研究生背后的那个男友?

我脑海里立刻把小王老师的表现捋了一遍,发现他原本跟这次事件并无太多关系,然而突然之间,他就硬生生地插了进来,实在是有一点儿太过热切了。事物反常,必有妖孽。看来小王老师跟穆昕宇的死,是脱不了关系的。

我跟着走,来到了一个小树林边。穆昕宇正眉飞色舞地谈论刻板而固执的古代官员海瑞,突然肚中一阵翻腾,蹲在地上干呕起来。

小王老师自然是关切万分,各种嘘寒问暖,问她是什么病症?她只说是吃坏了肚子。

两人又谈了一阵,穆昕宇以两人的关系隐秘为由,推开了小王老师,独自一人离开。

待穆昕宇离开后,小王老师原本含情脉脉的脸,立刻变了一番模样,有些狰狞,深深地吸了一口空气中那女孩儿残留的香味,然后恶狠狠地说道:"贱人,你就装吧,总有一天,你会落在我的手里,到时候……哈哈!"

小王老师露出猥亵的表情,手不由自主地搓揉下巴的胡须。

看到小王老师猥琐的一面,我诧异万分,套用一句流行的话,这叫做文艺青年瞬间化身屌丝男,落差太大,叫人伤不起。然而就在我皱起眉头的时候,前面的迷雾一阵模糊,小王老师消失无踪。我顿时傻了眼,冲上前,手往前抓,却扑了一个空。

我顿时急了,一阵大喊大叫,感觉周围的景物空旷,与我有巨大的疏离感,世界太大,又太小,仿佛只有我一个人。

"臭娘们!"

一声大喊,从我的左边传来,我扭过头去,正好看到小王老师那扭曲到极致的脸。

我的视线往下移动,看到了他手上拿着一根验孕棒,视线定在两道红杠上面。小王老师像发疯的雄狮子，痛苦地嚎叫："啊！你这个臭娘们，整日里一副冰清玉洁的小龙女模样，暗地里，孩子都怀了几个月了！我要杀了你！"

小王老师眼睛的晶状体瞪得仿佛要凸出来一般，鼻子里咻咻地喘着气。

我的脑袋发疼，总感觉那个长得像周迅的女研究生穆昕宇，似乎在哪里见过。过了一会儿，我看见小王老师偷偷摸摸地走进了一个林子，他焦躁不安地等了一会儿，穆昕宇终于出现了，穿着一袭白衣，来到了小王老师的面前，问："侨华，怎么约我到这黑咕隆咚的地方来啊，我们出去吧，我怕黑。"

小王老师没有了之前的温柔，直勾勾地盯着穆昕宇的胸口，说："小穆，我都知道了。"

穆昕宇疑惑，说："你知道了什么？"

小王老师从兜里面掏出那根验孕棒，说："我偷偷地弄到了你的尿液，然后给你做了一个验孕测试。你看到这两道杠了没有，这个结果表明，你怀孕了，你知道吗？"

穆昕宇的脸色一下白了，她也十分惊恐，似乎想到了什么不好的画面，喃喃自语地说道："难怪我最近亲戚没有来，难怪……"

小王老师咽了咽口水，说："小穆，我需要你的解释。"

穆昕宇痛苦地抓着头，说："侨华，我是一个坏女人，你不要问了。"小王老师的脸色顿时狰狞起来，一字一句地说道："我如果就想要一个答案呢？"穆昕宇不断地摇头，秀美顺滑的头发左右飞舞，像最美丽的丝绸。

小王老师瞬间爆发了，猛地抓住穆昕宇乌黑的长发，往后一拉，将面前这个女孩子俏丽的脸抬起来，对着自己。

穆昕宇被小王老师这一下惊到了，愤怒地叫道："王侨华，你想要干什么？"

她的责问，瞬间引爆了小王老师内心中的愤怒："我想干什么？我就想干你……你这个臭娘们，平日里多冰清玉洁啊？老子追了你两年多，你嘴上是答应了，结果手都不给我摸一下。你跟我说你喜欢纯洁的感情，喜欢那种柏拉图式的精神恋爱，我爱你，所以我忍了，无数个寂寞的夜里，我把我对你的爱，交给了我的双手。我是如此忍辱负重，可是呢？你是怎么报答我的？我心中的仙女儿、女朋友，居然变成了一个大肚婆，而且跟我却没有一毛钱关系。这太可笑了吧？他们告诉我，你表面冰山美人，暗地里却去坐台，你说我该不该信？"

小王老师一边说着，一边把穆昕宇白色的裙子撕碎，然后不顾她的剧烈反抗，开始干起那猪狗不如的事儿来。

我看不过眼，伸手去阻止，结果捞了个空，这才知道已经发生的事情，我无力阻止。

在发泄完兽欲之后，小王老师再一次逼迫穆昕宇坦白，结果遭到了沉默对待，他一怒之下，将其杀死，然后小心翼翼地收集好"雨衣"和其他的罪证，用浓硫酸将尸体摧毁……

作为一个旁观者,我看得一阵心惊肉跳,还没反应过来,眼前又是一阵黑暗,前方薄雾朦胧,一个穿着白裙、面目不清的女人在我面前,幽幽地说道:"陆左,好久不见了……"

第九章　绝境之最大的王

当听到这个女人叫到我的名字,并在我前方四五米处站定时,习惯了被当作空气的我这才反应过来,她能够感知到,而且还认识我。我盯着她瞧,白衣长发,脸庞模糊,但从这身材气质上来看,正是刚才被硫酸毁尸的女研究生,穆昕宇。

很多时候,鬼魂出现在人们的视线时,总是喜欢以自己临死时的惨状示人。不知道是想以此吓人,还是维持这种形态,不需要费多大力气。

我看着硫酸泼面的白衣女人,心中虽然有些害怕,但更多的却是好奇。

最开始看到她的照片之时,我就有一种似曾相识的感觉,被放在了记忆的某个角落,刻意找又找不到。

如今她叫我的名字,像老熟人一样跟我说"好久不见"的时候,这种感觉终于可以确认了。

没有人可以帮我,我唯有沉下心,深呼吸,平静地问道:"我们认识?"

白衣女人叹了口气,低头,一头长发水一样地流下来。迷雾中,看不见她的表情。好一会儿,她才轻轻说道:"故人相见不相识,人生总是如此悲哀。那年一别,花开花落已有两载。当日在凤凰城里,沱河江边,昕宇亲眼见先生吩咐乡民,焚烧邪物。当时还将信将疑,至如今,香消玉殒,身死成灰,这才知晓大千世界,无奇不有。我们不知道,只是因为我们太过于渺小了……"

我浑身一震,想起在湘西凤凰,我去找炼尸人地翻天的时候,曾跟三个姑娘有过一面之缘,且其中的一位似乎长相颇为美丽,我也不由得心动了一下下……我小心翼翼地问道:"你是小穆?"

白衣女人点头,说:"我是小穆,相隔两年,先生倒还记得我,没有把我当成陌路人。"

我讪讪地笑,说:"相逢即是有缘,怎么能淡忘?只是当年在凤凰古城,神仙美地。匆匆一别后,便再无联系,彼此都把对方当作人生风景里的一过客。却没承想,我们竟然会以这等方式再见面。至如今,我们阴阳相隔,人鬼殊途,回想起来,倒是有不胜唏嘘之感。不用叫我先生,你我年纪相仿,叫我一声陆哥,彼此相处,也还算惬意。"

我知道小穆是一个文艺女青年,喜欢这种调调,话说起来,刻意文绉绉的。

果然,她的态度和善了许多,跟我聊了几句离别,其间,总是忍不住地叹气,顾影自怜。

见她一副凄惨模样，我忍不住劝说："你的遭遇，通过刚才的影像，我已然知晓，天理昭昭，王侨华作为杀人凶手，自然应当受到惩罚，我会尽力帮忙的；而你，人鬼殊途，不如早归幽府，得享安宁，也好过每月初一十五，受那九幽深渊吹抵的阴风洗涤。"

小穆听到我的话，身子一僵，抬起头，顺滑的黑发往两边散落，露出一张红白肌肉翻滚的鬼脸来，一双眼睛黑黢黢、空泛，颤抖着说："我何尝不愿得享安宁，但是我的仇人没死，心中有恨，便是到了幽府，到了十八层地狱，也瞑不了目！我要我所有的仇人都死去，痛苦而绝望地死去。这样，我才能开心。哈哈哈……"

我被她疯狂的笑声吓得后退一步，喃喃自语地说道："所有的……仇人？"

小穆肆意地大笑，十几秒后，戛然而止，直勾勾地看着我说："对，所有的仇人。我穆昕宇生前孤芳自赏、顾影自怜，总是生活在别人的圈子之外。没想到我死了，居然还发现了学院里最大的秘密。我终于明白，只有拥有力量，拥有权力，才能够自在。我自己的仇怨，永远不会寄望于别人，我要自己处理，所有伤害过我的人，我都会让他们生不如死！"

学院里最大的秘密？

我感觉抓到了一些重点，见她的意识似乎被仇恨和阴风腐蚀，成了怨气冲天的魂灵，身无长物的我唯有小心翼翼地问道："害你的人，除了王侨华，还有谁吗？"

小穆的脸阴沉下来——一坨烂肉看不出个究竟，但我却能够感受到她散发出来的凛冽寒意。

她摸了摸自己的肚子，说："你真的以为我是一个水性杨花的女人？"

我摇头，说当然不是。她说："那你知道我肚子里的孩子是谁的吗？"

我摇头，说："我怎么可能知道？这个事情，还是要问你吧？"她一阵冷笑，往前走一步，说："我也不知道。"我一愣说，怎么回事，这怎么可能？

小穆扭过头，四处看了一下，手一招，便见一个头颅破裂、脸露白浆的男人，从远处一瘸一拐地走过来。这个男人光着膀子，穿着一件黑色大裤衩，浑身流着血，滴滴答答地落在地上。从脸上辨认不出，但我知道这个男人，正是跳楼身亡的林陌。

小穆笑了，咧开嘴，一口白森森的牙齿，她走过去，一把拽住林陌，将其推倒在地，使劲儿地踩。我这才发现她穿着一双红色的高跟鞋，那跟儿就像尖锐锋利的刀子，将林陌踩得像野兽一般嘶嚎。然而他却不敢反抗，只是瑟瑟发抖。

我心中立刻意识到：这两起案件应该是有联系的。不然小穆为何谁也没找，就找上他们呢。

果然，小穆咬着牙，满怀恨意地说道："这个家伙，还有他的助手杨奕，以及另外两个毕了业的家伙，就是他们四个，利用玩笔仙的机会，使用了手段，就将我和冬冬给奸污了。四个人啊，我怎么可能知道，哪个是孩子的父亲？陆左，你说要是换了你，你会怎么做？"

我的眼睛瞪得滚圆——我当日就感觉这里面有蹊跷，却没想到是这么一回事。

灵学研究会的林陌、杨奕，定然知道一些小法术，比如催眠，然后利用这东西，迷惑同玩的女性，而小穆就是这场游戏的受害者。

如此说来，小穆死得真冤，她并没有做什么对不起小王老师的事情，还被一群畜生给侵害了。

这是一场罪恶，但是应该对它负责的，绝对不是一个柔弱的女生。

我迟疑地问道："林陌他们是有罪，你要报复，我自然不会管你，但是陆婧、车宏保、杨紫汐、胡雪倩都是大一新生，跟你无冤无仇，你为什么要对他们下手呢？"

小穆很奇怪地问道："我这是在提醒大家呀，让所有人都小心，每一个玩笔仙游戏的人，都没有好下场。这件事能使更多像我这样的女孩子不受伤害。有的时候，牺牲几个人的利益换取更多人的幸福和安宁，难道不应该吗？"

我无语了，鬼的思维跟人的完全就是两回事。

至少，生命在它们的眼里，已经不值得尊敬了。

小穆一步一步地走近我，声音开始变得虚无起来："其实，我现在并不恨了，我现在很快乐，你知道吗？拥有力量的感觉，实在是太美妙了。'住进布达拉宫，我是雪域最大的王。'我现在的感觉便是，在我的地盘里，我是这天地间的所有者，你们都得听我的。收集足够的灵魂，我甚至可以重生，回阳光照耀的世界。所以，你愿意为我而死吗？"

听完小穆的话，我心里咯噔一下，反应过来：我面前的不是凤凰古城中的美女游客小穆，而是一个满怀怨气的恶鬼。人性都已经扭曲了，她哪里是在让我做判决，根本是在温水煮青蛙。一想明白，我转头就跑。

前路广阔，我一口气跑了上百米，从小树林，跑到了一栋宿舍楼的边缘。四下都是漆黑一片，只在远处有三两盏模糊昏暗的灯，宿舍楼黑咕隆咚的，一点儿亮光都没有。我顺着台阶往上跑，没走几步，前面黑影一闪，小穆出现在我的面前，白色飞舞，衣袂飘飘，肆意地大笑着："我跟你说过，在这个世界里，我是最大的王！谁也逃脱不了的，哈哈……"

我大惊，往回退去，突然从黑暗中伸出一双手，将我的脖子紧紧掐住。我勉力扭头，只见一个烂稀巴的头颅，朝我撞来。我身体虚弱，本就跑得腰酸腿软，被这样一掐，更是痛苦。不过危急关头，我还是拼力挣脱开，刚跑了几步，腰眼就被一脚踹中，整个人腾云驾雾般飞了起来。

还在空中，我就被小穆一把揪住，她修长的指甲高高扬起。

我使劲儿挣扎，但是完全没有反抗能力。

小穆附在我的耳朵边，轻轻说道："别恨我，我也是没有办法，你去死吧……"她那尖锐的指甲，朝着我的脖子划来，眼看我就要身首异处了，心怀着最后一丝希望，绝境中的我高声大叫起来："有请金蚕蛊大人现身！"

第十章　金蚕之国王归来

刹那间，小穆尖利的指甲陡然一长，有短剑的锋芒透出，划到了我的脖子处。

在我即将身殒魂消的关键时刻，脐下二寸四分，下丹田的位置，突然有一股灼热发烫的气劲，咕嘟咕嘟地滚冒而出。这气感一出现，便如大堤崩溃、山河翻涌，壶口瀑布有多磅礴，它便有多磅礴——霎时，我浑身热流激荡，仿佛身在三温暖，缠绕在我身上近半年的阴寒，弹指间，就被驱赶到了爪哇岛，再无影踪。

陷入死亡阴影的我，在这一刻，感受到了久违的力量。

啊、啊、啊……

不知道怎么回事，我忍不住放声长啸起来，感觉浑身的骨骼，都在噼里啪啦地响，足踏大地，有源源不断的力量从地底喷涌而来。小穆的指间如尖锐的刀锋，却并不能割裂我的皮肤。因为在指甲和我的皮肤之间，有一层灿烂的金色光芒，挡在那里。

我的背部重重跌落在地上，久违的肥虫子威风凛凛地出现在半空中。它的身体似乎更加肥硕了，比我大拇指粗了一大圈，两对薄薄蝉翼，软如蚕丝，利如刀锋，身躯一截截，流光溢彩，闪现着黯黑的金色，低调且奢华，两侧的皮肤上有眼睛一般的图案，栩栩如生。盯着它，仿佛每一只眼睛都是活的，炯炯有神地反盯着你，能够看透人心一般。

总之，肥虫子此次苏醒，有两个最大的变化：一是周身的瞳孔花纹栩栩如生，充满魔力；二是它肥硕的身体周围，有着淡淡的金色氤氲，乍看像一团迷雾，细看却如同针芒，充斥着古怪的力量。

肥虫子一出现，便朝小穆身体钻去。白衣长发女鬼尖叫着，往后飘飞而去。她似乎对肥虫子周身的暗金色氤氲十分忌惮，手一挥，两道蜿蜒游龙般的黑雾从地上冒出来，朝肥虫子席卷而去。

天地都黯淡下来，肥虫子如同宇宙星空中唯一的太阳，闪耀着华贵的光彩。那两道黑雾幻化成了如蛇的鸟物，四翼、六目、六足，带着亘古的气息，朝肥虫子抓去。

肥虫子转身，黑豆子眼睛里流露出了狡黠的光芒，在我目所不及的刹那，它电射而过，一道复杂之极的飞行路线如烟花绽放。须臾，黑雾幻化的古怪生物，顿时土崩瓦解，成了一道道黑色柳絮，四处散开。

小穆像被人摸了屁股一般尖叫着，双手挥舞，无数黑气如利箭般朝着肥虫子射去。

我双手撑地，准备爬起来，突然感到地面震动，转头看去，只见林陌变成了姚明的高度，朝着我大步踏来。这家伙脑袋碎了一大半，满目狰狞，半张着嘴，里面全部是破碎的烂牙，吼叫着，像电影里的怪兽金刚。

我想起来了，小穆说过，在这个世界里，她便是王。所以发生任何奇怪的事情，都正常无比。

我准备逃开，双手一撑地，久违的力量涌进了我的双臂中。我下意识地将这股力量化作热流，按照山阁老留于地穴石府的心法，一路走阳脉之海，一路沉阴脉之海，最后一路行偏厅足阳内经，顿时全身通畅，感觉枯竭的经脉如同夏日被灌溉的田野，滋润无比。于是我稍一翻身，鲤鱼打挺，猛然站了起来。

林陌冲到了我的跟前，身影如山，巨大的拳头从天而降，朝我猛力砸来。

我头一偏，躲过这一拳，感觉身体仍有些滞涩，不是很活泛。不过这差不多够了，我蹲在地上，一个扫堂腿，将这个小巨人的脚给绊倒。

出乎意料的，林陌一点儿也不重，一扫即飞，漂浮于空中，黑气萦绕。

我暗骂一声，这个家伙本身就是个被拘了的阴鬼，自然不会像他的外表那般刚猛。阳脉之海的热流回馈，遁入我双手之上，顿时熟悉的恶魔巫手一片莹蓝，刹那力量充盈。我激动无比，时隔半年，形同废人的我，又重新掌握了专克灵体的恶魔巫手。

看着手掌上面浮现出来的熟悉符文，或者希望，或者毁灭，它们代表我陆左真正掌握的力量。我顿时信心满满，一个箭步冲上前去，当头就是一抓。

这一抓，隐藏了诸多的奥妙，集合九阴白骨爪、鹰爪功、抓奶龙爪手等至高武学于一身，便是林陌这新晋鬼物也识破不得里间的变化，顿时被我抓住了脚踝，接着我奋力一扯，将这高高在上的鬼物一把拉到了地面上，一通猛踩。

被我抓住脚脖子，源源不断的热力涌入林陌的体内。可怜他姚明般的身高，竟然连反抗之力都没有，任我敲打。

烙铁烫牛油，须臾间，林陌整个身子都开始消融，神魂不稳，摇摇欲坠，有即刻灰飞烟灭的迹象。林陌这边差不多解决后，我这才有精力去观察金蚕蛊的表现。这一看，吓了我一大跳。只见我头顶的天空，无数羽翼飞舞盘旋，诸多鸟物聒噪，不断朝金光闪耀的肥虫子疾扑而下。

面对这样的攻击，肥虫子显得格外淡定。它周身氤氲，那些针毫般的细线伸长开来，化作随风飘扬的柳枝，四处扩散。这场景十分漂亮，本来只有一点亮光的肥虫子，转瞬之间，变成了蒲公英一样的花朵儿。那些飞扑而下的怪鸟，被丝线给紧紧缠住了，最有攻击力的鸟喙和爪子，顿时跟海绵宝宝一般无害了。扑来的鸟儿多了，便是鸟挤鸟、肉挨肉，轰然一下，比人还高的大团鸟儿群跌落地上，无数羽絮飞扬。

小穆悬浮在我左侧约七八米处，此刻的她已恢复了美丽的容颜，仿佛放大版的周迅，她惊恐地指着地上那一堆翻腾的鸟儿，问道："这、这是什么玩意儿，为什么我感觉到了巨大的威胁？这不可能啊，在我的世界里，我就是上帝，怎么会有超越我力量的存在呢？"

我张望了一下四周，发现宿舍楼、走道、校园和我眼前的台阶，早在我刚才和林陌打斗的时候，就已然消失不见了，便知道自己到了一个奇怪的地方。此处又正好被小穆给占领了，所以死去不到三个月的她，才会显得如此厉害。

这就是她口中所谓的学院秘密吧，想来她也是有大机缘的鬼物，不然哪能如此幸运。

我感觉手上的力量已经到了极限，手一捏，林陌带着怨毒和惊恐，烟消云散。拍拍手，我一脸诚恳地对小穆说道："小穆，你的仇怨，我会帮你伸张。而你，还是早归幽府，不要再害人了，可以吗？"

小穆猛然摇头，尖叫道："不！我是这里的王。我要永生，与天地同寿。我怎么会败给你？你去死吧，去死……"

她的身子突然浓烟滚滚，无数红光从她的身体里喷薄而出，朝我袭来。

就在这时，地上那堆扁毛畜生轰然散乱，飞出一道金光直奔小穆的心口。我看到，在小穆白嫩的乳沟上有一条金色项链。

我还没看仔细，便觉天地一震，周边的景物都化作碎片，空间如同破碎的玻璃。连我的身子，都化作六棱形的碎片光芒，充斥于天地之间。

"醒了，陆左哥醒了……"

"是吗，臭流氓醒过来了啊？"

迷迷糊糊之间，我听到几个惊喜的声音，睁开眼睛，只见一张美丽而精致的脸孔出现在我面前，是雪瑞。一脸紧张的她擦了一把汗，双手犹自结着复杂的手印，而旁边有轰隆隆的声响。我站起身来，只见小妖已经把房间的地板砖掀开了大半，露出下面的水银槽。

我站起身来，感觉浑身酸痛，汗出如浆，后心风儿飕飕的，透心凉。再看旁边，除了我、雪瑞和小妖之外，所有人或趴、或躺，都陷入了昏迷之中。无尽的疲倦如同潮水，朝我席卷而来，而朵朵则呼唤着"陆左哥哥"，冲上来抱着我的手臂，急得直哭。

我看着左右的一切，怅然若失，喃喃自语："这只是一场梦吗？只是一场梦啊……"

突然之间，一种极度的思恋情绪，涌上了我的心头，我有一种想哭的冲动：金蚕蛊，死肥虫子，你到底要睡到什么时候？

拉着我胳膊的朵朵看我眼角有泪水滑落，不由得愣住了，小心翼翼地问我，说："陆左哥哥，你哭什么？不是应该高兴吗？"我讶异，问为什么要高兴？

看！朵朵伸手，指向下方，我低头看去：一只金光萌动的肥虫子，叼着一只指甲般大小、状如水龟的青黑色甲壳虫，出现在我的视线中。

第十一章 苏醒之两狗相斗

金蚕蛊摇头晃尾,嘴叼甲壳虫,依然一副吃货样儿,三两下,就将占它小半体格儿的青黑色甲壳虫给吞食殆尽,我伸出手,它攀到了我的指尖儿上,啾啾地叫着。我感觉它吃的东西,有些眼熟,努力回忆,才想起来,那竟是我们在神农架耶朗祭殿,将我和三叔、杂毛小道等迷得几入幻境的十香虫。

这个打屁虫一样的东西,十分厉害,当日将它找出来的虎皮猫大人甚为得意,还告诉我们:这玩意儿是幻术界的大拿。当时,金蚕蛊虽有皇冠,横行无忌,却依然怕它,一点儿脾气都没有。如今,肥虫子吃它,如同酒友嗑花生米一般,轻松简单,香脆无比。

我发现,肥虫子真如幻境中那样大了一圈,周身眼纹都仿佛活的一般,如有魔力,在它身体周围,则有淡淡的金色氤氲,几如实质,将我的手指弄得痒痒的,热热的。

金蚕蛊用黑豆子眼睛盯着我,我也盯着它,想笑。

我知道是它救了我,不然我估计还沉浸在幻境里,没有苏醒过来。我转过头,问围上来的雪瑞:到底怎么回事,怎么旁边这些人,都昏倒了?

雪瑞看了一眼小妖,说:"刚才笔仙自动画出一张六芒星图,与藏于这地板下的巨大法阵相呼应,引发了一场大幻境,将所有人的意识都拉进去了——唯有我们仨:我身具天眼,能够'通天彻地',慧眼识物;夭夭麒麟胎身,天地造物,神魂坚强;还有你家乖朵朵,变异鬼妖之身,又精通迷幻之道,是一等一的高手,那东西自然不会将她拉入,增添敌手……"

我眉头一掀,说:"那东西?"

这时,我才看到雪瑞手中有一串黄金质地的华贵项链。这项链是中世纪维多利亚风格,吊坠是一个指甲盖大小的牌子,上面绘有一个精致的六芒星阵。我的脚下,地砖被掀开大半,一片狼藉中,有数根凌乱破碎的玻璃管子,碎开的地方,有水银缓缓流淌。

雪瑞回答说那东西,应该是一个恶灵,飘飘荡荡、懵懵懂懂之间,来到这个地方。本来这里的法阵有隔绝灵体作用的,但是不知道怎么回事,它却进来了。然后寄居在这六芒星项链中,滋养神魂,为非作歹。

雪瑞见我打量项链,便递给我,说她师傅罗恩平在讲西方神秘学史的时候,曾经跟她提过六芒星,十分厉害,它在西方神秘学的地位,就如同中国的阴阳鱼。而这项链的材质,并不全部是黄金,里面掺杂了一些陨石金属。在西方,人们通常把这种金属称为"精金"。

精金?

我将这项链举起,对着灯光瞧,确实能看到略微的银蓝色,光泽十足。

雪瑞见我皱眉,说:"你是不是觉得奇怪?为什么会有人在这个小小的社团办公室地下,费心布置这么复杂的西方魔法阵?还把这么贵重的法器,放在这里?"

我点点头,说:"是啊,为什么,如果不是脑子抽筋,又是什么原因?"

雪瑞摇头,说:"我也不知道。不过这法阵倒是一种汇集阴灵的隐秘布置,要不是夭夭急着把地板给掀了,谁也不知道此处竟然还藏有这个东西。上次你跟我提过东官湾浩广场的事情。我刚才突然想到,莫非那个始作俑者,是想用这里的某种东西,温养这串项链?"

我玩了一会儿项链,准备还给雪瑞,说:"如此说来,那个英国留学生有很大的嫌疑,这么贵重的东西扔在这里,他倒是放得下心。"

雪瑞摆手,说她用不着,这项链跟她的功法冲突,收着不妥,倒是朵朵能利用这项链,隐匿身型,吸收灵力,给她吧。事关朵朵,我掂量了一下,没有拒绝雪瑞的好意,收入囊中。突然想起一事,问:"小穆呢,到哪儿去了?"

雪瑞一愣,说:"小穆?哦,你说穆昕宇,就是寄托在这里的笔仙吗?她刚才仓皇而出,被小吉给吃了。"

"吃了?"我顺着雪瑞的手指看去,只见那个白茸茸、巴掌大的小家伙很享受地舔了舔舌头,朝我直哼哼。

我心中不由得叹了口气。小穆生前的遭遇是凄惨的,这个文艺女青年承受了不应该受的罪过死去,后来经阴风洗涤,迷惑了心智,又骤然获得了强大的力量,变成了恐怖恶灵,满心怨愤,不肯归于幽府,妄图加害更多无辜的人,重回人间。

没想到,她最终的结局,竟然是被咒灵娃娃一口吃掉,当做了夜宵。

可怜可悲的人啊!

不过伤感只是暂时的,我看着遍地昏迷的人,问:"他们怎么了?不会在梦中死去,变成植物人了吧?"

说着,我亲了亲金蚕蛊,把它递给朵朵拿着,然后走过去。我用右手中指和无名指,按在小婧的脖子上,感觉脉搏正常,并没有什么大碍。雪瑞疑惑,说:"按理讲,这六芒星阵和致幻关键的黑色甲壳虫都已经被破,他们应无大碍,一会就能够醒过来啊,怎么还昏迷?对了,陆左哥,你刚才昏迷时,里面到底发生了什么?"

发生了什么?我想起小穆给我看到的一切,不由得对倒在地上的小王老师和杨奕深深地鄙视起来。如果不是这些混蛋,哪会发生后面这一系列的事儿?

正想着,趴在地下、桌上的人都醒了过来。小王老师脑袋动了一动,然后迷迷糊糊地睁开眼,愣了几秒后,突然抬起头,脸正好与我对上。只见他的脸孔扭曲,狰狞可怖，眼球的玻璃体里，尽是鲜红的血丝。我还没反应过来，只见他呼地一下猛然站起，朝揉着脑袋、迷迷糊糊的杨奕冲了过去。

啪——

小王老师攥起拳头，朝着杨奕的脑袋砸去。这一拳蕴含着他无限的怒火，正中杨奕的鼻梁，还没有弄清怎么回事的杨奕"啊"的一声惨叫，被打得鲜血迸流，鼻子歪在半边，仰头朝后面倒去。

小王老师一击得手，却并没有罢休，而是骑在杨奕身上，举起拳头，抡圆打下，正中杨奕眼眶眉梢，只一拳，打得他眼棱裂开，乌珠迸出，惨叫声尖锐而恐怖。这时我才反应过来，小王老师这哪里是要教训杨奕，简直是往死里打，我叫了一声夭夭，小妖立刻飘身上前，拦住小王老师搥向杨奕太阳穴的一拳，手一翻，小王老师偌大的身子往空中一翻，摔落在地上。他被摔得脑袋发晕，但是人却如疯了一样，嘶嚎着想爬起来，口中大骂："我杀了你，杀了你……"

小妖朵朵双手结印，指尖点在了小王老师的脑门上。劲气一发，他的眼睛一直，身体僵硬不得动弹。小妖制住小王老师，得意地拍拍手，说："臭流氓，那人死了没有？"我蹲在杨奕旁边查看，只见他的眼窝子一片淤青，左眼肿大，流出黏稠的液体，里面好像碎了。小婧、胡雪倩、车宏保三人这时也都醒了过来，听到杨奕杀猪般的叫声，纷纷围上前来，问怎么回事？

杨奕痛得快昏过去，大叫道："谁知道王侨华怎么了？狗东西一上来就打，想要杀了我！"

小婧这才反应过来，迟疑地说道："不对啊……我刚才看到你和林社长，还有另外两个男的，对一个女孩子……是不是，真的？"胡雪倩和车宏保也反应过来，都点头，说："是啊是啊，我们也见到了！"杨奕被揭穿，百口莫辩，话也说不出来，嘟哝了两句。加上左眼钻心窝子的疼，"哎哟"一声，就要昏过去。

场面一时混乱，但是我仔细瞧了一下小婧等人，只见她们额头上面的黑气，已然消失无踪。我不再停留，雪瑞打120叫救护车，我打电话报警，将这里的情况跟警察说明。

因为有专案组，所以警察来得很快，我出示了工作证，然后领头的那个警察跟上级确认了一下，同我握手。

案情很简单，小王老师不知道在幻境中经历了什么，幡然悔悟，对自己的行为供认不讳；至于杨奕，自然也由警方接手。不过据我推测，似乎左眼保不住了。忙碌半宿，我把小婧他们劝回宿舍，然后心情激动地准备返回宾馆，和肥虫子好好亲近一下。路上，我接到杂毛小道的电话，他告诉我：大师兄来东南任职了，一把手。

第十二章　结尾之暗流涌动

听到这个消息,我不由一乐,背都直了不少。

杂毛小道告诉我,他明早会赶到南方市,大概晚上能够和大师兄碰个面,祝贺他高升,成了一方诸侯。哦,郭一指也会过来。我听到电话那头有些喧闹,DJ声轰鸣震动,知道这两个家伙肯定还在东官粉红圈子中逍遥自在,便不多言,说明天早上见吧。

从警局回到宾馆,已经是下半夜了。这么晚还挂电话给我,可见杂毛小道有多兴奋。

多日不见肥虫子,朵朵和小妖甚是想念,回到房间就一阵追逐,开心得疯了一般。朵朵绕着屋子追了一阵,终于抓到肥虫子,然而却仿佛摸到灼热的烙铁一样,大叫一声:"好烫!"听到朵朵的叫嚷,故意让这小美女抓到的肥虫子身子立刻一缩,周身的金色氤氲不再浮现,回复了往日的萌态,任由朵朵捧着。

小妖贼兮兮地走过来,啪地一下,将肥虫子的屁股弹得肿起,哈哈大笑。

看着三个小东西玩得欢乐,我心情大好。而经过今天晚上的事,雪瑞似乎也忘了我昨晚袭胸加强搂的尴尬,抱着胳膊,倚在门边笑。她的吉娃娃摇晃着尾巴,讨好地围着两个朵朵晃荡,似乎想融入这个圈子,结果根本没人睬它,急得这小东西汪汪直叫。

玩了一阵,肥虫子被朵朵和小妖各种蹂躏,身型似乎都小了一圈,可怜到了极点。突然,被小妖揪住尾巴的它身子一弓,蹿到半空,紧紧盯着雪瑞。我讶异,看肥虫子这紧张模样,似乎准备战斗。回过头,只见雪瑞的左肩处,青虫惑正虎视眈眈地瞧着空中长着一颗"山"字形肉瘤的金蚕蛊,散发着浓重的敌意,跃跃欲试,挑衅似的,不断发出细微的嘶嘶声。肥虫子弓着身,缓慢而沉稳地悬浮着,眼里露出了强烈的战意。

我盯着肥虫子,只见它周身的花纹,汇聚成一个又一个的眼睛,有喜、有悲,各种情绪集于一身。看着肥虫子崭新的形象,我想:这个家伙是不是已经褪掉第二次皮了?

一蛊一惑,紧张对峙。我想起雪瑞之前跟我说过,她之所以过来找我,是受了蛊丽妹的吩咐,两者之间,终有一战,这是来自我们上辈的恩怨,不是我们能阻挡的。

不过青虫惑一对触角摇晃了一阵后,突然消失在了雪瑞的肩头。这小妮子喊了一下小吉,那吉娃娃屁颠屁颠地跑到她的手心上。雪瑞冲我勉强地笑了一下,说:"陆左哥,你家金蚕蛊刚刚苏醒,青虫惑说胜之不武,改日再战,我先回房间了。"说罢,雪瑞逃跑一般,出了房门。

肥虫子摇晃了一下尾巴,脑袋高高翘起,似乎十分骄傲。

我有些晕,不知道这小东西在骄傲什么。是不战而屈人之兵?还是青虫惑放了它一马?

要我说,两个家伙最好不要打。不管伤到谁,都不好交代。忙碌一天,我也是疲倦欲死,特别是在幻境中,我拼了小命,情绪波动太过厉害,脑袋直抽筋。于是草草洗过身子,穿着浴袍出来,大叫一声:"有请金蚕蛊大人……你懂的!"

听到我的话,正跟两个朵朵玩闹的肥虫子立刻逃一般地飞入我的体内,然后从我的下丹田,生出了一股暖流,在我的百骸经脉,舒缓通润开来。

我美美地伸了一个懒腰,有了肥虫子,相信在不久之后,我便能同幻境中一样,功力尽复。

瞧着朵朵和小妖一副意犹未尽的模样,我板起脸给金蚕蛊出头,说:"平日里没见到,想得要死,现在肥虫子醒过来了,你们却又欺负它,这小东西不会说话,但作为家长,我倒是要管一管的。"

小妖刮刮脸,噘着嘴说:"装什么大人,哼,臭流氓。"

说完,她牵着朵朵朝窗边走去,说:"我们练功去,不理这个大色狼。朵朵你知道吗?他昨天摸了雪瑞的咪咪呢?朵朵说:"是吗是吗?不可能吧,陆左哥哥不是那样的人啊……"

我囧着脸,不说话,这小狐媚子,可真能造谣。

次日清晨,我被电话吵醒。杂毛小道到了。见到肥虫子,杂毛小道好是一阵亲昵,摸得肥虫子浑身直颤。大师兄刚刚上任,忙得脚尖碰脚跟,各种应酬,白天实在抽不出什么时间来见我们,特意打电话过来,让我们晚上九点到某大院里面去找他。

白天自由活动,我和郭一指也熟,打声招呼之后,便跟雪瑞去了附属医院,买了束花,找到杨紫汐的病房。

杨紫汐醒过来了,一如往常,杨父不在,杨母正伺候她吃早餐呢。见我们进来,杨母眼泪涟涟,拉着我们的手,直说感谢的话,然后又跟杨紫汐一番形容,让她好好谢我们。相比杨母,杨紫汐反应有些平淡,尽管她母亲极力鼓吹,但是在她的眼神里,我看到了质疑。不过她终究还是说了一声谢谢,然后接过了我手中的花儿。我并不介意,看到她已然没有什么大问题了,便与雪瑞一同离开。在医院大楼门口我碰到了杨父。他提着一个黑塑料袋子,见到我,紧紧握住手,说了一大通感谢的话,然后把黑塑料袋递给我。我捏了一下,是钱,大概一百张毛爷爷,我没接,说:"不用,我只是过来看看而已,不算是生意。"

一番推辞,杨父收回了钱,似乎很感动,我们走老远了,还朝着我们挥手。

下午我们去了一趟警局,把昨天案件的后续工作完成。专案组的警察告诉我:

"杨奕经过紧急救治,脱离了危险,但左眼估计没有复明的希望了。对于侵犯小穆的事情,他抵死不认。不过破案就跟做数学题一样,没有答案的时候,头炸了都不知道怎么办;一旦有了答案,所有的思路都出来了。他们已经批捕另外两个涉案人员,应该很快就会有结果了。至于王侨华,昨天突击审问,案情基本明了,之后的工作,就是收集相关证据,准备起诉而已……哦,对了,他想见见你。"

见到小王老师,他问我:"会不会通灵,小穆现在怎么样了?"

我撒了一个谎,说小穆魂归幽府,走得很安详。

小王老师流着泪,告诉我说,如果他早知道是这个情况,他一定会原谅小穆的。都是那些造谣者,不然他也不会那么冲动。他现在后悔极了,心里只想陪小穆一起去死……我摇摇头,说小穆并不需要他的原谅。她虽然在很多地方做得不对,但是在那方面,并没做错什么。

之后,我意外地见到了苗苗和冬冬,大家一阵嘘唏,感叹世事无常。

晚上我和杂毛小道去见大师兄,还见到了林齐鸣、尹悦等七剑成员。当日,七剑并不都随着大师兄来东南赴任,来的只有尹悦和一个叫做董仲明的年轻人,而林齐鸣则接任大师兄往日的位置,也算是修成正果了。我们单独见的面,大师兄给我们泡了功夫茶,然后坐在沙发上,显得十分疲惫。

他告诉我们:东南区问题很大,特别是南方省,在张伟国的把持下,乌烟瘴气。他过来这里,有很多东西要捋一捋,不然没成果的话,到时候难堪的还是他。

杂毛小道笑嘻嘻问:"张伟国那个鸟人怎么样,现在蔫了吧?"

大师兄摇头,说:"他申调到西南局去了,哦,你们不知道吧,赵承风也下放到西南局了,不过是副手。毕竟西南局太强了,全国第一。原来我们两个在争东南局,结果赵承风失败,到了西南局,这边好几个人都调了过去,比如黄鹏飞那个二五仔。这边以前是赵承风的势力范围,我是要头疼一阵子了。等捋清楚了,再找你们玩儿。"

我们笑说:"无妨,大师兄的事情要紧,我们都只是小打小闹而已。"

大师兄又问起我的近况,当得知我已经逐渐恢复,他终于放宽了心,说当初得知我功力尽失,一晚上没睡着觉,觉得对不起我,现在不用那么内疚了。这伤,据说需要龙涎水,他尽量打听,到时候通知我。

见过大师兄后,我们在南方市又待了两天,还见到了腾晓和秦振,喝了一顿酒,酩酊大醉。

到了国庆黄金周末尾,经不住威尔的催促,我返回了东官。

第二十六卷　酆都鬼事

第一章　该隐的祝福

别看郭一指长相猥琐，和杂毛小道一般无二，但确是个忙忙碌碌、有事业的人。他此番前来，主要是考察一下茅晋风水事务所的业务，行业交流，再亲自体验一下东官服务的美妙。当我们准备返回东官时，他便提出告辞，回金陵去了。

临走前，郭一指拉着我的手，说："小陆，看你的面相，是个有大福分、大机缘的人。只可惜左脸破相，使你有血光之灾，常处于危难颠簸之中，注定小人妨碍，凶险随身，老无所依，不要嫌老哥哥我说得难听。你现在的情况是有多大的福缘，就有多大的祸端。除非你肯舍弃往日不曾有的一切，才能得享安宁……如何去做，你自己考虑吧，哈哈，我走了。"

杂毛小道朝这假瞎子胸口擂了一拳，说："咱们都是搞这一行的，吓唬得了谁啊，赶紧滚蛋。"

挥手告别。还没回到东官，威尔岗格罗已火急火燎地打了几通电话催促。

自从肥虫子苏醒的消息传到他的耳朵里，此君就魂不守舍，各种忙碌。他在茅晋事务所任职期间，认识西城一家医药公司的老总，早早跟人家租了实验室，就等着肉灵芝的原液到手——虽然当初他说不要工资，免费服务，但我不是资本家，威尔也不是省油的灯。他从接手的案子里赚了不少提成。外来的和尚好念经，威尔来时一穷二白，兜里没有几块大洋，此刻，却也小有身家，不愁吃喝了。

回到家中，等待已久的威尔冲上来与我热情相拥。这个以速度著称的血族一激动，将我的骨头抱得喀喀响，惹得小妖忍不住出声威胁。坐下来后，威尔和我都很忐忑，据刘明形容，肉灵芝差不多有婴儿手臂大小，消失不见后，谁也不知其踪影，要不是最后关头，肥虫子吐出一滴原液，救醒加藤亚也。没人知道竟是这小家伙见猎心喜，蛇吞大象，将肉灵芝给独吞了。这个小东西的胃，仿佛是个黑洞，末端连着另一个宇宙。

我们不知道，经过了半年沉睡的肥虫子，体内是否还有肉灵芝的原液。倘若它早已消化殆尽,只怕威尔从这二十几楼跳下去的心思都有了——期望越大,失望越大。眼看行走于阳光之下,破除亘古以来上帝诅咒的机遇,徘徊在自己身边,淡定洒脱如威尔,在那一刻,也忍不住鼻翼翕动,呼吸一声比一声粗重。

所幸金蚕蛊依然与我心意相通,在卖了半天萌后,它往威尔手上的培养皿中,吐出一滴黄津津、有着金属光泽的液体。

这太岁原液一落入培养皿,整个房间顿时弥漫一股极乐妙香,檀味阵阵。所有人的毛孔都忍不住张开,仿佛浸入温泉一样。此刻,我直观地明白:肉灵芝到底是什么级别的天材地宝;为何加藤亚也苏醒、威尔改变体质都需要它;且肥虫子偷吃之后,竟然能够蜕皮。

一滴,有且只有一滴,肥虫子吐出来后,精神一阵委顿,身子一缩,回到了我的体内。

咔嚓——威尔盖上培养皿,小心翼翼地放入一个造型新颖的保险箱。

他激动地紧紧握住我的手,说:"陆,上帝和撒旦,同时赞美你,你是我见过的最慷慨的中国人,也是我在中国最好的朋友,感谢你为我所做的一切!我现在要在实验室里面进行分解。再见,祝我成功!"他挨个儿跟所有人握手,连雪瑞的吉娃娃,他也忍不住心中激动,用络腮胡子蹭了蹭,然后狠狠地亲了几口。威尔从茅晋事务所消失后,没日没夜地耗在那个医药公司的实验室中,吃喝拉撒,都不出门。

出于对力量和安全感的渴望,自肥虫子苏醒之后,我整日让它给我疏通经脉,温养身体,一有空闲时间,就打坐行气,期望把浪费的时间,全部都找补回来,勤奋极了。不过人体便如一只碗,容量终究有限。每日行气的周天也有限制,不能无限制地练功。

此外,我开始了恢复性的锻炼,系统地学习硬派国术,让自己不再同玻璃人儿一般脆弱。

进步是需要累积的,永远都不能一蹴而就。我唯有持之以恒地努力,才能在紧要关头,不绝望和尖叫,才能更加主动地引导事情的走向。

有努力、有汗水,便会有回报。用"事半功倍"来形容拥有了肥虫子的我,实在是太妥当了。我能感到自己每天都在进步,到了月中,手掌开始变得幽蓝,神奇的事情出现了。经过浴火重生,恶魔巫手的力量,已经不再狂暴而不可控了,我发现自己已经能随意支配它的诞生和陨灭了。恶魔巫手,已不再是一种附加的诅咒,而是真正属于我的一种能力了。再不需要事后按照万三爷的方子找中药材浸泡。

我在想,这变化就如从同居到领证结婚吧。

看着镜子里的自己,肌肉匀称,双手幽蓝,这个长得不帅,但是硬朗且有男人味的家伙,我十分满意。唯一让我头疼的,是额头的那个蝙蝠印记。经过威尔的处理,它已淡如薄纱,并不碍眼。不过,一想到我已经成为大多数吸血鬼的仇人,心中就不爽。当然,也仅仅是不爽而已。债多了不愁,虱子多了不痒。我目前就是这个心态。

其间，小婧她们学校的案件一直在进行着。月中，办案的李春宝李警官打电话给我，问我要不要参加王侨华的庭审宣判？我拒绝了。那个案子勾不起我多大兴致，既然凶手已经受到惩罚，那么，如何审判就是法律的事情，我没什么好说的。

经历了这次事件，小婧有些害怕，头几天总是打电话给我，语气也慌张，总有被迫害的妄想。后来我让她找学校的心理辅导老师，慢慢地，电话便少了。

日子依然在继续，我和杂毛小道仔细研究了一下雪瑞送给朵朵的六芒星精金项链。我是个半吊子，严格来说就是个门外汉。但杂毛小道不同，作为李道子的传人，在炼符制器、法阵研究方面，他是个行家。不过，中西文化毕竟是两个不同的体系，总有疏离隔阂。我们最终确认，项链有大量的纯阴之气，朵朵可寄身于此，用来进补，大善。

后来，虎皮猫大人见了这东西，很明确地跟我们说："这项链其实就是一个钥匙。"

钥匙，什么钥匙，通往哪里的钥匙？大门在哪里？

虎皮猫大人却卖起关子，就是不答，只说："先收着，到时候可能会有大用。当然，也可能这辈子都用不着。"我们都好奇，继续盘问。这肥母鸡一开始还一问三不知，被问烦了，就破口大骂，然后躲在电视机后面睡觉，朵朵叫都不肯醒来。

十月下旬的某天清晨，外面阳光明媚，从茅晋事务所的办公室往下望，人流涌动。这时，门外一阵喧哗，我走出去，只见穿着整洁而隆重的威尔，提着好多吃食，正与老万、小俊、张艾妮、简四、老苏和小澜等人，热烈聊天。我见他没有带平日里总拿着的那把黑色大伞，心中一喜，把他叫进了办公室。威尔将吃食递给老万，让大家分食，然后跟着我进来，激动地跟我说他经过无数次失败，终于炼制出能够让他们血族行走于阳光下的药剂。他把这药剂，称为"该隐祝福"，服用之后，他终于可以享受美妙而温暖的阳光和最好的风景了。

我恭喜他，问接下来，他有什么计划？

威尔告诉我，因为太岁原液稀少，他只制作了三份适量的"该隐祝福"，他已经用了一份。他有一个女朋友，因此他要回到英国，找到他亲爱的安吉利娜，与她共享光明。所以他此次前来，是来告别的。

我与威尔握手说，好，希望你早日找到自己的伴侣。

作为茅晋事务所曾经的一员，我们当晚给他办了一场欢送会，所有的成员都有参加。许多人大醉而归，特别是财务简四，喝醉酒后，哭得稀里哗啦，情难自己。威尔也很动情，跟每个人拥抱后，告诉我：在茅晋事务所的日子，他永远都不会忘怀，希望以后还有见面的机会。

我喝得也比较多，虽然没醉，但是头疼，回去后倒床就睡。第二天清早，电话铃响得头都快炸了，我烦闷地接过来，是赵中华，他告诉我大师兄到了东官，点名说要见我。

第二章　生病的柑橘

大师兄召见，我自然不敢拿捏。毕竟，他不但是我的靠山，也是亲近的兄长。立刻梳洗一番，驱车前往。

到了南城二处，门口依旧是那个顶替张伯的僵尸脸老太太，当然，还多了一个赵中华。他见到我前来，拉着我说："陈老大八点到的，现在正召集机关的人员训话呢，都是些冠冕堂皇的话，没我们这些编外人员什么事情。走，我们先去吃早餐。"

机关食堂的早餐不错，荤素搭配，精致小巧，很有南式早茶的感觉。不过我昨日喝多了，有些难受，便只点了一碗白粥，就点儿咸菜，缓缓地喝着，问掌柜的："陈老大找我过来，是叙叙旧、站站台，还是真的有啥事儿？"

赵中华摇头，表示："不知道，你还期望有什么奖励？给你提一级工资，估计你这当老板的也不在意。"他也是刚刚到，懒得凑上前去，搞那些虚头巴脑的东西，反正都是老部下了，陈老大也不会介意。

我们俩猫在食堂吃了大概一个小时的早餐，聊了些近况。掌柜的告诉我："果然是人的名、树的影。前几个月乱象纷起，连我这编外人员都累得腿抽筋。今天到这，明天到那，各种忙碌。然而自大师兄来东南赴任，什么鬼魅妖魔，全都消失无踪。你说说，这是什么节奏？"

我笑了，说："这是天下太平的节奏呗。"

掌柜的又告诉我，说："黄鹏飞那小子自集训营回来后，性子便沉稳了，实力也似乎增长了许多。六月份，他还回了一趟茅山，据说得了不少好处。黄鹏飞素来忌恨小萧，连你也受了牵连，可得小心那个家伙，莫到时候给你出阴招、下绊子。"

我耸耸肩，说："黄鹏飞之流，不过是墙头芦苇、山中空笋，能有多大影响力？再说了，我上面不是有你和陈老大罩着吗，怕个毛？"

谈话间，曹彦君走了进来，笑着跟我们打招呼，说："到处找你们两个，没承想居然跑到这里混饭吃。陈局长那边搞完了，说要见见你们两个，跟我走吧。"

我站起来，拍拍曹彦君的肩膀，说："行啊。老曹，陈老大这一来，你就是妥妥的心腹，以后前途不可限量啊？"

曹彦君笑了，说："还不是你和掌柜的推荐，以我这本事，撑死了也就是个跑腿的。大事情，还得你们办。"赵中华跟着走，说："得了，我们这些编外人员，临时工。要说升官发财，还得你们这些踏踏实实做事的人。小曹，你可不要谦虚。"

说说笑笑，来到了小会议室，曹彦君送我和掌柜的进屋后，把门关上，走了。

大师兄坐在主位上，旁边是董仲明。大师兄站起来，跟我握手，然后亲切招呼我们坐下。他依然穿着那件合体的中山装，气质沉稳，不过比起月初的疲倦，此时的大师兄精神抖擞，目光如电，脸上的笑容淡然自若，显然已经进入了角色。久别重逢，自然好是一番寒暄。谈到我的伤势时，大师兄还亲自给我把了脉。结果还不错。不过大师兄告诉我，我身体里还有一些隐疾，自己得注意，不要过于拼命，不然有复发的危险。大师兄这个人，表面上很威严，私底下却十分亲切，什么事情也不瞒我们。他把最近的一些动作，跟我们谈起。掌柜的很早就跟大师兄做事，如同董仲明他们一样，故而没什么拘束的，谈天说地，彼此都没什么隔阂。

赵中华久居南方，这里面的弯弯绕绕，他是门儿清。我看得出来，大师兄到了东南后，跟掌柜的接触不止一次两次了。从此次谈话看，我感觉大师兄是想重用赵中华，想把他提拔到张伟国那个位置。不过大师兄初来乍到，最需要的还是稳定、和平地接管东南分区。大规模提拔自己的故旧，似乎不是很妥当，所以他并没有承诺什么，也只是了解。

谈了半个小时，大师兄突然问我："认不认识一个叫作吴临一的人？"

我说认识。他又问我是不是很熟？我说："还好，在家里的时候，跟吴临一打过一次交道，后来通过几次电话。不过要说有多熟，也不见得，关系算一般吧，怎么了？"

大师兄不答，从董仲明手中接过一个文件夹，说："你先看看这个吧。"

我接过来，打开蓝皮封装的文件。第一页，便见到两幅照片：一张是挂在果树上的几个柑橘，青的，生涩错落，并无什么异常；一张是一个熟透了的黄色柑橘，从中切成两半。问题出现在第二张照片上，被切成两半的柑橘果肉里，附着二十多条细小的生蛆，翻滚着。乍一见，密密麻麻，让人顿生鸡皮疙瘩。我接着往下看，这是一份调查报告。从今年秋季起，在西川南衮、宜兴、笞州，还有渝城周遭，爆发了大规模的柑橘蛆虫事件，很多农户摘下挂果的柑橘剥开后，发现里面的果肉，多则几十上百，少则三五条特殊寄生蝇蛆，根本无法食用。

农户和公司忙碌一年，结果收获的是这种柑橘。在经济上，损失惨重。虽然蛆虫的蛋白质含量高达百分之六十，可用作高蛋白饲料，但是分离和收集实在不易，没有效益。

我看到一半，眉头皱起，抬起头，说："这里面有问题。"

大师兄点了点头，说："是的，很大问题。这是有人动了手脚，传播一种很特殊的病虫，并使其大范围扩散。这还不是最主要的。我们接到了一些误食病橘的案例，食用了病橘的人，有个别表现出记忆力减退、神志丧失的迹象，有人吃得过多，已经成了白痴。通过统计和研究表明，发病率达到百分之十一点八，也就是说每十个人里，就有一个人受到病橘的影响。"

我快速翻到后面，看到一个个案例，心中惶恐，不由得失声说道："基因武器？"

大师兄沉声说道:"对,有这个意思。虽然没有证据,但是做我们这行的,不能没有职业敏感。现在的问题,不在于经济效益,而是公共卫生安全。虽然大部分病区已经得到了控制,但是有消息称,部分农户和公司为了赚钱,已偷偷把这些病橘卖出去了……"

掌柜的在旁边听,有些诧异,说:"这些长虫的病橘,怎么会有人要?"

董仲明出言解释,说:"连皮带壳的病橘自然没人吃,但如果加工成果汁,自然可以浑水摸鱼。"掌柜的点头,然后问大师兄,说:"陈老大,这事发生在西川、渝城那边,自然由人才济济的西南局操心负责。这事儿说大很大,但在西南局那些高手面前,这也算事儿?"

大师兄摇摇头,说:"你忘了,陆左在怒江培训那次。鬼面袍哥会上至坐馆大哥张大勇、白纸扇罗青羽、大供奉刘彧,下至骨干精英,倾巢而出,伏击我局以及各处的后备人才,导致死伤惨重。邪灵教最强鸿庐,就留了张大勇这一脉。像张大勇这种睚眦必报的人,难免不会兴风作浪,报复社会。而且此次影响极为严重,上头十分重视,所以组成了专案组,倾尽各方力量,专门处理此事。"

我有些迷惑,问:"大师兄,你今天专门找我过来,难道这件事情与我有关?"

大师兄点头,说:"西南局那边,吴临一在这方面算是比较能说得上话的。他打报告到总部,想借调你到专案组。不过你只是我们部门的外围人员,所以我特意找你过来,征求一下你的意见。"

赵中华有些急了,说:"陈老大,西南现在是赵承风的地盘,他们自己惹的祸端,让他们自己去揩屁股呗。干吗还把伤重未愈的陆左弄过去?给别人平添政绩。"

大师兄瞪了掌柜的一眼。他沉默了一会儿,说:"中华,你的眼界到底还是小了点,我们内部再如何斗争,但在人民利益面前,都是要妥协的。这是我们做事情的原则和主调。陆左过去,是为了广大受害的农户,以及无数可能受伤害的人民群众,是大功德。怎么能够以内部分歧作借口,拒绝呢?"

掌柜的被大师兄一番教育,低下头,心服口服。大师兄转头看向我,说:"陆左,你身体还没恢复,所以我要征求你的意见。你怎么看?"我并没有考虑太多,点点头,说:"好。正想去西川吃一吃麻辣烫,什么时候走?"

大师兄笑了,说:"越快越好,如果后天可以,我们有专机过去。"

第三章　久违的故人

大师兄似乎早料到我会答应，并不意外，让董仲明把准备好的资料给我，然后交待了一下到专案组后，需要注意的事项。董仲明的准备十分周全。我听林齐鸣说：董仲明在"七剑"中并不以武力擅长，大部分时候都是在协助大师兄处理公务，十足的秘书角色，干练得很。大师兄是个很有统御手段的人，各路英才都汇聚到他的旗下来，反倒是茅山宗出身的直属，倒是没见着几个。

谈得差不多时，有人敲门，汇报工作，我们便起身告辞。

大师兄送到门口，拉着我的手，说："西南局人才济济，你这次借调过去，主要是以蛊师的身份参与研究工作，应该不会有什么危险。不过事有万一，如果出现什么解决不了的事，你记得仲明的电话，随时打给他，我便能知道。"

我握着大师兄满是老茧的手，说："晓得了，我就是个混饭吃，估计也没有谁会为难我。"

掌柜的还有事找大师兄，没有离开。我独自去停车场。曹彦君跑过来说，他后天早上九点过去接我，不要关机，保持联系。

回到事务所，我把资料给杂毛小道说，我后天要出差，不知道什么时候回来。杂毛小道大喜，说他窝在东官也快一年，整日忙忙碌碌，烦出鸟儿来了，便是东官夜幕下的那些夜场，他都烦厌了。红尘炼心，也不是这法子，摸一摸肚子，板油都长了三两寸。正好去西川走一走，见识一下西川妹子的风情，渝城火锅的麻辣鲜香……同去，同去。

我跟杂毛小道搭伙同行已经熟惯，并不拒绝，只是问茅晋事务所这里怎么办？

杂毛小道眉头一掀，说有雪瑞和张艾妮呢！另外还新招了两个风水师，充场面够了。再不行，把大门一关，这不就结了？钱这玩意儿，够花就行，何必为它奔波，走脱不得？

我笑了笑，还是这个家伙洒脱，花了这么长时间和心血弄出来的盘子和名气，说不要就不要，真有出尘高人的风范。我点头，说："好，那我们收拾收拾，后天出发。"

中午的时候，威尔搬出了空中花园，乘车去白云机场坐国际航班，返回英国。临走时，我问他："既然血族的体质能通过手段，直面阳光。那么朵朵这种鬼魂灵体，能不能通过什么方法，实现同一目的呢？"

威尔摇头说，他们讲到底，还是生物的一种。而朵朵，完全就是精神意识的范

畴。不过西方这方面的高人也多，他回去问一问，如果有结果，会跟我联系的。

送走威尔，雪瑞这边闹了起来。得知我和杂毛小道这两个茅晋事务所的大佬要跑路，雪瑞自然不肯独自留守在东官，她也要跟过去，去看那嘉陵江边的纤夫、巴蜀故国的遗迹、渝城解放碑的小正太，还有遍地的美食……哇，想一想，口水都要流了出来。雪瑞说得激动，大中午就忍不住拉着我们去附近的川菜馆子里，吃了一通火辣辣的川系美食。

我很奇怪，这个生长在香岛、旅居于美国的妹子，为何这么能吃辣？

不过我最后还是断然拒绝了雪瑞的同行要求。不是因为茅晋事务所没人照看，而因为我参与的，是一次秘密行动，杂毛小道作为茅山弟子还好说。再带一女孩子，简直就像度假了。既入组织，便需要遵守规矩，搞特殊只能让自己格格不入。

为此，从来没有跟我拌过嘴、吵过架的雪瑞跟我一阵闹，两天都没有说话。

这事儿还惊动了坐镇香岛的李家湖。他亲自跑过来灭火，对自家女儿好是一顿劝，最后不得不签订了丧权辱国的协议：答应全程资助雪瑞明年去欧洲的旅游计划。这才罢休。当然，即便如此，雪瑞还是没给我好脸色，总是扬言：在我走之前，让金蚕蛊和青虫惑打一架。

第三天一大早，我逃也似地带着两个朵朵和杂毛小道离开。

当然，同行的还有虎皮猫大人，肥鸟儿听说是专机，兴奋得一晚上没睡着觉，激动不已，老泪纵横地说："终于，老子不用坐有氧舱了。"听到这话，我感觉，有时大人的要求还真不高：有苦茶叶、洽洽瓜子吃，有个窝儿睡，坐飞机时不待在憋闷的有氧舱里，就已经很满足了。当然，还要有一个可爱的小萝莉陪着——这才是必要条件。

送我到机场的曹彦君帮我准备好了一些材料和介绍信，还把一个钥匙圈似的青铜环递给我，说这是大师兄给的，可以用来驱邪避祸，能够镇压我额头上的印记，日夜消磨。我收下，让他带一个感谢给大师兄。

南方至渝城江北机场，不过两小时。在南方我们还穿着单衣夹克，但到江北机场，出了大厅，我和杂毛小道便冻得像两个鹌鹑，瑟瑟发抖。说是专机待遇，其实就是顺道而已，出来后也没人过来接，我们等了差不多半小时，终于受不了了，打了个的，直奔附近的一家火锅城，先吃上两口再说。

为了掩人耳目，平日里以我堂妹名义出现的小妖没有现身，而是藏在槐木牌中。虽然六芒星精金项链也可容纳灵体，但两个小家伙都是念旧之人，除了修炼提取纯阴之气，平日里还是喜欢一起待在槐木牌里。

我和杂毛小道美美地享受了一顿正宗而美味的渝城火锅，然后又在附近的商场里面，买了两件厚实的皮衣，穿上后，才有闲心欣赏渝城的风景。

我这人的活动范围比较有限，除了自己的家乡外，大部分都在东南沿海地区。而且那时，整日为生计奔波，连装修稍微豪华一些的旗舰店，都不敢进去。哪能像现在这般到处玩耍。这一路行来，我感觉这座内地城市，山水花城、休闲都市，无论是从风景，还是人物，都和沿海那些快节奏的城市，截然不同。

杂毛小道自然是来过，不过是几年前的事儿了，如今是日新月异、天翻地覆、目不暇接了。

逛了差不多一个多小时，才接到一个本地的电话。是个妹子，说没有接到我们，问我们现在在哪儿呢？

我想笑，说："我们也没有见到接我们的人，肚中饥饿，所以就出来找饭吃了。"我对这里的地理不是很懂，两个人在电话里说了半天，终于有一辆黑色奥迪停在了我们面前。来接我们的工作人员是个漂亮的川妹子，叫做刘思丽，笑起来很甜，用川话讲叫"嘿乖"，态度也很好，没责怪我们私自乱跑，还很热情地跟我和杂毛小道握手。

刘思丽个子不高，长得很像几年前湘南卫视举办的一个选秀节目季军，杂毛小道握着她的手，都舍不得放开；嘿嘿地笑，嘴咧得特别大。此君在那一刻，完全没有战斗时的高人风范，简直就是一个二皮脸。

我跟刘思丽介绍说是朋友，虽然这样子随意带人，不是很有纪律性，但因为是特意借调过来的"专家"，刘思丽也没表现出不满，载着我们一同回去。专案组的驻地在万江区的一处清静地，周围树木茂盛，临山，台阶幽浅，门户宽阔且韵味足，建筑都隐在林中，很有意思。

车停在院子里，我们拾级而上，走到拐角一处建筑的门口时，我看到吴临一那个头包粗布的老苗人，正从里面出来，过来跟我握手，欢迎我。

此时的吴临一没有初见时候的冷淡，因为是他打报告让我过来的，显得十分热切。他把我拉到一旁，将此次事件草草说了一下，然后跟我说先去报到，下午两点，有一个案情通报会，让我务必参加，也好跟专案组的成员介绍我。

我指着旁边的杂毛小道，说老萧也跟过来了，看看能帮上什么忙。

吴临一在青山界便与杂毛小道相识，自然知道这个猥琐道人的厉害，紧紧握手，说了些感谢的话，还说："要不是小萧不在体制内，一定会借调过来的，如此正好。"吴临一也忙，闲话匆匆，聊不过三两句，听到有人叫他，便离开了。我们在刘思丽的带领下，办了报到手续，又被带去分配的宿舍。

那宿舍在山后坡，我们转小路过去，突然听到前面传来了熟悉的声音。往前走，转一个弯儿，黄鹏飞和白露潭两人，出现在我们面前，有说有笑地走过来。

第四章　借调的目的

骤然相见，彼此都有些猝不及防。

愣了几秒，倒是杂毛小道嬉皮笑脸地开了口，朝黄鹏飞打招呼，说："哎哟，我的小师侄儿，我说怎么好久不见你了，原来是跑到这里来了。这妹儿，是你的妞吗？长得还真水灵，我说你怎么好好的南方不待，跑这边来。不爱江山爱美人啊？"

听到杂毛小道的调侃，黄鹏飞脸色铁青，冷冷地说道："你一个被逐出门墙的家伙，有什么资格喊我师侄？有谁承认你是茅山门下的？真不要脸！"说完这话，他又冲着我说："陆左，你有没有组织纪律性？竟然将一个无关紧要的社会闲杂人等带进重地，这件事情，我会向上头投诉的！"

一通狠话说完，他头也不回，也不理旁边的白露潭，扬长而去。

杂毛小道摸了摸鼻子，朝我笑道："这熊孩子脑袋进水了吗？"

和他相处久了，我知道老萧虽然笑容满面，但是每次摸鼻子，都代表着怒意横生，甚至是起了杀心。不过以杂毛小道的涵养，只要不触及逆鳞，是不会真动手的。我耸耸肩，说："也许吧，这熊孩子向来如此。"我转头看向一直在旁没说话的白露潭，挥手打招呼，说："小白，好久没见了。"

白露潭刚才一直没说话，完全因为震惊，这会儿回过神来，惊喜地拉着我，说："陆左，你居然好了啊？天啊，这真是个奇迹，上次……医生不是说，你这辈子都下不来床了吗？"

我看了眼旁边的刘思丽，笑了，说："干我们这一行当的，见得最多的，不就是奇迹吗？"

我们站在转弯处，闲聊了几句。白露潭告诉我，她集训结束之后，因为表现优异，先是在湘湖升了职，后来又调到了北京。一个月前，又跟上峰从北京调到了西南局，参加本次的专案组，和黄鹏飞搭档，在江北江南查询毒虫扩散的踪迹。刚刚从外面回来，正准备去汇报情况呢。

我点头，跟她握手，说："我也是被借调过来的，不过应该在吴临一那一组。"

白露潭很高兴，说："我们老同学又能在一起做事，太高兴了，还真的是有缘啊。不过我急着去汇报，一会儿再过来找你。"我点头，说："好，你先忙。"白露潭走出两步，突然回过头来，抿下嘴，说："陆左，我说句不好听的：虽然我们和黄鹏飞，在集训营的试练中是对手，但是回到工作和生活中却都是同事。他这个人有本事，也有傲骨，但终究不是敌人。所以我劝你，最好还是跟他缓和一些关系的好。"

我睁大眼睛,有些诧异,然后苦笑,说:"我倒是想缓和,奈何人家不甩我。"

白露潭环顾四周,凑到我耳边,悄声说:"黄鹏飞的舅舅,是茅山宗的话事人杨知修,你不晓得吧?所以……"她在我耳朵边吐气如兰,搞得我耳根子痒痒,忍不住笑,点头说:"知道了,知道了,果真是道二代,我惹不起,躲得起。"

白露潭离开后,杂毛小道看了我一眼,说:"这女孩跟你好像挺熟的,是你集训营的同学?"

我点头说:"是啊,很厉害的一个女孩。湘西落花洞女出身,请神探知,是一等一的高手。"

杂毛小道还没有说话,站在他肩膀上面的虎皮猫大人就乍呼起来:"毛,叫山神,就真的是神了?蜗牛是牛吗?天牛是牛吗?不过跟几个踩到狗屎的山精野怪有一腿而已。小毒物你把她捧得这么高,这眼光,倒是低得让我不齿。以后别说你认识我!"

我没有接话,看向旁边的刘思丽,这个女孩儿倒是机灵,不理这鸟儿,头扭到一边,装作听不见。

杂毛小道笑得捂肚子,我也苦笑,说:"大人,您老人家,高瞻远瞩;我只是个出道不久的小角色。您口中的山精野怪,在我眼中,都是厉害的大拿……"

虎皮猫大人呸我一脸唾沫,然后振翅,朝着林子顶飞去,屁股一撅,一大泡鸟屎洒落下来。

我赶忙闪躲,那鸟屎正中哈哈大笑的杂毛小道,啪唧一声,惨不忍睹:"肥母鸡,你大爷的……"

这里分配到的宿舍条件不错,单人间,还有独立卫生间。杂毛小道没有名额,刘思丽去找后勤再搬来了一铺床。下午,杂毛小道一个人出去晃悠,说去解放碑摆摊,看看美女。而我则前往报到的主楼,参加专案组的案情通报会。

这次通报会的主角是白露潭,她和黄鹏飞领导的搜查二组,通过近一个星期的排查,已将毒虫撒播的源头,确定在了以渝城丰都为中心的近三千平方千米的区域。

这是一个很重要的发现,因为病橘的范围,遍布西川东南部、渝城大部以及黔西等地,甚至巫山以北都有出现,能够在这么短的时间里,从这么大的区域中找出源头,而且有理有据,足以证明了白露潭和黄鹏飞的能力。

本次专案组的组长是袖手双城赵承风,不过他老人家贵为大区副职,事务繁忙,所以直接领导是一个叫做董申磊的中年人,我听别人叫他处长。

白露潭这个女孩子比较会说话,汇报的时候,言必称"在专案组相关领导的指挥下,在组员们努力的工作下",故而得到了董处长的大力表扬。搜查二组里黄鹏飞是正,白露潭是副,因此也少不了"黄组长的亲历指挥和决策",面面俱到。

会议开得比较杂,我大概捋了一下,目前有三个重点:第一是组织专家小组,针对性地研制特效药,防止其扩散和来年的爆发;第二是要查出幕后凶手,将研制毒虫并将其散播的人,绳之以法;第三便是要找出偷偷收购这批有毒柑橘的商家,避免流

到市场上，危害更多的人民群众。

会议结束时，董处长也给专案组的各负责人介绍了我，说是从东南区请过来的专家，也是一名蛊师。大家对于我的到来，报以热烈的掌声，不过我很敏感地发现，这掌声里有一些敷衍。看来并不是所有人都希望我到来，比如黄鹏飞。这起事件，对于大集体来说危害甚大；但换一个角度，如果能够顺利结案，未必不是一场政绩。会后董处长找到我，跟我谈了一会儿话，对我的到来，表示了欢迎，并且跟我说有什么困难，都可以找他，能满足的会尽量满足。

这场合我见得多，表示一定会尽力工作，争取早日出成果。

出了董处长办公室，我又被一个工作人员领到了一栋比较有现代气息的大楼。经介绍，才知道这里是实验大楼，针对致病柑橘的防治和医疗工作，就在此处封闭式地集中进行。这里说是专案组，其实是一个应急指挥中心，集很多功能于一身，有多个不同的团队在运作。就比如此处，大楼里召集了很多医学、生物学相关专业的专家教授，夜以继日地研究和实验，同时，像吴临一这样养蛊人身份的，也有好些个。

在真正的危机面前，以国家为单位的团体爆发出的力量，是不可想象的。

我在五楼实验室找到了吴临一，他正在带着五个身穿白大褂的男女做实验，没空理我。我闲得无聊，走到临门的实验台，看到柜子上摆放着很多玻璃培养皿，用字母和数字分门别类清楚标注。我低头看向第一个，里面是一块四分之一柑橘，橘黄色的果肉里已经腐烂了大半，尽是蛆虫爬行。奇怪的是，果肉被蛆虫吞食大半，但橘皮却毫发无损，一如寻常。

"橘皮里含有大量的柠檬烯，性温、味苦，细胞形状不规则，壁不均匀，有浓重的气味，这些都是蛆虫不喜的，所以很多柑橘到底有没有病，只能剥开才知道。"身边传来了吴临一的声音，只见戴着淡蓝色口罩的他出现在我的旁边，一边取下橡胶手套，一边指着培养皿中的蛆虫跟我说："之所以请你过来，主要是因为你所养的蛊，乃金蚕。这东西据古书记载，是蛊中之王。所以希望你能够出一些主意，并用你的金蚕蛊，贡献一些解药的研制方法。"

贡献……方法？

我问现在都有什么难点呢？吴临一说："现在的问题，就是如何解除这病橘的毒性，以及确定防范方法。你的金蚕蛊是剧毒，无人能解，而本命金蚕蛊又能解百毒。最强的矛和最强的盾，你都有。我初步的想法是，先从你的金蚕蛊上取一些样品，做研究……"

我听着，脸色不由得严肃起来——这哪里是让我过来研究，这分明是要拿我来做研究。当我的金蚕蛊，是小白鼠吗？

第五章　局长的召唤

在我来之前，吴临一根据他从古籍中了解的金蚕蛊特性，做了整整十一套方案。不愧是教授出身的养蛊人，他这十一套方案中，有的稳扎稳打、循序渐进；有的天马行空、创意十足；有的可操作性十分强，有很高的成功率……这些方案环环相扣、严谨慎重、考虑周全，做得十分大气，让人叹服。但他唯一没有考虑的一点是：如果按照他的方案做下来，别说是只有大拇指粗的肥虫子，便是再胖十倍，也扛不住。肥虫子是我的本命金蚕蛊，与我同生共死。把肥虫子当小白鼠，让我情何以堪？

常年养蛊，吴临一的身体不是很好，矮瘦、脸色蜡黄。不过谈到自己制定的十一套方案，他显得十分兴奋，脸颊上都露出了一抹高原红，根本不看我的脸色，滔滔不绝地讲述每一种方案的优劣和成功率，给我列出一大堆数据来作证明。

我听得心不在焉，总感觉某个厨师在跟我说，如何将肥虫子煎炒烹炸，做出一道道美味佳肴。讲了差不多四十分钟，吴临一终于停下来了，抿了抿干燥的嘴唇，问我："陆左，你觉得我们应该从哪一套方案开始？我建议第二套，先用应激反应滞，截取三到五份样品，然后透析分离，分析元素构成……"

看着我面前这个满脸皱纹的老苗子，迎着他满是期冀的目光，我耸了耸肩膀，说："随便，你觉得哪套合适，就选哪个吧。我没意见。哦，对了，我的行李还没整理呢，先离开了。"

见我转身要走，吴临一连忙拉住我，说："陆左，我们还等着你的金蚕蛊做实验呢。你回去，把金蚕蛊留下来就行。"

我回过头，眯着眼瞧着这个科学狂人模样的老苗子，笑了，说："吴老师，你自己也是蛊师，你会把自己视为性命的蛊，交到别人的手上，任其宰割吗？"

见我说得严肃，吴临一点头，说："可以，如果国家需要，我会把我手上所有的阴蛇蛊都交出来，一份不留。"

见他装疯卖傻，我一阵恼恨。

世上之蛊，大致分为两种，一种是生蛊，便如同我的金蚕蛊、雪瑞的青虫惑和在镇宁见到的蝎子蛊、王麻子的青蛇蛊；另一种是死蛊，其实就是一种毒粉，这种最为常见，是很寻常的生物毒剂。强烈一些的，可以在人体中重复生成毒虫。

死蛊好弄，比如吴临一的阴蛇蛊，取自一窝生、寸余长的小蛇，以器皿盛贮，自相残杀，每日祈祷。周期短则三月，最长不过半年，即可获得。与自身没有太多利害关系；而生蛊却极其难得，不但法门少，而且耗时长。一百蛊师中有七八个，便算是高比例了。而且生蛊与养蛊人相互勾连，息息相关。比如我，肥虫子一旦死去，我也活不过几日。

他竟然为了让我交出金蚕蛊，说出这种便宜话，我如何不愤怒？

我二话不说，扭头就走。吴临一见我不接他这一茬，拉着我的衣角，咧开一口黄牙，赔笑，说："陆左、陆左，你定是误会了。我保证你的金蚕蛊不受致命伤。哎，你别走啊？我知道你担心什么，我可以跟你保证，不会伤害它的……"

吴临一拽得很紧，我一走动，便把他滑了好几步，实验室里的那些白大褂不知道情况，纷纷围上来。脾气好的劝解；脾气不好的，抡拳头朝我挥过来。

我倒不是怕吴临一这几个助手，只是这样拖拽着，实在难看。于是停下脚步，盯着他，让他放手。吴临一怕我暴起，松开手，喋喋不休地说："这只是一个实验想法，后续的进展，还需要我们两人共同确认。你不要一开始，就一副不合作的样子。大家走到一起，都是为了人民群众，别说是一点点切片，就是牺牲自我，也是光荣的！"

我往日跟吴临一接触不多，但是感觉他还算是一个值得尊敬的前辈，此刻却感觉像一堆臭屎，心里只有厌恶。我认真地对他说："我们可以通过很多途径，达到共同目的。但是如果需要牺牲他人，我不赞成。你不要希望用集体主义和民族大义那一套，来打动我。我需要尊重，而不是被人当作棋子，当作利用工具。"

说完这些，我头也不回地离开了这个让我厌恶的地方。

回到宿舍后，我依然满肚子怒火。没读过大学的我，本来还计划着在一堆专家教授面前露回脸，通过十二法门以及我们敦寨苗蛊的手段，尝试将那些毒虫抑制住。然而没想到吴临一这个老家伙，申请把我借调过来，就没安什么好心……

我打电话，问杂毛小道现在在哪里？他回我说："在解放碑。哇，坐在这里，就像是坐在T台下面，全天下的美女赶集一样汇聚于此。怎么样，小毒物，要不要过来养养眼？"

我说好，立刻过去。

说罢我出了大院，打车往解放碑赶去。到了地方，我把今天碰到的事告诉杂毛小道，他陪着我一通臭骂，说："直娘贼，那个姓吴的，果真不是什么好鸟。现在想来，当初在青山界，也是这老滑头。我们在洞子里打生打死，折损了多少兄弟，他在外面搭个帐篷歇着。最后领功劳时，反倒是他们占了大头。"

我们两个在解放碑附近玩了一下午，美女确实很多。心情好些后，又去附近一个死贵死贵的餐馆，要了一个包间，将朵朵、小妖还有肥虫子叫出来，大吃了一顿。

其间一直有电话进来，有吴临一的；有刘思丽的；也有董处长办公室的。我听得烦闷，直接关机了。杂毛小道问我要不要告诉大师兄，我摇头说不用，我不肯，这些家伙未必敢逼我，大家都要按规则行事，谁怕谁。说到底，我又不像曹彦君，人在仕途，哪会怕得罪这些人。

我们玩到了晚上快九点，才乘车返回。刚到大院，刘思丽就过来了，她并不知道我和吴临一的冲突,只是很焦急地跟我讲,董处长找我没找到,让她联系,我又不接电话,关机了,害她被臭骂了一顿。不过回来就好,以后如果去哪里,一定要跟她讲一声。

我满口子答应,说:"连累你了,不早了,回去休息吧。"

回到宿舍,洗完澡,打开电视看了一会儿阅兵仪式的重播,房门响了。杂毛小道去开门,然后一脸古怪地转过头,跟我说:"找你的。"我扭头去看,是白露潭。穿着一身简单冬衣的白露潭明显也洗过澡了,脸上红扑扑的,像花儿一样漂亮。

杂毛小道借口去找肥母鸡,把门关上了。宿舍有沙发,我请她坐下,问有什么事吗?

白露潭告诉我,她住二楼,上来看看我。

我点头说:"哦。"我们聊了会儿天。突然,白露潭有些期期艾艾地问我:是不是对她跟黄鹏飞走到一起,有看法?我笑了,说哪有,大家不都是为了工作。白露潭听我这么说,终于放下心来,说她一个女孩子家,混这里不容易。然后跟我各种诉苦,最后不经意地提及,听说我今天跟吴老吵架了。然后跟我说吴老是西南局有名的犟脾气,让我不要放在心上。

我说我没放在心上。她说:"这便好。工作嘛,有分歧是一定的,多沟通就好了。吴老今天也气坏了,跑到董处长那儿闹了一通。你自己小心,遇到事情,千万别硬抗。对于我们这些年轻人来说,有时候,吃亏是福,你说是不是?"

我听出来了,白露潭是在劝我屈服,于是便不理睬她。她说了一会儿,觉得无聊,便走了。

果不其然,第二天早上,董处长便找了我,虽然没明说,但是话里话外,还是让我为了人民群众的利益,配合吴临一的工作。我装作不知晓,说话云里雾里,但就是不松口。

一个早上,我都没有去实验楼,只在前门楼找刘思丽聊天打屁。

快中午时,刘思丽接了个电话,听完脸色一变,结结巴巴地跟我说,赵副局长要见我。

第六章　坚决的打脸

在六楼一处昏暗的办公室里，我见到了闻名已久的袖手双城——赵承风。

和我想象的很不一样，赵承风是一个很有魅力的中年人。他的眉目跟青虚长得有些像，帅气，天庭饱满、地阁方圆，声音洪亮；年纪似乎比大师兄小一些，待人接物，给人如沐春风的感觉。我本以为自己面临的是冷枪暗箭、风雨飘摇的鸿门宴，早就憋着一肚子怒气，没想到完全不是。赵承风拉着我的手，话了一大堆家常。还夸我说，他知道我在集训营的表现是数一数二的，要不是后来受了重伤，真的想把我调到北京，加入直属部门呢。

赵承风动情地拉着我的手，说陆左，之前真的是委屈你了。

我这人有一个"缺点"，就是吃软不吃硬。别人对我像政委一样春天般温暖，我就觉得他跟亲人一样。拉着赵承风，我把这几天受的委屈，全都倾倒出来，说："吴临一这哪是救人，简直就是要我的老命。"

赵承风摆摆手，说："小陆同志，你不要闹情绪嘛。吴老作为西南局顶尖蛊师之一，既然承诺你没事，就一定不会有事。不过呢，我们做工作的原则，不但要灵活应变，而且要尊重当事人的想法。否则，不就成法西斯了吗？既然你不同意吴老的方案，那么我给你批个条子，你自己领导一个实验室，所有的配置一律参照最高标准。希望你能不辜负组织的期望，尽快完成任务。"

听到赵承风的话，我激动得眼圈都红了，站起来表态说："一定不辜负您的期望。"

赵承风让我坐下，说："放松，不要紧张嘛。在大是大非面前，所有的内部矛盾，都是次要矛盾。你看，一沟通，所有事情就解决了。小陆同志，你也有不对的地方，昨天根本没听吴老解释，就自己跑出去了。这样子，就很不好嘛。不过你是年轻人，犯的错误，上帝都会原谅。一会儿，你去找吴老道个歉。要挣面子，就让成果来证明你的一切。"

我点头，说："我有不对的地方，这个我晓得，我会去跟吴老道歉的。"

听到我的承诺，赵承风站起来，跟我握手，说："好嘛，好嘛，我们国家就需要你们这样敢做敢当，又勇于承担责任的年轻人。你的实验室，应该会在下午批下来，我很期望看到你、老吴和其他专家教授一起打擂台、赶进度，等待你的喜讯！嗯，悄悄告诉你，我很看好你哟，哈哈……"

赵承风的笑声阳光而爽朗，我也不由得笑了起来，激动得泪花闪烁。

中午吃饭时，我把这次会面学给杂毛小道听。他忍不住地鄙夷，说："这个老家伙，收拢人心的功夫比实力大十倍百倍，果真厉害。"我冷笑，说："原来不知道为什么大师兄叫黑手双城，而他叫袖手双城。现在知道了，所谓的'长袖善舞'，便是如此。有手腕，而且善于交际，钻营取巧。说实话，我自己都有些佩服他呢。"

杂毛小道满满地喝了一大口番茄鸡蛋汤，抹了一下嘴巴，说："他们这些能爬上去的，个个都是人精儿，哪个没有手段？不过他既然发了话，你倒是不用顾忌吴临一的态度。比他早点弄出方案和解药，才是啪啪地打脸。看他还扯大旗，装波伊不？你有没有信心？"

我并不配合，愁眉苦脸，有气无力地说："没有。"

杂毛小道一口鸡蛋汤差点儿喷出来，缓口气，问我："见赵承风时，把话说得满满的，怎么现在就蔫了？"我苦笑，说："大话谁不会，但要真正地弄起来，我哪是那堆专家教授的对手？现在只有祈祷金蚕蛊给力了。要不然，我可要被嘲弄死了。"

为了那一点儿脸面，当天下午我就去董处长那里领了权限，然后接掌了六楼A号实验室。因为知道了我和吴临一的矛盾，两个被分配过来给我帮手的助理实验员（硕士学历）拖拖拉拉，并没有上任，不过我并不理会。有杂毛小道帮忙出谋划策，小妖和朵朵两个乖宝宝帮忙打杂，一时间倒也不缺人手。我迫不及待找刘思丽领了二十来份不同产地的病橘样品，然后由朵朵和小妖分门别类。当天下午，我们就开始与这一整栋楼的专家教授、博士硕士院士较量起来。

这里公布一下本实验室人员的学历构成：本人陆左，高中毕业，理科生；顾问杂毛小道，学历小学肄业，作为一个道士，自小接受家庭教育，学校只上到小学二年级，接着便上了茅山后院；小妖，不详，反正也是个没文凭的货；朵朵，学前班大班，至今已自学到小学四年级了……

好吧，相比较而言，作为本实验室的领导者，我算是高级知识分子了。当然，我们还有个高级顾问，便是虎皮猫大人，这厮虽然来历不明，但是学贯古今、触类旁通，是我们这里最拿得上台面的家伙。只可惜这家伙太过疲惫，不肯出死力，谁也没招。不过我所要做的，也简单，就是把这二十来份病橘剖开，露出里面的蛆虫，然后标识清楚，让虫子挨个儿地吃，而我则闭上眼睛，感受肥虫子的反应。对于肥虫子来说，这些东西当然只是些开胃小菜，但我却能够从它的感受中，抓到一些实验外的反应。有了这些积累，我便能从十二法门中育蛊一章以及山阁老留下来的总纲中，找出一些解除毒性的方子。

短短三天，我便琢磨出二十来种方子，这些都是治蛊防虫法子的变种，略为粗糙，很多细节还需要耐心打磨和调整，才能达到最好的效果。

当然，我最需要的还是小白鼠，也就是能让我自由实验的活人。因为有肥虫子在，不用担心中毒，我们可以无限实验，尽快确定最终方案。环顾四周，发现适合的只有我和杂毛小道。当得知了我的想法，杂毛小道抵死不从，说："要吃那一堆肥蛆组成的橘子肉,我宁愿去死。"他不愿,就只剩下我了。然而我几次咬着牙,将这橘子放到嘴巴前,都忍不住吐了,始终鼓不起决绝的勇气。

既然我们两个都不行,那么就只有求助旁人,我找到董处长提出申请,结果被他断然驳回。我至今都记得董处长指着我鼻子,气愤大骂的场景。那叫一个狗血喷头,其中各种慷慨激昂,简直把我当成了残暴的日军731部队。没办法,我只有去找愿意为人民牺牲的白露潭,结果她借口时间紧任务重,把我当成神经病,躲了好几回。

一时间,我们陷入了僵局,虽然可以通过小白鼠等医学动物来进行实验,但是它们都不会说话,不能快速得到结果。

然而天无绝人之路,就在我和杂毛小道坐在楼道口唉声叹气时,这几天一直把我们的工作看在眼里的刘思丽,怯怯弱弱地跑过来问我说:"陆左,你所说的实验,真的没有生命危险啊?"

在我们诧异的目光中,刘思丽咬着嘴唇,小心翼翼地说:"不如,让我来吧……"如此,我们有了第一个,也是唯一一个实验对象,如获至宝。

接下来的几天里,肥虫子几进几出、几十进几十出,在刘思丽体内来回穿梭,不辞劳苦。而刘思丽则每天闭上眼睛,试吃各地柑橘,让自己积累病原体。这个女孩并不是修行者,只是个刚毕业的大学生,主修心理学,没什么背景,考上公务员后,分了这么一个冷门单位。看着她不断用心理暗示的法子,开脱自己,然后将一瓣瓣橘肉放入口中咀嚼,我心中不由得赞叹。看来混官场还真的需要强大的心志,不比我们这些修行者差多少。当然,不管是出于什么样的目的,我们对刘思丽的敬意,一分不减。

颠来倒去,又是一个多星期,我们终于确定了一份以板蓝根、茯苓和紫菀为主药的方子,配合驱疫神符,对治疗这种病症有很好的临床效果。这成果快速得出的第一功臣是金蚕蛊,第二便是刘思丽。根据这份方子,我们又会同相关实验室,研制出了用于大范围防治的喷雾式中药抑制剂。

董处长起初将信将疑,后来我们通过方子治好了两位数以上的病人。他大喜过望,立刻责成其他实验室做同层对比测试,如果成功,将进行大批量的推广和使用。

当然,那些已经变成白痴的人,因为脑神经受损过度,已经没救了。

我到专案组的第十三天,再次参加了案情通报会。会上,董处长通报目标已经确定在渝城下辖丰都境内的数个小村子里,专案组正准备组织队伍,对这些区域实行排查和确认。

第七章　途经包坳子

"基本上可以断定，这一场虫灾，是鬼面袍哥会头号蛊师曹砾的杰作。今年四月份，鬼面袍哥会伏击我部春季集训营的行动，这家伙没去，坐镇会中，实力并不弱。曹砾此人，善于隐忍，而且性格孤僻乖张，仇视社会，但在蛊毒研究上，却是天才，以至此次的虫灾，波及甚广……"

我听着侦察员介绍鬼面袍哥会的情况。西川蜀地，盆谷相连，自然不乏巫蛊之道。只是历朝历代，镇压了多次，甚至不惜剿灭几支蛊苗。鬼面袍哥会在西川袍哥文化中，属于比较怪异的一种，大部分都是亲戚故里，同乡连枝，以丰都（即鬼城"酆都"）为核心，往东西方向扩展，因为事涉鬼神，影响极大，最后三峡大坝修筑，水淹县城，断了其炼鬼养尸的根本，这才隐没了些。

鬼面袍哥会有四巨头，坐馆大哥统管全会，白纸扇负责出谋划策，大供奉负责武力传承，大蛊师则最为神秘，历来是控制成员、蛊惑人心的高手。

根据最新情报显示，鬼面袍哥会的坐馆大哥张大勇有从藏区潜回的迹象，而头号蛊师曹砾从来没有离开。

我根据十二法门，通过对刘思丽数十次实验鼓捣出来的方子，已经得到所有实验室的认可，正在紧张进行小范围的临床实验。一旦得到安全期确认，那么本次虫灾也将得到可行的防范。这是专案组最直接的成果，我也得到了所有人的尊敬，便是跟我闹翻的吴临一，也紧紧握住我的手，跟我说恭喜，还代表所有受益的人民群众，感谢我。

见到吴临一毫不作伪的激动模样，我的心头不由得一热：他应该就是老派人的作风，脑子里只有集体而无个人，故而才会对我那般模样，不觉得自己有错；而我这边出了成果，他又真诚为我高兴，并不因为难堪而介怀。

会上，董处长提到，如果对手是曹砾的话，这次行动小组一定要带上高明的蛊师，不然有可能全军覆没。

西南人才济济，但肯出来为国家做事的蛊师却并不多，不知道是性格如此，还是蛊苗向来就避世。至少我来到这里的十几天里，除了吴临一外，唯一知道的蛊师是，一个黄脸女人。董处长目光巡视一圈，最后落到了吴临一身上，恭敬地说："吴老，以您对曹砾的了解，这次行动的危险性，有多大？"

吴临一沉吟一番，说："曹砾此人，乃彝族罗武的持青鸟者。彝家五蛊，他门门精通，以前我们局的徐景飞徐处长，是比我高明许多的蜥蜴蛊师，便是在水淹丰都一役中，死在他手里的。所以此次前往，其他方面的高手我们都有信心，但是曹砾，我一个人是顶不住的……"

董处长瞄上了我，小心翼翼地说道："陆左，谈一谈你的看法？"

本次行动的目标，是鬼面袍哥会的头号人物和最神秘的蛊师，这样豪华的阵容，稍一闪失，就有伤亡。我本以为我过来，就是打一壶酱油，然后在指挥中心等待结果。没想到西南局能够抽调出来的蛊师不多，说话间，就让我撸起袖子，真枪真刀地冲上前线去了。真是让人有些发懵。

不过，当时的我却不由得心生好奇。因为在此之前，董处长已经公开了本次参与行动的成员，很多都听赵中华跟我提及过，是一等一的高手。学无止境，入了这行，虽然敬畏之心是有的，但倘若屈服于内心的恐惧，那么这辈子，都无法进步。本着学习的心情，我点头，说："好，我服从组织安排。"

董处长大笑，说："好，好，东南局来的同志，水平就是高。这样子，吴老、陆左、李媛你们都去，相互之间，也好有个照应。"

本次会议主要就是确定行动小组的人员构成，最后决定：由西南局顶尖的高手，外号"天府红龙"的洪安中做领头人，以第二处精英为骨干的十六人行动小组，再加上我、吴临一、李媛三人。行动定于明日，人员即刻从各处出发，最后在丰都县城集合。

会议结束后，我返回宿舍，收拾东西。没一会儿，白露潭找过来，跟我握手，十分高兴地说又能跟我一起行动了，真开心。白露潭和黄鹏飞也参与本次行动，我并不意外，这是一次积累资历和政绩的绝佳机会，有心在仕途发展的人，都不会拒绝。

我们这次好好地聊了一番，说起同学的近况、明天的行动，我拉着白露潭的手，说："哥哥我现在功力没恢复，到时候有情况，一定要罩着我才是。"

白露潭拍着胸口保证，说没问题，到时候出了什么状况，往她身后闪就是了。这丫头胸口有料，拍起来波涛汹涌，让我忍不住咽了咽口水。见我有些失态，白露潭横我一眼，说："你们这些臭男人，怎么看人的眼光，都这么色啊？"我嘿嘿笑，倒是默认了——请原谅一个长期素着的男人，这是正常反应。

我们两个聊得热切，杂毛小道进来了三回，白露潭都没走，最后老萧实在是困得受不了，外面又天寒地冻，进来打了声招呼，说："你们聊。"然后裹着被子就睡觉，白露潭这才告辞。

第二天我们起了个大早，然后乘车赶往酆都。

壮涪关之左位，控临江之上游，扼石柱之咽喉，亘垫江之屏障。作为鬼城，酆都鸿庐的发源地，它地形奇特，降水充沛，四季分明。一路萧瑟，道边经常见到印花纸钱，随风吹起，飘飘扬扬。我以前听人说过，西川、渝城这方地界，历史上非正常死亡、人为性屠杀太过厉害，所以有大量的孤魂野鬼遍地游走。这也导致了此处神鬼之事，冠于全国。前些天在市区还不觉得，出了城，走到这荒野地，就感觉有些阴风扑面。

十一月初的西川蜀地，风如刀子，阴冷湿滑，让人止不住地发抖。便是虎皮猫大人，也躲在车椅背后，盘起身子来打盹，猫冬。

我出任务，杂毛小道自然一同前往。专案组的领导也知道些缘由，多一个高手，也是欢喜的，所以没有为难我们。不过他昨天被白露潭吵得难受，蜷缩在车里，呼噜呼噜补觉。

到了移民新城，车子驶入一处僻静的大楼内。

特勤局和鬼面袍哥会长期斗争，真正做到了你中有我、我中有你，所以不能通知此处的常设机构，所有的行动都要秘密进行，而用来配合后续行动的武警部队，也需要从远处调来，怕打草惊蛇。

这栋大楼是移民新城建设的时候，特勤局通过代言人的手段盘下来的，一直放着，准备在清剿鬼面袍哥会时用。

下午，行动组和前沿指挥部从各地抽调的高手陆续来到。我很惊喜地看到了老朋友杨操。故人见面，好不欣喜，拉着手互诉离别之情。杨操这人性格开朗、不做作，我是极喜欢的。我俩的联系断断续续、一直都有。倒是胡文飞，性子阴沉，分别后，就没再联系过。

说起其他人，杨操告诉我，胡文飞高升了，没有过来；而这次行动的负责人洪安中，其实就是洪安国洪老大的大哥。听他这么说，我特意瞧了一眼那个西南局的顶尖高手，其实就是个朴实农民的模样，须发皆黑，眼睛黯淡，但当我瞧过去时，他猛然扭头看来，眼里仿佛有一轮太阳，十分刺眼。我冲他笑，他点了点头，走过来与我握手，夸赞我前几日的功绩，说话间，倒也算是个和善的人。

行动小组在傍晚紧张布置了行动方案，目标所在的地方，总共有两个：一是五里牌村，一是狼崽窝村。我们分成两队行进，探查到目标后，立刻联络部队，然后集中突击，争取抓活的。如果实在困难，就当场击毙，不留后患。

为争取时间并掩人耳目，洪安中当天晚上就分了队，然后连夜出击。我们在晚上十点钟左右驱车出发，同行中认识的，有杂毛小道、杨操、白露潭和黄鹏飞，另外那个李媛，说过几次话，也算是熟人。

车队行进一段路程后，分成两路，各自行进，黑漆漆的冬夜里，黯淡无光，我和杂毛小道坐在车子的后座，看着窗外的树林，总感觉薄雾朦胧、鬼气森森，似乎有些异样。好几次，我定睛看，都仿佛看到隐约的人影，在路边行走。其实那里根本就没有人。

我有些不安地问司机，说："田师傅，这个地方叫什么名字啊？"

师傅头也不回，伸手摸了一下吊着的黄色符箓，告诉我："这里啊，大名没人晓得咯，乡巴子们都叫它叫包坳子。"

听到这个名字，我和杂毛小道不由得面面相觑，感觉到背后一片凉意。

第八章　迷失的农庄

"包坳子",听着真没什么特色,还不如我们所要前往的那个叫做狼崽窝的小山村,让人记忆深刻。但是因为在鬼城里,我和杂毛小道记在火车上道听途说的一个故事。当时的那个人告诉我们:"西川的鬼怪故事很多,最出名的,就是鬼城酆都,一个叫做包坳子的地方。在那里,鬼打墙这种事情,早已习以为常,不夸张地说,你要是出门没遇到,反而奇怪。"就是这么一个神秘的地方,计划行动时,竟然没人提起。我有些惊奇,仔细打量四周,发现道路两侧,就是些稀稀拉拉的树林子,车道蜿蜒,回回转坡,绕得头晕。

杨操坐在前面,他从后视镜看到我和杂毛小道身子绷得僵直,出言宽慰我们,说:"二位勿惊,到那村子还有十里地呢,不用紧张。再说,前面的车子里,还有胡文飞他们青城山的两个长老级人物,天塌下来,有高个儿顶,容不得我们担忧。"

我笑了,杨操这个家伙,也是个滑头角色。

他说的青城二老,是一僧一道。僧人麻衣秃瓢,名曰秀云;道人披头散发、须白,名曰王正一。都是一把老骨头,年纪看不出,或许五十多,或许古稀。因为洪安中带人去五里牌,这两个便留在我们这队里镇场子,气势磅礴,让人瞅一眼,便觉难以匹敌,心中慌乱。

我们这车队,一行四车十七人,除了我、杂毛小道、杨操、白露潭、黄鹏飞、青城二老、李媛外,还有三人,都是进入门道的修行者。此外,还有四个退役军人做司机,两个当地特勤局的向导。就这实力,用来探路,实在是大动干戈,有点杀鸡用牛刀的意思。一路上,杨操枕着手哼小曲,显得十分放松。不过对付鬼面袍哥会,谨慎为妙,当初不曾有人提出异议。

当然,如果对方人手不多,我们其实可以直接一拥而上;倘若对方实力让我们感觉棘手,没事,一个电话到指挥中心,几车全副武装的军人,不用一个小时,立马就到。

听到杨操口中的轻松,我和杂毛小道勉强放下心中的担忧,朝外面黑黢黢的路面看去。又行了十几分钟,我看到林子的尽头,有一弯小河,而道路两旁黑压压的树林子,也渐渐开阔了许多,让人心中,没了最开始的烦闷。

正当我精神一振时,突然听到前面一阵车喇叭声,还没反应过来,我们乘坐的车子猛地一刹车,大家伙纷纷朝前撞去。"咚"的一下,与前面靠背椅亲密接触,撞得我脑袋疼。

司机通过耳麦说了几句话，然后回过头来，跟我们说前面出现了车祸，最打头的那辆车，好像是撞飞了一个人。听到这话，我下意识地看了下手表，时间定格在夜间十一点半。这大晚上的，谁会在这个鬼气森森的地方赶路，而且还在车灯照耀下，撞到我们的车子？

这是被碰瓷的节奏吗？

我探出头去看，打头的那辆车坐着的是黄鹏飞、白露潭，两人正在下车寻摸，似乎在找那个被撞飞的人。我打开车门，想要出去，旁边伸出一只手，把我紧紧抓住。我回头，只见杂毛小道不动声色地摇了摇头，张开嘴对口型说：有鬼。

我的脊梁骨一下子绷直，看向前方，只见天空没有一丝星光，像个反扣的大锅，周围大雾萦绕。奇怪的是，没有之前那嗖嗖的凉风，可视范围极差，以我被金蚕蛊改造过后的视力，捕捉十几米外的头车，都模糊得紧。

杂毛小道拿起红铜罗盘，施了个开经玄蕴咒，在天池上面画了个标准的圆弧，只见那指针滴溜溜地转，像是老虎机一般。过了十几秒，指针停住，他伸出手，沿着指针比划过去，眼睛一瞪，说："小毒物，你看那边是什么？"

我还没看仔细，杂毛小道倒吸一口凉气，说："是阴阳镜。糟糕，失策了。他们竟然在这么远的地方就有布置，看来我们这回要扑空了。"

我心中也是一跳。所谓阴阳镜，说得玄乎，其实在西南诸省很多乡下，寻常可见，就是门楣上面挂着的小圆镜子，上面淋一些鸡血，有保家安宅的意思。不过真正有道行的人将绘上符文的阴阳镜当监控器来用。行动队高手众多，这点小把戏我俩能看到，自然也有别人知晓。我听到隐约的佛号"阿弥陀佛"，突然天空炸响，雷声阵阵，其间夹杂着一声清脆的响声，那块玻璃镜子已然碎裂。

杂毛小道手中的红铜罗盘指针终于停了下来，他抬起头说，走。

我们都下了车，朝前面走去。一堆人早已围成一团，我探头过去瞧，只见黄鹏飞蹲在地上，正在翻检一个黑乎乎的人影。正巧有人拿大功率手电筒往这里照，我一看，竟然是身长一米的人形怪物，有手有脚，脑袋硕大，皮肤青白色，有青苔圆斑点，光洁赤裸，湿漉漉的，好像刚刚从水沟里爬出来。

黄鹏飞将这东西使劲儿一翻，白露潭吓得一声尖叫，我眯眼瞧了一眼，心底发凉。

这竟然是一个长相有八分似人的猩猩或猿猴，高眉深目，鼻尖粉红，耳廓略大，一副苦鬼模样。这东西浑身光溜溜的，没几根毛，脑门子全是血，特别是耳朵附近，流成了几束小河。

重点是，这血并非鲜红色，而是略带一些幽蓝。

黄鹏飞翻看完，站起来跟带队的王正一施礼，恭敬地说道："王老，这东西死了。刚刚它突然从那边的水沟里冲出来，被撞飞后，还在勉强爬起，后来多亏了秀云大师一记佛门狮子吼，才将此物给震毙。"

黄鹏飞此人别看对我们嚣张跋扈，但是对长辈，却是一副名门子弟的大家风范，那被捧得舒服的秀云和尚摆摆手，说："噫，小黄啊。我这可不是狮子吼，而是莲花讲经钟，乃弥勒尊佛兜率天讲经时，开场的佛音。倘若不是我这一震，我们此行的消息，说不得已经泄漏出去了。"这和尚喜好自夸，旁人顿时一阵如潮的马屁，拍得这一肚子板油的佛爷笑呵呵，如同弥勒。

杨操跑过去把那片碎成几块的镜子拿过来瞧，只见上面果然有用动物的血绘制如花体字的符文。王正一瞧见，拍手说："好，如果没错的话，那个百里恶屠曹砾定然就在狼崽窝村。哈哈，我们可是比老洪幸运，要拔得头筹了。"

他说得自信，充分体现了西南局在各地区中，实力名列前茅的底蕴来。

王正一蹲在地上研究了好一会儿，然后站起来，跟我们说："这是一种濒临灭绝的奇特生物，叫做无毛猿，半水栖动物，全世界存活的数量，估计不超过两位数，没想到竟然出现在这里，果真是蹊跷。"他吩咐司机拿一个大号的塑料袋，将这东西给小心装好，准备带回去做科学研究。

黄鹏飞沾了一些血，有些痒，挠了挠腰，然后跑到附近的水沟去洗。

处理好这一切，我们继续上路，因为知道敌人就在前方，这回速度快了许多。四辆车的发动机沉闷轰鸣，朝前方驶去。然而，我们高速行了差不多二十几分钟，竟然没见到任何村庄和房屋。如此就有些奇怪了，按理说，十里地早应该到了啊？

几个司机在对讲机里商量了一阵，其中一个本地向导说："是不是又碰到鬼打墙了啊？"大家一合计，不可能啊！咱们这伙人，都是混这碗饭的，要是有鬼打墙，谁都能知晓的。几个司机正头疼，突然看到路的尽头出现了一处农庄，门前有一串红色的灯笼，不是电灯，估计是一些油膏什么的，随风飘扬，在薄雾中，显得有些清冷。行得近一些，看到土围墙的农庄门口，正中挂着一块烂木匾，上面用繁体字写着"举门还义"四个大字。

给我们开车的司机突然一个大甩弯，将车停在了马路牙子旁。

我们都愣住了，盯着司机看，只见这个军人出身的司机一脑门子汗，腮帮子直哆嗦，牙齿格格地响。我们都被他表情给吓到了，问："田师傅，怎么回事？"

田师傅转过头，眼睛都有些泛白，擦了一下鼻尖的汗水，说："各位领导，我们估计有大麻烦了。"

第九章　姓孟的婆婆

　　田师傅舔着嘴唇，告诉我们："这条路上根本就没有独门独户的院子，这个挂着红灯笼的农庄出现在此处，说明我们走岔路了，前方根本不是狼崽窝。"杨操抽出一张纸巾，递给田师傅，表情轻松，说："这里不是狼崽窝，是哪里？前面的车是怎么领路的，路都不会走。"

　　田师傅摘下联络用的耳麦，指着前后，说："各位领导，你们看。这里哪儿还有什么前面的车？"本来我们还没在意，注意力都集中在那一串黑暗中幽亮的红灯笼上了，听田师傅这么一说，连忙前后四顾。这一看吓了一大跳——路上空荡荡的，哪还有其他三辆车？笔直的路上竟然只剩下我们的车子，孤零零地停在道路旁边。我回想了一下，所有的变化都是在田师傅刚才那个大转弯时发生的。剧烈的漂移让我们专注于自身的防护，忘了关注旁边的情况。

　　我虽然迷惑，但有明白人，杨操开过阴阳眼、天眼等瞳术，能够把握一些东西，探出半个身子，抓着田师傅的衣领，恶狠狠地说："刚才大家都往前直走，你为什么要停在路边，到底是什么意思？说……"

　　田师傅紧紧攥着擦汗的纸巾，手心湿漉漉的，咽着口水说道："老姚他们不是本地人，不知道厉害。我父亲是县里面的老司机，以前跟我说过，这一片区域里最著名的鬼打墙，就是这个。如果碰到灯笼高挂而不停下来，一直开下去，就会开到阴曹地府。果然，我这一转弯刹车，耳麦就没声没息了。"

　　我们面面相觑，都看到了对方眼中的惊讶和紧张。

　　果然，这著名的鬼城附近，还真是龙潭虎穴，让人防不胜防。我们本来人员充沛，信心满满，有着必胜的把握。须臾之间，优势立马不见，人员被分割，只剩下了田师傅、杂毛小道、杨操和我。难怪邪灵教的酆都鸿庐会选在这里。

　　不愧经过大风大浪，杂毛小道并不惊慌，沉着地问田师傅，说："那我们接下来，该干吗？"

　　田师傅说："下车，到灯笼下面去。这条路是活的，停着不动，说不定就将我们引到阴曹地府了。那房子是阴阳边界，歇脚的，如果能在那里待到天明，我们就不会出事。"

　　"待到天明？"杨操下意识地反对说："到了天亮，曹砾那些屌毛早就跑路了。"

　　田师傅手一摊，叹口气说："领导，现在最要紧的不是去抓人，而是保住自家小命。听我父亲讲，他们当年就是遇到这种情况，在房子里安全待到天亮。而另一个同事,却把车里的油都用完了。最后大家发现他时,一股子醣糟味,人早就给吓死了。"

我们都犯起愁来,毕竟谁都没有遇到过这么蹊跷的事,不知道田师傅讲的是真是假。

不过鬼城之名,自古有之。

古人常言这鬼城乃集逮捕、羁押、庭审、判决、教化为一体的"阴曹地府"。白天看来,不过一处古木参天、寺庙林立的名胜古迹,相比别处,一般无二。不过入了这行后,我自然知道,很多传说的背后却有一些异常的地方,便想着这酆都,或许有一地界,与传说中的幽府相互联系重叠,故而常见到不同寻常之物,以为鬼。

然而,我们实在没有想到,就这么一次简单的侦查任务,便遇到这倒霉事情。

我们待在车里,头疼了一会。杂毛小道突然朝车后摸去,掏出正在呼呼大睡的肥母鸡,哈哈大笑,说:"这世间若说真有对那地界熟悉的家伙,非此君莫属。大人,大人,速速醒来,看看这里熟悉吗?"

被掐着脖子的虎皮猫大人一阵痛骂,好是一番折腾后,才讶异地说:"哎呀,这里看着,咋这么眼熟呢?"

我们连忙把事情经过讲与大人知晓,这肥母鸡眼睛滴溜溜地转,说:"走,下去瞧瞧。"

有了虎皮猫大人的肯定,我们便熄火,收拾随身物品,走下车来,瞧着那处农庄,只见门正对大路,屋后是一条缓缓流淌的小河,大门敞开,似乎没什么人。

"砰——"田师傅把车门一关,脸色苍白地走到我们旁边。作为特殊部门的普通成员,他配有一把九二式手枪,揣在腰间,鼓鼓囊囊。然而这枪并不能给他足够的安全感,紧紧跟着我们,他脑门子上的汗又下来了。虎皮猫大人展翅往高空飞了一圈,然后返回我们前面,说:"这个地方很古怪,你们先进屋,大人我要四处逛一逛,再过来接应你们。"

说完,它便朝黑暗中飞去,一会儿便不见了踪影。

我们走到农庄门口,院子里是些散乱的农具和石桌石椅,正屋的房门虚掩,里面有暖黄色的灯光投出来,将门口衬出一片温暖的气氛。抬起头,看到院门上贴着一物,长三尺、宽二尺,以粗纸印成,上面印着"酆都天子发给路引"、"普天之下必备此引,方能到酆都地府转世升天",上方印有阎罗王的图像,下方印有"酆都天子"、"酆都城隍"和"酆都县府"三个大印。

我眯着眼瞧,只见这路引之上,有一层青蒙的光华,显然附着法力道行。

杨操立于门前,抱拳朝里间朗声唱喏,说:"路边旅者,因迷途未返,不知去处,见这里有灯光,不知道老乡睡着了没有?若没有睡,还望收留则个。"杨操脸色肃静,朗声而为,不一会儿,木门"吱呀"一声,从里打开,竟然走出一个老态龙钟的婆婆,白发苍苍,乡下老妇的寻常打扮,昏花的老眼瞧了我们四人一眼,拄着拐杖说:"贵客,进来嘛,喝口茶,等天明再走。"

还真有人住在这个阴森诡异的地方。老婆婆慈眉善目，含笑跟我们打招呼。大家纷纷拱手为礼，说："老娘娘，叨扰了，叨扰了。"

我们几人进了屋子，只见里面的一应布置，就跟路边的苍蝇馆子一样，好些张八仙桌和条凳，东西南北的柱子上斜插着松油火把，将这房间映得透亮。我找了好一会儿，没见到电灯。我们在老婆婆的指引下落坐，她跟我们抱歉，说："住在这山间野地里，做的是过路买卖，简陋了些；几位贵客口渴不，饿不饿，要不要弄一些吃的来？"

见她准备张罗，我们纷纷摆手，说："老人家，借你的屋子歇歇脚，不必如此客气，你不要忙了。"

那老婆婆笑呵呵地说："我们这小破庄子，本来就是吃饭打尖的地方，不嫌麻烦。你们这几个贵客要是什么都不吃，我这小本生意可就撑不下去了。"

杂毛小道有话要与我们讲，见老婆婆纠缠，于是拱手为礼，说："有劳老娘娘了，拣些简单易熟的吃食和酒水，随便来点便是。"

那老婆婆笑起来，满脸的皱纹如菊花绽放。我们本以为她要返回灶间去弄，没想到她往房里高声喊道："孩儿们，有客人来了，准备着……"

话音一落，里间屋便有几个年轻的女人答道："好咧，婆婆，火已经备上了，稍等就来。"

我们面面相觑，越发感到怪异。

没过几分钟，从里面陆续走出三个女孩子，虽然穿着朴素，但皆如花似玉，仙女儿一般。三个女孩子把八碗八盏布置在桌子上，老婆婆介绍自己：姓孟，三个孙女各自名曰孟姜、孟庸与孟戈，自小没了娘，都是苦命的娃儿。

我看着桌子上的菜，有荤有素，大块的肉皮全鸡、青翠的菜叶，厨艺端地是好，香气扑鼻，恨不能立刻抓起筷子，挟上几口尝尝。倘若是平日，我们这些吃货早就胡吃海嚼上了，不过在这诡异的场景里，却都冒出一身冷汗，连连推托。

见我们不爽利，老婆婆笑了，说："想来客人们不饿，那么就来碗汤吧，我们这里的汤，远近闻名，甘、苦、辛、酸、咸，五味皆有，如同人生。"

她一说，最小的女孩儿孟戈转身去灶房，端来四碗汤，摆在我们面前。

我低头看，这碗是粗瓷的，黑褐色，汤水混浊，呈奶白状，像熬过的椰奶鸡汤，闻着似乎还有中药的甘苦。我用勺子搅动，老婆婆冲我笑，露出没有牙齿的嘴巴，说："客人，喝一喝，熬了一整天，香着呢！咦……"她看向了田师傅，说："客人，你怎么抖成这个样子？"

她这一回头，迎面就被一个碗，连汤带水给拍上。杂毛小道拍案而起，口中怒骂道："直娘贼，还装上瘾了！"

老婆婆仰头朝后倒去，头重重地磕到了地上，流出一大摊的血。

第十章　疯狂的猴子

我们的神经绷得紧紧的，见杂毛小道一动手，立刻都推开凳子，跳了开来，紧张对峙。

然而那个老婆婆摔在地上后，并没有如我们预想的一样，身形一摆，幻化出无数黑雾青光，或消失得无踪影。她竟然捂着流血的脑袋，"哎哟哎哟"地痛苦呻吟起来。我伸头一看，老婆婆一张老脸上面，尽是血污，让人感觉十分可怜，愧疚从我心头涌出，不知所措。

见这情形，一个女孩儿立刻哭喊着拦在我们前面，另外两个则蹲下来，喊着："婆婆，婆婆……你怎么了，婆婆？"

梨花带雨的萌妹子如此凄惨地哭叫，让人好生心酸。

挡在我们前面的女孩儿，是老大孟姜，她眼圈通红，抽抽搭搭地用手指着杂毛小道质问说："你干什么呢？"

老二孟庸从衣袋掏出鱼骨粉，哆哆嗦嗦地给自家婆婆上药，压住流血的地方。

三个弱女子，一个老婆子，她们不但没有如我们预料般反抗，反而像几只鹌鹑一样，瑟瑟发抖地看着我们，好像哥几个儿就是劫道的蟊贼。

这番情景，让如临大敌的我们，脸上颇有些挂不住，火辣辣的。

不过杂毛小道却哂然一笑，不慌不忙地指着桌子上剩余的三碗茶汤，说："离落孟婆汤，这玩意儿对常人无毒无害，吃了也就是南柯一梦。但若行气养体的修行者喝了，便是五脏俱焚，焦火虚旺而死……好个孟婆婆，竟然想使攻心之法，利用我们的道德观念，迷惑我们的意志，让我们内疚，斗志消散——何等下作！不过，你当我没看过《西游记》，不知道三打白骨精吗？"

说着话，他的手往桌面上，使劲儿一拍。杯杯碟碟立刻炸窝儿，全部蹦跳起来，汤食洒满桌面。与此同时，一张驱疫神符出现在他的指尖，中指和食指一番搓动，立刻火苗蹿起，青烟缭绕。刹那，便将桌子笼罩大半。

杨操双手一探，两根刻满符文、精工雕琢的骨头棒子出现在他手上，横于胸前。他的口中突然舌绽春雷，大声喝道："视之不见，听之不闻，包罗天地，养育群生——邪魔外道，给我破！"骨头棒子由里到外，顿时绽放出一大片碧油油的光芒，朝笼罩在桌上的青烟吹去。阵风刮过，桌上的幻术顿时破除，杯盏之间，哪还有什么鸡鸭鱼肉，全都是些翻滚游动的节肢爬虫，五彩斑斓、花花绿绿，恶心到了极点；那些油淋小白菜，此时一看，都是些野草梗子；汤汤水水散发出逼人的恶臭，让人作呕。

唯一没有变化的,是三碗奶白色的离落孟婆汤,依旧散发出诱人的中药香味,夹杂在恶臭之中,十分突出。

四人被我们揭穿,怪叫一声,一拍地,顿时黄沙弥漫,人朝房中退去。我早有着准备,一个箭步上前,伸手一捞,抓住前面"孟姜"的一件衣袖,唰地一下,扯脱一大块碎布。同时,一股蓬勃的气劲袭来,海浪一般打到我身上。

我血气不稳,往后退一步。杂毛小道和杨操风一般地朝屋里扑去。我站稳身形,换了两口气,然后朝里间跑去。灶房空空,后门敞开,众人早已穿房而过。紧追过去,我见杂毛小道和杨操站在屋后小河的岸边,看着满是涟漪的河水,没有动静。田师傅不敢一个人待在那诡异的地方,紧跟着跑出来,口干舌燥,问:"那些人跑了吗?怎么不追?"

杨操踢了一块石头入河,那石头入水即沉,在手电筒的照耀下,泛起的河水竟然呈现出一种诡异的血红色,满是腥味。那水也不是水,像是无数蠕虫在爬行翻滚,密密麻麻,尤为恐怖。看到这情景,田师傅后面的话卡在喉咙里,说不出来,只是倒吸凉气。

我们四人,就杨操修过瞳术。杂毛小道将雷击桃木剑持在胸前,回头问杨操,说:"老杨,依你的目力,这四个装作孟婆和孟家三鬼女的家伙,到底是人,是鬼,还是精怪妖孽?"

杨操咽着口水,说:"我也不知晓。我们在鬼打墙中,整个空间的法则都变幻不定,人和鬼的界限模糊不清,瞧不出个究竟。便是那满桌佳肴,若不是萧道长你的符箓燃烟,我也被蒙在鼓里。此行凶险,非是对手厉害,而是法阵依托地势。不知道秀云大师和王天师,能否突破迷雾,过来救我们。"

杂毛小道四处一打量,说:"远水救不了近火,这条河太邪门,似乎是按照佛家地狱中的血腥奈河布置。我们回去,不然恐有血光。"

我们均点头,返身回了屋内,搜查房子。里面的布置,是寻常的农家模样,灶房里冷冰冰。门边有个小炉子,上面一个药罐子,掀开来,有好多种复杂的草药和虫子,想来是在熬制那离落孟婆汤。

又翻了几间屋子,里面床榻被子,一应俱全,看着像是住人的地方。搜查了十余分钟,我们返回厅堂。我正想说话,胸口一痒,肥虫子鬼头鬼脑地探出头来,然后朝桌上的一堆腌臜飞去。若是往日,我定然瞧不得这让人作呕的场面。不过自从肥虫子苏醒,我有些惯着这小东西,既然喜欢,便由它去。桌上的节肢爬虫,数量几十条,有的已经爬到了地上,遍地都是,够它一顿消夜了。

我们陷入了一个巨大的迷幻阵,这里面真真假假,让人无从辨识。杂毛小道掏出红铜罗盘,开始推演生门;杨操则围着屋子四处转,试图找出阵的奥秘,也好早日与其他人会合。

我掏出手机，信号已经打叉，跑去车里找对讲机，一片忙音。情况有些复杂。田师傅找到我，把左手腕给我看，说："我们在这里待了半个多小时了，这表竟然一点儿没走，是我的手表坏了吗？"我瞅了一眼，时间定格在晚上十二点，抬起手看了下自己的手表，一样，又看手机上面的时间，一般无二。

时间……竟然停住了？

如此说来，我们打算在这里待到天亮的最稳妥方案，不就完全失败了吗？

我们俩还没从惊讶中回过神来，就听到房后杨操的叫喊。我精神一振，抽出震镜就冲进堂屋，穿过灶房，朝后面跑去。刚一跑出灶房，便见黑黢黢的河水里，黑影憧憧。杨操在敲击他手中的鼓棒，声如战鼓，在整个空间里回荡。

我定睛一看，只见那十几个黑影，竟是我们在来的路上撞死的无毛水猴子，叫唤着，露出一口獠牙，朝杨操扑去。那畜生凶猛，身手敏捷机动，片刻间，杨操便被数头水猴子给团团围住。

这猴子厉害，杨操也不是什么等闲之辈。他手上的一双骨棒上有绿油油的寸芒，水猴子挨一骨棒子，哎哟哟地叫唤，往后跌去。不过，双拳难敌四手，更何况几十双？岸上的水猴子已有二十几个了，河里还陆续往上冒，硬拼自然不行。在杨操有些招架不住的时候，一把油化处理、布满符文的雷击桃木剑，出现在杨操眼前，剑走游龙，唰唰几下，将那些水猴子给一一逼退。

这一番暴起后，便是战略性转移。

杂毛小道和杨操都久经战阵，懂得进退，当下顾不得前方汹涌扑来的水猴子，且战且退。两人一退入灶房，我便将木门使劲关上，拉来旁边一个齐肩高的水缸，堵住。杂毛小道一冲进来，立马叫喝，说："把所有的门窗都关紧。不然蚁多咬死象，我们可不敢冒险。"

前屋的田师傅听到这消息，立刻把大门合拢，我们各自跑入一个房间，将对外的窗子关紧。我听到门窗外擂鼓一样的响声，觉得不可思议，这些水猴子竟然能从那恐怖的河中爬起来？

这时，堂屋突然传来一声尖叫，接着是枪声。我冲到屋中，瞧见不知哪儿冲进来一头水猴子，正朝田师傅袭击。田师傅军人出身，自然不会害怕，抬手便是两枪，将这东西击毙。然而，从另一个房间赶来的杂毛小道大叫不好。只见趴在地上的水猴子，浑身皮肤一阵诡异蠕动，有黑色火焰生成，接着一声巨响，化作漫天血肉，朝四周散去。

第十一章　搏命一波流

田师傅作为被特勤局调过来给我们当司机的退役军人，自然也知道鬼神之事，见的东西多了。当湿淋淋的水猴子冲入堂屋，他不慌不忙，抽枪射击，精准击毙。没想到这狗东西死就死吧，却点燃腑脏中的幽火，将自身骨血化为漫天的利器，作最后一击、拼死一搏。

逃是逃不了了，田师傅能做的只是闪身蹲到饭桌后，尽量蜷起身子。

我刚刚探出头，便见一大篷带着黑火的血肉，朝我扑来。我下意识地往门里躲闪，血肉重重砸在地上，出现一个个小坑，然后幽幽燃烧。这才想起堂屋中的田师傅，他哪能够抗住这阴火？于是硬着头皮，探出头，准备前去支援。

堂屋里，遍地都是幽幽燃烧的阴火和让人鼻头发腻的血腥。有好多黑红色的脏器，把天花板和墙上涂得满满都是，那些桌椅板凳，全部东倒西歪，被爆炸的冲击波弄得破烂不堪。整个房子摇摇欲坠，显示出这"人肉炸弹"的威力十分恐怖。然而让我没有想到的是，田师傅躲藏的那张桌子，却完好无损，不伤分毫。

不只那桌子，甚至周围两米内，都是一片整洁。

田师傅哆哆嗦嗦地站起来，举着手枪，打量四周，眉心处全是汗。他也不明白，看着从各个房间小心翼翼走出来的我们，一脸茫然。我避开地上的阴火，深吸一口气，终于在"炁之场域"中感受到一股汹涌磅礴的气息，笼罩着田师傅。

我走上前，从桌底揪出了还在胡吃海嚼的肥虫子。就是这个家伙，让田师傅在刚才的水猴子自爆中，保住了一条命。被我揪出来后，肥虫子摇头晃脑，十分得意，啾啾地叫唤，似乎想要我夸一夸它。

这时，我胸口一动，光芒闪耀，小妖和朵朵从槐木牌中出来，见到这一切，梳着利落马尾辫的小妖不顾旁边诧异的田师傅和杨操，指着我鼻尖数落："看看你这个不省心的，招怪的功夫，上溯一千四百年，也就唐僧哥哥能跟你比，看看这又勾来个啥玩意儿——咦，这，是奈河冥猿吗？这种灵界的小杂鱼，怎么会跑到这里来？"

她转头瞧向了杨操，说："傻大个儿，借问一下，我们现在是在哪个地界啊？"

杨操没见过小妖，但是瞧到朵朵，知道这小狐媚子应该跟朵朵差不多的身份，又见我被数落得不敢说话，便小心翼翼地回答说："这里啊，是鬼城酆都。"——"我勒个去！"小妖顿时暴跳起来，冲过来拧着我的衣领，说："陆左，这地界你都敢来？你知不知道，鬼城的空间十分不稳定，很容易跟其他界面重叠，什么妖魔鬼怪都有。你这个傻大胆儿……"

她叨叨咕咕地对我一通臭骂，突然门口传来一阵轰隆，那些水猴子将木板擂得震天响。

这番吵闹，立刻惹得小娘不开心了，冲着外面一通喝骂，大叫"滚"。她的声音似乎有种诡异的魔力，外面的声音居然渐渐减弱。杨操看得心中忐忑，不由得抹了一把额头的汗。小妖回过头，环顾四周，然后问："臭屁猫那肥厮呢？"

杂毛小道一到堂屋，就绕木桌布阵画符，他用的是精选湘西朱砂，还有用糯米汁和公鸡血混合的液体，没一会儿，就画出了个大概，听到小妖问起，抬头指天，说："那家伙，去找这大阵的源头了，不知道能不能找到救兵。不过也不要太指望，打铁还要自身硬。小妖，你认得这水猴子？"

小妖飞于空中，指着角落的猴头，说："自然认得。这些奈河冥猿，跟矮骡子一样，能够在灵界与边境处自由穿行。不过现在少了，基本绝迹。它倒不厉害，但恶心。它们以奈河中的毒虫鬼灵为食，肚子里尽是阴火，只要沾到皮肤上，就能够引发骨骼里的磷灰，自动燃烧。很多无火自燃的案例，都是它们犯下的。"

小妖讲得虚幻，我自然不会全信，但是对这东西的习性，倒是知晓了个大概。

她不知怎么回事，生来博学。之前是枭阳，此刻是奈河冥猿，她竟然都知道，是个百事通。杨操也不闲着，掏出几个洁白如玉的骨碗，倒上几滴青白色的液体，放于四周，口中念念有词，似乎准备请灵上身。我们在屋内待不过五分钟，撞击门窗的动静越发大了。再过一会儿，我们头顶上的瓦片哗啦哗啦响。奈河冥猿竟然聪明地攀上了屋顶，将瓦给揭开了。

眼见房子即将不保，小妖朵朵飞到我身旁一米处，大声告诫各人，说："大家小心，这些家伙十分珍惜性命，轻易不会自爆。不过一旦受了重伤，便会废物利用。它们自爆需要一定时间集中精力。打头，一击致命。气布于身，也可以防止被阴火点燃……"

小妖话儿还没有说完，便听到头顶一阵乱响，一大片黑瓦被大力掀开，露出了黑蒙蒙的天空。凉风灌涌进来。

我们往中间挤，相互依靠。房顶上传来一阵脚步声，十数头黑影由上而下，或落在房梁上，或站在地面桌子前，佝偻着身子，怒目圆瞪，直勾勾地瞧着我们。这些猴子浑身青白色，眼睛像玻璃球一样凸出，黑红的舌头伸出了嘴巴，指尖锋利，又黑又寒。

杂毛小道和杨操，一剑、一对骨棒，将跌落到我们头顶上的瓦片给一一挑飞。突然，头顶一黑，一庞然大物从天而降，朝我们压来。

这东西来势汹汹，我们都往旁躲闪，退了两步，感觉地皮一阵颤抖，咚的一下，便见到一头比同伴要大上一倍的肥硕冥猿，落在了我们刚刚站脚的地方。这货高有一米八，浑身肥肉颤抖，有浓黑的雾色环绕，因为没有毛发，显得更加恐怖，铜铃般大的眼珠子直瞪，然后仰头一嚎，地下的、房梁上的、桌子前的，一齐朝着我们扑来。

我们早有防备，或持剑，或持棒。而我则双手一热一冷，朝飞扑而来的猴子，瞅准空隙，就是一拍。除此之外，空中的两个朵朵也厉害得很。朵朵双手一环绕，顿时有黑色的轻烟、绿色的氤氲，朝四处散去，然后上升，将躲在房梁阴影处的阴毒货色给揪出来，好是一通教训；而小妖这小狐媚子卷起袖子，就朝着前头那个最强壮的奈河冥猿冲去，准备擒贼先擒王。

战况一启，便顾不得其他。一阵腥风扑面，我伸手捉住一头奈河冥猿的脖子，双手一分，想要让其脑袋搬家。奈何这东西的脖子坚韧得很，只是吱吱叫，爪子胡乱挥舞，朝我胳膊抓来。害怕它自爆，我口中高呼一声"镖"，手心劲气一吐，攻入脑髓，然后将其朝屋顶掷去。然而，这时田师傅被一头冥猿一把抓住了左胳膊，尖叫起来，右手举枪，朝对面奈河冥猴当头射去。

"砰——"

一声枪响，将水猴子一枪弄死，天灵盖都掀开了，露出白花花的脑浆。然而那猴子的眼睛却骤然明暗，一股幽火自心腹产生，然后迅速朝着四周蔓延。一秒后，这头冥猿便骤然膨胀，并且发出巨大的声响，将一身血肉引爆开来。这才开始交锋，就踩到了地雷。我们不得不齐步后退。那家伙身上的骨头和血肉，以最大的速度朝着四面八方炸去，便是它的同类都纷纷闪避——尽管已经来不及了。

突然，一大片暗金色的光芒将我们笼罩，那些血肉一遇上这光芒，速度立刻被降到最小，失去杀伤力。不过即便如此，我们身上依然尽是鲜血。

有了肥虫子的屏蔽，所有人如同打了鸡血，一分钟之内，又杀了六头奈河冥猿。正在这时，我们头顶一阵响动，屋子的大梁松动了，房子有倒塌的危险。杂毛小道一剑领先，带我们冲出了前门，走在最后的我刚刚出了门口，眼前的景物一阵晃动，房子塌了。站在院子里，往回望，我不由得凉气顿生。倒塌的房子后，小河边，竟然有上百头奈河冥猿，奋不顾身地朝着我们冲来。那头巨大的奈河冥猿从废墟中缓缓爬出，双手朝天，一阵疾呼。那些刚刚从水里爬出来的水猴子面目狰狞，眼看就要加入战场。

突然，一把木剑出现在我的视野里，杂毛小道回头朝着我大喊："将朵朵收回体内。"话说完，他便踏着罡步，剑尖指着北斗星的方向："三清祖师在上，三茅师祖返世，神剑命汝，常川听从。敢有违者，雷斧不容。急急如律令，敕！"

第十二章　翻脸的节奏

　　倒塌的屋子里，一种无形的力量在聚集，并朝上面蔓延开来。我知道那是刚才杂毛小道在桌子上布置的引阵符文，与符语口咒的共鸣沟通，相互呼应。
　　领头的奈河冥猿显然也感到了这股力量，恐惧极了。它转身朝瓦砾中翻去，试图将法阵破坏。然而这时，碎瓦石土里突然窜出青白色的触角，将这家伙给紧紧缠住，不让它动弹。这边，杨操正在紧张念咒。
　　其他家伙似乎也感到了这莫大压力，往河边退却。也有穷凶极恶的，面露凶光，朝着我们扑来。它们的身体开始变得透明，正中心的黑色幽火，准备释放。
　　奈河冥猿爆炸后的骨血，就像石油，附着力很强，而且火焰幽幽，能够将人体内的磷质游离出来。人在一米处，便觉得浑身酸软、口干舌燥。倘若让这十几头水猴子一齐自爆，只怕是肥虫子，也顾不了我们所有人。所幸杂毛小道这时，已经念好了引雷的咒语。
　　我们伸长脖子，翘首以待。
　　然而，"敕"字如春雷绽放后，只有空间回荡，余音袅袅，却没有一丝雷电风雨欲来的迹象。小妖在屋塌之后，便放弃了那个巨胖冥猴，转而将围堵上来的家伙，给揍得翻倒在地。见到这乌龙，不由得出声提醒，说："萧大哥，这地界可不是你们那儿，哪来的风雷雨电？你这般法阵，引不了雷的。"
　　"是吗？"杂毛小道嘴角浮现出了一丝冷笑。
　　他横剑胸前，将舌头一咬，顿时吐出一大口血，喷在桃木剑顶端。
　　心头精血一喷在剑上，本来朴实无华的木剑顿时就变得明亮起来，仿佛里面有火在燃烧，继而转化成亮晶晶的一柄通红光剑。他抖了一个复杂的剑花，朝着前方连刺了七剑。这七剑应对了天枢、天璇、天玑、天权、玉衡、开阳、摇光七星，连接起来，如同一个隐约的勺子，有黄白色的圆形亮光，当空悬浮。
　　杂毛小道有大半年没有动过手，此时有些张狂，身子挺立，剑指南天，高声祈祷曰："开阳重宝，故置辅翼，易斗中曰北斗，七元解厄星君，助我降妖除魔，赐我雷电交加……"
　　话音一落，瓦砾之下的法阵突然一阵轰鸣，黄光大现，而杂毛小道右手上的雷击桃木剑，则越发明亮，仿佛天地间的亮光，都聚集于此。我的泪水狂涌而出，不敢用正眼去瞧。当他祈祷至最后一句，天边突然传来了一声雷鸣，轰隆隆，隐隐约约，由远及近，神妙莫测。接着从桃木剑中，射出一道电光，传于我们的头顶星空。在那里,有一团乌云环绕。这速度,肉眼难以找寻。

小妖朵朵失声惊呼:"怎么可能?"话音一落,法阵、木剑以及头顶的乌云,形成了一个联系。电光火石之间,一大篷金色的叉形闪电,从云中铺天盖地砸落下来,瑰丽而壮观,有着让人震撼的美丽。

在闪电产生的瞬间,小妖和肥虫子吃不住劲,全部朝我飞来,而地上属性为阴的奈河冥猿,全都变成了人型避雷针,无一例外,皆被雷电光顾,几十万伏的高压,至阳至烈的雷电将其阴秽瞬间瓦解。杂毛小道剑尖前指,所指之处,雷电聚集。有狂暴的劲风拂面,他长长的头发被吹起,露出坚毅而果决的侧脸。

轰隆隆,轰隆隆……天地之间,充斥起连绵不绝的炸雷,让人头皮发麻,恐惧莫名。

如此自然之威,让人恨不得跪倒,以示崇拜。修道修道,修的便是这自然之道,我们震得呆住了,耳朵几乎聋掉,视线之内,尽是金黄色的雷电,闪亮耀眼,纠连成网,一波消逝,一波复起,毫无断绝。

那些奈何冥猿在十息之内,早已被雷劈得灰飞烟灭,而电网却不曾消失,瑰丽依然。空气中尽是游离的正电子,皮肤上面的汗毛都翘起来,麻酥酥的。我看得恐惧,生怕那闪电劈到自己,大声朝着杂毛小道喊:"够了,咱们歇一歇,何必浪费这么些功夫,好看呀?"

听到了我的喊声,杂毛小道转过头来,一脸的热泪,他竟然哭了。接着他说出了让我们恐惧的话语:"小毒物,这地方太诡异了,雷电引出,根本就不受我的控制——我停不下来了,怎么办?"

怎么办?这是管杀不管埋的节奏吗?

我们听到杂毛小道惶恐的语气,才知道他并没有开玩笑,顿时一阵无语。

电闪雷鸣,我们一阵心慌,杂毛小道尽力把垂落下来的电光,往河边引。金黄色的雷电击打在血红的河面上,顿时有蓝色的波光朝四周蔓延。无数手脚在河面上漂浮,状况十分凄惨。电光持续,天地变色,一切如同破碎的玻璃。

持续的亮光之中,突然传出一句凄厉的尖叫:"你们……好狠啊!会遭报应的……"

"会遭报应的……"

这声音从四面八方飘荡而来,让人神志一片混浊,恍恍惚惚、摇摇晃晃、天旋地转。炫目的白光将我们的视网膜,刺激得一片白茫茫,我赶紧闭上眼睛。过了好一会儿,那雷声渐远,仿若天边,四周开始幽静下来,似乎有虫儿在草丛中鸣叫。

一切恢复如常,没有了绚丽的雷电,没有让人毛发飘起的正电离子,更没有轰鸣的雷声。我睁开了眼睛,入目一片黑暗,过了好一会儿,终于适应了,借着星光,发现我们面前的农庄,早已消失不见,唯有一片郁郁葱葱的草丛。而我们的车子,就在身后七八米处。

其余三人皆睁开了眼,杂毛小道深深吸了一口夜里的冷风,犹豫地说:"回来了吗?"

我们都不确定。杨操似乎发现了什么重要的东西,失魂落魄地往前走,走进草丛十好几米,然后回过头来,招呼我们过去。我跟过去,发现草丛深处,有一座圆形坟冢,青石碑立,螭首龟趺,上书显祖妣白孟氏大人之墓,周边还有些印花纸钱,很新。坟冢后面,有一株有年头的老槐树。

我绕过坟冢,抬头看,只见老槐树上吊着三个纸人儿娃娃,瞧那打扮,正是我们之前所见的三个美丽女子。

杂毛小道从怀里取出一把月牙形状的小刀,走上前,在老槐树上划了几刀,横二竖三,然后把皮剥下,用手电筒照。我凑上去看,树皮之下,竟流出血一样的树汁来。杂毛小道将小刀擦净收起,然后回过头来对我说:"这树成精了,不过被我勾连的天雷击溃了神志。小毒物,你不是没有趁手的剑吗?这成精的槐木,可以制成鬼剑,你要不要?要的话,我们返程,砍了它……"

我大喜过望,连忙点头,说:"要的,自然是要的。"

我观察这槐树,并没有见到雷劈的痕迹,不知道鬼打墙幻境里的雷网到底是真是假。正想问那鬼剑的用处,突然从远处驶来一辆黑色的越野车。

田师傅见到,高兴地跟我们说:"这是老姚的车,第一辆,没想到他们这么快就找过来了。"

第一辆?

我们都往后瞧,只见来的,有且只有一辆,其他两辆却没有见着。杨操脸色严肃,说:"有些不对劲啊。那车子怎么感觉有些奇怪?难道这鬼打墙,还没结束?"我们都不由得戒备起来,田师傅却欣喜地,冲回到路面上,朝疾驶而来的车辆扬着双手,大声地招呼着。

我看见车灯闪耀,车速并没有半分减缓,不由得大声喊:"田师傅,快跑……"

田师傅不知道是听到了我的示警,还是感觉到车子来意不善,反应过来,扭身朝旁边跑去。然而,哪还来得及,黑色越野车保持车速,在我们眼皮底下,朝田师傅猛力撞去。田师傅见来不及闪避,扭过身,用屁股迎上了车头。越野车猛地一顿,田师傅像断线的风筝,歪歪斜斜地朝草丛摔去。

我们被这突然的变故吓了一大跳,攥紧拳头,准备冲上去,将车子里的家伙给揪下来。刚刚冲出两步,车门推开,司机老姚向前一滚,然后蹲地,举枪朝这边射来。人自然不能跟子弹比硬,我们都伏到坟冢后隐蔽,只见车子后门被推开,黄鹏飞提着七星剑冲了出来:"你们这些猴子,今天死定了!"

我心中剧震,黄鹏飞这小子,是准备在这里伏击我们,一报仇怨吗?

第十三章　坟冢的异动

　　姚师傅的枪法很好，伏在坟冢后的我刚一冒头，子弹就咬了过来，嗖嗖嗖，打在坟冢前方土壤上，砸起许多泥土和草汁，洒我们一头。

　　我这个人有时胆大，肥得很，有时候又怕死，伏在坟冢后，不敢抬头。

　　不过我这里埋着头，小妖却不惧那家伙，她从我的胸口溜了出来，怒喝一声："好胆，敢欺负我家陆左，看小娘不把你的鸡爪子给扯下来……"她身形一晃，变得淡如影子，然后绕过坟冢，从侧翼迂回过去。

　　我把脸紧紧贴在了地上，突然闻到一股很腥很潮的味道，像发了霉的枯木。

　　几秒钟后，枪声骤停，而脚步声却已近在眼前。我身边的杂毛小道第一个跳起来，他的右手一直保持高频震动，我刚刚躬身而起，便听到一声沉闷的对撞声。

　　"砰——"这两个师出同门的高明剑客，在第一时间交上了手。

　　一把红铜掺金七星剑，一把雷击桃木剑，不同材质，一样剑法路子，唰唰唰，空气中只剩下剑刃劈过空中绽放出来的利落响声。

　　我终于站起身，一条美腿朝着我的胸口急踹而来。这高开叉的脚踢，配合着一声娇喝，陡然间，竟然有几分鬼脚七的骇人气势。我用手一挡，便见白露潭在我面前，一路强攻，朝着我下身要害处，频频出招。这时，我才感觉出奇怪。黄鹏飞朝我们下黑手，我一点儿也不奇怪，双方的仇怨是由来已久的。但是小白，我绝不会相信。不用什么理由，光是在怒江崇山峻岭中，并肩作战，过命的交情，她怎么可能对我下手？片刻间，我和小白交了几次手。旁边的杨操也被一个叫做石超的西南高手给缠住，攻势凶猛，连绵不绝，不留半分情面。

　　远处，汽车旁，我看到小妖朵朵正在跟开枪的司机老姚，以及另外一个本地特勤局的向导交锋。这根本不是一个等级的战斗，所以小妖朵朵过去，就只是缴枪而已。

　　白露潭的腿法很厉害，而且招招攻人要害。不过她到底是个女孩子，几记猛招之后，气就有些喘不匀了，小脸儿艳红，像苹果红扑扑，十分诱人。

　　又过了几招，杨操的一双骨头棒子将石超打得耳朵嗡嗡。杂毛小道则用雷罚刺中了黄鹏飞好几次，要不是碍于茅山话事人杨知修的面子他未吐劲，此刻的黄鹏飞早已跪在当场了。

　　三人攻势一顿，渐露败象，立刻往后紧退，收缩防线。白露潭朝黄鹏飞低声说："黄组长，这些猴子太厉害了，我们怎么办？"

　　黄鹏飞脸色阴晴不定，七星剑反握，小心翼翼地瞧着杂毛小道，说："小心了，这个地方有大阵。这些家伙，应该是阵中的守护生灵。我的对手，对茅山宗的道家剑法，了如指掌，竟然比我还厉害几分。淡定、淡定，一定会有办法的，我上次回了一趟茅山，找我舅舅讨了不少宝贝……"

石超朝白露潭靠了靠，说："小白，勿怕，哥子来保护你。"

听到这三人的对话，我、杂毛小道和杨操都不由得愣住了。敢情这三位冲过来，连人都分不清，就这么疯狂撕咬起来。对面三人在对话，我们也开起小会，杂毛小道说："这三个傻瓜是得了癔症，还是跟道爷在演戏呢？"

他舌头咬破，说话便有些含糊，不过我们能够意会。

杨操的一对骨头棒子舞得呼呼有声，将三人的去路给截住，说："看情况，好像是鬼打墙，被蒙上了眼。这里的鬼打墙还真厉害啊，一堆老江湖都吃了亏？相逢对面不相识，要不是老子开天眼，我都不能肯定，他们到底是不是幻觉呢……"

听杨操的话，我也迷惑了："这三人是假的？"

杨操摇头，说："真的，不过心神被什么东西给摄住了，意识混乱，被迫害妄想症，把咱们当成奈河冥猴了。"

我急了，我虽然讨厌黄鹏飞，但还不至于以命相搏；再说了，弄死这傻瓜，他舅舅那里怎么交代？这事儿，莫说我们，便是大师兄，只怕也不好对付。至于小白和石超，更没有冲突的必要。特别是小白，我们这一期集训营里，合得来的就那么几个人，哪能这般对杀？

杨操手一摊，说："这几个家伙又没人开天眼，怎么办？"

杂毛小道望着前面三个神情紧张的男女，笑了，口中低喝道："茫茫酆都中，重重金刚山；灵宝无量光，洞照炎池烦；九幽诸罪魂，身随香云旙；定慧青石花，上生神永安！破……"又急又快的经文出口，黄鹏飞三人脸上的戾气，顿时消散了许多。

杂毛小道点头，说："果然有效。小毒物，真正的杀手锏，其实一直在你手上。"

我们两个心意相通，杂毛小道的"破地狱咒"一念出口，我便拿出了震镜。好久没用这家伙了，里面的人妻镜灵傲娇了不少，意念之间，好是一番沟通，才勉强答应。我举起手中的驱邪开光铜镜，对着面前三人，口呼："无量天尊！"兜头照下。黄鹏飞等人本来是一边警戒，一边后撤，但看到这一束蓝光，以为是什么大招，顿时一张符文燃起，无数飓风出来。

诸位或许知道，这震镜克制的皆为阴神野鬼或天生有黑暗妖邪的家伙，正常人不受任何影响。早在此镜功成之时，我已经在狗儿身上试过了，当时的我被狗追了大半条街……

他们虽然为人，但是精神受魔障所制，这束蓝光，其实就是给他们的神魂洗了一个澡。当头一盆"凉水"泼下，正在忙着燃符的黄鹏飞一个激灵，眼皮子抬起来，不由得大惊失色，迟疑地叫道："怎么是你？这不是幻觉吧？"杂毛小道冷哼一声，懒得跟这个便宜师侄儿多讲半句，而是走向刚才田师傅跌落的草丛。

我看着面前三个惊诧的同事，说："你们刚才到底遇到了什么？怎么一见，就像疯了一样攻击我们？"

白露潭知道出了乌龙，脸憋得通红，期期艾艾地说："刚才碰到了很奇怪的事，有漫山遍野的无毛猿追来。一路逃窜到了这里，看到几个落单的，就准备下手带回去做标本……"

这时，杂毛小道抱着田师傅过来，平摊在我们面前，我看着口中咕嘟咕嘟冒血的田师傅，心中焦急，问："情况怎么样？"

杂毛小道说："断了好几根骨头，脏器受损，你赶紧给他疏通一下，止止血，不然就真有生命危险了。"

我唤出金蚕蛊，进入田师傅体内，然后和杂毛小将其抬到那车子处。小妖已经把司机老姚和向导制住，我驱动震镜，给两人洗礼。神志恢复后，看着陷入昏迷的田师傅，老姚追悔莫及，恨不得捡起地上的枪，将自己给崩了。

我们拦住他，好是一阵劝说：鬼雾迷眼，这事情没办法，便是田师傅被撞死了，也只能怨恐怖的恶灵大阵。

石超和杨操两人慢腾腾地走过来，黄鹏飞则略微有些尴尬，正跟白露潭在槐树下争论着什么。我心中惦记杂毛小道跟我说起的鬼剑。天底下的道理是共通的，这成精的槐树，倘若做剑，最精华的树芯绝对不能分作两半，我怕黄鹏飞打我老槐树的主意，便远远地警告两人，说："那棵槐树，我做了记号，是我的。你们可别动心了。"

我不说还好，一说两个人不吵了，围着槐树看，不时还发出赞叹的啧啧声来。

虽然有肥虫子在田师傅体内吊命，但还是要外服内用一些药物，方能够最大限度地将他救好。杂毛小道略懂一些道家医术，于是一阵忙碌。听到我这般急切想据为己有，不由得笑了，抬头朝槐树望去，脸色突然一变，大叫："不好，那里有问题。"

听到杂毛小道的叫声，慢腾腾走来的杨操和石超都回头，只见老槐树前的土坟冢一阵震动，接着地都摇晃起来，有黑气冒出。黄鹏飞和白露潭也见到了，惊恐地往后退。几秒后，一声巨响，整个坟包子都炸开了，正前的青石碑，斜斜地砸在我们左边六米处，脚底被震得发麻。

我往前看去，只见那坟冢裂开一个大坑，有青黑色的雾气从里面喷涌而出。

黄鹏飞也是个厉害角色，居然镇定自若地将手中宝剑刺出一道剑网，挑飞大部分石块，竟然在这漫天的石块中，毫发无伤。此刻，所有人的注意力都集中在那坟冢之上。里面跳出了一具秃头老尸，佝偻的背影，看不仔细，但仿佛与之前那孟婆婆，一般无二。

第十四章　汹涌的尸群

　　这具秃头僵尸没有寻常粽子身上那股腐烂的气息，它周身毛孔紧缩，外覆尸油成蜡，看着就是个干巴巴的尸体。一眼望去，有种人形腊肉的感觉。它的眼睛已然蜡封，睁不开，不过却能感知，一从坟冢中跃出，丝毫不做停留，便朝着身后的黄鹏飞和白露潭袭去。

　　作为茅山嫡传弟子，黄鹏飞自然见过不少粽子，茅山养鬼术闻名道内，哪会惧这个猴子一般的小老太太。他手腕一抖，剑花挽得雪亮，朝袭来的秃头僵尸卷去。

　　他刚才误袭同事，虽无大碍，但却因为迷惑不明被我们给鄙视了，心中窝着一团火，无处宣泄。此时跳出这么一头僵尸，自然成了他的出气筒，出手便下重招，想一剑削下这僵尸魁首，逞一逞威风，也好挽回一些颜面。

　　哪知这一剑并未刺中，落了空，那头僵尸有着同类不能比拟的敏捷，头一偏，朝黄鹏飞一巴掌拍来。

　　黄鹏飞不愧是名门子弟，剑势未老，手腕回转，挡住了这爪子。然而这一抓虽然被挡住，但上面传过来的力量，却汹涌澎湃，将根本没有多少防备的黄鹏飞一下子震飞，砰的一声，后背重重撞上了那棵老槐树，菊花生冷，眼睛眉毛都挤成了一团。

　　按清朝袁枚《子不语》中对僵尸的分类，共计有白僵、黑僵、跳尸、飞尸、尸魁、尸魔（王）六等，后两者只存在神话传说中，而四级飞尸，我曾在青山界耶朗祭殿中见过。当时感觉简直根本就不能对抗，若不是杨操请神上了我身（此说法有待商榷），估计我们所有人，都妥妥的挂掉了。

　　不过见这一头，感觉实力顶多介于跳尸与飞尸之间。这还是多亏了此处为聚阴汇元的鬼城养尸地，密林遮茂，一棵老槐吸足了阴气鬼灵，淬炼身体。不过即使如此，也十分厉害。最重要的是它似乎有智慧，一刻也不停歇，朝黄鹏飞跳过去，扬手就是一抓。

　　这家伙的爪子不知经过了多少岁月，又黑又尖，比钢铁还硬实。

　　一道白影闪过，白露潭挡在黄鹏飞身前，她的头发向上面漂浮竖立，眼睛幽绿，显然是请神附体了。集训营结束才过半年，白露潭竟然能在瞬间请神成功，显然是学到了不少，功力精进。她与那老妪一记对拼，两者都朝着反方向跌落，白露潭摔倒在地，脸色煞红，朝我们求救：“陆左，快来救我们，难道你想作壁上观，见死不救吗？”

　　她说这话的时候，我和杨操已经冲到草丛了，而杂毛小道则和老姚、向导把受了重伤的田师傅紧急往车里面搬。

石超在发愣,有些懵。

我冲了十来步,身形一滞,感觉有东西将我的脚紧紧抓住,不得前行。我本来以为是被草梗绊到,使劲一拉,竟然拔出了一只腐烂的手。这只手差不多只剩下白骨、骨缝间一些烂肉、泥土和草屑,五指将我的大头皮鞋扣了个牢靠。同时,我的另一只脚的脚踝,也被这么一只烂手给抓住,传来巨大的力道,使我寸步难行。

我本来在急速奔跑,这一阻拦,上身的惯性向前栽,整个人重重跌倒在地,下巴着地,重重磕在泥土上,草汁入口,一股子泥腥味。我摔了个大马趴,五体投地,正想爬起来,却感到身子被七八双手给紧紧抓住,不得动弹。我心中暗叫不好,往日听说包坳子的名头,主要就是万人坑,人叠人地埋着,不知有多少。我本来并不介意,因为死了太久,都是一堆骨头,而灵魂倘若没有尸体寄托,根本就存不了多久。一堆骨头,有什么好怕的?然而我却忽略了一个事情,倘若这些灵体汇聚,纠结成了一个庞大的意识体,确实可以忽略掉阴风洗涤。在道家的体系中,这种意识体被称作鬼王。

当然,这只是猜想。

全身受制,我自然不能坐以待毙,回想起慧明和尚使用九字真言的意境,深吸一口气,口呵一声"临",遇事不动容,让自己快速冷静下来。我这才发现那些手都是从地下伸出,一只手我自然不惧,但是七八只,却让我一时间难以动弹。我屈膝,以膝盖为支点,用力,将自己活动起来,顿时有三四只手被我摆脱。正当我得意之时,前方几十公分的泥土里,突然有了动静。泥土被顶出,一个腐烂的头颅突然冲出,张口朝我咬来。

啊——

这突然出现的死人头把我吓得半死,猛一缩头,避开啃咬。然而,它并没放弃,探出半个身子,腊化的脸颊上没什么好肉,嘴唇因为脱水外翻,露出一口又黑又潮的烂牙,再次朝我咬来。

我的身子一紧,又被十来双手紧紧搂住。我的脖子离那个散发着恶臭的腐尸之口,只有一拳之隔。然后,这脑袋被一只布鞋踩中,重重地碾压进土里,溅起许多黄色的尸水,洒得我半脸都是——杂毛小道及时赶到了。他一脚把头颅碾烂,出剑如风,将缠着我的鬼手全数挑中。雷击桃木剑,专克妖邪鬼魅,上面蕴含的纯阳雷意,让这些鬼手如遭电击,纷纷撤开。

我早被压制得火冒三丈,一得解脱,立刻跳起来,抬脚就朝着那些尚未缩回去的腐手踩去。杂毛小道的剑,已点向我身旁三米处同样被困的杨操。

这时,我才有时间四处张望,只见这整片草丛,出现了好多佝偻的身影,在黑暗中,影影绰绰,朝着我们缓慢走来。这百鬼夜行的场面,让人看着就毛骨悚然,而白露潭和黄鹏飞已被那老妪和十几头腐尸给缠住。这地方真是个恐怖的养尸地,我们不

敢继续前行,挥手高喊,让他两人朝这边突围,我们在这里接应。

那老妪凶猛,黄鹏飞疲于应付,便燃一道符,朝我们这里抛来,顿时一道青光直射,如同一道栈桥,周围的腐尸纷纷退却,黄鹏飞叫上白露潭,两人趁机朝这里飞奔。

杂毛小道看到符箓,不由得心疼得一通骂,说:"真是崽卖爷田不心疼,李道子的'鹊桥旁顾'符,竟被他用来跑路?"

说话间,黄鹏飞健步如飞,越过我们,丝毫不停留,朝车子跑去。

白露潭跑得稍慢,被老妪僵尸纠缠着,跌跌撞撞地跑到我们面前,大喊"走"。她虽有神力附身,但神志清醒。我笑了一下,祭起震镜,一声"无量天尊",将追上来的老妪僵尸定住。周围不断有手冒出,眼前的敌人便有几十个,天知道这地下怎么会有这么多没完全腐烂的尸体,我们不敢力敌,只是小心脚下,边打边退。

退到车子旁边,老姚正坐在驾驶室紧张启动,然而不知道为什么,就是点不着火。

我们都跑回来,围在车子旁,看着上百号白僵、黑僵级别的腐烂僵尸,在老妪僵尸的带领下,从树林、草丛、公路尽头……四面八方围将上来,不由得心烦意乱。这里没有一个平庸之辈,但是蚁多咬死象,这么多的腐尸,但凡被咬上一口,就麻烦了。

我与杂毛小道肩并肩,打量着这些恐怖恶心的僵尸,问他刚才那雷阵还能不能布置,再打一通?

杂毛小道呸了一口,说:"你以为引天雷布阵,说来就能来啊?没个十天半月的累积,这雷击桃木剑里能有多少雷电啊?就是刚才,那让我控制不住的雷网,也是托了空间环境和气候的福,跟我的实力,没有多少关系。"

我们没说两句,老妪僵尸已然嘶嚎起来,不知死了多少岁月,它的声带早就坏了,这嚎声像指甲刮玻璃一样刺耳。车外五人,这老东西谁也不管,就朝我冲过来。双手高扬,十指尖锐,由上而下地刮过来,像两道飓风。

在它身后、我们周围,至少围上来两百多号僵尸,相互挤压,像抢救济粮的灾民,朝我们汹涌而来。

这么大的场面,跑不掉,唯有战了!

这个时候,谁也藏不了私。我捏紧双手,前踏三步,恶魔巫手瞬间点燃,与老妪凶猛地对撞在一起。我的右手锤在了它的胸口,它的指甲则划破了我的胳膊。接着,一道磅礴之力从它的双掌上涌来,我脚步不稳、腾空而起,越过汽车,朝对面的尸群跌落而去。

第十五章　绝境的希望

　　肥虫子苏醒，才恢复一个多月，我果然还是太脆弱了。被这僵尸老妪一掌拍飞，腾空而起的我不由得叹了一口气，心中沮丧。
　　身体由空中跌落，下面是密密麻麻的手掌，将我托起，然后往下面拽。当我的背部挨到泥地之后，顿时有好多手脚和熏臭的头颅，朝着我扑来。我就地滚动，避开这些，不过那些蜂拥而上的僵尸，让人根本就无法防备，顿时，死亡的阴影爬上了我的心头。
　　就在此刻，我感觉脚踝被人紧紧一拉，接着身子就被人往前面拖去，穿过无数尸水淋漓的胯下，我眼前一亮，看到白露潭正拖着我的双脚，往车子这边跑。我半坐而起，示意她可以了，白露潭点头，回手一掌，拍在旁边一头僵尸的脑门顶上。那僵尸身子一震，竟然什么反抗都没有，便瘫软在地。
　　好厉害的掌法，这劲气、这力道、这技巧，竟能将支撑僵尸的那一缕恶魄迅速辨识，并且一举消灭，请神之后的白露潭，果真让人刮目相看。
　　我还没翻身起来，小妖便拦在了我旁边，素手翻转，与四五头僵尸对峙，朵朵也踏着白光，从我的胸口冒出，小丫头悬浮半空，双手结印飞舞，在我对面的那几头僵尸顿时就停住了前进的脚步，迟疑了一会，竟回过身，朝身边的同类一阵猛掐撕咬。
　　我大喜，这些僵尸全凭体内的一缕残魄支撑活动，脑容量有限，其实是极其容易控制的，这也就是肥虫子当初为什么能够一举控制湘西王家那头跳尸的缘故。朵朵出身小鬼，天生便会迷惑，这几年来逐步成长，一旦爆发，便让人另眼相看。
　　这些小家伙各显神通，我自然也不甘示弱，双手凝聚，一手通红如烙铁，一手寒冷似结霜，往前扑去，与两个朵朵一起与僵尸厮杀。酣战半晌，我浑身汗出如浆，呼吸逐渐粗重，而那些僵尸却并没有减少，杀死一个，右面的草丛中又爬出一双，数量逐渐增多，蜂拥而来，使得我连腾挪转移的地方都越来越小了。
　　"唰——"
　　我听到身后一声炸雷般的响动，回过头去，只见刚才那头实力卓绝的老妪僵尸被杂毛小道一剑砍中左侧，半边臂膀如遭雷击，全部都成了炭状。即使如此，面对着蜂拥冲上前来的僵尸群，杂毛小道也面临巨大的压力。杨操在车头，他身旁是黄鹏飞和石超两人，这两个家伙位于侧面，压力并不是很大。
　　杂毛小道从来不是肯吃亏的人，他见黄鹏飞表情轻松，心中顿时有些不爽，一个箭步，冲上车顶，然后高声叫道："小毒物，我来救你……"

看吧,他竟然不管黄鹏飞,跳到了我的这边。

而杂毛小道这一撤,黄鹏飞立刻遇到了巨大的压力。面对着十几双抓过来的手,他挥剑如游鱼,斩落了两头僵尸。但见这些东西越发地多了,他一时就有些惊慌,从怀里掏出一张火红色的符纸,燃烧,口念咒文,接着朝前面扔去。

这符纸飘飘,朝着前方落下,正好粘在了那头断臂老妪的另一只胳膊上面。

我眼前顿时蹿出三四丈高的火焰来,以这老妪为中心扩散,幽蓝的火苗沿着地上青草,朝周围的僵尸燃烧去,近十米范围内,那些僵尸腐烂的肌肉和皮肤顿时像浇上了热油,熊熊燃烧起来,发出了让人眩晕的热浪。

看这无数僵尸在火焰中翻滚,我心中感叹。仅仅是一张符纸,黄鹏飞便一举焚烧掉了近二十头僵尸,真可谓是大手笔。十分钟不到,黄鹏飞就用掉了两张价值不菲的符箓。这家伙,一等一的高富帅啊——呃,帅……我保留意见。

不过即便如此,也只是一时安宁。

我抬起头,看着那满地的头颅和挥舞的腐烂手臂,层层堆叠,心中越发忧愁。这地下,怎么会来这么多死尸呢?人力有尽时,当我们将最后一口气给耗光,力量全无,只怕到时候,即便是躲进车子里,也走脱不得。

杂毛小道与我并肩作战数分钟,脸色开始严肃起来,说:"小毒物,这样下去可不行,这里面定然有人在捣鬼,不然怎么可能会出现这么多的僵尸?指挥这些家伙进攻的幕后黑手,应该就在这附近,我们只有把他给找出来,才能够解脱,不然,大家都要耗死在这里的了。"

此时的我,满脑门子都是汗水,身体里的隐患发作,疲惫欲死,听到杂毛小道的话,我转身跳上车顶,举目遥望,果然漫山遍野都是那些行动迟缓的僵尸,黑暗中视野模糊,不过能够看清的,大致也有两三百头。两三百头啊。这什么概念?小爷出道这么久,也就只在青山界一线天之下,见过几十头僵尸蛊控制的活死人。妥妥的大场面啊!

僵尸越来越多了,杀之不尽,死去复来,这可怎么好啊?

射人先射马,擒贼先擒王。我从车中叫出金蚕蛊,让它去揪出那个藏在暗处阴人的家伙来。肥虫子与我心意相通,不作停留,黑豆子眼睛扫量一圈,突然朝着西南方的那片林子射去。

我正举目追视,左边突然传来一声惊叫,只见白露潭被四五个长得格外粗壮的僵尸给捉住,朝天举起,正准备将她给撕成几块。我来不及思虑,抬起手,一声无量天尊,驱动人妻镜灵,将这几个僵尸好是一通照射。它们顿时动弹不得,而我则飞身扑下,将白露潭救出来。

刚一回转,心还没有落定,我又听到石超在身后大声喊叫,回过头,只见他被僵尸一口咬住了大腿。黄鹏飞及时救援,一剑将那头僵尸的脑袋捅了个对穿。经过这一变故,黄鹏飞也抗不住了,放弃车子右边的战线,扶着石超,朝我们这边挤过来。老姚、向导在车子里照顾伤重的田师傅，瑟瑟发抖，不敢动弹。黄鹏飞一放弃，顿时就有三四头僵尸领头，朝着车玻璃一阵猛撞。车窗玻璃一阵呻吟和颤抖，巨大的辐射碎片呈现出来。

我催动震镜，然而人妻镜灵却告知我元气未复。望着如潮水般涌上来的僵尸群，我不由得有些悲哀。顶级飞尸咱都见过了，难道要在这小河沟里面栽跟头了吗？

天空突然一声炸响，从遥远的天际传来了一声宏大而悠远的佛号："阿弥陀佛！"

虚脱出汗的黄鹏飞立刻惊喜地高声叫嚷着："是秀云大师吗？"没人回答他，然而片刻之后，又一声更加宏大而慷慨激昂的佛号响起："阿弥陀佛……"

我看向了西南，就是肥虫子飞去的那个方向。只见那里出现了四五个黑影子，打成一团。瞬间，有七彩佛光乍现，佛光中，我见到身穿灰色僧袍的秀云和尚和一身邋遢道袍的王正一，出现在了林子中。而他们的对手，却是几个花衣棉袄的女流之辈。见到有援军，我们的精神又振奋许多，新力复生，将围堵上来的这些僵尸，给坚定而果决地打击回去。

车厢里传来了一声恐惧的喊叫，接着砰砰砰三声枪响，我扭头，只见车窗玻璃已然被捶碎，那些僵尸正朝里面抓去。

杂毛小道一个纵身翻过车顶，落到了车子的右边，落地之时，他衣袖一抖，一团红光拂面的古怪猛虎伸头摆尾，将这周遭的僵尸给撞得飞去。

在树林那边，不愧是青城二老，那一僧一道须臾之间，便将埋伏在密林子中的三个女人给制服。两人似乎说了什么，然而那三个潜伏的女人并不买账，结果秀云和尚并不是怜香惜玉的陈腐之人，一人一巴掌，挨个将这三人拍晕，手上托出瓦钵，朝着天空扔去。那周身金字经文的瓦钵，朝这边飞，竟然悬停在了我们头顶上空，反扣住，里面发出黄色的光芒，将我们给笼罩。

沐浴在这温暖的光芒之下，我们的呼吸和心跳开始变缓，汗水不再渗出，肌酸分解，感觉有力量融入体内，让人精神一振，神清气爽。就连被僵尸咬腿，身中尸毒的石超，也展开了紧皱的眉头。

相反，那些僵尸犹如见到了太阳光一样，纷纷后撤，空出好大一块地方来。

秀云和尚和王正一飞步前来，一人持青铜禅杖，一人持白色拂尘，外围那些游走的僵尸被随意一抽，便如同一截木头般栽倒。两人横冲直撞，一路过来，竟无一合之将，那手法之利落，竟让我感觉有慧明的实力。

两人须臾间，便已冲到了我们面前，一路上竟有四十多头僵尸灭于青城二老之手。然而我们面前的对手，树林间、草地上、小河边、荒野地上……密密麻麻，竟然已经爬出了三百多头僵尸。我看到青城二老的眉头，也是紧锁着。

这时候天边斜斜掠过一道矫健的黑影，肥母鸡总算从黑暗的天空中钻了出来，大声聒噪着："果真是闻名已久的鬼城，见识了，见识了。布置这百鬼夜行迷踪大阵的家伙，真是个天才啊！"

第十六章　破灭的大阵

　　肥母鸡并没有朝我们这边飞来，而是如闪电一般，一出现便朝着这地界的边缘四周，振翅飞去。这是我第一次见到虎皮猫大人，以这般让人目力所不能及的速度在空飞行。往日它总是慢悠悠地拍打着翅膀，仿佛根本撑不住它日益肥硕的身体一般。然而此刻，便是那最犀利的鹰，最凶猛的雕，都及不了它半分。秀云和尚与王正一冲到我们面前，也不言语，一人一面，对上围攻上来的僵尸群，翻手覆掌之间，便将那些让我们压力山大的家伙，给一举击退。十几秒钟之后，那些心思"单纯"，面相丑恶的腐烂僵尸，便被二老逼退到了五米之外。

　　我发现秀云和尚的瓦钵，真是一件好法器，表面上看着黑黢黢的，但是内里外在，却有着诸多金色符文，如同蝌蚪一般蜿蜒游动，在它的开口处，则有夕阳般温馨的黄色光芒透出来。那些腐尸一旦遇到，便顿时身冒黑烟，散发出难闻的味道来，痛苦极了。这玩意儿似乎比我的震镜要好使，两者的差别在于，一个是白炽灯，一个是手电筒。

　　而王正一的拂尘就比较简单，这拂尘并不是青虚等人的那种钢丝内置，而单纯是某种白色兽毛制作，那拂尘柄也只是普通的黄梨木。不过从那白色兽毛上散发出来的灼灼能量，我便知道这东西，想来也是一件让人敬畏的法器。

　　然而好汉怕群狼，这些僵尸杀之不尽，如乡间野草，春风复生，倒是让人头疼得厉害。我看到王正一几次将手摸到怀里，然而又犹豫地掏出来，想来他定是有什么一次性的杀手锏，但是太过于珍贵，用于此处，实在有些舍不得，故而心中一直煎熬。

　　我特意找了一下那个断了半边臂膀的老妪僵尸，发现那个家伙已被火符烧得只剩下骨架子。正在我们拼力僵持的时候，突然听到东西南北四个方向，噼里啪啦一阵爆响。这响声，如同我们家乡死人时放的那种铁炮，接着有一种我们习以为常的力量从身边拂过，被风吹走。天地一震，随着这天摇地晃的震动，我的小脑瞬间失衡，顿觉天旋地转，也不知道怎么回事，人就扑倒在了堆满腐尸的地上。

　　并不仅仅是我，所有人，包括秀云和尚和王正一道长，居然都失去平衡，趴在了地上。唯一没有受到这震动影响的，便是晃晃悠悠飞到我们面前的虎皮猫大人，还有两个朵朵。只见这肥母鸡停在了越野车的后视镜上，抖了抖身子，然后在镜子里欣赏了一下自己的音容笑貌，嘎嘎地笑，说："好多年都没有练过这破阵的功夫了，手艺潮得厉害。这般天才布置的道场，倒是让大人我好一通忙活。怎么样，大人我的活儿，还不错吧？"

我勉强爬起来，只见四周那潮水一般的僵尸，全部都变成了真正的尸体，不再动弹——有的手前伸，有的佝偻着腰，有的咧开发黑泛黄的牙齿，露出狰狞的面容……世界都变得静止了，仿佛这些僵尸，被"时间停止器"给定住了，任我们处置。

这世界一定，我不由得精神松弛，瘫坐在地上。

长时间的战斗，极大超出了我们的极限，不仅是我，杂毛小道、黄鹏飞和杨操，都坐在地上，直喘粗气；受伤的石超更是直接躺在地上，头望星空，任自己的胸腔起起伏伏。还站得起来的，便只有秀云和尚、王正一，和为保持形象、勉强扶车站立的白露潭。

大和尚这一番恶斗，也是有些吃不消，抹了一把宽额上的汗水，然后叹气，用浓重的川音说道："格老子，这个地方忒邪门了，大和尚我念了一辈子的经，都没有瞧见这么多的僵尸。像蚂蚁一样！"

听他这么说，我不由得想起了之前见到的那些奈河冥猴，不愧都是一处地界，果然是一脉相承。

王正一倒是个火眼金睛的正牌老道，拉扯住口无遮拦、满口子市井腔调的秀云和尚，一挽拂尘，竟然朝着挂在后视镜上面的虎皮猫大人，施了一个道揖，然后恭敬地说道："此次能够破除此阵，全亏了前辈穿针引线，破除诸般虚妄。青城山全真龙门派丹台碧洞宗信平道长座下，王正一，见过前辈。"

"信平道长？"虎皮猫大人眼睛一转，似乎在回忆，然后点头，说："哦，原来是老蒋的小徒弟啊，不错，你的功夫，倒是有你师父的几分影子。"

王正一诧异，说："前辈认识我家师尊？"

虎皮猫大人挥挥翅膀，说："认识吗？不认识！这世间，脱得这一层躯壳，到了幽府，谁还认识谁？好久没干活了，今天这一忙活，倒是累得我够呛。饿了，饿了，我去找点吃的吧，小毒物，一会儿走的时候，叫我啊……"

这肥母鸡又开始装起神秘来，并不理会王正一的疑问，展翅飞去。

王正一用一种崇敬的眼神目送它离开，秀云和尚低下头，看着躺坐在地上的我和杂毛小道，说："二位，这鸟儿，是你们谁养的？"

我和杂毛小道猛摇头，说："谁能够养得起这肥鸟儿？不是，不是，它要惹什么祸事，跟我们可没有半点儿关系。"

王正一见我们不肯说实话，便摇头叹气，说可惜了这位高人。

说话间，旁边走来了一行人，正是之前失散的其他人。王正一跟我们解释，说他们刚才也是困于阵中，被连续分割，解脱不得。常言道，擅泳者溺于水，他们这些趟了一辈子阵法的老江湖，竟然也陷入这大阵之中，说来真的是惭愧之极。而且还害死了那个叫做余阳的向导，倘若不是这虎皮……什么大人及时赶过来，他们定然会迷失到另外一个世界去，无法回来。

秀云和尚点头，说："这个地方邪门得很，跟我们青城后山的秘地，倒是一

样的。"

王正一说："是啊，还好我们在那虎皮……呃、鸟的指引下赶过来，这才没有出现意外……车里面的那个司机怎么回事？"他这时才发现，田师傅躺在车上，似乎受了重伤。黄鹏飞怕我们添油加醋，急忙抢答，说："刚才姚师傅被鬼迷了眼，结果把田师傅给撞倒了，好在没有生命危险。"

我嗤笑一下，并未再说什么，也懒得跟黄鹏飞在这等小事上争辩。那边的李媛等人，已经把被青城二老制服的三个捣鬼者提溜过来，摔在了车子的右边。

有活口。我们都不由得心生好奇：这地方，虎皮猫大人口中的百鬼夜行迷踪大阵，到底是怎么回事？

肥虫子刚刚给石超解完尸毒，此刻又回我体内调理。这时我才开始恢复一些，站起来，与刚过来的诸人打招呼。然后瞧着那三个家伙：都是女人，一个老态龙钟，一个人老珠黄，还有一个倒是青春年少，看着也眼熟。

王正一将拂尘拂过这三个女人的脸，将她们唤醒。醒来之后，那个老太婆和中年女人死活不肯开口，倒是那个年轻女孩儿面露恐惧，瑟瑟发抖。

做我们这一行的，只要不死，想要人开口，自然有一万种办法。即便是死了，也可以知道她们想要隐藏的秘密，只要有时间，有精力。这一点王正一自然都懂，他一摆头，便有人过来将两人拖下，去做脏活。剩下的那个年轻女孩见只剩自己，不由得瑟瑟发抖，眼睛往地上瞧。

王正一问了她几句话，她吞吞吐吐的，也说不清楚，视线游离，突然瞧见了我，她眼睛闪过一道亮光，竟然热切地跟我打起招呼来，说："嘿，嘿，我是王方颖啊，救救我。我不是故意的……"

王方颖？所有人，包括我，都被这个女孩子的表现给惊到了，杂毛小道见女孩子说得热切，顿时不怀好意地坏笑，说："哦，小毒物，没想到你还留有这一手，竟然将我们的势力，打入到了敌人内部去？"

王正一笑了，说："姑娘，既然你和我们陆左是熟人，我们自然不会为难你，你说说，这到底是怎么回事？"

王方颖有些怀疑地环顾四周，然后哆哆嗦嗦地说起，她本来是一个很普通的大学生，跟这里的孟老太也只是有些家学渊源，就过来看望。没想到就陷入了这场拼斗当中，她根本没有这想法的。这里是一处高人留下来的大阵，孟老太得了一些法门，所以就在这里寄居，帮一个人打理门户……

经过一番询问，得知王方颖一直住这里，不过貌似所知不多，逻辑混乱，王正一便没了兴致，这时信号已经有了，他便通知等待的部队，立刻出发，前来接应，然后回过头来问我，说："陆左，这人你既然认识，那么就由你来处理吧。"

我见王正一诓骗完人家小姑娘，这才将心中的疑问说出："姑娘，你认错人了吧？"

第十七章　果林小屋

听到我说出这话，王方颖顿时就把眼睛瞪得滚珠儿圆，说："你、你竟然把我给忘了？"

面对着旁边杂毛小道诸般诡异的调笑，我倒是要问个清楚，于是说："妹子，我年初的时候摔坏了脑袋，还真的记不得了，能否提示一下？"

王方颖满腹委屈，说："2008年春节的时候，你还去过我们家的，我家就在湘西凤凰阿拉营镇，你还记得不？"

迎着王方颖这期盼的目光，我不由得苦笑，搞了半天，原来这妹子便是地翻天的二女儿啊。难怪她会说家学渊源，原来这个所谓的孟老太，竟和她们湘西赶尸的家族，脱不了关系。说起来，自从东官浩湾广场一战之后，我倒是好久都没有听到地翻天的消息了，后来跟赵中华聊天的时候，依稀记得他被送到东北白城子服刑去了。不过我并没有提及，只是问这二妹子："哦，想起来了，小王，家里面情况还好吧？"

我这一问还好，一问，王方颖的眼泪就流了下来。

她抽抽噎噎，说不好，她爹爹被抓起来了，一家人分东离西，不能团圆。她弟王永发也被亲戚给接走了。家里没有了钱，她就勤工俭学，如此差不多混到了快毕业，面临找工作的问题，听母亲说这里有个远房亲戚，能量挺大，就过来串个门，看看能不能帮忙推荐个好工作，结果就变成了这样……

我笑了笑，说："能量倒是很大，不过都是歪门邪道的路子。"

见她只顾抽泣，对旁边这些僵直不动的腐尸却无动于衷，我便知道她所说的，不一定是真。能够出现在这诡异阵法里的，能有几个善茬？这妹子家学渊源，也算是道上的角色，妥妥的女汉子，不过是非曲直，跟我并无太多关系。我总不能见人家姑娘漂亮，就没原则，上杆子地去说好话圆场。再说了，地翻天于我，敌人多过朋友，所以也不敢多管，让专业人士去审查吧。

杂毛小道和地翻天虽然翻脸，但终究还有些旧交情，故人之女，他便与我好言相劝，让她争取多多揭发，到时候摘清自己，不被追究责任。然而王方颖翻来覆去，总是这套说辞。

不多时，那两个穿着中山装的特勤局人员，倒拖着孟老太和另外一个婆娘走了回来。相对于我们，他们才是专业人士，在古时候，相当于六扇门的角色，自然懂得如何审讯。一番不为人知的手段后，为首的方块脸告诉王正一，说："这个老妪，就是鬼面袍哥会的看门狗，地上这些尸体，是他们通过各种手段从各地火葬场偷运出来，埋尸于此，依托这百鬼夜行的迷踪大阵，聚阴归元，养尸存气。"这些年来，他们通过前人留下来的阵法，赚足了实力，鬼面袍哥会的诸多高层，也都得到实惠。

听他这么说，我想起在怒江山谷中，鬼面袍哥会那些家伙，无数幡灵和缭绕鬼气，原来都是在此地炼制。

这一片区域，到处都是死尸，滚滚散发的尸气，让人头痛欲裂。这也就是我们，倘若是些普通人，不在鼻孔里面塞些沾酒精的棉花，估计早就晕过去了。三更半夜的，法阵虽已被破，但此地蹊跷，不宜久留，我不舍地看着那棵老槐树，然后与众人退回公路，商量后续事宜。

对表，我们才发现，时间仅仅过了一个多小时，时针指在一点上。虽说狡兔三窟，但既然此地是鬼面袍哥会的重要门户，那么我们所要前往的狼崽窝，必然有极其重要的大人物在。

我们此行就是火力侦察，既然确定了这个，便立刻联系早已集结等待任务的部队前来围剿。不过，我们在此折腾了一个多小时，孟老太是否已将消息传递给那大人物？这个她死都不肯说，即使使用搜魂手段，都被她用潜意识给压制了。现在我们面临着两个选择。

第一，原地停留。等待增援的大部队，然后一同前往狼崽窝，围剿鬼面袍哥会的大蛊师。

第二，兵分两路。一部分人带伤员原路返回接应；另一部分继续前进，一为探查，二为牵制，即使那些家伙已经撤走，以我方的实力，也能截留住一部分重要人员或者实施追踪。

我们合计了一会儿，大部分人都同意第二方案。最后由王正一拍板，让方块脸带着他的另一个弟兄以及两名司机，将受重伤的田师傅和石超送回去治疗，并押回擒获的三人，顺便与赶来的增援部队沟通；而我们则继续前行，赶往狼崽窝，防止目标逃窜。

时间有限，废话少说，一行人挤进两辆车子，朝狼崽窝行去，而虎皮猫大人则紧紧跟在后面。

一路无话，行驶没一会儿，就岔进了一条山中小路，在难行的路况中摸索了十多分钟，我们看到山坳子对面出现了一个小山村，几十户人家，左右散落。整个村子都陷入了沉睡，黑暗中，静谧无声，司机很有经验，将发动机的轰鸣声降到最小，远远就停下。

据侦察员汇报，曹砾应该独居在村后山的果园里，平日里跟人少有来往。我们前往果园，必须经过村子。当时有人提出，说村子里有没有鬼面袍哥会的成员，还说不清楚。从调档上看，都是普通农民，但是说不准，被发展出一些，也是有可能的。

甚至有人还提出一个耸人听闻的猜想：这里的村民说不定都是鬼面袍哥会的成员。

就是有了这些猜想,我们才会在夜里抓人,防止影响扩散,引起恐慌。

我们早早下了车,王正一考虑了一会,留下两个司机、杨操、黄鹏飞、白露潭和李媛等,在此等待并分组监视。他与秀云和尚带着我、杂毛小道四人悄悄摸向后山果林。

因为担心走村中道路被伏或走漏消息,我们没有进村,而是沿着村外菜地,绕过山梁,朝着后山摸去。村中有狗,遥遥地叫唤,头顶上有一只猫头鹰在盘旋,被虎皮猫大人瞪了一眼,朝左边的大树降下来,悻悻地叫了几声。

果园离村子有两三里地,住户逐渐稀疏。村子静极了,所有人都睡去了一般,就连群众夜里喜闻乐见的那种活动,都没有听到声响。我们不敢走大道,一路绕行,又过了一会儿,从山脊上看,坡下面一大片的柑橘林,枝繁叶茂,果实沉甸甸的,长势喜人。

果园子很大,囊括了两个山头,漫山遍野,橘子红了,周边有些竹栅栏,而山坳子下有几间木屋。木屋的门口有盏昏黄的灯,将整个橘园照得一片朦胧。

这和我们想象的很不一样,鬼面袍哥会的名头很大,每次想起它,我的脑海里除了《湘西剿匪记》中的山寨子,便是《上海滩》中的宅邸堂口,万万没有这般低调,跟普通的农家基本上没有区别——难道情报是假的吗?

当然,这显然不可能,特勤局大动干戈,与相关部门联合行动,自然不会无的放矢。

我们隐在篱笆外,观察林子以及山坳下的木屋,根本没有动静。我们脚边有滚落下来的柑橘,我捡起一个剥开,只见橘肉里密密麻麻的蛆虫粘连。这密度,我们从来没见过。从这东西我们可以确定,即使曹砾没在这里,这里也必须查封。

我们又静待了十分钟,发现还是毫无动静,不知道是木屋里没有人,还是曹砾已经得到消息带人跑路了。我们不能继续等了,如果不确定里面有没有人,那么我们今天所做的一切都没有意义了,便是那个在迷阵中死去的向导,也白白牺牲了。

王正一和秀云和尚商量了一下,由秀云和尚上前探底,看一看目标的去留情况。

秀云和尚嘀咕几句,然后身子往上一纵,这佛爷两百来斤的好肉竟然神奇地脱离了地心引力一般,一跃两三米,翻过竹篱笆,像一头敏捷的肥硕狸猫,足尖轻点,朝下方木屋中奔去。随着他渐渐接近,我们越来越紧张,一是怕秀云和尚有什么闪失,二是怕目标早已人去楼空。

二十米、十米、五米……我们屏住呼吸,紧张等待。

然而就在秀云和尚即将靠近那木屋的时候,突然,果园四周传来了哐啷啷的响声,七八个声源,我往最近的那处看去,竟然是一串易拉罐。这么简易的警报装置,老练的秀云和尚竟然会碰到,让人难以置信。这时,木屋的灯亮了。

灯光昏黄阴冷。

第十八章　剧毒蓝蛙

　　林中小屋的灯光骤然亮起，窗户里探出一张年轻女人的脸来。
　　她的目光正好与鬼鬼祟祟的大和尚对上，顿时大惊失色，周围的空气被她一口吸干，然后化作惊天动地的尖叫声："有贼啊……"这农妇的尖叫声让秀云和尚十分尴尬，佛爷一辈子化缘吃斋，何曾做过这等不问而取的丑事，于是单手作揖，长呼了一声佛号"阿弥陀佛"，然后解释道："女施主，别误会，贫僧此番前来，只是为了……"
　　他话说了半截，才反应过来：咱家不就是过来抓人的吗？解释个啥呢？直接动手啊！然而最先动手的不是秀云和尚，而是窗户里冒出来的另外一张脸。
　　在昏黄灯光的映照下，我看到一个老实巴交的农民，四十多岁，愁眉苦脸的表情跟我家乡那些小孩没钱读书、老人没钱治病的同龄人一样，生活的艰辛和磨难早早地在他脸上刻下了无数沟壑，胡子拉碴、脸色蜡黄，一双眼睛红通通，没有什么神采。
　　当然，这仅仅是他刚露面的样子，当瞧见了左手托着符文瓦钵，右手拿着青铜短柄禅杖的秀云和尚时，他的眼里突然爆出一抹鲜血一样的红光。
　　有灯光照耀，按理会明亮一些，然而秀云和尚身边的黑暗却更加浓重了。
　　接着这些黑暗迅速凝结，化为身着明光铠、手持长陌刀的古代士兵形状的鬼灵。总共两具，一前一后，朝秀云和尚生劈而来。战斗在一瞬间打响，秀云和尚怕的是这小娘子误会，却不惧这等凝结如实质的鬼灵之身，当下一声长笑，右手的青铜禅杖一抖，顿时就有好多小铜环相互击撞，发出丁零当啷的清脆声响，迎上去，堪堪架住前面一位最猛厉的劈砍。
　　此时的我、杂毛小道和王正一三人，已然将身子化作狂风，足下用力，朝林中小屋冲去。而虎皮猫大人，则迎上一只暗处的猫头鹰。
　　林子里依然飘荡着用易拉罐制成的简易报警系统哐啷啷的响声。
　　这些响声便是集结号，随着声音的持续在林子、山坳回荡，有无数的黑气从树上、地底以及叶枝的深处涌出来，聚成一道道不停旋转的黑雾，而枝头上沉甸甸的柑橘，无论是橘红的，还是青的，纷纷脱离枝头，雨点般落下来。
　　我们踏过落叶，踏过林间土地。砸落下来的柑橘被黑雾裹挟，同气球一样炸开，汁水喷射。这种强度的爆炸，不会伤人分毫，也无法降低我们前进的速度。然而，从橘肉里喷洒出来的却是一大堆白花花、不断蠕动的蛆虫，此刻如同有人操控一般，大量附着在我们的头上、身上。

我们快速接近,一路爆响。那场面,让人震惊且记忆深刻。

王正一看到这幅场景,越发地兴奋起来,大声叫道:"那个男的肯定就是曹砾,就是鬼面袍哥会的四把手。"他似乎有些兴奋,一说话,橘汁就飙射入嘴里,被灌了一大口。里面好多蛆虫顺着他的食道,欢快地往下走,使这老道顿时闭上了嘴巴,不敢多言。王正一吐了两口,浑身一颤,身上的腐烂橘肉全部被劲气逼开,周身形成一道隐隐的气场。

我和杂毛小道有样学样,老萧凭借血虎红翡,而我则有金蚕蛊那种天生震慑群虫的蛊威,效果都很不错。当我们从坡上冲到林间小屋时,秀云和尚已将那两头鬼灵镇压,不再猖狂。不过他的对手毕竟是一位蛊师,万般防备之下,还是遭了暗算。当我们来到近前,只见这大和尚的脸上尽是幽蓝之色,眉头黑雾浓郁,嘴唇翻开。看这模样,似乎中了剧毒。

王正一跑到跟前,唰唰唰三下,从手中飞出三道竹片精制的符篆,钉住其他三个方向,将那些回旋的黑雾驱散后,急忙问大和尚,说:"这是咋了?"

秀云和尚惨笑一声,左手上的瓦钵交到右手,然后左拳摊开来,只见佛爷宽厚多肉的手掌上,竟然有瓜子壳大小的一个黑蓝小点。我仔细瞧,原来是一只小得可怜的蛙状两栖动物,双眼鼓突,周身皆是靛蓝色,皮肤滑腻黏稠。

因为被捏死了,一摊蓝紫色的浆液附在大和尚的左手上。

我眯着眼睛,仿佛看到一股暴烈的黑气,正通过手少阳心经脉,往他的全身扩散。好剧烈的毒性!倘若这黑气于秀云和尚全身运行一周,甭管大和尚的修为有多高,都只有去见我佛如来的下场。我脑门的汗往下流,虽然不知道品种,但是明白这瓜子壳大小的蓝蛙,必然是十分难得的毒物。而且它除了有毒之外,还对修行者有一种天生的邪气压制,就这一点,它必定是请了五瘟神像后的蛊毒产物。不愧是鬼面袍哥会的首席蛊师,果然名不虚传。

这里需得交代一下,这蓝蛙能够伤得了秀云和尚,而肥虫子却偷袭不了实力不如秀云和尚的青虚,主要有两点:一是豁不出这条小命,金蚕蛊已有本我的智慧,趋利避害,不会如此决绝;二是因为其为半灵体,天然受道力的影响。并非金蚕蛊不如蓝蛙。

正当我们发愁时,秀云和尚手上的蓝蛙,已被一条暗金色的肥虫子给叮住,然后胡乱几口全部吞噬干净。

我朝着身子绷直的秀云和尚低声说道:"大师,放松戒备,让我的灵蛊,帮你解毒。"

听到我的招呼,秀云和尚放宽心,任由肥虫子从他的手掌钻入,然后用右手背,抹了一把汗水,叹道:"大意、大意,今朝差一点儿栽在这里。陆左小友,大和尚我欠你一条命,有机会,我自当补偿你。"

有了金蚕蛊,秀云和尚终于敢行气,将蛊毒集中一处,任肥虫子快速吞噬。几秒后，肥虫子心满意足地回到我手上，我朝这个可爱的肥和尚一笑，说："无妨，都是战友，何故说这等疏远的话，不用的，不用的。"

就在我给秀云和尚解毒期间，王正一和杂毛小道已将林中小屋全然封锁，然后由王正一通过联络器，知会了村外留守的杨操、黄鹏飞等人：找到目标，急速赶来增援。杨操回报：他们已经和先行增援过来的一个排汇合，立刻出发，最迟二十分钟能到。

给秀云和尚解完毒，我仔细察看这栋林中小屋。

因为我们及时赶到，屋子里的人没有出来。他们把门窗紧闭，灯也关了，里面一片寂静，仿佛是一间空房。不过，我们却通过空气中微微的异动以及"炁之场域"的波纹反射，知道曹砾肯定还在里面。

这家伙居然还在，我感到有些奇怪了。既然孟老太是此处守门人，那么两人之间必定有一些快速联系的方法。而我们被困大阵中那么久，期望曹砾毫不知情，显然不切实际。

然而曹砾却还是出现在了我们面前，就在这林间小屋里。

这真是太奇怪了。

联系了后援的王正一也开始关注这间小屋，他手持拂尘，踏着七星斗转罡步，牵动炁场。数秒后，他脸色一变，招呼我们："不对劲，冲进去……"

我们一时间都有些愣，不知道这老道士为何变得这般惶急，瞧见了鬼一般。只见他的拂尘在空中炸响，然后不管旁人，破门而入。黑暗中，传来一阵拳脚相交的沉闷声音。

王正一开始拼命，我们自然也不能贪生怕死，不过最先反应过来的，还是刚刚解完毒的秀云和尚。只见这佛爷化作一阵庞大的风，朝里面扑去。

我和杂毛小道紧跟着冲进屋子，还没适应屋间的黑暗，便感到有劲风扑面而来。杂毛小道挥舞雷罚，剑意奥妙；而我胸口一颤，两个朵朵匆匆赶来，抵住了攻击。几秒后，我发现王正一和秀云和尚两人似乎从堂屋冲进了卧室，里面有破空的音爆不时炸响，使这房子一阵摇晃，头顶上的瓦片不住呻吟，显示出高手强横的破坏力。

轰——

又是一通响，几秒后，里间终于回归平静。我们也消灭了黑暗中偷袭我们的鬼灵。冲进里屋，青城二老正蹲在地上查看，床下地板掀开，露出一个黑黢黢的地道来。

第十九章　地道暗箭

曹砾跑了？

我的脑子顿时一片空白，冲上去一看，只见这窟窿半米方圆，地道里黑黢黢的，正当口盘踞着两条黑色长蛇，正朝我们吐着红色的长信子。

是啦是啦，难怪曹砾如此猖狂。狡兔尚且三窟，像他这种身份的家伙，早就准备好了退路，跑路时不慌不忙，犹如度假。此处曝光了，大不了换个地方便是，反正袍哥会的会众那么多，哪会把我们的围剿放在眼里。

煮熟的鸭子华丽丽地飞走了，我心中焦急，拉着王正一，说："道长，我们追是不追？"

事情竟然变成这样，王正一的脸已憋成了猪肝色。他左手一翻，两道白光飞出，那两条黑蛇顿时一阵鸣呼，软绵绵地垂下头来，不再猖狂。干掉这两个威胁，王正一回头瞧向我，急忙问道："自然是要追的。不过，陆左小友，你是蛊师，可有防蛊毒的药物，给我等用上一些？"

穷寇莫追的道理对一身技艺的青城二老来说，并不适合。不过，瞧见了刚才曹砾让秀云和尚差一点毒发身亡的手段，王正一也不由得小心起来，求助于我。

我脑子一转，让两人卸去护体真气，然后，唤出金蚕蛊，在他们的额头上，各点了一个红彤彤的美人痣，说："此乃虫蛊驱避精元，一滴可持续半个时辰。可保诸毒不入心肺，并有驱除毒虫的作用。"

有了这玩意儿，便不用惧怕曹砾的诸般手段了。

王正一和秀云和尚见我恭请金蚕蛊的神色，十分郑重，知道这两滴精元得来不易，纷纷朝我拱手施礼。事急从权，一番客气过后，王正一吩咐我，说地道追踪，太过危险，让我和小萧在此等待大部队，再行前来；而他和秀云和尚，则先行追赶——时间已过良久，便不多言，各自保重！

说罢，两人跃入坑中，朝地道里间急急追去。

我和杂毛小道一阵暖意爬上心头。相比吴临一、黄鹏飞这些家伙，青城二老这两个素未谋面的西南高手，竟然冲锋到最危险的第一线，而将这安全的后续事宜交给我们。如此品格，让我们心生好感。

人便是这样，总有这样那样的缺点，比如秀云和尚，之前我见他爱听马屁，故而有些观感不佳。然而真正到了危险的时候，人的品格便很好地显现出来。

这世间，总有坏人，但是好人总是主流。

这时，虎皮猫大人一身血污地飞进了屋子，把我们吓了一大跳。朵朵抓住这肥母鸡，一阵翻看，大人吃不住痒，嘿嘿地怪笑，说它倒无妨，这些血，都是那只猫头鹰的。小样儿看着老实，但眼睛滚亮，是个被训来当作通灵探子的傻瓜。很凶，费了它好大的劲。

　　我们商讨了一下相关事宜。过了不到十分钟，外面的林子一阵响动，脚步声渐近，有柑橘被踩破的声音。

　　为了避免误会，我出去招呼，只见除了杨操、黄鹏飞等人，还有二十几个全副武装的士兵，半包头盔，步枪前指，身形彪悍而凶猛，一水的迷彩糊脸，看上去是一支精干的部队。见到我们，杨操冲上前来，问王道长和秀云大师到哪里去了？我和杂毛小道指着里间的地道，说追目标去了。此处真是曹砾那个家伙的老窝，不过他早有防备，通过地道逃走了。

　　我提醒所有人，小心那些柑橘，这里应该是曹砾培育橘虫的基地，所以不但虫多，而且毒性很强。

　　不过此行有另一位蛊师李媛在，所以大家都还算是注意。

　　在得知我和杂毛小道让青城二老亲自冒险去追，黄鹏飞就有意见了，瞪着我，气咻咻，口中喃喃自语，似乎在嘲笑我们胆子太小。杂毛小道回瞪了他一眼，这位仁兄才收敛了一些，不过还是怨气十足。部队的负责人是一个叫做冯雷的少尉，我们叫他冯排长，在一番简单寒暄之后，我们围在一起商量。

　　黄鹏飞虽然在集训营后升了正科，但在我们这一行人中职级最高的，却是杨操这个在特勤局厮混多年的老牌正科，所以还是由他来领导。一番简单而快速的沟通之后，最终决议由杨操、我、杂毛小道、黄鹏飞、白露潭五人以及由冯雷带领的十五名战士从地道出发，其余人则留在原地，等待后续部队的增援，并协助李媛处理这园中的病橘。

　　时间有限，拖得越久，形势对我们越不利。于是不再多说，选定人员后，便以我为首，杂毛小道紧随其后，一身血污的虎皮猫大人趴在他肩膀上，相继下了洞口。

　　这地道离地两米，宽约一米，倾斜向下，只需稍微躬身，便可急行，因为设计得好，有新鲜空气从转角处吹来；里面很黑，不过有强光电筒，这不是问题，只需小心头上和脚下即可。

　　虽然前面一批人刚走不久，但是，为了小心起见，我还是让两个朵朵，在前面领路，防止突发情况。

　　我们急行了十几分钟，并没有见到任何出口，反而感觉越来越低。这样走着，我的心中就有些沉重。

　　要知道，普通的逃生地道，并不会修得太长，一是为了节约成本；二是为了能快速逃脱追击，必须要利用更复杂的山间地势或交通工具，将敌人甩脱。然而我们走了十几分钟，却不见出口，让人头疼得紧，总感觉有些地方不对劲。

果然，再行几分钟，前面就出现了一个岔路口。

这岔路口有两条道路，一条向左，一条直走。向左的道路倾角朝上，而直走的那条路，则依然保持朝下的趋势。这岔路的空地，大概能容纳七八人。我们几个人便聚在一起，商议接下来的行动。我深吸了一口气，除了闻到泥巴的土腥味、洞口的潮湿，还闻到一丝淡淡的血腥和腐臭味，从直走的那个方向传来。

地道的路都是夯实的泥土，因为干燥，看不出什么脚印，不过我们却在直走的道路的墙壁上，发现一道新的划痕。通过对比，我们一致认为，这是秀云和尚的青铜短柄禅杖划出来的。这是青城二老给我们留下的标识，指引我们敌人逃窜的方向。

从目前的情况来看，左边的路应该是通向地面的逃逸出口。但曹砾没有走那里，而是带着那个女人，直走，进入了地下；王正一和秀云和尚，则一路追踪而去。从这情况来看，曹砾似乎早有准备。情况堪忧，容不得我们有半分犹豫，一番商议后，派遣两个战士回去报信，其余人继续小心前行。

过了岔路口，走了差不多两分钟，便有滴答滴答的声音从下方传来。道路变得崎岖不平，而路面则由夯实的泥地变成了岩石，空间开始变得越来越大，地道由原先的人工开凿，变成了直接依岩洞而建。

在这个山林木屋的地道下面，竟然是一个地形复杂的溶洞？

我的脸色变得严肃起来，有溶洞恐惧症的我，回想起往日那些九死一生的往事，感觉脊梁骨一阵又一阵的凉意。因为处在队伍的前端，我显得格外小心，也让前面疯跑的小妖时刻注意，不要给人钻了空子。虽然我们人员齐备，全副武装，但是在封闭的岩洞里，热兵器未必比冷兵器好用。

更何况，我在明敌在暗，人多真未必有用。

小妖在前，这大大咧咧的小妞儿抽着鼻子闻，说："这个鸟地方，让我感觉很不好，总感觉以前，好像经历过几次一样。"我问哪几次？小妖回忆，说："嗯……"这音调拉得很长，小狐媚子还准备卖个关子，结果还没有拖完，突然话语一转："有机关……"

我吓了一跳，抬头看去，只见从对面的黑暗中，嗖嗖嗖射出三箭，成品字形，朝小妖飞去。

这箭上似乎做了手脚，快得让人根本意识不到，铛铛铛，三声脆响，全数射在了小妖的身上。这小狐媚子被那力道震得腾空飞起，然后落在了我的怀里。后面数道强光照向前方，只见一道黑影在转角拐弯处一闪而过。我低头看向小妖，小狐媚子麒麟胎身，并不惧这箭，但是她却丢不起这个脸，小脸儿刹那通红，像天边的晚霞，拳头一攥，冲上前去："敢暗算小娘，不想活了！"

沉睡着的虎皮猫大人骤然清醒，大声叫喊道："太放肆了，太放肆了！"

第二十章　离奇重逢

这突如其来的袭击,让我们所有人都热血沸腾,小朵朵也叫嚷着,攥着拳头冲了上去。两个小宝贝儿都打了前锋,我自然也不甘落后,大步飞奔而去;杂毛小道紧紧跟随,在虎皮猫大人的加油声中,雷罚已然祭起。

在我们身后,是杨操、黄鹏飞、白露潭以及冯雷带领的十几名全副武装的军人。

这些军人,虽然不及老光那种国家战略级别的红龙特种部队,但却比吴刚那种武警,从技战能力、心理素质以及备战精神等方面要厉害很多。一时间,整个通道里出现了一大片脚步声,气势惊人。

感觉受辱的小妖,一旦发起疯来,谁也劝不住,我唯有紧紧跟在后面,不让她跑出我的视线。追了几十米,我看到前面有两个身影在抖动。小的是小妖,而另一个比我矮一个头的是那个黑影子。我二话不说,掏出震镜,快步上前,当头便是一照:"无量天尊!"人妻镜灵果然给力,一大束蓝莹莹的光华笼罩着两人。

让我诧异的是,小妖被人妻镜灵给定住了,但是那黑影子却回头瞧了我一眼,转身跑掉。

在震镜的光华中,我瞧见了那个人的模样,正是之前在果林小屋里,从窗户里第一个探头出来的那个女人。在青城二老的追击下,她竟然还有闲心来伏击我们,看来此间的形势十分不利。我顾不得小妖朵朵对我的一通责骂,硬着头皮一个劲地往前冲,见到那女人跑着跑着,突然身形一坠不见了踪影。

我赶到她消失的地方,有一个小小的洞口,似乎是另一个通道。

当下我也不敢犹豫,二话不说,唤出金蚕蛊,让它去把那女人咬住。肥虫子领命而去,当所有人都赶到时,它也摇着尾巴回来了,并无收获。小妖朵朵不服气儿,跳下黑洞爬进去,结果在里面大声臭骂,说:"那娘们,居然在这里放了断龙石,没有开关,挤不进去啊。"

断龙石?我听到这个名字,立即想起了几千斤的石头,那女人,倒是一个未雨绸缪的狠角色。

我们几个人围在这里,头疼,却没有办法。从那女人逃脱的方法上看,鬼面袍哥会在这个地下世界经营已久,四通八达。倘若他们纠集到一定的人手,将我们分割,只怕处境就变得十分危险了。

如此延展开来,我们推测:曹砾之所以没有走,还露了一面,是不是因为他是诱饵?

若真如此，整个西南病虫柑橘事件，就变得耐人寻味了。

我突然想到，只怕此次事件，完完全全就是冲着我们特勤局来的。大概是为了报上次差点全军覆没的仇，故而设局，将我们引至此处，好宣泄一番愤怒。

要知道，这次病橘延续的范围如此之大，为何我们能在这么短的时间里找到传染的源头，并很快确定是鬼面袍哥会的首席蛊师曹砾所为呢？我的心中狂跳，回头看向白露潭和黄鹏飞。调查之所以会有这么快的进展，主要就是这两人所负责的调查组的功劳。

大家都是聪明人，一点就通，黄鹏飞冷着脸没说话，而白露潭却不能沉默。面对着大家的疑问，她告诉我们，本来事情如此顺利，她便有些怀疑，因为每次调查陷入死胡同时，便会莫名其妙地收到一些关键提示，然后循着蛛丝马迹，最终找到了这里……

白露潭疑虑地说："现在回想起来，确实是有些奇怪，好像有人一步一步地挖好坑，等着我们跳进来一般。"

我皱着眉头说："这个情况，当时你们汇报的时候，怎么没说起？"

白露潭慌乱地看了一眼黄鹏飞，而黄鹏飞则面无表情地瞄了我一眼，说："我们汇报什么，不汇报什么，需要跟你商量吗？你怎么知道我们没有汇报呢？你……"

他话还没说完，便见手影一闪，"啪"的一声，黄鹏飞的脸颊立刻红了一片。

出手的杂毛小道若无其事地揉了揉手，淡淡地说："你小子，还是小时候那死不认账的德性。这一巴掌，是为牺牲了的同志扇的，其余的账，我们出去算……"

被当众扇了一巴掌，黄鹏飞的怒意一下子爆发出来，一声怒吼，七星剑瞬间出鞘，剑尖一抖，朝杂毛小道如毒蛇般缠去。

他的七星剑是由红铜缠金制成，上附七颗宝珠。学过冶金化学的朋友应该知道，这两种主要构成的质地偏软，远远不如钢铁，不适用于铸造兵器。不过作为一个道士，面对鬼怪的概率，要比人类多得多。红铜此物，常用来铸造罗盘或者铜钱，性阳而驱邪，是不错的契合金属；而金，则是富贵之物，在我们苗疆一带，建房子的时候，通常都要放一点在梁上，用来镇宅。如此打造出来的七星剑，锋利非常。

杂毛小道熟知黄鹏飞的尿性，早有防范，于是一边退开，一边出剑，将凌厉的剑势化解得软绵无力。其他人自然不希望两人打起来，纷纷上前劝架。论战力，黄鹏飞不如杂毛小道，于是就坡下驴，被杨操、白露潭等人给劝住。

我没有劝，抱着胳膊在一旁，冷笑着。

吵完闹完，大家又聚集在一起，讨论下一步的行动。

杨操虽然是老牌正科，但毕竟不如王正一、秀云和尚有威望，故而对是进是退，我们进行了一场大讨论。主张退出的人，说既然这是一个陷阱，恐怕敌人早已经做好周密的布置，再不退，只怕要葬身于此了。我们无所谓，但还要为身后那十几名战士考虑；而坚决不肯同意退的，则认为一切反动派都是纸老虎，我们有枪有炮，怕啥子？再说了，王道长和秀云大师就在前方，倘若身陷囹圄，我们又岂能见死不救？

这一番讨论足足进行了五分钟，我们还在争论，突然从来路，传来了一声轰隆隆的滚轮声，这声音沉重而刺耳，让人心中胆寒。一直在打盹的虎皮猫大人突然睁开眼睛，展翅飞起，大声叫嚷道："跑，快往前跑，不然都死啦死啦的……"

说完，它老人家率先就朝前方冲去，我们不明就里，却也不敢耽搁，跟着使劲跑。

我们一直跑，那声音却越来越近，有一种通道都要倒塌下来的恐惧感。这种害怕促使我们加速前进。狂奔了几分钟，突然眼前一片开阔，我们竟然跑到了一个岩洞里。出了通道，前面是凹口台阶，虎皮猫大人歇斯底里地大叫，让我们往两边闪，我们纷纷照做，但还是有人来不及，落在最后的两个战士刚出通道，便听到轰隆一声巨响，一个直径长达两米五的滚圆石球，裹挟着他们两个，朝下方的石厅重重砸去。

咚，咚，咚……

从出口到下方的岩石大厅，落差有五六米，石球将两名战士碾压成肉泥后，又跳动了几下，然后重重撞到一处突起的石笋上。

巨大的撞击使整个岩洞发出一阵轰隆隆的声响，地皮都在抖动，我抓着墙，心中狂震。

等一切都静下来，我们跑下天然生成的石阶，来到两个死去的战士旁边。

看着这两具脸色模糊、骨头碎裂、内脏被挤压一地的尸体，我们不由得后怕起来。若不是虎皮猫大人出声提醒，只怕我们中的大部分，都成这个模样了。

我们身边的十几个兵哥哥都忍不住悲伤，内敛一些的紧咬着嘴唇不说话，有人蹲在死去的兄弟面前默默流泪，有人则忍不住放声大哭起来。这些哭泣，不是恐惧，而是悲伤，也是愤怒。看着生命消失在我们眼前，没有人再想离开，心中只有复仇的怒火。

这里面，也包括我。此时的我，已经是热血当头。

然而，愤怒终究解决不了问题。我们强迫自己冷静下来，仔细打量这片区域。这个岩洞非常大，到处都是石笋和柱子，将我们的视线隔断开。头顶的岩壁离地足有四五米，低的只有一米，呈弧形落下，在西边有一条浅浅的小溪，手电照过去，泛起亮光。

我们四处探查，突然听到杨操大喊一声"老吴"，我扭头，只见好多人朝小溪边跑去。我也跟着跑过去，转过数根石笋，来到溪边。地上有好多尸体，杨操蹲在地上，抱着一个老人，奋力摇晃。

第二十一章 又见岩壁画

这个老头儿，便是另一个队伍的吴临一。

吴临一死了吗？

没有。

仿佛听到了旧日战友的呼唤，一阵摇晃之后，吴临一睁开双眼，虚弱无力地抬头看了一下我们，眼睛骤然亮起，然后艰难地从喉咙里迸出一句话："快去救洪队长他们……"话一说完，他便剧烈咳嗽，脸憋成紫红色，吓得杨操赶忙拍打他的背部。

好一会儿，他呕了两下，吐出一大口鲜血来。

在这段时间里，我环顾四周，发现这石笋转角处，还倒伏着十来具尸体，有的是我们的人，有的则身穿黑色棉袍，脸覆恶鬼面具，想来是鬼面袍哥会的成员。

冯排长带着士兵查看这些尸体，过了一会儿，走到我们面前。

他脸色铁青，说："没有活口，全部死了。"听到这话，我们都不由得吸了一口冷气，这曾是多惨烈的战斗啊，除了吴临一之外，竟然没有第二个人能活下来。而且双方居然都没有时间来收敛尸体，打扫战场，可见此刻，战斗还处于胶着状态。

除了部分士兵持枪警戒外，我们都围到吴临一的身边，想从这个幸存者口中，了解一下，到底发生了什么事情。

黄鹏飞有些不舍地从怀里掏出一个白色的小瓶子，倒出两颗药丸，递给吴临一服下，然后给他喝了一些水，拍背送服。缓过气来的吴临一脸色苍白，指着小溪的下游，西边的方向，说："我们到达了五里牌，正好撞上了鬼面袍哥会的部众。当时，洪队长领着我们一番冲杀，倒是死了不少袍哥，他们一直退却，跑到了一个山洞里。在通知部队后，我们乘胜追击，冲了进来。结果前面的道路还好，但是过了暗河，对手便越来越多，越来越厉害，各种鬼蜮伎俩纷呈迭出，我们损失了不少弟兄。到了此处，鬼面袍哥会的坐馆大哥，张大勇出现了……"

这是一场最简单的示敌以弱、诱敌深入的战役，有心对无心，我方惨败。洪安中这一队是主力，共有二十余人，对手却只有十几人，结果一场战斗下来，竟然死了十来个。剩下的人，在洪安中的带领下，朝小溪的下游退去。

岩洞里面的战斗，发生在二十分钟之前。

我们面面相觑，谁都没有想到，自今年五月开始掀起暴风骤雨般的打击活动之后，邪灵教这些组织，不仅没有小心翼翼地猫着身子，潜伏过冬。相反，亡我之心不死，竟然通过病橘事件，将我们所有人引入瓮中，准备用鲜血作最狠戾的报复。

如此深谋远虑，运筹帷幄，似乎不是张大勇这个鬼面袍哥会的坐馆大哥，能够策划出来的。难道又是邪灵教的掌教元帅出手了？

　　我浑身发冷，感到有巨大的阴谋笼罩四周，让人喘不过气来。杂毛小道的脸色也不好看，他眯着眼睛，瞧向了西边，然后拿雷罚挑开额头垂下来的长发，沉吟说："除了张大勇，对方还有什么高手？"吴临一喘着粗气，胸前和嘴唇之上尽是鲜血，甚是狰狞。他回忆了一会儿，说："当时太混乱，又都带着鬼脸，瞧得不是很仔细。不过，可以肯定，鬼面袍哥会剩余的几个有名头的高手，比如二娘子、羽麒麟，还有吴老乱，都在这里。"

　　我对鬼面袍哥会并不是很了解，所知道的，也就是四大巨头。但是杨操等人身居西南久矣，听到这一个个响当当的名字，都不由得惊叹出声。

　　我略有些奇怪，问："这二娘子是什么人物？名字忒奇怪，和十三姨一般。"

　　杨操在旁边跟我解释，说："你还真的说对了。这十三姨是张大勇的姘头，而二娘子却跟曹砾是对食夫妻。"我点头"哦"了一声，表示知晓，不过目光却飘向了杂毛小道，他转了一下眼珠，表示知晓。

　　黄鹏飞心虑青城二老，问吴临一有没有瞧见王道长和秀云大师。

　　吴临一说，他们先前在这里战斗，未曾见到青城二老，而后他又晕了过去，更是什么都不知道。

　　事情一下子变得棘手起来。退又退不得，我们这里有人有枪，这么退回去，实在不像话；但是若要前进，在这个人生地不熟的岩洞子里，生命如此脆弱，稍不注意，我们便会报销。最重要的事情在于，鬼面袍哥会向来都是玩弄鬼魂的大拿，死在他们手上，可不是一死了之这么简单的事情。这选择对于我们来说是个难题，连刚刚失去泽袍的军人，都不由得沉默起来。

　　在这空当，我想起一件事情来。于是，返回来路，走上台阶，用手电筒照射，只见在距离道口十几米的地方，堆着一大堆的石头，有潜伏者将我们的退路，给封堵上了。

　　当我把这个消息告诉大家时，又是一阵惶恐。没有退路了，现在是关门打狗。

　　冯排长通过步话机联络外面的战士，结果听筒中传来的是一阵"滋滋"的声响。我和杂毛小道、朵朵、小妖朵朵和虎皮猫大人来到角落，看着惶然失措的众人，心中也是一阵焦急。我问虎皮猫大人，说："老大，我们现在怎么办，到底怎么逃出去？"

　　虎皮猫大人抖抖身子，甩落好多干枯的碎屑和绒毛，说："这一堆傻瓜，脑袋都转不过弯，顺着鬼面袍哥会的思路走，最后的结局，不过就是死亡而已。"

　　杂毛小道点点头，说"是"，然后环顾四周，语气低沉地说："吴临一有问题。"

　　我眉毛一挑，说："你也看出来了？"

　　杂毛小道点头，说："是啊。看看这里，这么多人都死了，很多尸体都被补过刀。然而，吴临一这么一个重要人物，虽然也是身受重伤，但是却没有死，光凭这一点，都不由得让人怀疑了。我在想,杨操等人心中也有所疑虑,之所以没有说出来,只是因为太熟了,惯性思维而已。不过我们不一样,大家本就是路人,何必假惺惺地不肯面对现实呢?"

小妖冷哼,说:"早就对那个怪老头不满了,要不要我去把他揍一顿?"

我赶紧拦住这个暴脾气的小狐媚子,这周围,可不都是我们的兄弟,真当冯排长带的那些战士,拿的是烧火棍儿呢?

就在我们几个窝在一旁,小声商议时,吴临一在杨操的搀扶下,跟跄地站了起来。他悲愤地举起双手,大声喊道:"同志们,兄弟们。我知道你们心里都在害怕,都在犹豫,都在想着如何退回地面。不过,现在我们没有退路了。相逢狭路间,道隘不容车。唯有勇者,才能获得最后的胜利!看看我们身上的衣服,看看我们手中的武器,国家供养了我们这么多年,不就是期望我们杀光藏在暗处的敌人,保一方平安吗?有种的,跟我一起冲,救出洪队长,杀他娘个片甲不留!"

吴临一的话很有煽动性,顿时,所有人的情绪都被挑动起来了,喊了两轮口号后,纷纷要求前去解救被追杀的同志们。

看着大部队准备开拔了,杂毛小道问我,说:"小毒物,怎么办?"

我看着那十几把武器,冷笑,说:"跟上去,盯着他,有什么异动,立刻出手。"杂毛小道点头,说:"好嘞。"这时吴临一捂着胸口,看向我们,皮笑肉不笑地说道:"陆左,你们几个要不要一起走?"

我含着笑,说:"这当然,还请吴老师在前面领路,我们一定要把洪老大他们解救出来。"

吴临一说:"好,我们现在就走吧。"

说完话,他在杨操的搀扶之下,带着众人沿小溪,朝下游走去。站在杂毛小道肩头的虎皮猫大人环顾四周,说:"我先去四周查探一番,一会儿再来找你们。"我不由得暗骂:这肥母鸡,每逢有事,总是及时开溜,然后到紧要关头再出现,以体现其重要性。这到底是什么心态?

这一回,我们并没有领头,而是跟着大部队缓慢行走,越过了几个石笋,小溪蜿蜒入洞口。

这时出现了一个隧道式的长洞,从岩壁的形状看,有人工开凿的痕迹。我们行了十多分钟,洞内寂静,没有见到人或者尸体。不过有血,新鲜的血液,成喷溅状洒落在地上或墙壁上,触目惊心。而就是这些血,让我们开始注意到岩壁。

突然间,我的背部一阵发麻,在手电筒的照耀下,一幅幅明暗斑驳的壁画,上面的技法十分熟悉,无数线条勾勒的图形中,有着数不清的三眼小人。

第二十二章　南羌黑瘿

　　我听过一个传说：神秘的耶朗古国最繁盛的时候，在东西南北中五个地方，都有一个耗尽民力修筑的大祭殿。这些祭殿，就如同我们现在的道观和寺庙一样，是古巫祭祀修行和参研自然的地方，也叫做神坛；这五个祭殿，还封印着地狱深渊的出口，无数的祭殿祭祀者和护殿武士，在此夜以继日地修炼和祈祷，镇压邪恶，并让古老而神秘的耶朗大联盟，永世长存。这些祭殿全都修筑在地下，在山峦里。

　　现在史书上面的记载是：河平二年（公元前27年），牂柯太守陈立杀夜郎王兴，夜郎国灭。

　　中仰苗蛊的传人罗聋子曾经跟我提及：耶朗大联盟之所以灭亡，并不是国力太弱，而是因为在南方，出现了大量的矮人，与耶朗国的精锐作战，最后将其整个文明覆灭了。覆灭之后的耶朗大联盟，土崩瓦解，苟延千年。那些祭殿祭祀者和护殿武士们的后裔，便形成了三十六峒苗蛊以及各种不同民族的巫蛊。

　　这是史书上面没有记载的。但是一直有很多资料或者口口相授，使真相秘密流传至今。便是杨操等人，也了解一二，并跟我说，这些资料，其实就存在他们局的图书馆里。

　　然而我没有跟杨操提及的事情是，这所谓的东西南北中五大祭殿，我已经去过了三处：北祭殿，位于神农架爬窝沟子的一处洞穴中，在那里我们碰到了枭阳，也碰到了十香虫，历经生死几轮回，最后整个山洞都塌陷了，使得三叔神神叨叨地以为三个月后的那场灾难，是我们的缘故；南祭殿，位于缅甸萨库朗的基地总部，先后被日本人和萨库朗占据，因为藏得太深，便是我，也只是在幻境之中见过一次，只以为当不得真，后来大师兄从里面搜出金砖，才使我相信，所谓的人彘幻境是现实的投射；中祭殿，这最为神秘的中央祭殿，便是在我的家乡青山界中，那里有《山海经》中记载的鱼、有恐怖的顶级飞尸、有耶朗遗族、有恐怖的恶鬼，还有以矮骡子为首的深渊生物，更有让人摸不着头脑的、诡异的时间和空间法则。

　　这三处，我们每一次都是九死一生，午夜梦回，都忍不住打哆嗦。

　　人，并不是经历得越多，就越不知道恐惧；而是只有敬畏这天地，才会有勇气和力量，来战胜自己。我有时候总是感叹自己实在太幸运了，死了那么多的人，我却依然活着。我以前一直以为这是上苍在眷顾我，然而到了此刻，我不由得猛吸了一口冷气。

　　这哪里是在眷顾我，分明是老天爷没玩够，准备让我把所有的耶朗祭殿都经历一遍，方才罢休。看到这岩壁上熟悉的壁画和人物，我和杂毛小道异口同声："这贼老天！"

壁画并不只我们看到，杨操等人也注意到了，停了下来，议论纷纷。我们在队伍后面，听得不很真切。突然听到杨操在前面叫我，说："陆左、萧道长，过来一下。"我们拨开人群，走上前，只见杨操指着我们头顶说，你们看，这个东西，是不是跟我们在青山界榕树山洞里面的，几乎一样？

我抱着胳膊，说："是的，几乎没有什么差别。"

得到我的肯定，杨操有些欣喜，说："难道这里就是耶朗古国的西祭殿吗？"

我点头，说："是，应该是。不过这个并没有什么好开心的，我们现在不是科学探秘，而是生死历险。如果这里真的是耶朗祭殿，是古巫术传承下来的遗迹，那么得到了这些传承的鬼面袍哥会，会更加强大，更加难以对付。对于我们来说，这其实是一场灾难。"

我们这六个修行者都不由得发起愁来。白露潭叹气，说："是啊，敌人的强大，是我们的悲哀，这确实不是一件让人高兴的事情。"

这壁画描绘的是一个繁荣的部落，生活、劳动、祭奠、打猎，以及与许多怪兽战斗的事迹。这样的内容让我们摸不着头脑，按理说，既然是耶朗大联盟祭奠神灵的地方，那么不应该描绘一些耶朗人的生活往事吗？怎么会扯到三眼小人呢？难道这些小人，便是耶朗人所崇拜的神灵？

看到三眼小人打败了巨人，在山河的五个地方设立祭坛，镇压深渊，我们似乎明白了些什么。

继续走，我们的心情开始变得沉重起来，这样诡异的壁画，不但没有给我们增添历史的厚重感，反而让我们开始恐惧。一路行，小心翼翼，没有遇到伏击，我们甚至怀疑自己走错了路。不过，吴临一却说应该没错，他能够查别方向。

然而此话刚一落下，我们便听到潺潺的水流声，从这浅溪黝黑处缓慢传来。宁静的洞穴中，突然出现的声音，不由得让人心中胆寒，几束手电筒一齐照过去，只见离我们四五米的地方，浮现出一排光溜溜的脑袋，似人似猴，天灵盖稍稍突出一点儿，猩红的眼睛在水中上下浮动，手电筒的光打在上面，波光粼粼间，有着诡异的邪恶和恐怖。

溪水里，是奈河冥猿。

这种亦幻亦真的生物，我们之前已交过两次手，不过第一次是直接用车撞死的，第二次不知真假虚幻，全被杂毛小道用雷罚引雷术给轰灭，而在这洞穴中，它们又一次出现。不过依然还是有人不认识这些东西，冯排长一脸茫然的旁顾四问："这是啥东西？这个……"

想到了这熊玩意儿个个都跟拉登大叔培训出来的一样，我就忍不住狂喊道："射击，全部杀光！"我的话，对这些战士影响不大，但吴临一和杨操却也在我之后纷纷

叫道:"射击,不要让它们靠近!"

战士们听到这个命令,又见冯排长第一个抬起了枪,纷纷不甘示弱,举枪、瞄准、扣动扳机,动作一气呵成。他们用的是八一杠,这种制式自动步枪通过了严寒、酷暑、风沙、泅渡江河、浸泡海水等严格考验,虽然比不上九五式精细,但是胜在火力凶猛。瞬间,十多条火舌舔进溪水,将这些冒头的奈河冥猿,有一个算一个,悉数射杀。

奈河冥猿跟矮骡子是差不多的生物,神秘,但终究还是血肉之躯,挨上一颗子弹,照样会流血、会死亡,在震耳欲聋的枪声中,溪面浮现出一团团血花,然后蔓延开来。

这些奈河冥猿本来伏在我们的前方,等待袭击,结果没做好隐蔽工作,饱受现代化火器的蹂躏,顿时有些发懵。很多骤然死去,也有的剩下最后一口气,沉入水中时自爆,咕嘟嘟,爆出一大蓬骨血,水花四溅。

在此之前,我们早就往后狂退了,没有沾染到什么,有幽幽的阴火附着在那些散落的骨肉上,缓慢燃烧,整个空间顿时阴寒了许多。然而就在这一刻,水中突然冲出三头青灰色的奈河冥猿,冒着枪林弹雨,朝我们冲过来。

子弹在前,我们这些修行者只能躲在后面,冲不上去。水猴子眼看就要冲到面前了,黄鹏飞突然前刺一剑,然后有一暗红色的石块飞到了战士们的前面。

奈河冥猿不出意外地自爆了,漫天的血肉附着阴火,朝四周飞扬,然而黄鹏飞的这块暗红色石头,竟在此刻,爆发出一道红色的光芒,呈半圆形,将我们所有人都笼罩。

杂毛小道在我旁边惊呼道:"绛血石符?"

看老萧这副震惊中挟含着羡慕嫉妒的表情,我便知道,又是一件宝贝。不过黄鹏飞舍得拿这宝贝来救人,倒是让我对他的看法好了一些。奈河冥猿自爆的骨血拍打在这红光之上,如雨打芭蕉一般,噼里啪啦,没多大威胁。战士们继续射击,将水中轮番清除了一遍。

然而,在前方的黑暗中,突然抛过来一个蜂窝般的东西,轻飘飘地砸在了我们前方。这东西刚一落地,立刻有一大团黑雾出现在我们的面前,一秒钟后,前方的整个空间,都被这密密麻麻蠕动的黑雾占据。见到这玩意儿,吴临一像被人摸了屁股一样,惊声尖叫起来:"天啊,这是南羌黑瘿,我们死定了!"

第二十三章　肥虫子逞威

　　吴临一叫得恐怖，而我却开始盘算这东西究竟有多厉害。
　　南羌黑瘿，我确实没有听说过，但是这种密密麻麻，可以组成一片黑雾红云的蠱虫，我倒是在缅甸善藏法师那儿看到过类似的带翅虫瘿。这种东西，一般是用一种特殊的尤蚊属类节肢昆虫，叩拜五瘟神像炼制而成。不过这种东西的使用思路，跟毒蛊的精益求精不同，采用"人海战术"，主要是通过类似蜜蜂与蜂王的关系控制。认真说起来，确实是一种很厉害的手段。但是也仅此而已，对于拥有金蚕蛊的我来说，并不算什么，不知道吴临一为何会这么恐惧。
　　黄鹏飞的绛血石符十分厉害，不但能将奈河冥猿的血肉全部屏蔽，便是黑麻麻的南羌黑瘿，铺天盖地而来，但是面对这红色光芒，却进不得分毫，只在外面游弋。黄鹏飞满不在乎，说："这东西，一把火就烧掉了，能有多厉害？"
　　吴临一的脸色阴晴不定，显得十分古怪，似乎被人戴了绿帽子一般。他一字一句地说道："这些南羌黑瘿，是古羌族南迁之时，独有的一门技艺，曾经凭此，在西川挣扎生存下来。这种虫瘿，常年在最阴寒的地下筑巢，吸收了鬼灵的怨气，十分邪门，如此一番培植，使它们具有一种古怪的特性，那就是除了具有一般虫瘿都有的毒性之外，对于我们修行者，还有一种腐蚀能力，重则当场身死，轻则此生永无精进！"
　　此生永无精进！
　　这六个字犹如一座大山压在了我的心头。
　　作为一个修行者，看惯了这个世间另类的风景，而自己却失去了再攀高峰的机会，实在是让人无法释怀。黄鹏飞、白露潭、杨操、我和杂毛小道听了吴临一的话，都担忧起来。突然，黄鹏飞大叫一声："不好，我的绛血石符顶不住了，这种黑雾，能够侵蚀石符的力量。"
　　他这一声惶急的叫唤，使我们抬起了头，只见那些南羌黑瘿，化成好几个又黑又粗的箭头，朝着我们这边猛力撞来。每撞一次，绛血石符的红芒就剧烈抖动一阵，越发的黯淡无光。
　　"怎么办？怎么办？我们要被这些家伙咬死了吗？我们若是被沾染上，是不是再也用不了道力了，沟通不了三清师祖了？"黄鹏飞不知道为什么，突然如宝岛剧里面的景涛哥一般，歇斯底里地咆哮起来。
　　反倒是白露潭，她竟然立刻蹲地，双手搂胸，喃喃自语，脸色艳红起来。
　　女人的抗压能力普遍强过男人。

杂毛小道持剑冷笑，说："雕虫小技。小毒物，给我弄点肥虫子的屎，老子先去把那个在背地里捣鬼的家伙给弄死，看他还有啥幺蛾子。"我手一抹，杂毛小道额头上，立刻出现一颗红彤彤的美人痣。摸了摸额头，老萧手中木剑一提，大叫"诸人闪开"，抬脚就朝拐角冲去。

杂毛小道一骑绝尘，在所有人诧异的注视中，朝黑暗中扑去。他冲过茫茫黑雾，那些水汽一般的虫瘿，如同最温柔的情人的手，轻轻抚过他的身子。眨眼间，杂毛小道便消失在我们的视线尽头。

黄鹏飞像傻了一般，嘴巴张得大大的，右手前指，结结巴巴地说道："他，他怎么这么蠢，竟然不怕永远不能精进？"

我冷笑说："老萧此番赴死，只是为了擒贼先擒王，解决大家的危机。这不是蠢，是奉献。"说罢，我双手合十，大声高诵："有请金蚕蛊大人现身！"

这一声恭请，二转本命金蚕蛊便毅然冲出我的胸口，朝前方南羌黑瘿组成的黑雾扑去。当然，肥虫子这猴急的模样，并不是慷慨赴死的烈士，而是饿了好几天。它一出现，就像羊群里来了头狮子，散发的暗金色光芒，将那些南羌黑瘿给吓得嗡地一下，四散逃开，空间都为之一清。

然而，这些南羌黑瘿身后，还有潜伏的操控者，稍微一避后，立刻化作无数黑色飓风，朝肥虫子飞来。乌泱泱一片，天地都黑了，将肥虫子瞬间淹没，不留一点光。即使我们的手电筒打上去，也只是雾蒙蒙的一层，无数南羌黑瘿，凝结成一道道雾气，发了疯地啃咬核心。

金蚕蛊周身开始散发出暗金色的氤氲，如同能量游丝，四处蔓延开来。在成千上万的南羌黑瘿围绕下，金蚕蛊本体没有变化，但是氤氲却开始逐渐膨胀，半径差不多有一米，就跟那蒲公英球一样，凭空悬浮，这种僵持持续了三秒钟，然后金蚕蛊突然如同初升的太阳，闪耀起来，光明驱赶走了黑暗，整个洞穴里，到处都有游离不定的光芒，梦幻一般地闪耀着。

这场景，便是好莱坞大片也未必有这般景象——何止是辉煌，简直是壮观。

在肥虫子大放光华的瞬间，所有人，包括我，都闭上了眼睛。

我拉着朵朵和小妖的手，感受到她们心中的震撼。

当我们睁开眼睛时，空中又恢复了黑暗。肥虫子悬停在我们前方，而黄鹏飞的绛血石符早已收敛了光芒。我快步冲上前，发现遍布整个空间的南羌黑瘿，早已消失无踪，唯有我面前又胖了一小圈儿的肥虫子，正吧唧着嘴巴，回味无穷。

这一刻，我、小妖和朵朵，都惊呆了。

这漫天的黑雾，竟然都被这条拇指粗的金蚕蛊，给全部吃光了？这肥虫子的肚子，难道真的是个黑洞，连着另一个宇宙吗？如此戏剧性的结局，让所有人都震惊了，短暂沉默后，所有人都鼓起掌来，将崇高的敬意献给了伟大的金蚕蛊大人。

这肥虫子洋洋得意，啾啾地叫唤，然后跳起蜜蜂的八字舞，表达自己的谦虚。

其实，对我们而言，这南羌黑瘿是剧毒之物，然而，对这小东西来说，却是一顿大餐。

此时，我却并不关注这些，目光看向前方的黑暗，那里有衣袂飘动声，以及长剑的划空声。那是杂毛小道与施放南羌黑瘿的幕后黑手在拼斗。好友面临危险，我自然不会坐视不理，当下掏出震镜，朝前方冲过去。其他人也反应过来，纷纷手持武器，跟在我身后。

经过之前百鬼夜行的迷踪大阵后，我们所有人都已疲惫不堪了，这样持续的战斗，对人的精神承受力是莫大的考验。不过，在这种"不胜则死"的绝境中，每个人都爆发出最大的潜能。比如我，五十米的距离，奋力狂奔竟然几秒钟就赶到。

我们汹涌前来，那个正与杂毛小道缠斗的家伙，拼着被木剑劈一记，身子一矮，朝黑暗中急速遁去。

到手的肥肉，岂能让出去？杂毛小道剑走如龙，脚步一动，如风飞奔追去。两人一跑一追，那速度便是飞人博尔特也望尘莫及。一堆人奋力追击，几分钟后，我们又跑到了一个巨大的岩厅中。

这岩厅比之前那里小一些，有半个足球场那么宽，其间也是钟乳石上下林立，有光源，附着在四周，将这里照耀得分外明亮。杂毛小道在洞口十米处，揪住了那个黑影。

这是一个黑小子，矮个儿，脑袋像个黑炭头一般。因为狂奔太久，黑小子浑身无力，瘫倒在地，被杂毛小道一脚踩住，雷罚朝黑小子的臂膀上连刺，运足劲儿的雷罚发出一阵阵酥麻的电力，将这个家伙弄得一阵哆嗦，口中都流出白沫来了。

我冲到跟前，低头看这个家伙，总感觉面目狰狞。看到他脸皮下面游动的黑雾触角，才知此人应该和大供奉刘罗锅一样，在脸上种下了鬼物。吴临一喘着粗气走到我旁边，看到这个黑小子，怨恨地说："竟然是羽麒麟！这小子在鬼面袍哥会的供奉堂里，可是第六把交椅！"

我正想蹲下来细瞧，便听到枪声轰鸣，抬头望去，只见前面的石笋旁，有好多人在缠斗，听到枪声，纷纷退却。

敌人在前，我们顾不得许多，杂毛小道喘着粗气，一掌将羽麒麟击晕，随战士们朝前方冲击。我刚迈几步，便听到杨操喊"别误伤"，心中惊讶，往前一瞧，发现青城二老也在此，正蹲伏着避开骤然而至的弹雨。

我们这一队，终于重逢了！

第二十四章　一个老处男

　　我和大部队一起冲到青城二老旁边，只见那些穿着黑色棉袄、戴着恶鬼面具的家伙纷纷朝南边退去。战士们憋屈这么久，终于见到了正主，焉能不兴奋。举枪瞄准，"砰砰砰"，枪声在空间里欢快地轰鸣着，如同赴一场盛大的宴会。也有战士在怒吼：为之前被石头砸死的兄弟复仇。

　　当硝烟散尽，在我们面前，一地的尸体，七八人躺伏，三两人哀号，血流了一地。真实的枪战，造成的伤亡是触目惊心的，有人脑壳被轰掉了半边，溅出好多脑浆，有人胸口中弹，巨大的伤口处黑红血肉模糊，以及各种残肢断臂，倾泻一地……那种视觉冲击力，只有真正上过战场的人，才能感受到。

　　冯排长带着士兵追击，而我们则留下来，抓几个活口，如何出去，可能还要靠他们。

　　伤者大声呻吟着，大量失血使他们的生命机能飞速流失。将面具取下，露出一张张陌生而平凡的脸。这些人，有男有女，与擦肩而过的路人，并没有什么区别。如果在外面看见，没有人会想到他们就是臭名昭著的鬼面袍哥会成员。

　　我蹲下来，唤出肥虫子，钻进离我最近的一个袍哥会成员身体里。

　　很快，这个奄奄一息的中年男人身子一弓，脸上挤出怪异而痛苦的表情，长叹一口气，然后满目纠结，滚滚的男儿泪流了下来。没时间跟他扯皮，我揪住这个小腹中弹的男人，急迫地问："你们到底有多少人，张大勇在不在这里？不想死的话，赶紧说出来！"

　　肥虫子在他腹中翻江倒海，这种痛苦远远大过二十四日子午断肠蛊，非常人可以忍受。

　　然而这个家伙在那足以让人窒息的痛苦中，却露出了惨厉的笑容。他张开一口洁白而整洁的牙齿，顾不得额头上黄豆大的汗珠，艰难说道："小子，你别狂。既然你们到了这里，就不要想竖着出去。识趣的话，跪地求饶，加入我们。不然的话，明年的今天，便是你们的忌日！"

　　杂毛小道哈哈大笑，说："你个龟儿子，脑壳都被洗掉了，跟咱们玩坚贞不屈？小毒物，弄他！"

　　我狞笑一声，打了一个响指，这中年男人顿时一声惨叫，在血泊中痛苦地翻来倒去、死去活来地哭嚎。人虽然可以凭信念，让自己的精神变坚强，但这终究只是一种意念，代替不了生物神经以及肉体上的痛苦，再强硬的汉子，到了极致，唯一能坚持的，就是用死亡来逃避。

我不再管他，而是回过头，瞧着旁边的青城二老。

与分别前不同，这二位的脸上身上，也是伤痕累累，血迹斑斑。我们拱手为礼，询问二老进来的情况。

秀云和尚先行作答说，他和老王一同进入地道，前期循着曹砾的背影追踪，追了差不多十来分钟，便见到一个岔路口。老王根据痕迹掐指算，朝下面行进。结果走了不到几分钟，岩壁处冲出一个家伙，与他们对拼了一记，然后从另外一个洞口跑掉。他们一路追击至此，被人设伏，因为身单势弱，皆有受伤。所幸这些家伙中并无高手，我们又增援及时，所以才没有败走麦城，长眠于此。

听了大和尚的叙述，我心中沉重起来，旁边的白露潭问："怎么我们过来的时候，只有一条道，并没有看见其他洞口？"王正一摇头，说"不知道。"而我则问白露潭："小白，你刚才请神，有没有什么消息？"

白露潭摇头说："这里邪门，触目处皆是黑暗，越请越恐怖，没有山神，只有魔王。"所以她在我破了南羌黑瘿后，便放弃了。说到这里，被我下了金蚕蛊的中年男子突然一声大叫，狂吼道："既入我门，生当作死；生亦何欢，死亦何苦；世间皆卑微，唯有魔王尊……"

听到这话，旁边的吴临一突然抽出一把金色小刀，狠狠地捅入这个人的心脏。中年男子的声音戛然而止，眼睛几乎凸了出来，双手抓住吴临一的手，口中挤出了几个字："想我史龙武……"旁人还没反应过来，但我和杂毛小道却立刻冲上去，老萧扶着这中年男人，而我则一把将吴临一推开。然而吴临一没有松开刀子，紧紧攥住，在踉跄后退时，将这刀子拔出来。

刀子一拔，一股鲜血就飙射出来，史龙武所有的话都卡在了喉咙里，眼珠凸出，咳咳两声，再无声息。吴临一这个家伙杀人灭口的时候手脚利落，然而被我推了一把，却倒在地上不起来。黄鹏飞和白露潭等人拦在我的面前，黄鹏飞横眉怒眼，说："陆左你干吗？吴老师刚刚受了伤，你想要杀了他吗？"

我将手指探到史龙武的鼻间，早已一命呜呼了。

我望着地上那个老苗子，冷笑说："我要干什么？我倒想问一下吴老师，你要干什么？我马上就能问出实情了，你却在最关键的时候，将他捅死，是何居心？"

吴临一在白露潭的搀扶下勉强站起来，咳嗽着，脸上一阵红一阵白。他盯着我，淡淡地说道："陆左，你刚来，什么东西都不懂。这个家伙刚才念的，是鬼面袍哥会吸取奈河冥猿的特性，研究出来的一种自焚手段。如果让他念完了，只怕你不但得不到你想要的消息，而我们都有死去的危险。我杀他，是救了所有的人！"

我一愣，转头瞧了杂毛小道一眼，只见他面无表情，嘴角在上翘，似乎在冷笑。

我们万万没想到，吴临一如此老奸巨猾，竟然准备了这么一套说辞。

不过我并没有放弃这揭穿吴临一的机会，将肥虫子收回手上，一步一步地走上前，逼问道："好，姑且是这个理由。但是，我很想问一下吴老师，之前发现你的时候，几乎每一具尸体，都被补了刀。唯独你，居然只是受了点小伤，昏迷过去，这是为什么？我怀疑那些同伴，都是为了给你混淆视听才牺牲的。这一点，你能够跟我解释一下吗？"

听了我的指责，吴临一的脸完全变成了黑色。他环顾四周，声音开始变冷，说："陆左，我们之前是有过争论，但那都是因为工作，内部矛盾。在大是大非的问题上，你不能胡乱说话。我的问题，自然会有组织帮我澄清，你如果真有什么意见，可以向组织提出来，而不是在这里，凭空指责我。"

听到吴临一这一口官腔，我正想反驳，旁边的王正一伸手拦住了我，说："不要吵了，大难临头，还在这里吵吵闹闹，成何体统？老吴这么多年的工作，我们看在眼里，他不可能是叛徒。"

秀云和尚把我拉到一边，低声跟我说："陆左小友，你真的误会了。老吴跟鬼面袍哥会的仇怨不共戴天。他的妻子，以前死在了鬼面袍哥会的手上。你说说，他怎么会是鬼面袍哥会的人呢？"

我们这边正说着话，前去追击的战士有两个跑了回来，说："报告领导，敌人逃进了一扇石门里，我们进不去。冯排长让大家一起过去瞧瞧。"

秀云和尚出来打圆场，说："好啦好啦，危难当头，我们不要再闹了。不是还有两个人没死吗？我们先过去，一会儿盘问。"说完，一番磨蹭，大家往前方走。我和杂毛小道返回刚才出口处，那个被击晕的黑小子羽麒麟，竟然不见了踪影。杂毛小道恨恨地吐了一口唾沫，说："早知道弄死那个家伙就好了。"

我们跟着大部队，远远落在最后，他问我："大和尚都说了什么？"我说："吴临一的老婆是被鬼面袍哥会害死的，天大的仇，不可能做内奸的。"

杂毛小道点头，说："哦，既是如此，说不定我们真的误会他了。咦，你这什么表情？"

我苦笑，说："你大概是忘了，吴临一这老家伙可是个老处男……"

我们跟在人群的后面，绕过了几处转角，在我们面前出现了一扇嵌入岩壁的大门。这大门高四米宽三米，上面雕着一个面目丑恶的猪头怪人，衬托有古怪禽兽无数，有蟾蜍与桂树的满月，有手持节、身披羽衣的方士，交缠奔驰的双龙……雕工熟练，用线大胆，风格雄健，然而上面的纹路和斑纹，确凿地指证：此处，便是掩埋了几千年，耶朗大联盟位于西方的地下祭殿——西祭殿。

历史是如此的相似，我们似乎又回到了原点。

第二十五章　危机降临

抬头看那个猪头人身的丑恶浮雕，我心中感叹。杨操朝我瞥了过来。

当日，我们能够进耶朗祭殿，正是靠我的鲜血。杨操分析古文字，说只有耶朗王族的后裔，才能开启这扇封闭了不知多少年的石门。不过在我看来，纯属扯淡，且不说时过境迁，那机关是否仍旧有效；单单是王族血脉的说法，就太过狗血，让人不忍直视。

不过，终究还是靠我的鲜血，打开了青山界石殿的大门，这是不可抹杀的事实。

在门外，十来个战士围成一团，正在奋力撬动石门。冯雷冯排长见我们走过来，特别是看到王正一道长和秀云和尚，立刻腰杆一挺，走上前来敬礼，报告情况。

他们刚才追过来时，又击毙了五个犯罪分子，其余的则逃入了石门之内。因为走得急，还有一个人悲剧地被夹在了门缝里。千斤巨石轰然落下，巨大的力量将人生生地压成了一张薄饼，鲜血和体液飘射一地，在我眼中，这个可怜的家伙，甚至没有一摊烂肉好看。

吴临一带着杨操等人去翻看那些尸体，当所有死者脸上的恶鬼面具都被摘下来后，他皱着眉，摇头，说："都是些小杂鱼，没有大人物。"

生命如此脆弱，看着一地尸体，即使他们生前是我们的敌人，但在此刻，也让我们叹息。人这一生，说长也长，说短，眨眼便过了。有宏图霸业的人，总想长生，万众瞩目。然而，这些只相当于大人物棋盘上棋子的小人物，却没有人关心他们生前所想。

虽然之前还是打生打死，秀云和尚和王正一却肃穆起来，或双手合十，或单手作道揖，念起了超生往度的经文。这两个人，看着虽然都是干练精锐的特勤局高手，但追根溯源，力量的源头还是宗教，无论是佛家的慈悲为怀，还是道家的清静无为，都有着劝人向善的因果。他们并没有因为吃了皇粮，就忘记自己本来的身份。我们也纷纷双手合十，超度这些亡灵。

颂念完毕，冯排长走上近前，询问青城二老接下来的安排，是将这扇石门给轰开；还是返回地面，等待大部队的增援。

王正一抚摸自己颔下白须，说："刚才与这帮人交战，虽然麻烦，但是并未曾见到厉害的角色，都是些宵小之辈，想来只是些诱饵。不过我们既然堵在了这里，就万万没有离去的理由。杨操，我们的大部队，什么时候到？"

杨操低头一算，说："如果不出意外的话，还有半个钟头，冯排长他们连队的剩余士兵,应该就能赶到。除去在外留守的人员,至少会有五十名全副武装的士兵集结过来。"

吴临一不无担忧地说道:"问题在于,这些士兵没有修行者的陪同,还是相当危险,只要一把蛊毒,死亡就会来临。而且这道路四通八达,他们未必能够找到这里。我们就在敌人的心腹之处,不进则退,很容易被对手给抓住阵脚,陷入危机。狭路相逢勇者胜。所以我们目前最好的办法,就是主动出击,将潜伏在暗处的敌人,给全数杀掉……"

王正一四处望了一眼,没有同意吴临一的建议,说:"我们歇一歇吧,顺便把那两个人给审了。"

一路穿行疾奔,我们又不是铁打的,所有人都疲倦欲死,王正一的话一出,尽管都知道此乃危险之地,但是战士们都松了一口气,纷纷找地方坐下来,拧开军用水壶,足足地饱饮了一顿,将一口粗气给喘匀了。

那两个还活着的鬼面袍哥会成员被推到我们围拢起来的圈子里,之前审讯孟老太的那两个兄弟没有过来,不过这粗活,黄鹏飞倒是乐意帮忙。他一大脚,踹到了一个左胳膊中弹的袍哥身上,待那个家伙像一口破布袋般倒在地上时,他狞笑了起来,将手上的三尺青锋抵在这个袍哥的脖颈上,然后蹲下来,缓慢说道:"来,朋友,谈一谈你们的计划……"

这个鬼面袍哥会的会众跟之前那个史龙武不一样,是一个怕死的人,生死关头,节操真不值几分钱,望着这个冷面道人,他鼻涕眼泪齐流,忍不住地大声喊了起来:"我什么都不知道,我什么都不知道……"

唰——

黄鹏飞一剑,这个袍哥左臂上刚刚被我们包扎起来的伤口又被割裂,飙射出一大股鲜血。旧伤新痛,让这袍哥不由得哇哇大叫,而黄鹏飞却仰天一阵狂笑,似乎很享受这叫声。我们大部分人,都不由得皱起了眉头;特别是我,想起了龙虎山下被青玄折磨得奄奄一息的那段悲惨往事来。

不过这世间,并不是非黑即白,总有一些事情,需要黄鹏飞这样的人来做。所以我们虽然不喜欢性格张狂而偏激的他,但也唯有忍着心里的不舒服,任他施展。

黄鹏飞又打又骂,将这个家伙的精神折磨到了临界状态,才将脸凑到这袍哥的旁边,轻声问道:"嘿,哥们,你叫什么名字来着?"那人咳出一口鲜血,然后小心翼翼地回道:"报告政府,我叫马培然……"

见到此人终于开始认真回答问题,黄鹏飞说:"很好,很不错,你在鬼面袍哥会里,是什么身份啊?"

马培然小心地讨好说:"鬼卒,我是最低等的鬼卒。"

黄鹏飞又问:"你们为什么会潜伏在这里?到底是什么居心?这次柑橘事件到底是怎么一回事?什么目的?"

马培然哭丧着脸，说："老大，我就是一个小马仔。上面叫做什么，我就做什么，其余的事情，我哪里知道？"

黄鹏飞脸色一冷，将手上的七星剑慢慢地抵上了马培然的伤口，然后缓缓地切割起来。

马培然哭得稀里哗啦，哇哇大叫，黄鹏飞就是不停，一直割。马培然跪在地上，磕头求饶，可就是说不出一个所以然。两分钟之后，黄鹏飞手中长剑一抹，马培然捂着脖子倒地，鲜血飙出来，临死前用难以置信的目光直勾勾地盯着黄鹏飞。

他至死也不敢相信，自己被俘之后，在众人的围观中，黄鹏飞竟然会出这一剑。

然而，黄鹏飞就是做了，在我们意外的目光中，果断地出了这一剑。

杀完马培然之后的黄鹏飞，慢条斯理地把剑抵在马培然黑色的棉袍上，擦干净剑面，笑容满面地看向另外一个活口，亲热地说道："嘿，这位兄弟，那么……你什么名字？"

世间有一句话，叫做恶人还需恶人磨。黄鹏飞这般做派，比邪道中人不遑多让，名叫做魏影的袍哥终于崩溃了，将他知道的所有事情，都说了出来。

原来这些家伙，还真的只是位于底层的小杂鱼，会几门行走江湖的旁门伎俩，但是所知不多，就连鬼面袍哥会骨干分子通常所得的种鬼基，都没有捞着。不过，所幸，今年四月份，会内的好多弟兄都葬身于茫茫南疆，使他们这些边缘人员，逐渐受到了重视，被召到这里，开始突击式培训。不过为何会在这里，他也不是很清楚，上线通知他们，让他们在这里卖死力气，失败了就是枯骨一堆，倘若成功了，便是鬼面袍哥会的正牌骨干。

问到此处的通道时，魏影说他也没有来过，前天刚来，根本没有熟悉地形，直接就在这里埋伏。不过据他观察，他们上面的人好像也不是很了解这里的地形，说是有一处地方，总是进不去，通过各种手段都不行。当然，他也只是听别人说了几嘴，好像挺复杂的……说完这些，魏影哭了，抱着黄鹏飞的大腿，说："大哥，你别杀我了，我愿意当污点证人，我知道几处袍哥会的暗舵，等出去了，我可以给你们指出来，戴罪立功！"

黄鹏飞冷笑，说："好啊，我们欢迎任何弃暗投明的人。"

看着黄鹏飞暴戾的表现，我发现除了青城二老外，大部分人似乎都很欣赏他，觉得他干练精明。我和杂毛小道抱着膀子，在旁边看笑话。而就在黄鹏飞准备安慰魏影几句时，王正一突然大叫一声"不好"，我的心一下就揪了起来，好像心脏被人紧紧攥住一样，感到危险正在来袭。

"炁场"感应灵敏的我，在第一时间看向脚下。是血！

死者的鲜血通过地上蚀通的暗渠，开始缓缓流动，最后汇聚成一股巨大的力量，在石门前的空地上，勾勒出一个巨大的血阵来。

当周围红光突现的时候，我们都明白：又中暗算了！

第二十六章　脚下一阵空

随着红光大亮，陡然间，我们感到了沉重的压力，从地面上传递过来。

岩洞在左右摇晃，稳定不下来，发抖，整个岩洞仿佛一个巨人在打摆子。大地震动，是这个鲜血法阵驱动出来的效果。我们都有些站不稳，要么扶着墙，要么直接或蹲或趴，降低自己的重心。有的人平衡调不过来，"啪"的一下，摔在了地上。

抖动之后，头顶上松动的石头开始往下掉落，有的是碎屑，有的拳头大，有的锥形石柱整个往下掉，砸得四处都是纷飞的石块。

我们纷纷闪躲，也有人被突然落下的石头砸到，一声不吭地躺倒在地上。白露潭在大声喊叫："怎么回事，这是怎么了？"没有人回答她，岩洞开始上下剧烈抖动，仿佛整个天地都在摇晃。我回头看去，只见我们的来路被一片血雾封堵，里面出现无数的鬼怪，或三米巨人擂胸顿足，或胖子摇摆屁股，或没有脸的女人抱着一把破琵琶弹奏……

这些血雾，应该是刚才那些被射杀的人的血液，经过邪恶的阵法化成的吧？

煞气，恐怖的煞气，无所不在的邪恶之气在空间中蔓延。

无人出声，天地之间却皆是让人恐惧的咆哮，这些，都是来自心灵的怒吼和尖叫。

一个被刺激得失心疯的战士，抱着手中的枪，以匍匐的姿态，朝着我们的来路一边疯狂大叫，一边冲过去。我并不认识这个战士，然而我却能够瞧出那里危险，冲过去，想要抓住他。然而，惊慌失措的人，下意识的力量是何其强大，我没有追上他，仅仅摸到了他后背的衣服。

我摸到了一把汗，一个湿漉漉的背。

这个战士疯狂地冲进了血一般的红色迷雾中。就在我们所有人的注视下，这个战士，被含着恐怖怨力的血雾给吞噬了。然后，我们的视线里的景象似乎用了慢镜头。那个战士的动作越加迟缓，如同陷入泥潭里，他的皮肤开始剥离，露出粉红色的肌肉，肌肉与流出的鲜血缓慢地消散到空中。短短几秒钟，那个战士在我们面前，变成了一堆白的骷髅架子，带着惯性，重重地跌落在前方的岩地上。

所有人的呼吸声一下细了许多，看着十米之外的血雾缓缓逼近，我们有一种世界末日的感觉。

这时，岩洞的震动终于停止了，整个空间回复了平静。不过这平静只是暂时的，到处都充斥着诡异的邪恶。有一股很强烈的吸力，将我们体内的铁元素往地下吸去。

这个情况让我们猝不及防。有了那名战士的教训,没有人再敢往回跑。但是这里的地形是一个漏斗形状的死胡同,除了那扇石门,我们根本没有任何地方可以去。看着地下红光浮动,远处血雾里鬼影缭绕、怨力恐怖,缓慢而坚定地朝我们推移过来,我们都明白自己已陷入了敌人重重谋虑好的圈套,也知晓在这洞穴中,即使再多一个连队,也逃不过全军覆没。

阵法的威力,我们在伏击鬼面袍哥会大供奉时,尝过甜头,而此刻,我们则尝到了苦果。

"怎么办?怎么办?"在我们缓慢朝石门退却时,黄鹏飞激动地大叫起来,完全没有刚才审问时的那种冷厉。他终究不是个狠毒至极的人,所以他对别人的生命冷漠,却对自己的小命儿爱得很。我拉着两个朵朵的手,缓步后退,这时杨操突然抓住我的胳膊,说:"陆左,这个时候,只有你能救我们了。我知道你行的,想想办法吧。"

杨操此刻是如此激动,以至他满是老茧的双手上面传来巨大的力量,让我胳膊一阵泛疼。看着杨操满是期盼的眼神,我知道他定是想起了在青山界中,我用我的鲜血获得进入耶朗祭殿的资格。他不点明,只是因为此时的人实在太多。不过危急关头,我自然不敢藏私,快步走到石门前,用指甲划破大拇指,然后捅入那个猪头怪人的眼睛里。

三、二、一!

我深呼吸,然而奇迹没有发生,大门也没有打开来。

是我的血液根本没有驱动门开的效果,还是这门的开启,根本就不用鲜血来祭奠?我的脑子飞速转动。此时,我处于巅峰状态的"炁场"感应,顺着这眼睛向石门里蔓延过去。竟然有一个小小的通道,直通里面。我才发现,这扇石门虽然有花纹什么的,都跟在青山界所见的一般无二,但是就其厚重感来讲,有些过于新鲜了。不过,此时的我根本无法思考其他问题,将手指退出,口中大喊道:"小妖、朵朵,进去……"

两个小家伙跟我心意相通,当下不作犹豫,身子一摇,在战士诧异目光的注视下,化作一白一蓝两道光,朝面目狰狞的猪头怪人眼睛射去。我感到我身后突然拥挤起来。回过头,那血雾离我们只有六七米远,从四面八方朝我们围堵而来。我们差不多二十余人,将门口狭窄的空间挤得满满当当。

无数散发着汗臭的男人拥挤而来,即使是身为爷们的我,那一刻,也是压力山大。

时间一点一点推移,血雾朝我们侵袭过来,所有人都慌张起来,外围的战士像抓住最后一根稻草般,拼了命地往里挤,只为多活一会儿。我皱着眉焦急等待,旁边突然伸出一个肥硕的光头,我一瞧,正是秀云禅师。

这佛爷平日里笑嘻嘻,弥勒佛一般,此时却是脸色青紫、眉头耸动,似乎透不过气,便秘一般。

想到大和尚和王正一身上都有伤，虽然进行了简单处理，但如此一番挤弄，各方力道一起挤压，说不定就永垂不朽了。于是，我大声喊："各位，各位听我一言，不要再挤了。这门还没打开，怎么挤都没用的……"

我话音刚落，石门就发出了轰隆隆的响声，然后石头震动，门开始往上缓慢提将起来。

这异动，让我们的心一下子都落了下来，开心到爆炸。当那门刚刚提到膝盖高时，我们顾不得危险，就地一滚，穿过厚达两米的石门，冲到里面去。一到里面，便感到有灯光在四周晃动，还有拳脚风声从前方传来。

我双手撑地，一跃而起，只见朵朵正咬着牙，拼力驱动石门旁边墙上的一个装置；小妖则跟五个黑袍鬼面的家伙打斗。这些家伙实力一般，但是其中一个身材娇小玲珑的，却十分厉害，手中一条白色皮鞭，如毒蛇出洞，将小妖牵制住。

随着石门缓慢提升，冲进内里的人越来越多。我见小妖施展不开手脚，顾不得其他，顿时攥紧双拳，朝前冲去。

我一冲入人群，便有袍哥反应过来，手腕翻转，寒光乍现，朝我的脸上划来。我神经绷得紧，看到刀子袭来，顿时躬身下蹲，整个人缩成团后瞬间爆发，以黄狗撒尿的姿势，朝着袍哥呈四十五度斜角蹬去。

砰——

我的脚正好蹬到这个家伙的胸口，力量一瞬爆发，袍哥凌空朝后飞去，重重砸在石墙上。顺着那个家伙的轨迹，我才发现这里，竟然又是一个狭长死胡同，根本没有退路。黄鹏飞和白露潭从我身边冲过，朝这几个漏网之鱼杀去。然后，我听到身后传来了杂毛小道的狂喊："朵朵，把门封上……"

想来是众人都已经逃入，我听到朵朵脆生生地答应了一声"哎"，然后石门下落声轰然响起。

而在声音蔓延开之前，那个手持皮鞭的娇小黑袍人放声大笑，突然冲到我面前，用力往地上一跺脚。正当我挥拳过去时，感觉脚下一阵空，天旋地转，随着身边众人，往下跌落……

第二十七章　香艳的度气

身子急速下坠，入目一片黑暗，什么都没有。四周是呼呼的风声，以及惊恐的呼喊声。巨大的失重感，将我浑身的血液一股脑地挤进大脑里，这感觉让我喘不过气，心脏瞬间停止跳动。我伸出双手，在空中乱抓，然后同我身边的那些家伙一样，张开嘴，大声地叫起来，让空气从我的喉咙冲出，化作震破耳膜的尖叫。

"啊……"

"啊……"

"轰……"不知道过了多久，我重重砸入了一汪深潭之中。急速坠落的我在入水的一刹那，受到了巨大的冲击，以我持续锻炼出来的身体强度，也抵受不住那一撞。全身的肌肉和骨骼受到四周的力量挤压，脑海里一片空白，然后失去了意识。

不知过了多久，无边的阴冷将我拉扯回来。

我吸了一口气，冰冷的水顺着我的呼吸道，涌进我的肺中，火辣辣地疼，刺激得我清醒过来。我使劲摇了摇头，发现自己还是在深潭中，看不到任何东西，却感到身边有好多人，有的在挣扎着往上漂，有的则一声不吭垂落到水底，无声无息。

我双臂酸软，感觉自己口鼻之间，有鲜血流出，脑子里乱哄哄的，好像有一个疯狂的摇滚乐团在里面开唱，嘈杂得很。求生的意志使我挥舞双臂，努力往上潜去。几秒钟之后，我终于冒出头来。然而刚刚深吸了一口潮湿而清冷的空气，便看到十来个人站在水潭的岸边，正用强光手电朝这边照射过来。

我们既然落入了敌人的圈套里，这岸上的人，肯定是敌非友。我刚见到这憧憧黑影，便下意识地又潜回深潭，朝着反方向，扎猛子游。

我从小就在三江汇聚的晋平长大，那里的亮江水，是我儿时的伙伴。想当年，我还是一个小孩儿时，就光着屁股跟老江这些小伙伴们在江中嬉戏，整日整日地玩耍，练就了一身的好水性。虽比不得水泊梁山中的浪里白条，却也是一等一的水性。之后得了肥虫子，道力淬至先天，更是如鱼得水。凭着刚才的那一口气，朝着水潭深处游去。

这水潭很大，几百米见方，内中也有石笋林立，所幸我们刚才跌落下来的时候，并没有撞上。要不然，就是那有九条命的猫儿，也已经死得不能再死了。

不过也正是这些石笋，使我有了藏身之处。在胸中气息殆尽之时，我再次悄然浮出水面。身后是黑黢黢的暗道，前方则到处都是明亮的灯光和熊熊燃烧的篝火。岸边有四五个穿着黑袍的家伙，正拿着一种加长的抓耙，往深水里面捞。

在此之前，已经有两个人从水里爬出来，其中一个就是触动机关的那个女人。跌落水中的她，袍子和面具都脱掉了，露出了前凸后翘的姣好身材。我看此人，正是之前在地道处朝我们甩暗箭的那个女人。她，应该就是吴临一口中的二娘子吧？

我们之前之所以怀疑吴临一，很重要的一个证据就是：他口中围攻他的邪教高手里面，正好有这么一个人，然而当时的二娘子，正在被我们追赶，怎么可能分身？

我一边小心地躲开灯光照射，不让人发现，一边心中惶急，担心老萧也掉落下来，被这群家伙给逮住。若是如此，我不知道能不能控制住自己，不去拼命。

直到此刻，我的记忆依然一片混乱，糟糕得很，想不起我们跌落的时候，有没有碰到了门边。

我抬头朝上面看，在高高的地洞上，并没有见到任何光亮，想来当时我们的脚下是一个暗门，打开合拢，就在一瞬间。一想到杂毛小道和两个朵朵留在了上面，孤独感顿时浮上我的心头，空落落的，不知道如何是好。

正在我患得患失的时候，岸边的几个人跳下了水，大声地喧闹起来。我眯着眼睛看，只见一个挽着道髻的头颅浮出水面。我心中狂跳，继而放下心来——这不是杂毛小道。去年他被剃了头发，今年还没有留到这么长。不是老萧，那么这个人便是黄鹏飞了。只见这厮倒也英勇，浮出水面之后，手中长剑一抖，立刻有一个会众捂着脖子往后倒去，四肢伸展，鲜血溢满了水面。

有人送命，岸上的围观者立刻就炸开了，从篝火旁立刻走出一个四十来岁的精干男子，短寸头发，眼睛在黑暗中像星辰一般，闪闪发亮。旁边还有几个没有戴面具的男女，各有气势，众星捧月一般，围绕在了这个男子的身边。

那人排众而出，手一抖，立刻有一条长长的绳索抛出，朝着黄鹏飞射去。这绳索不清楚是什么材质，黑乌乌一团，似雾，由阴灵组成，有生命，如游蛇一般朝着黄鹏飞袭来。黄鹏飞倒也是个厉害角色，举剑就削。而另一边，白露潭也浮出了水面，大声地咳嗽着，朝着人少的岸边游去。

黑蒙蒙的一团，我看得也不是很仔细，眨了一下眼睛，便见到准备拼死反抗的黄鹏飞已被缚住了手脚，再也动弹不得。众人一拥而上，将这厮像死狗一样，给拖上了岸。至于白露潭，她倒也没有太多决心，有人提剑朝她冲去，她便高举双手，表示投降，不再抵抗。

很快，两人被结结实实地捆了起来，扔在了篝火旁。

那个精干男子手背在身后，看着黑黝黝的深潭，厉声问道："没有人了吗？"他一边问，一边扫量，我感受到了莫大的威胁，即使知道自己在黑暗中，他未必能够看到我，也还是躲藏了起来，大气都不敢出。

有人回答说，老大，没有了，兄弟们都捞了三遍，能起来的，都起来了……

啪——

一声响亮的耳光，那个精干男子愤怒地咆哮道："捞不到，不会下水去找吗？我

115

张大勇,什么时候有了你们这一帮混账手下,事情都不会做了吗?"

老大发怒,旁人自然震惊,没几秒钟,就听到几声扑通响,有人跳进了深潭。我心中震撼极了。这个精干男子,竟然就是受邪灵教总舵之命,统率一方,且自成体系的鬼面袍哥会坐馆大哥,张大勇。这种级别的大魔头,哪里是我能够敌得住的?

我心中慌乱,听到划水声越来越近,不由得沉入水中,朝着更深的地方潜游过去。几秒钟之后,我又浮出水面,听到那张大勇的声音:"二娘子,你确定那个陆左,也一同跌下来了?"

一个娇媚入骨的声音回答说:"是……呃,属下并不清楚,我就是在他面前启动的机关,不过他当时好像往后面跃了一下,不知道……不知道有没有掉下来。"

张大勇并没有责怪这个女人,只是点头说,没下来也罢,困上他们几日,也就什么都好办了。我还待再听,从我前方五米处传来了水花的响声,有人放弃了搜寻落水的地方,转而朝着暗河这边,摸索而来。

我刚才粗略看了一眼,岸上有二十多号人,其中高手无数,最让人胆寒的,就是那个恶名昭著的张大勇。这种级别的魔头,他的对手应是大师兄这样的人,而不是像我这种乡下小子。要是让他们发现,只怕死无葬身之地都还算是轻的,我的灵魂,估计永世都不得安宁了。

不能被发现!我正准备下潜,身后突然被人轻轻一拍。

就这一下,我顿时毛骨悚然。一股凉气,从脚底板腾地一下,往头上蹿起来,浑身一阵又一阵的鸡皮疙瘩。我几乎是僵直地回过头去,暗淡的光线中,看到小妖这个傻妞,正冲我直乐……

我的心情如坐过山车,一会高峰一会低谷。还没来得及开口,小妖便说,臭陆左,下面那里有一个凹槽,躲到那里去,就不会被搜到。说完,她拉着我的手,一起下潜。我们向潭底游,顺着石笋往深处行,在一个黑乎乎的地方,果然看到一个凹口。

小妖把我推进去,我俩刚刚蜷缩好身子,便见有人在我刚才待的地方,划着水,四处张望。我胸中仅有一口气,然而那个家伙却迟迟不肯离开,在我刚才驻留的地方,来回搜寻。时间一点一点地过去,三分钟后,我终于到了极限,口中不断有气泡冒出来。我不断地坚持,然后又不断地退缩,又熬过了一分钟后,身体缺氧到了极限,终于忍不住,准备出去。

这个时候,一片冰凉的嘴唇贴在了我的嘴上,然后有一口温热的气息,度了过来。

第二十八章　谁用谁知道

　　有过潜水经验的人都知道，在水里，没有潜水镜，睁开眼睛是一件很困难的事。我观察那个搜寻者，也只是隔一会儿，睁一下眼睛，其余时间都是双目紧闭。当这冰凉而颤抖的嘴唇印在我的嘴上，并用灵巧软滑的舌头剔开我的牙齿，朝我口中度气，将我从缺氧到差一点昏迷的状态中，拯救出来的时候，我也是第一时间，睁开了眼睛。

　　黑乎乎的潭底，即使睁开眼睛，也只能从一点点的折射光中，看到我面前这个女孩儿的轮廓。她依旧还是十多岁小萝莉的模样，脸色不悲不喜，眼珠子亮晶晶，里面写满了天真和无邪，眼睫毛眨动，很认真地给我度气。我的肺叶开始舒张起来，一股又一股的暖流，开始从我的身体内涌出来，使得冰冷僵硬的身子，不再那么难受。小妖是真正的"冰清玉洁"之身，但是也是练气士，故而全身各窍穴中，也有气息，只是平时不显。

　　看着小妖一脸认真地盯着我，我的心里不禁浮出了好多内疚和羞愧来。

　　太禽兽了，太禽兽了！

　　这只是一个小姑娘……我，我究竟做了什么？

　　不过一想到小姑娘一词，我不由得又想起了小妖朵朵刚刚从麒麟胎里面孕育出来的时候的模样。妥妥的模特身材，女神风范。结果被我一掌拍下，就变成了现在这般生涩。倘若我当时任由小妖咬我那一口，不作抵抗，那么她是不是就……

　　果真如此的话，我是不是就不会有这样的负罪感了呢？

　　小妖虽然是麒麟胎身，作战时浑身坚硬似玉，但平日里也和普通的小姑娘一样。相同的体温，相同的呼吸，此刻我们两唇相触，感受着这鲜花一般的柔软，在回过气来之后，我竟然有一种舍不得离开的感觉。

　　不过理智终究还是将心猿意马的我给拉回来。我费了老大的劲儿，双手抵住小妖的肩膀，生硬地将自己给拉扯开。不知道过了多久，见到那个人已经离去，我便想着游出这个狭窄的凹口子，浮上水面去。然而小妖却制止了我的企图，伸手将我压在了更里面，然后背转过身去，双手在水里面快速地结印，布置起一个小小的法阵来。

　　凌空画符，结印布阵！

　　这手法以前杂毛小道在青虚开的温泉澡堂子里给我演示过，然而此时小妖施展起来，却更为熟练。顿时间一股自然的气息，如岩石、如泥土、如深潭流水，将我们这里给掩盖住。

在法阵刚刚布好的那一刻,一大股黏稠的黑雾从水中蔓延过来。这黑雾既像是动物世界里面的巨大水母,又像是以前曾经在青山界配合矮骡子逆袭我们的害鸦,不过庞大得多,张开来的直径足有三四米长,从我们身边滑过。

突然,它停了下来,一根如同长矛的尾巴在我们眼前,随着水波漂荡。

不愧是龙头老大,张大勇做事情,实在是太细致和谨慎了。

我抱着小妖朵朵,缩在那个凹口中,心中充满了恐惧和后怕。倘若不是小妖警觉,只怕我已经游出去了。在水里,行动不便,我哪里能够敌得住这东西的威胁?

小妖回过头来,看着我笑。这小狐媚子天生就媚眼横生,一笑,让人骨子里都一阵酥麻。

我不由得又想起了刚才与她相拥而吻的情景,血不再集中到头皮,反而有流下来的迹象。我强忍着,不想让自己在小妖面前出丑。然而这东西,是男人都知道,不是你想忍,想忍就能忍的。我这一番天人交战,却见那尾巴缓慢游走,正想将心给放下来,突然,一个美丽的女人头颅,出现在我们面前的两米之外,眯着眼睛,朝我们这里看过来。

我吓了一大跳,心脏急剧跳动,过了好一会儿,才平静下来。这才发现,这个女人就裹身在刚才的那团黑雾当中,在幽幽的水光里,她那艳丽的脸容上,满是恐怖狰狞的神采。

然而小妖布置的这个隐匿小阵十分有效,这个迷雾中的头颅朝我们这个方向,死死地盯了几秒钟,这才毫无察觉地离开。

连番惊吓,将我胸脯里面的氧气再次耗光,我脸色涨红,又开始缺氧起来。见到我的这种情况,小妖笑吟吟地又俯身过来,吻上我的嘴唇,给我度气。

如此反复了三次,当我都已经沉浸在这种若即若离的美好中时,小妖捅了捅我的肚子。我不解其意,见到她指了指外面,这才知道她在表示外面安全了,让我浮上去呢。见到小妖坏坏的笑容,我的脸刹那间,烫得不行,耳朵根子都火辣辣的,窘迫得厉害。

不过现在也不是谈论其他的时候,我一点一点地伸展身子,向外面爬,然后小心地游动。

很快,我又浮出了水面。因为这水潭是活水,上下都有暗河,水声哗哗,倒也不易察觉出什么声音来。甫一露头,我就听到张大勇阴沉的声音从潭边传来:"……有没有可能,他从暗河里面溜走了?"

"不可能,那暗河汹涌,而且又没有透气的空间,他若是进去了,只怕过几日,江边就会浮起他的尸体了。"

张大勇的声音听起来有些烦躁,他冷哼了一下,说道:"内线传出来的消息,说这个人曾经到过古夜郎王国的中央祭殿,而且开门时,就是以他的鲜血激活的法阵。没有他,我们永远都进不了那里面,也永远找不到古夜郎的遗产和宝藏,小佛爷嘱咐

的大黑天,我们也永远找寻不到!"

"是,属下无能!"

接下来就是一片自责声,有人立刻献计献策,要将仍留在上面石巷中的我,给生擒至此。

这时有急匆匆的脚步声传过来,有人禀报,说洪安中带的人造反了,兄弟们扛不住,节节败退,请求老大过去支援。张大勇又是一声冷哼,气愤地骂:"都是一群废物,能拖就拖,拖不了就转移呗?川北洪家的手段高明,要么就是搏命,疯狂得很,我去瞧一下,看看能不能够将这个狡猾的家伙引入万血归宗鬼灵阵中,用水磨功夫,将他给活活耗死。"

说完这话,张大勇吩咐旁人,说看紧这两个家伙,留着有大用呢,然后带着人离开。

好一阵子,我感觉空间里开始安静下来,这才小心地探出头颅,察看外面的情形,还要防止有诈,以免那些家伙突然又杀回来。

不过好像并不是,深潭岸边点燃了两堆篝火,旁边有七八人,为首的是那个二娘子,她身披棉袄,带着下过水的兄弟在烤着火。而黄鹏飞和白露潭这两个俘虏,他俩则享受不到身披棉袄、棉被的待遇,被用粗麻绳紧紧捆住手脚,推倒在地上,不敢起来。在他们身边不远处,还有两具尸体,一具是刚才从上面摔下来死去的,还有一个,则是被黄鹏飞刚才的一剑,抹断了喉咙。

刚才有坐馆大哥和随行大佬在此,所有人都寂静无声,而头儿走了差不多十分钟,这些部众的心思就开始活泛起来,说话也就热闹了些。不过他们谈论的,都是些鸡毛蒜皮的小事,上不得台面。有些粗鄙汉子,见到二娘子棉袍底下玲珑有致的身材,就有些忍耐不住,先是说了几句荤笑话,然后觍着脸说:"二姐,你这么好的身段和脸蛋儿,怎么就跟曹公公,作了个对食夫妻呢?"

二娘子风情万种地剜了这人一眼,说,三狗子,你就胡说吧,小心有人把你这话,传到我家掌柜的耳朵里,到时候肚子里面长满了虫,可别怪二姐我今日没提醒过你。

听到二娘子的威胁,那三狗子立马后悔了,一巴掌,拍在了自己脸上,连连道歉说,二姐,得,小弟的嘴贱,早该打了,我错了,我错了,您大人有大量,别计较。周围的人都一阵哄笑,说三狗子,你这个驴日的,放着那边的娇俏小娘子你不弄,偏偏要来惹我们这满身是刺的二姐,你真不知道那个易江南的下场啊?

听到旁人提醒,三狗子瞧向了正和黄鹏飞倚在一起、瑟瑟发抖的白露潭,露出了猥琐的笑容。他嘴一咧,一口的大黄板牙,搓着手,缓步走过去。瞧见杀死自家弟兄的黄鹏飞,气不打一处来,抬腿便是一阵猛踹,黄鹏飞被踢得哎哟哎哟,惨叫连连。

旁人见这三狗子下了重手,纷纷过来拦住,说三狗子,你这驴日的,这人大爷留着还有用处,你可别把他给废了,说不定人家发达了,你还要给人家磕头呢。

"磕个毛！"

三狗子色厉内荏地嚷嚷着，却也不敢再怎样，顺势放过了黄鹏飞，只是嘿嘿地淫笑，朝着地上的白露潭，躬身摸去："小娘子，你别看三狗哥哥人长得挫，但是三狗哥哥人好啊，身体倍儿棒，最考虑女同胞的切身感受了。还是那句话，谁用谁知道，哈哈……"

第二十九章　你我皆棋子

见到这个长得跟条癞皮狗一样的男人，淫笑连连地逼近，白露潭吓得半死。

因为一直浸泡在水里，刚才外衣又被人搜身的时候给扔在了一边，所以她现在穿着的保暖内衣正好湿答答地贴在了身体上，显露出傲人的身材来，十分性感。想当初，白露潭在集训营里面，也是一等一的美女，比之朱晨晨、王小加和福妞等，要高出一两个等级，很多男学员都暗地里流口水，这三狗子自然也不例外，瞧着这动人的美女被绳索紧紧捆束住，他忍不住地搓手，露出丑态来。

白露潭手脚被缚，什么也做不了，唯有惊声尖叫道："你要干什么？你这个畜生，你到底要干什么？"

旁边一堆围观的人都哈哈大笑起来，那个二娘子笑得最欢畅，她插着腰，娇声大叫道："三狗子，她问你干什么呢，你到底要干什么哪？"

三狗子挺直腰杆儿，畅意大笑，说小妹妹，我要给你看一个宝贝儿，问问你喜欢不喜欢……说着话，三狗子伸出了禄山爪，唰的一声，将白露潭的裤子撕掉了一大块，惹得白露潭惊叫连连。然后他再走上前，准备去剥白露潭的高领保暖内衣时，刚才被揍得一头是血的黄鹏飞咬着牙，猛地冲出来，将三狗子给撞向了篝火边。

别看三狗子为人猥琐粗鄙，却是个有真本事的家伙，不然也不敢跟曹砾的女人开玩笑。他一把捉住黄鹏飞，啪啪啪啪，四个大嘴巴子，抽得黄鹏飞晕头转向，顿时鼻血就咕嘟咕嘟地往下流。三狗子狂笑道："都这个时候了，你还跟老子展现什么人性的光辉，早干吗去了？英雄救美这段子好看，可它好玩吗？弄不死你，我大名就不叫端木翔龙！"这话说完，对着黄鹏飞又是一顿劈头盖脸的毒打。黄鹏飞这么骄傲的人，发出的惨叫声，却跟杀猪的声音，是一样一样的。

教训完黄鹏飞，三狗子接着扒白露潭的衣服，不过因为白露潭全身都被粗麻绳捆得死死，所以并不好脱。他弄了半天，回过头来问二娘子，说二姐，你们既然想看现场的，就过来帮帮忙，把这绳子给解开，不然咋个搞嘛？

二娘子和其他围观者纷纷摇头，说可不敢呢，这人是大爷叫捆的，他不发话，谁人敢解？

这三狗子犯起浑来，说嘿哟喂，难道不解开绳子，格老子就办不成事情了吗？笑话！你们这些家伙可瞧好了，哥子我就给你们瞧一瞧厉害的！

说话间，三狗子就要去解白露潭的裤子。这时候黄鹏飞已经被揍得爬不起来，周围这些人也都幸灾乐祸地瞧着热闹，再也没有人帮白露潭说话。这个妹子顿时就有些崩溃了,她大声哭喊起来,告诫三狗子说,你不要乱来,我可是神的女人,你要敢动我,你会遭天谴的!

此时,三狗子已经把裤子脱了,露出了那玩意儿来,哈哈大笑:"我们当袍哥的,第一重义气,第二重鬼神。在这片山头的,都是自家兄弟,客气个啥子哟?"

他正得意,一块拳头大的石头,跨越空间,猛然砸到他脑袋上面的太阳穴上。本来他是个反应灵敏的家伙,搁平日里,偏头闪了便是,而此刻正色欲熏心,满脑子只有面前这小绵羊似的乖乖美人儿,自然顾及不得,于是一下被打中,顿时脑子一阵轰隆巨响,木桩子一般地倒在了地上。

围观的人满心想着看好戏,哪里料到这般变故,纷纷朝后面望来。最边缘的一个光头男子刚一扭头,就挨了一记粉拳。这拳头并不大,精致小巧,然而掼到他的脸上,便即时满脑开花儿,轰隆隆作响。

这当然是潜伏在水中的我和小妖,及时赶到。本来我还犹豫着是否继续待在水里不出来,担心张大勇的离去只是一个诱饵,却没想到鬼面袍哥会的人,行事如此肆无忌惮、无耻下贱,竟然当众想要毁掉白露潭的清白,连黄鹏飞这个平日里我们看不惯的家伙都能够挺身而出,我自然是不能忍的。

我和小妖趁众人都把注意力集中在了场中闹腾的两人身上,从水潭中悄悄爬上来,正好赶到了最关键的时刻,猛然出击,一击即中。

见到这些家伙的无耻作为,我浑身上下都充满了怒火,当下毫不手软,直接攻向敌人最脆弱的地方。所以在小妖冲天砸出一拳之后,我蹲身直击,将这个倒霉的会众一下子就给撂翻了。

第一个人倒下之后,我们的突袭就变成了强攻,除了一个小矮个儿啥话不讲,一溜烟跑开之外,剩下的五个人大声叫唤着,操着家伙,围攻上来。到底是注重传统的袍哥会,擅长用的都是冷兵器。我并不惧怕,往后退了两步,脚尖一挑,一块碗口大的石块就到了我的手中。

小妖本待去追逐那个逃走报信的矮子,结果见围攻的五人都有些手段,放心不下,而且那人跑得跟兔子一样,便没有分兵,朝着我这边增援过来。

我面前这五人,比起之前在上面纯粹贡献鲜血的杂鱼,自然又厉害了一个层次。四个男的都穿着短衫,脱下了面具,露出各种丑恶面目来,想来应该是鬼面袍哥会的骨干成员。而五人中以二娘子的身手最为利落。那娘们儿手中的长鞭十分厉害,在空中挥舞,能够弄出恍惚的黑影来,鬼气缭绕,乌泱泱的,煞是惊人。其他几人,脸上黑雾游动,想来是种上了鬼基。

我不小心,就被二娘子一击抽中胳膊,顿时肿得厉害,火辣辣地疼。

伤痕上面全是黑气,我心中惊呆了,立刻猜到这个娘们儿手上的皮鞭,定然是用人皮所制,不然,不可能有这么大的怨力。所谓邪道,之所以被正道所唾弃,大部分原因,都是因为他们泯灭了人性,不尊重生命,即使对方是同类,都可以将其化作各种各样的材料，用来增强自己的实力。像养小鬼这些，还算是轻的，萨库朗的人虫、黑魔教导青虚的婴池融体，皆是如此。也正因为如此，蛊师在很长的一段时间里，也得不到认同，所以即使在西南局，说得上名号的蛊师，也不多。这么说起来，养蛊人，其实是一个很冷门的热专业。

见到我被抽打，小妖顿时火冒三丈，银牙紧咬，冲上去就给最近的那个汉子一拳。

那汉子手中拿着一根骨箫，上面磷火点点，正好挡住了小妖的这一击。然而他没来得及得意自己的反应敏捷，便感到有巨大的力量传来，身子便轻飘飘地飞了起来。

此时的我，正在与一个满身肥膘肉的汉子作正面交锋。他是多年的老油子，拳脚功夫不错，我是出道不过两载的小牛犊子。不过实力并不是资历所能决定的，于是在接下来几个回合中，那个家伙被我击中数拳，号叫着往后退去。

他一退，一根游蛇一般的皮鞭又抽空甩来，我狼狈地往地下一滚，堪堪避开这一击。

黄鹏飞这个时候迷迷糊糊醒转，看到我们出现，欣喜地大声叫唤，说陆左，快先松开我们。白露潭先前是一阵失神，直以为自己贞操难保，此刻不由得心中一阵狂喜，跟着大声附和。这两人不叫还好，一叫唤，正好提醒到别人，立刻有一个手持尖刀的汉子，朝着黄鹏飞扑去。

这是要灭口的节奏啊！

黄鹏飞惊呆了，大声叫唤："陆左，救我！"我也不想黄鹏飞死在我面前，喊了声小妖，这小狐媚子自然省得，朝着黄鹏飞冲去。一根皮鞭游绕到小妖的面前，被她一把拽住，不肯放松。小妖麒麟胎身，天生中正，那人皮鞭子对于我们是凶器，对她来说，一丁点威胁都没有。顺着这鞭子的劲道，小妖荡到了黄鹏飞身边，避开那个手持尖刀的汉子，手一挑，黄鹏飞的束缚就解脱了，接着就是白露潭，小妖轻描淡写，将两人都给放开。

黄鹏飞憋了一肚子火，虽然被揍得头晕，但却是一身的劲儿。他身上的东西，包括那把七星宝剑，都被人收走了，只得快速翻了一下三狗子的身，摸出一把短刀来，先行补刀，然后朝着前面的人猛扑去。

这生力军一加入，这几个鬼面袍哥会的人便有些抵挡不住。我憋足了劲儿，拳头破空，打出了最有力量的一击。这拳头与那胖子的脑门亲密接触，接着我听到了颅骨碎裂的声响。

我不记得这是我第几次杀人了，但是心中终究还是忍不住地犯恶心。我与他无仇无怨，却为了一些身不由己的破事，生死相向。

我们皆是棋子，这才是最悲哀的地方。

第三十章　谜底揭晓

一拳打碎颅骨，胖子惨烈地嘶叫一声，直直地倒在地上，口中鲜血直溢。

黄鹏飞已经以伤换伤又弄死了一个家伙。

白露潭及时补刀，将那个手持骨箫、被小妖一拳击飞的男人，给一刀捅中。鲜血迸溅出来，溅了她一身。

小妖缠住了最厉害的供奉二娘子，而这五个人中，最后还剩下一个竹竿高个儿，被我们凶猛的杀气所震慑，二话不说，转身就跑。不过众敌环视，他哪里能够跑得脱，刚冲出战团不到五米，我手中那个碗口大的石块，便已然飞临他的后脑勺，砰的一下，那人应声而倒，溅出了许多血浆。

黄鹏飞这时像条疯狗一样，二话不说，冲上去就习惯性地进行补刀，生怕这个家伙没死，连续捅了十来刀，鲜血将他的脸溅得狰狞恐怖。

我突然发现，他跟白露潭，都有一点中了邪的状态。

见到自己会中的兄弟一个一个死掉，正在跟小妖奋力拔河的二娘子大声尖叫起来，声响超越了上百分贝。她之前和我们从上面一同掉落潭中，浑身湿透，本来正裹着棉袄烤火，一打斗起来，棉袄掉落，露出了十分有料的胸脯来。这打得越激烈，胸口就越是一阵大幅度地摆动。我们围将上去，只见二娘子单手持鞭，右手突然朝胯下摸去，瞬间，她的右手又闪电一般前挥，向我们洒出灰来。

我们既然知道她是曹砾的女人，那么身上藏着一两种救命的蛊毒，也是应当的，故而一直都在小心地防范着。这女人手往前一挥，除了小妖岿然不动之外，我们都一齐向后面退了三四米，避开了这一波药粉。

见她施展蛊毒，我自然也不甘示弱，一边急退，一边双手合十，口中大声念道："有请金蚕蛊大人现身！"这句话一般都只是客套客套，主要是因为这小家伙学了肥母鸡的范儿，有些装波伊。平日里其实并不用我叫，它便会蹦出来。结果这回一叫，却并无动静。我心中暗道不好，静心审视，只觉体内这头肥虫子，居然是在之前与南羌黑瘿一役中，吃得太多，有些消化不良，故而又沉睡过去。

关键时刻，怎能感冒？

二娘子洒出来的这蛊毒绿油油的，十分霸道，我们虽然及时闪开，但是地上那些新死去的尸体，却都沾到了一些。被这粉末洒中，这些尸体顿时一阵抽搐，手臂和关节，都反方向地扭动起来，似乎是站起的前奏。不过我很快发现并不是，因为这些尸体也开始如同被化尸粉溶到了一般，异常地消融下去，到了最后，除了衣服之外，就变成了一大摊的烂肉。而就在这烂肉脓水的上面,开始大量生出密密麻麻的蛆虫来,无数的黑头肥蛆开始爬动,四处游走。

想来这些粉末,便是曹砾用那些病蛆柑橘里面的成分炼制而成的吧?

不过小妖却冷笑着,把另外一只手,也搭在了那人皮鞭子上。

这小妮子天生自有远古神兽麒麟的魂魄,那气力一旦较起真来,可不是一般人能够阻挡的。倘若是张大勇前来,那当然另说。但只是二娘子,还真不够看的。果然,当小妖咬起牙来的时候,二娘子就没有那么轻松了。

小妖身上也沾染了一些粉末,不过她不是血肉之躯,并不怕这些。只是她有些厌烦地上翻滚的蛆虫,便往后急退几步,使劲儿一拉。那二娘子不肯放手,自然就朝前面跟跄,小妖的武技十分厉害,便是集训营的我,也只能够任她欺辱,而二娘子显然也着了她的道,被一脚踹中了膝盖,顿时就跪在了地上。

地上一地血浆以及蠕动翻滚的蛆虫,经她这么一跪,顿时化为肉泥,死伤无数。只见她的膝盖处,也开始有一阵黑烟冒出,二娘子惨叫起来。

"救命啊!"她高声叫喊,花容失色。

小妖虽然在冷笑,但是见到二娘子接触地面的腿都被消融了,有些犹豫地看了一下我。我点头,然后小妖几步冲上前去,将二娘子拽起,掷进了冰冷的潭水中,给她稀释毒血。白露潭还记得刚才这个女人怂恿三狗子侵犯自己的事,顿时忍不住出声,说:为什么要救她?难道你……

我回过头来,瞧着满脸通红、神情激动的白露潭,然后指着那个矮个子刚刚跑掉的黑暗通道,说,你们自己看,往那里走,便能够碰到张大勇。倘若你们能够生擒下张大勇,我自然也没有什么话好说,如果不能,那么留下二娘子,至少还能留下一条后路,或许还能够从她口中,得知其他通道的逃脱之法。

有着张大勇的威胁,特别是看到张大勇露的那两手,我们也不敢耽搁太久,将二娘子在潭水中浸了一会儿,又将她给提了出来,逼问她有没有别的通道。将二娘子从水里面捞出来的时候,这个女人再也没有了之前的艳容,脸色苍白,浑身直打哆嗦。她的双腿,从膝盖往上,残缺了一大块肉,泛白,不过倒是没有了蛆虫翻滚。

第一时间浸润寒水,竟然能够阻止这毒蛊的蔓延?!小妖的眼力真的越来越厉害了,让人心生佩服。

黄鹏飞此时又开始兴奋起来,掏出来自三狗子的刀子,抵住了二娘子的心口,说,二姐姐,给弟弟我指条活路吧,不然大家一起死,多不痛快?

二娘子疼得要死。她这属于自作孽,将自己裁了进来。连一双眼睛也肿了起来,她盯着我们瞧了一会说,你们逃不出去的,在这个地下山洞里,没有人,是大爷的对手,他只不过不想损耗实力,不然,哼,谁都不是他对手……你们要么投降,要么死,如此而已。

黄鹏飞的刀子已经递近了二娘子的心窝子,还差一丁点儿,就要透进皮肤了。

他冷冷地说道:"既然如此,那么,就同归于尽吧!"

正当黄鹏飞准备发力的时候,二娘子突然大声喊道:"等等……"黄鹏飞扬眉,说你还有什么遗言?二娘子指着左边的一处黑暗,说道:"那里,前走五十米,就是真正的祭殿大门。如果你们能够有办法进去,那么完全就不用担心大爷的报复。因为只有那里,是大爷唯一进不去的地方!"

听到二娘子的话,我的心中莫名其妙地涌出一种不安,然而黄鹏飞和白露潭却大喜过望。转过头,朝左看,确实有那么一个狭长的通道,似乎也是一个出口。

黄鹏飞和白露潭将二娘子扶起来,问她有没有什么药?

二娘子说,在篝火旁,有一个黄色瓶子,淋一些在伤口上,可以结痂止血,快一点,不然就没用了。

我们给二娘子草草处理完伤口,在黄鹏飞和白露潭的搀扶下,他们朝着左边的那一条小道行去。我和小妖走在后面,看着旁边的小狐媚子以及她那鲜花一样娇嫩的唇瓣,我不由得想起在潭水下的遭遇,张嘴想说点什么,但是却无从说起,十分尴尬。小妖见我奇怪,瞪了我一眼说,干吗,还不快走?

我说:"呃,那个……"

小妖白我一眼,说,你别想多了啊,刚才我们只是最纯洁的人工呼吸,小娘要不是看你窒息得快挂了,才懒得理你呢。不准自作多情啊,人家还小呢……

我无语。跟着来到左边巷道的尽头,远远就看见有朦胧的灯光。走上前一看,又是一道石门,跟我们上面所见到的,一般无二。不过在石门的门楣上面,有两盏明亮安静的油灯,从它散发出来的淡淡而熟悉的气味,我便知道,这是黑鲛人鱼的油膏。

看来此处才是真正的祭殿之门,而上面那个,应该就是个高仿的冒牌货吧。

仰首看着巨大的石门,感受着这来自几千年前的古老技艺,我们心中都有些震撼。二娘子被放置在了门前的小坎上,摸着自己残破的腿,忍着疼痛说道:"自从大爷在五年前发现了这处地方后,便一直想通过各种方法,进入这祭殿,然而在参研了上面的文字符号后,便知道暴力破解换来的只有一同毁灭。而且此处隔绝魂灵,我们豢养的恶鬼,没有一个能够通过这结界。所以你们要想逃,便只有进入这里。当然,无数盗墓高手都栽在了这里,你们未必可以……"

我看着门边栩栩如生的猪头怪人,心中不由得揣测起了其中的含义。不过考古一事,得闲而已,想着张大勇时刻都会出现,我没有再等,走上前去,将刚刚结痂的中指,杵进它的眼睛里。

一股神秘的吸力,从很深的地方,蔓延到了我的手指上。

轰隆隆——

石门很快就动了,缓慢地往上提起,而就在这一刻,我看到二娘子嘴角,有一抹诡异的笑容出现。

第三十一章　美人恍如烟

看到二娘子嘴角那抹怪异的笑意，我突然有一种如芒在背的强烈危机感——不好，不好！上当了！

在那一瞬间，我顿时想明白了一件事情：我为什么会出现在这里！

原来整个病橘事件，从头到尾，都只是为了这一件事情：就是让我来到这里，打开这道大门。是的，如果我猜得没错的话。我当日在青山界的中央耶朗祭殿前，用鲜血打开了大门一事，必定被人走漏了风声，使得鬼面袍哥会起了将我诓骗到此地，打开这西祭殿大门的想法。

当日白纸扇罗青羽曾对我说：他们之所以过来介入集训营的试练，是允了慧明的老婆客海玲客老太太的请求。这当然只是一个谎言，当时我们的猜测，是认为那邪灵教的掌教元帅小佛爷所布的棋局。南北配合，想要打击他们的老对手。不过现在想来，鬼面袍哥会想要生擒我的目的，其实从那个时候起，就很强烈，以致在我的那个方向上，首席大供奉、军师白纸扇两位大佬，都集中了过去。

至如今，病蛆柑橘，这层层密谋，环环相扣，从吴临一将我自东南局申调而来，到我在专案组饱受刁难，继而一路行至此处，都有人在推波助澜。

这种运筹帷幄的心机和本事，让人不由得胆寒。

不过我长久以来所苦苦找寻的真相，也由此浮出了水面。这些人自以为得计，天下人都如同棋子一样，掌握在其手中，却不知道，即使其算计重重，最后坏其大事的，往往都是俺们这些小人物。

我之所以来到这里，打开石门，是因为我没有退路了，不进，则死。

不过我能逆袭吗？我轻声地问自己。

不用看，我都知道，在我背后，张大勇等一干人，都在暗处虎视眈眈地瞧着。

他们只待我将那大门给完全开启，便会冲将上来，将我擒获，然后进入里面，得到他们所需要的东西。我的眼睛瞄向了旁边的小妖朵朵，她不动声色地点了点头，然后伸出了右手，大拇指合拢，露出四根手指来。潜伏在暗处的敌人，有重大威胁的，便有四个。

以小妖骄傲的个性，能够被她当作有重大威胁的，必然是鬼面袍哥会里的翘楚。我点点头，然后用口型问几米？小妖伸出一只手掌，我不再说话，当那巨大的石门抬起至我的腰身时，我朝着旁人大声喊了一句："冲进去！"一喊完，我就朝地上滚去。

我的手指一脱离这门框上面的浮雕眼孔，沉重的石门又咔咔地往下落回来，黄鹏飞和白露潭不解其意，但是见我说得严厉，也都不敢怠慢，推搡着二娘子，朝门里面俯身冲去。而就在我们滚入石门之内的时候，在后方传来了一声炸雷般的吼叫："小辈敢尔！"

这声音一出现，便在整个空间炸响，四周轰隆隆地回响连绵。我听这声音便知道，正是那已走多时的鬼面袍哥会坐馆大哥，张大勇。

不过这石门落下，速度也是极快的，我并不敢回头去望，浪费时间，唯有奋力滚动。五米厚的石门，说短不短，说长却也不长，那巨石倏然落下，让人头皮发麻。我奋力滚动着，突然感觉有一股森严的凉意，从极远的地方，传递过来，并且锁定到我的身上。这种非人类的冰凉寒意，让我在一瞬间，骨髓都差一点僵了，几乎动弹不得。关键时刻，身旁的小妖揪住我的衣领，奋力往里一拽。久经沙场的我已经不是吴下阿蒙，自然知道张大勇出了手。他人虽然来不及，但是却也有一把手段。瞬间，我从怀里掏出震镜，朝着后面大吼一声"无量天尊"，然后顾不得其他，冲进门内。

轰——隆隆——

就在我滚进门的一瞬间，万钧巨石落下，轰然的响动，将我的耳膜都给炸麻。嗡嗡嗡，好像有一大群蜜蜂在头顶飞舞，接着又从地皮上，传来了巨大的反震之力，让人全身直颤动。小妖拉着我继续前行，而我则心忧身后的那道凉意，回头一看，只见之前在潭底从我们身前浮过的那头水母一般的怪物，被那巨大的石门给压在了正下面，它那被黑雾裹挟的女人头颅脖子被压，发出痛苦的尖叫声。这叫声如同鬼在唱歌，呜咽难听，如同魔音贯脑，让我感觉整个脑浆子都要炸掉。

然而我们终究没有被折磨疯掉，声音一点一点地低落，在我面前的这个魔物，大半个身子都被那石门镇压住。这石门也奇特，看着古朴无华，然而当魔物一接触到石面的时候，立刻有一道道白色的光华，从上而下地洗刷下来，将它给犁了好几遍。顿时，那黑雾就变得黯淡，然后又开始变成了透明的色彩。

旁边是惊魂未定的二娘子，她失声痛叫道："美人烟！？"

我们都一齐看向了她，她的表达能力仿佛丧失了一般，结结巴巴了好久，这才勉强表达完整。原来这所谓的美人烟，其实就是张大勇控制的一头恶灵。相传那女人，是他在十三姨之前的相好，后来被特勤局的高手杀了，他便开坛做法，用无上手段，将那缥缈的芳魂给拘来，又用袍哥会流传的秘法炼制。据说为了这秘法，当时还是供奉堂老三的张大勇，还跟原坐馆大哥火拼过一场，弄死了老大，最后自己上位，才成为现在的魁首。这美人烟炼制成功之后，张大勇的武力便高居鬼面袍哥会之首，统御四方。

听到二娘子的一番叙述，我才发觉这美人烟对于张大勇的重要性，便如同朵朵和小妖之于我一般，不但是助力，而且还是亲密无间的伙伴和朋友。其中的利害关系，简直不敢想，也正是因为有了它，使得张大勇自信能够在几百米外，远远缀着我。

只可惜我那神奇的战斗反应救了我，是我那突如其来的震镜之光，使美人烟在石

门之下停顿住。也就是这短短的停顿，使它的生命，走到了终点。

看着被无数白光洗刷之后缓慢消失的头颅，我没有说话。

此事过后，世间再无美人烟。

击溃强敌，然而我却并没有快乐，看到美人烟，我不由得想起了仍在险境的朵朵以及我的好友杂毛小道。说一句自私的话，即便这里所有人都死了，只要他们还活着，我就仍旧开心，然而反之的话，我定然会痛不欲生，这辈子都不能释怀。

当一切都归于平静，我将耳朵贴在石门上，听不到任何动静，知道我们暂时安全了。这才回过神来，环顾四周，打量这无数人都憧憬进入的耶朗祭殿。

这一看不要紧，吓了我一大跳：我到了四处耶朗祭殿，除了南祭殿根本就没有进入外，其余的地下祭殿，以这西祭殿最为广阔。在我面前的，是一个巨大的空间，弧形的苍穹下，是一个巨大的广场，足足有两个足球场大，甚至更大！

很难想象，古人是如何弄出如此宏伟的场面来的，简直就是把整座山，都给掏空了。广阔的广场上，镶嵌着两米见方的巨大石砖，分不出材质，周边有好多石质的粗糙雕塑和鼎器以及一些古代祭祀的东西。最正中央，有一处比地面高出三米的巨大祭坛，上面石栏浮雕，有无数祭祀之物。

所有的一切，都由数十盏附着在岩壁穹窿之上的幽幽灯光，照耀着。从我们这里往前望，一眼是看不到边的，有无尽苍凉和雄浑的感觉，让人从心底升起。这西祭殿并不是和陵墓一般，一格一格的，而是偌大的广场式空间，气势相当不凡。之所以会有如此气象，在我看来，或许因为这个地方，当年正处于那个神秘的耶朗大联盟腹地，所以才会有这般雄伟的气魄吧？

看到石门之后的耶朗祭殿竟然是这般景象，我们都惊呆了，往前走，只见脚下是汉白玉的台阶。石阶分九级。我们暂且放下所有的担忧，拾阶而下，小心地向前方缓步走去。走下广场，这才发现在那些石鼎祭器的后面，有好多灰白色的骨头和颅骨。这些骨头里，有的大致能够瞧得出来是人类的，有的却不是，瞧那巨大的颅骨，好像恐龙残骸一般。各种各样的奇怪骨头堆叠在地上，形成一个又一个的骨冢，有的比较密集，而有的则四处散落。我们缓步穿过这些骨堆。地面上，尽是黑色的浆液，似乎已干涸千年。被白露潭和黄鹏飞一左一右搀扶着的二娘子，瞧着这四周的情形，竟然忘记了自己双脚的疼痛，连连惊叹，说想不到此处，竟然有如此景象，这天地，果真是奇妙，让人敬畏……

一想到她刚才设局引我们开门，我就心中来气，不过此时暂且不提，跟着大家，一路行到了最中间的那个祭坛前。这里的台阶细密，皆由黑曜石砌成，沉重而肃穆，靠近时，有一股莫名的压力和威严，让人不敢再前进。

黄鹏飞走到近前，脸色变得十分奇怪。他将二娘子推给了白露潭，然后走上台阶，一直走到了离地3米的祭坛之上，举目望天。突然，就跪了下去。他的表情，就像是最虔诚的信徒。

129

第三十二章　第三个问题

他跪下来，仰首望天，表情虔诚。

我们也把脑袋朝着头顶上面望去，只见在正对着祭坛之上七八米高的地方，有一盏最盛的火光。那火光幽静，很大一蓬，在火焰跳跃的当口中，我瞧见了一个天然形成的岩石瞳孔，巨大，黑白色，外边斑驳，中间是一圈又一圈的圆轮。有看过视线错觉图的朋友，或许能够明白我当时的感受，就是当你注视它的时候，就会不由自主地被这些圆轮带动，天旋地也转，开始发晕，感觉这个东西，就跟活过来的一般。

事实上，这颗岩石瞳孔真的如同一个活灵活现的眼睛，你盯着它，它盯着你，那里面的纹路，仿佛蕴含着整个世界，让人的魂儿，都被吸进去了一般。

莫名的，我突然觉得，这东西，似乎跟肥虫子二转之后身体两侧的斑点，有很多相似之处。难道，肥虫子跟这耶朗祭殿，还有什么关联不成？

不过我很快就想到了另外一样东西，不由得口中惊呼起来："封神榜？"

"灵界之门？"一同响起的，还有小妖的嘀咕。

正扶着二娘子的白露潭疑问道："什么封神榜，古典小说吗？"我回想起来，同样的岩石，我们在青山界的地洞中，也曾经见过，杨操曾经告诉过我，这是一种很古怪的材质，里面有未知的强放射性元素，在全世界名称各异，但是都可以用来定位，引发噩运。

当时我们在青山界，被这东西给折磨得差点挂掉，后来绑上炸药，竟然将整个山脉都引发混乱，簌簌的石头跌落下来，导致一片混乱，山体走移。

如今，在我们头顶上面的这个，比上回的，整整大了一倍。

这石眼有魔力。我瞧了一眼，便不敢再看，强迫自己低下头来，发现除了我和小妖之外，黄鹏飞、白露潭和二娘子，看着那石眼，都痴了。我心道不好，这石眼似乎是一种很厉害的惑人手段，倘若三人真的被迷惑了心智，只怕我们会很麻烦，于是伸手一推，按在了白露潭的肩膀上。

白露潭陡然醒转，回过神来，身子一歪，跟二娘子一同跌倒在地上。我见白露潭脸色潮红，而二娘子的一双眼睛里面，全部都是精精的亮光，口中喃喃自语道："原来真的有神国，原来真的有神国……"

这两人倒还好一些，黄鹏飞的表现，就更加地吓人，只见他双腿跪在地上，然后伸出一双手，朝着天空，口中轻喝道："我愿意做你的信徒，赐予我力量吧！"我抬起头去，只见那巨大的石眼在黑鲛人鱼油膏的静静映照下，竟然发出慑人的光芒来，让人心中发慌,只想臣服在地上,狂叩首。见黄鹏飞快要将头磕破了,再不拦住,只怕就没有机会了,我于是快步上前,一把拉住黄鹏飞,呼唤他醒来。我拉扯了一下,感觉一股巨大的反作用力朝我甩来。我顿时心中戒备,将黄鹏飞一把推倒在地上。我永远也忘不了黄鹏飞从地上扭过头来时,眼神里面的那种恶毒和愤恨。这熊熊燃烧的仇恨,仿佛夺人妻子、杀人全家一般地不共戴天。

黄鹏飞像一头受伤的野兽,嘶嚎着说,我要杀了你,我要杀了你……然后张开双手,朝我掐了过来。不过这哥们显然忘记了一件事情,那就是在此之前,他已经被人揍成了猪头,战斗力大大下降,光凭着一股子狠劲,终究不是对手,故而被我伸出手,一下子就给摆翻在地上。他的双手使劲儿挥舞,却够不着我身体的任何部位。我很轻松的,就将黄鹏飞给制服在了祭坛上。

这可是我从来都没有过的战绩,当然了,这也得益于黄鹏飞被麻绳捆绑了太久,血液流通不畅,手脚都酥麻了。这个时候白露潭跑上来劝架,说怎么打起来了?

小妖在旁边,抱着胳膊冷笑。

黄鹏飞拼力挣扎,过了差不多三十秒,他终于没有再动了,而是安静地任由我按着。我见他那股疯劲儿已经过去了,于是问:"怎么样,清醒了不?"黄鹏飞闷声闷气地说道:"好了,放开你的手!"我将他的脑袋扳过来,只见他的眼中虽然依旧有好多血丝,但是眼神清明了许多,没有了刚才的疯狂,于是笑嘻嘻地站起来,拍了拍手说:"你们大家别往上瞧了,小心又被迷惑了神志。"

黄鹏飞并没有站起来,而是坐在了祭坛的地面上,看着黑曜石的台面以及祭坛中间那块刻满古怪符文的石碑,说,这里到底是什么鬼地方?

敢情从头到尾,他竟然像个二愣子一样,什么都不知道。我回看四周,觉得广场辽阔,地宫阴冷,便跟他解释,说:你听过古夜郎国没有?这个地方,应该是古夜郎国,也就是耶朗大联盟一个祭祀神灵的地方。

"耶朗大联盟?"黄鹏飞口中默默念了两遍,然后问道:"就是那个传说中,巫蛊之术起源的王国吧?"

我并不想跟黄鹏飞探讨太多,点了点头,回过头,见到祭坛边缘伸出一只白色的手。我们都吓了一跳,黄鹏飞应激地跳了起来,看过去,原来是二娘子。这个女人双脚被废,慢腾腾地爬了上来,见我们都如坐针毡,便哈哈笑,说你们这些家伙,都不管人家了,害我费了多少力,才自己爬上来的。

看这二娘子自来熟地跟我们犯嗔撒娇,我心中不由得一阵软,走过去,把她扶到石碑前面来坐下,然后指着这巨大的岩洞,说,二娘子,你们步步为营,费尽心思地将我给诓骗到这里来,给你们打开大门,到底有什么目的?

二娘子咬了咬嘴唇,说,都猜想你能够开启这所有人都没办法的石门,但是却没承想,你还真能。

我叹了一口气说,我看过钱锺书老先生的《围城》,里面有一段话,讲外面的人想进来，里面的人想出去。我们也是如此，我晓得进，但是不晓得出，说不定，我们就要饿死在这里了。那么，我们能不能彼此坦诚一点，交交心，黄泉路上，也不会是一个糊涂鬼儿。"

二娘子凝视着我，说你到底想知道什么？

我环顾周围的小妖、黄鹏飞和白露潭，说："二娘子，我问三个问题，你一一答我，如果所言不虚，我陆左保证，绝不为难你，你看如何？"二娘子怀疑地看着我，见我的眼神清澈诚恳，又转头看向了黄鹏飞和白露潭。

这两人都点了头，说，陆左讲的话，也代表我们的意思。

二娘子好是下了一番决心，说："好，我以酆都北阴大帝之名起誓，一定会认真回答你的三个问题，如果有所隐瞒，信女施予，愿遭万鬼吞噬的痛苦，永世不得超生。"她倒是一个明白人，知道我们手段多多，若是不发一个毒一点的誓言，只怕我们不会放过她，故而才会作此姿态。

我以前说过，常人发誓，转头立忘，这是常有的事情，因为混沌，不沾因果。然而修行者就不行，既然已经上体天心，下修本心，所有的因果勾连，都已成了常态，故而一般修行者，是不敢对自己信仰的神灵，胡乱发誓的。因为这东西，往往都会一一应验。

二娘子说得痛快，我却需要好好地斟酌一番，故而没有说话。黄鹏飞见我久不开言，跃跃欲试，被我瞪了一眼，这才将口中的话语，给生生吞咽到了肚皮里。终于，我盯着二娘子，问出了第一个问题："我想知道，在这个地方，到底有什么东西，值得你们布这么大的局？或者说，这个大黑天，到底是什么东西？"

二娘子眼帘一抬，看着我，沉默了好一会儿。

她似乎没有想到，我一开始就问出最核心的东西，在经过一番思索之后，她回答道："我知道的也不多，不过可以肯定，大爷想要的，是这里面耶朗巫蛊之术的传承。他之所以会变得这么厉害，据说是在洞里面，得了一个很厉害的宝贝，所以更加期待祭殿里面的积存；至于大黑天，这个是小佛爷要找的线索，据说跟2012的终极目标有关系……"

我丝毫不作停留，直接问出第二个问题："小佛爷，是谁？"

二娘子很意外地笑了，说，小佛爷，就是邪灵总教的掌教元帅啊！至于他是谁，你还真的问错人了，我只是一个小杂鱼。这个世界上，真正知道他身份的，不超过这个数——她伸出左手，摆了摆，说便是大爷本人，也没见过他，是男是女，都不晓得。

我沉默了，心中在暗自盘算。黄鹏飞张了张嘴，但是忍住了，没有说话，而这个时候我抬起了头，问出了我的最后一个问题："吴临一，到底是不是你们的人？"

第三十三章　骨冢的动静

　　听到了我的问话，二娘子也抬起了头，目光与我对视。
　　我看到了她眼中闪现的慌乱，似乎想要隐瞒些什么，但是又迫于刚才誓言的威力，不敢胡乱作答。我见她如此表现，顿时双手撑地，将脑袋伸到了她的面前，眼睛直勾勾地瞧着她，盯着她不断闪烁的眼睛，一字一句地追问："告诉我，吴临一，到底是不是你们的人？"
　　二娘子深吸了一口气，摇着头说不知道，我不知道你说的吴临一到底是谁。
　　我笑了，说二娘子，我记得你刚刚还在跟酆都北阴大帝发誓，说不得隐瞒的，难道你想受尽万鬼吞噬之苦，永坠沉沦之间？二娘子咽了咽口水，说她真的不知道。我不愿和她绕圈子，在黄鹏飞和白露潭震惊的目光中，淡淡地说道："鬼面袍哥会的首席大蛊师曹砾，这个人是你的老公，他到底长什么样？"
　　二娘子抿着嘴唇，说这是第四个问题了。
　　我摇摇头说，这是第三个，告诉我，曹砾长什么样？
　　二娘子说你不是在外面果林的那屋子里，见过那个老不死的么，怎么还问这个？我笑了。我说那个家伙，我只瞅一眼，就知道是一个扶不上墙的角色，若以他那般模样，都能够坐上鬼面袍哥会第四把交椅的话，那么说实话，我对张大勇，也就不必太过害怕了。
　　二娘子沉默了一下，说他真的是曹砾，不过……曹砾，并不是鬼面袍哥会的首席蛊师。
　　"哦？"
　　我的眉毛一挑，说原来还有这么一回事，我倒想知道一下，这些事情里面的缘由。
　　二娘子叹了一口气，说我家老曹，虽然也是一个蛊师，但讲到本事，却跟首席的位置差得太远。他不过就是一个影子，是给外人放出来的一个烟幕弹而已。这一点，其实会中很多核心成员，都有了解，不过普通会众，倒是知道得不多。你们刚才杀死的三狗子，就是知道了这一点，才有那豹子胆，前来调戏我的……
　　我说，那首席蛊师，到底是何方神圣？
　　二娘子摇头，说她也不知道。那人是我家老曹的师兄，顶端神秘的人物，整个袍哥会里面，知晓他真实身份的，就只有坐馆大哥张大勇、白纸扇罗青羽、大供奉刘彧以及我家那死鬼老曹。不过老曹这个人，为人十分谨慎，即使是她，也不透露半点消息。

我问，那个家伙，平日都在哪里活动，可有什么线索？

二娘子摇头说不知道，一直以来，都是一个眉清目秀的苗家少年过来传递消息，大家伙儿都估计，那大蛊师隐居深山当中，潜心研究养蛊呢。对了，这次的病蛆柑橘事件，所有需要蛊毒传播的东西，都是由这个师兄一手搞定的，别人都插不得手，全部都是大爷和他一起策划的。

我听她这般说，凭感觉，说的倒不像假话，而且根据她的交代，似乎有很多疑点都指向了吴临一那个家伙。

这样一想，我不由得回忆起最早在东官湾浩广场闹鬼事件之后，留地中海头的张伟国招揽我时，杂毛小道愤愤地告诫我说，千万要慎重考虑，不要头脑一热，被人当枪使了才好。倘若吴临一真的就是那个神秘的首席蛊师，那么我这次前来，还真的是一把上了膛的枪，而且自己还傻乎乎的，只以为立了功。

这一答一问结束之后，我没有再与二娘子纠缠，心中已然清楚了个大概，所以问得再多，其实已无必要。于是站起身来，打量祭坛上面的这个石碑。我去过三个耶朗祭殿，几乎一个比一个厉害，各种神秘，不一而足，所以我并不敢对这里，就保持着无忧无虑的心情，只以为安全了，放松了精神。

这石碑是黑曜石所砌，这是一种很常见的黑色中低档宝石，又名天然琉璃，在所有晶石之中，它是吸纳性最强的，可以很快地将附近的杂气或负能量，吸进它内在的无形空间里。这玩意儿极度辟邪，能够强力化解负能量，在中国古代的佛教文中，就有许多关于镇宅或避邪的黑曜石圣物或佛像；而西方，也喜欢拿它当作驱邪的工具。

不过我想说的是，在青山界，我们就见过一整块黑曜石做成的棺材，在里面，躺着一具顶级的飞尸，守护着祭殿。当时的情形，回想起来都恐惧，所以我一见到这玩意儿，心中就担忧得很。

头顶是具有高放射性的封神榜石眼，面前是强力吸收负能量的黑曜石祭坛，这两者之间，似乎形成了一个类似于正负极的能量场域。让人身处其中，有一种天人交融的飘飘欲仙之感，仿佛自己与这个世界都隔离开来，被排斥，转而身处在另外一个时间和空间里。

我们都感受到了这种场域的力量，商议一下，往边缘退去，我拉住小妖，说你刚才叫"灵界之门"，那是啥子东西？

小妖瞥了我一眼，很不屑地说，有的东西，你没有经历过，跟你讲也讲不清楚。

好吧，这小狐媚子拿起架子来，真的让人郁闷。我赔着笑说，讲来听听嘛，给我长长知识。她深思了一会儿说，这么跟你说吧，你应该知道的，我们现在所想所见的，都是在同一个时间和空间的东西，跳跃不出事物的本质，超脱不了这世间的吸引力。但是有一种力量，能够将这世间的吸引力，或者说是因果，给中和，让你在井底

里面依托井绳跳出来，抬头看向外面的世界，而这灵界之门，就是这根井绳。

她盯着我瞧，而我唯有耸肩，说，好吧，太深奥了，我不懂。

小妖噘着粉红色的唇，骄傲地摇着头，说，看看吧，跟你说你不懂，你还不信，现在傻了吧。

我们走到离那祭坛十几米的距离后停下，黄鹏飞反手握住短刃，然后将自己湿漉漉的衣服掀开一角来，说怎么好痒啊，到底怎么回事？

我们围上去瞧，只见他的腰间，一大串黄豆大的红色疱疹呈现，个个都清亮泛光，里面好像流着脓血，在疱疹与疱疹之间，有很多板甲鱼鳞一样的硬角质壳，看着十分吓人。我们看着恶心，但是黄鹏飞却似乎不觉，用手在上面摸索，越发地痒意出来，便用指甲挠，顿时那些清亮的疱疹被抓破，流出亮晶晶的脓汁来，手上一大把，感觉奇怪，看了一下手上，啊的一叫，不知道该如何是好。巫医不分家，我瞧他这腰上一大片簇状水疱，红彤彤的，十分吓人，便知道他应该是发了一种叫做"缠腰火龙"的病症。不过瞧这病症的程度，倒并不只是皮肤病那么简单。

黄鹏飞右手一把脓汁，眉头皱起，左手在身上摸索了一阵，才知道自己的家当，都让人给搜走了。

他心情沉重，而白露潭则在旁边安慰他，说不妨事的，出去之后，服些泛昔洛韦片之类的西药即可，算不得什么大病。黄鹏飞喃喃自语，说到底是什么时候出现的呢，怎么突然之间，就长出这么一大片片呢？这件事情邪了门，定不会是什么好事情。

二娘子突然插话问道："你是不是碰到了'水齐天'的血？"

黄鹏飞问什么是水齐天？二娘子说，水齐天是孟婆婆豢养的一群异兽，也是在这岩洞中寻摸到的，暴躁得很，只听孟婆婆和她家幺妹儿的指令。这东西厉害，能爆炸，威力十足，几乎没人敢惹，而且它的骨血都带着剧毒，阴气盛得很，你这腰，估计就是中了它的毒，上面全部都是怨气。

听二娘子说得肯定，黄鹏飞哭丧着脸问，这东西有没有得解？

二娘子告诉他，说能，不过只有他家老曹知道，轻易不外传，至于其他途径，就不得而知了。黄鹏飞又望向了我，欲言又止，憋了好一会儿，说陆左……

我知道他想说什么，摊开手说这事麻烦，我这里的金蚕蛊又罢工了，我也没有办法。

黄鹏飞眉头一皱，没有再说话，转身朝着边缘找去，希望能够在这里面有所收获，找到出去的路。我让白露潭在这里看着二娘子，然后与小妖分头去找出路。从上面跌落下来，已经有一段时间了，其实我心里最牵挂的，就是还留在上面的朵朵和杂毛小道。既然已经知道这里是陷阱，那么他们的处境，只怕有些堪忧了。一定要尽快找到这里面的机关秘门，不然万一张大勇将进洞来的这些人给各个击破，朵朵和杂毛小道真的出了什么事情，我跳河的心思都会有。

大家分不同的方向走，我绕过一大片石灯塔林，在最左边角落的石台上，看到一排竹简散放。时过千年，上面的字迹早已经模糊不堪，我拿起来瞧了半天，都不知道是什么玩意儿。正迷惑，就听旁边骨冢中，传出了喀喀的响声，在这宁静的广场中，格外的瘆人。

第三十四章　恐怖的蜈蛊

这堆骨冢足有两米见方，因为在这广场之上，实在是太过常见，所以我并没有多在意。

它的组成，都是些比我大腿还粗的骨头棒子、碎屑，以及一整条脊椎动物的整体形状，不远处还有一个很大的头骨散落，有点儿像是大象或者犀牛之类猛兽的。我本来就是小心翼翼地防范着，一听到这声音，脊梁骨立刻绷紧，然后低头瞧去，只见那堆骨头渣子里面，有一只黑色的小甲壳虫，从里面窸窸窣窣地爬将出来，一双天牛般的触角四处转悠，像垂柳，然后指向了我。

这个小东西突然抬起了头，背上的双翅一振，朝着我缓慢地飞起，嗡嗡嗡、嗡嗡嗡，特别像是蚊子在鸣叫。作为一个生于南疆的孩子，这一生里面，倘若说最讨厌的，莫过于吸人鲜血的蚊子了。它总是藏于暗处，小心翼翼地盯着你，一旦发现空隙，就振翅飞起，趁你不备，一口就将你吸个正着，不但如此，它还会在伤口上面留下些病菌，让你痒得难受。于是我扬起手，准备和大部分人一样，将这只小虫子拍在地上，不让它胡乱动弹，扰我清静。

刚刚伸出手，我的心中就是一阵悸动，莫名地心慌意乱起来。不对，这个耶朗祭殿，封闭了几千年，莫说是虫子，便是那鬼魂，都溜不进来，所以张大勇才费了这么多心思，将我算计到这里。

于是我心中各种吐槽，身子往后面疾退。

这小东西居然深明游击战术的精髓，敌进我退，敌退我追，朝着我就呼啦呼啦地飞了过来。我见这东西，十分灵敏，心中那股危机感便更加强烈，见到它铆足了劲儿，朝我冲，我也不敢硬顶，往旁边一闪，这小东西就朝着我刚刚瞧过的竹简处射去，深深地扎在了竹简之中。

古代文化落后，特别是造纸术发明之前，知识的传播除了靠口口相传，大部分都依托于竹简、丝帛以及羊皮之类的东西。这些东西制取不易，所以显得十分宝贵，一般都会记录一些十分重要的东西，所以我刚才虽然看不懂，但也是轻拿轻放，想着总会有专家，能够破译。

下一刻，我的眼睛突然就瞪了起来。在我的眼中，有突然蹿出的焰火，燃烧起来，差不多一丈高。刹那间，这焰火竟然呈白色，那温度，显然是达到了一定程度，才会有这样的效果。我吓了一大跳，往后蹿了好几米，这什么玩意儿，竟然会这么厉害？

还没等我反应过来,这些竹简便化成了红色的炭火,灰烬一般,不过还保存着原本的形状。

在那熊熊燃烧的烈火中,我看到那只指甲盖儿般大小的黑甲壳虫,陡然出现。它沐浴在白色炙焰里,黑得发亮,我似乎能够看见它的眼睛,里面充满了好奇,似乎想将我也变成它身下的那些竹简。我瞪着它,缓步后撤,一、二、三……我见到那虫子振翅,嗡的一下,朝我射来,我转过身,拔腿就跑,呈S形,四处绕路,试图通过一路上的石雕,延缓这小东西的追逐。

我一边跑,一边高声狂呼:"有请金蚕蛊大人现身,有请……你这吃货,到底消化完了没有啊?"

我高声抱怨着,可惜金蚕蛊似乎真的吃得有点撑,实在是无法出现,倒是黄鹏飞和白露潭等人瞧见我大吼大叫,都朝这边赶了过来,问怎么回事?

我见他们即将靠近,吓得赶紧挥舞着手,说你们别过来,这虫子太厉害了!

那黑甲壳虫实在太小,白露潭瞧不见,还傻不愣登地惊讶,说啊,什么虫子?话音刚一落,那只黑点儿一样的甲壳虫立刻嗖的一声,从白露潭的脸颊边飞过去。这一道热流,让白露潭瞬间清醒过来,像触电一样,朝旁边使劲儿跳过去。

黄鹏飞早就知道了厉害,一声不吭地转头就跑开。

然而不知道是他太招人喜欢,还是一头湿漉漉的道髻太过于醒目,事情偏偏就是这么凑巧,那黑壳儿甲虫,竟然抛开了我和白露潭,朝着已经溜得老远的黄鹏飞追去。黄鹏飞闷着头,一口气跑到了西北边缘,刚刚回过头来,就瞧见一道黑影子,嗡嗡嗡地振动翅膀,紧随而来,顿时间就气得一声大骂,你还认准我了不成?

那虫子并不会说话,只是冲着黄鹏飞的屁股飞去,那速度……

好吧,我们也不敢让黄鹏飞一个人面临险境,毕竟这孩子腰上面,还留有一大串火龙,于是就跟着跑。我一边追,一边思考该怎么办?突然间,想到了小妖朵朵这小狐媚子,不是天生的玉质精元吗?倘若没有修行,她完完全全就是绝缘体,自然不用怕这玩意儿。我环顾四周,发现小妖竟然不见了。这让我的心顿时一阵狂跳,忍不住大声呼喊起来,期待得到她的回应。

黄鹏飞一阵狂奔,从见到自己被那似乎很恐怖的黑甲壳虫盯上,他便奋力地跑,速度竟然给人一种缩地成寸的错觉。很快,我们兜着圈子,就绕到了西北最里面,这里因为地势较低,灯光照不进来,使得里面一片黢黑。这个时候,黄鹏飞一阵力乏,脚步也错乱得厉害,突然间,黄鹏飞眼睛一亮,冲上前去,揪起地上一个娇小的人影,口中直嚷嚷道:"让你逃跑……"

我们追在后面,见黄鹏飞将那个人影拉起来,一瞧,正是场中央附近的二娘子。

原来她竟然趁我们手忙脚乱之际,想要独自溜走,或者查看这里的秘密,不过误打误撞,却被黄鹏飞给看到。此子正彷徨无措,陡然见到,竟然想到把二娘子拉过来,当挡箭牌。这祭殿之中,也就只有这几个人,倘若弄死一个,即使是敌人,也是

损失，所以我大声喊道："别……"

然而黄鹏飞却是不管不顾，将二娘子一把拉起来，朝着后面推去。然后，他转身就跑。

我们面前，又闪现出一大蓬白色焰火，这回的火明亮了许多，几乎在一瞬间我就听到了一声撕心裂肺的嚎叫。啊——这嚎叫声戛然而止，火焰已经将二娘子发出声音的嗓子，给烧成了灰烬。仅用了三秒钟，二娘子就从一个活生生的人，转化成了冲天的火焰，血肉和骨头都被烤炙成灰。

一个人生生变成这般模样，其实是很让人震撼的。

白露潭惊声尖叫起来，刺耳的叫声在整个广场上回荡，让人的耳膜发麻。这尖叫声，立刻引起了罪魁祸首的注意，那只邪性的小虫儿从火焰中又缓慢浮现出来，盯着白露潭瞧。白露潭面对着这火焰，顶不住心中的压力，竟然脚下一软，趴在了地上。

一路奔波劳累，白露潭终于垮了。

她即使是一个神奇而稀少的落花洞女，也会疲惫。我离白露潭足有四米远，见此情形，唯有伸手入怀，掏出震镜，准备启动里面的人妻镜灵，试一试有没有作用。然而当我的手，刚刚摸到那片冰凉的时候，一道白影出现在了白露潭身前，伸手一抓，便将那个小虫子给握在了手上。

这白影并没有变成烈火，而是得意地将这甲虫的一对触须捻起来，好奇地瞧。

我见到小妖朵朵倏然出现，心中欢喜，冲上去，不知道说什么，只是一个劲儿地说："你跑到哪里去了？急死我们了！"小妖看着这丑陋而狰狞的小虫子，瞪了我一眼，说还不是给你们找出路去了，没想到你们这么没用，一条焱骡蜈蛊都搞不定，还损失了一个人。

"焱骡蜈蛊？这什么玩意儿？"

黄鹏飞从石鼎转角处缓步走出来，惊魂未定地盯着小妖手上的虫子问。

小妖这个小狐媚子，是个直肠子，她看到了刚才黄鹏飞的表现，自然瞧不上眼，扭过头去，跟我说道："走，我那边有个重大发现，一边走，一边瞧瞧去……"小妖捻着这黑甲壳虫的胡须儿，说这玩意儿不错哦，你看看那一片骨海，它存于此处，是以骨头里面含着的磷元素为食，方才能够有这等力量，在古时候，这是用来炼制三昧真火的上佳材料……

小妖一边走，一边聊，而我，却不由得回头，瞧向了已经化为灰烬的二娘子。

原来人死了，即使是对手，也会有伤感啊。

第三十五章　神秘的泉眼

焱骡蜈蛊，其实就是用一种叫做红巨龙的蜈蚣炼制而成的蛊虫。这种生长在深山南麓的巨型蜈蚣，虽然生活在潮湿阴暗的洞穴、荆棘林中，但是天性属阳，性如烈焰，而且毒性十分强，咬人一口，中者定会心腹闷热，出血而亡。有人以朱砂喂服，施以秘法，将数千条罕有的红巨龙蜈蚣，用拘魂阵法给囚困住，开始炼蛊，千条殆尽，一条独存，经过无数斗争，生出面目全非，黑色甲壳虫一般的小虫，此为焱骡蜈蛊，以白骨为食，能引无边业火……

小妖就像一个生物老师，给我娓娓道来，她所知晓的东西，竟然比我这正宗蛊师，还要深刻。

少顷，我们跟随着小妖，来到了东北角的一个地方。这里离大门不远，在一片石台的围拢下，里面竟然有一口清亮的泉眼。这泉眼宁静，有一个洗脚盆大小，在其上方三四米处，有一块打磨得光滑如镜的圆形石砖，石砖上文有黑血等物所制的古怪符文，正好映照进下面的泉眼里面来。

这种形式的布置，跟祭坛那边的，一般无二。

我琢磨了一会儿，瞧不出那符文到底有什么妙处，于是俯身拨弄了一下泉水，那水冰凉，寒彻刺骨。学过化学的人知道，冷热到了极致，一样伤人，所以我像被烫到了一般，缩回手来，只见手背上面一片青紫，显然是冻得厉害。这水的温度，怕有零下十几度了吧？怎么还没有结冰呢？

我们都疑惑地看向了小妖朵朵，我摸了摸鼻子，问这个小狐媚子，你带我们来这里，难道是想说，这个地方的水道，能够直通外面的世界吗？

这泉眼虽然可以跳入，但是谁也不知晓里面的水道有多长，倘若游到气竭还没有到达目的地，只怕会在里面被活活淹死；更何况，这泉眼的水温冰凉刺骨，我手摸一下都差一点被冻伤，倘若整个身子都跳入里面，只怕不用十几秒，我也妥妥地成为一具冰冷的僵尸了。

小妖将我推开到一边去，嘴巴噘起，说，去去去，你捣什么乱啊，好好待着，看小娘给你长长眼力。伸出手，在泉眼上面柔和地摆手，仿佛想通过这动作，使这被我搅得一团糟糕的水面，平静下来。

片刻之后，这水面终于平静下来，小妖将洁白如玉的手，伸进了两者相对的空间中，然后双手顺着一种奇妙的韵律，开始不断比画起来。我一开始看得不是很明白，后来瞧出来，小妖这结印手法，跟我们头顶那块镜石上面的符文，居然是一模一

样的。

　　见到这般模样,我、黄鹏飞和白露潭都屏住了呼吸,睁大了双眼,准备瞧一瞧这小妮子,到底在搞什么名堂。不过小妖接下来的动作,却让我们都傻了眼:只见她将双手分开,口中念念有词,然后将手往那泉眼上面一抹,那水面上立刻有一道蒙蒙的波光,然后出现了好多个人头。我咬了一下舌头,才发现自己并没有看错,水上出现的画面,竟然是与我们只有一门之隔的外间。画面里有差不多十三四个人,一小半穿着黑袍,戴着恶鬼面具,还有差不多六七人,是劲装打扮,露出了本来面目。当中那个精干男子,正是鬼面袍哥会的坐馆大哥张大勇,他似乎正在朝众人训话。在他左手位置,有三具尸体躺伏在地上,这些人并不是我们杀死的三狗子那一伙,而是另外的,离得最近的一个,竟然是之前跑开,去给张大勇报信的小矮个儿。此刻的他七窍流血,头骨粉碎。失去了以自己往日情人魂魄凝练的美人烟,张大勇现在正处于暴怒当中,一直在咆哮,我们虽然听不到声音,但是却能够明白他心中的愤怒,定然是各种抱怨不满,飞奔而过。

　　在旁边低头、瑟瑟发抖的人群里,我看到了曹砾,就是刚刚被烈焰焚烧而亡的二娘子口中的老公。这个男人也在低着头被训的人里面,每当张大勇的嘴张得大大,他的身体就会抖一下,看起来害怕极了。以他这种态度,想来二娘子真的说了实话。这个人,也许还真的就是一个替身,一个影子而已。而他的师兄,鬼面袍哥会的那个首席蛊师,弄出这番动静来,想来应该是躲在暗处,偷偷地笑吧?

　　我问小妖,你这是监控录像?

　　小妖撇了一下嘴说,真没文化,来的路上,你们不是见过阴阳镜了吗?那些镜花水月的东西,最开始的老祖宗,就在此。怎么样,长知识了吧?

　　她说着话,双手却并不停止,又开始舞动,像翩翩飞舞的蝴蝶,美丽得让人想要忘记水面上一众丑恶的嘴脸。过了差不多一分多钟,她的手停在了水面上方一厘米处,然后往上一拉,立刻有一幅立体的图,出现在我们面前。

　　这是一张消瘦而坚毅的脸,嘴唇轻抿,眼睛里面仿佛装载着星辰宇宙,明亮极了。

　　镜头拉长,我看到杂毛小道出现在我们的视野里。此时的他,并不在那个被诱入的甬道中,而是返回了山寨石门外。画面中依然有血雾飞舞,旋转着像漫天的雪花,或者是威势恐怖的龙卷风,而旁边则是吴临一和杨操在支撑着,青城二老开始反击了,先是秀云和尚用手中瓦钵支撑起一方天地,而王正一手中的拂尘,不知道从什么时候开始,已然伸出几米长的白色丝带,将那血雾之中的恶鬼一一纠缠,试图绞杀。十余个战士紧缩在一团,惶恐不安地盯着面前的血雾,平日里骁勇善战,竟然知晓了害怕。面对着未知的事物,即使训练精良,他们也仍然控制不住自己内心的恐惧。

　　我惶急地找寻着一个小身影,然而并没有瞧见。

　　朵朵,我的朵朵呢?

小妖的脸色也开始变得烦躁起来，她十指相对，双手不停地摩擦，闪现出一道道蓝色的迷离电光来。接着视线的广角继续增长，然后我们瞧见，在血雾的一角，有一道白色的身影，正飘浮于空中。是朵朵！这小丫头竟然变得十分凶煞，脸上一片铁青，犹如死去多时的娃娃。她正在跟一个没有脸的女鬼战斗，双方打得好是惨烈。

那无面女鬼显然并不是由血阵仓促形成，所以厉害得紧，挥手起舞间，竟然仿佛有智慧。不过她终究只是依托于血雾中的能力，朵朵虽然战斗意识不足，但是变脸之后，却也是十分凶悍，一口尖牙，眼睛里瞪出了足以燃烧敌人的烈火，眼角处，也有青黛色的花纹浮现，似流云海浪，双手一举，便有冰蓝色的光芒，在手间聚集，如同最梦幻的视觉效果。然后在下一刻，这光芒已然融入了血雾中的无面女人身上。

这速度，让人根本就捕捉不到，简直就是眨眼之间的事儿。

无面女人本来若即若离，并非实体，倏然而至，飘然远走，然而被这冰蓝光芒凝结住，便脚步迟缓，进退两难。正当朵朵准备咬着牙出手的时候，一柄略微焦黑的木剑陡然划过了那头无面女鬼，蓝色的电芒与朵朵的冰芒结合，立刻将这女鬼给击溃，化为了丝丝怨念，飘荡世间。

这时，王正一突然朝前方丢了一张丝帛绘制的符箓。这张符箓似乎是用鲜血绘制，上面的血已经干涸，但是用了某种秘法，将其凝结在了湿润与干燥之间的状态。

当那张符箓飘飞到了血雾里面时，突然有雷光闪动。金色的弧形闪电沿着血雾开始蔓延，然后在瞬间，化作了许多叉形链电，朝着血雾中所有的鬼物所袭去，甚至还有一条电龙，朝着朵朵击来。雷符，又见雷符！之前数次遇到危险，我见王正一都是摸了摸怀，舍不得拿出来用，没想到竟然是一张珍贵的雷符。虽然不能引雷，但是里面蕴含的能量，却能够将血雾中的所有怨力，给一举毁灭。

——不过，朵朵怎么办？

见此情形，我和小妖都开始着急起来。心中一不淡定，镜像就开始摇晃。小妖咬着牙，然而那水面却越加晃荡，抖动不停。我心急得要命，朵朵虽然是鬼妖之体，但是未必能够扛得住王正一这无差别攻击的雷符。

然而就在这紧要关头，画面显示一阵晃荡模糊，到了最后，竟然不见了。

泉眼中，突然出现了一个圈。接着，又是一个圈。又是一个圈。

一个圈叠加着一个圈，不停晃荡，相互交织。我看到小妖的脸色一阵晴一阵阴，只以为她心中大乱，故而维持不了这个镜像法阵。正当我想要伸出手，拍拍小妖，安慰她的时候，无数圆环出现的泉眼中心处，突然伸出了一只干涸的黑手来。

这黑手上面，长满了白色的茸毛。

第三十六章　伏地的冰尸

在这宁静而神奇的泉眼中，陡然伸出这么一只黑色的手，任谁都不由得吓一大跳。

随着这陡然的变化，一股滔天的寒意，在整个空间里蔓延开来。这种凝如实质的气势，在我看来，竟然比当初缅北山林中的那头小黑天，还要厉害许多。

这只手，显然经历过了脱水脱脂的过程，肌肉萎缩，如同腊制，上面的白毛，其实就是在寒泉中挂上的水，一旦脱离了水面，暴露在空气当中，便化作一簇簇坚硬的冰霜，十分古怪。我们几个人，本来是围在这泉眼边缘，伸脖看小妖给我们展示出来的视像，见到这突然冒出来的手，都吓了一跳，连连往后退去。

不过到底都是经历过无数生死，集训营的风雨，也不是说说就能够过去的。我们在片刻心慌意乱之后，马上反应过来：这便是耶朗祭殿里面的布置，定然是用来防范我们这种贸然闯入者的。

所有人都弓起了身子。我退后两步，抱起了旁边围着泉眼堆砌的一块石头。这石头足有两百来斤，骤然抱起，我有些吃力。比我更早进攻的，是黄鹏飞。他紧紧握着右手上面的短刀，第一时间递出，朝那只恐怖的黑手骨腕处削去。

出身于名门正派的黄鹏飞，自小就接受过各种针对性的培训，如何对付鬼魂，如何对付僵尸，如何对付与自己一般的修行者，都有一整套方法。所以他的这一刀，出手极为老到、纯熟、精要，一招削到了最符合人体力学即人身体最脆弱的地方。普通的僵尸，倘若中了这一削，即使表面凝聚僵硬，也必然会被一刀削下了手腕来。

然而在我们面前的，并不是一具普通的僵尸。

它是这耶朗祭殿中的镇守者。

那只黑手一翻，将黄鹏飞递过来的手紧紧握住，然后借助这拉扯之力，哗的一声，一道黑色的身影，从那冰寒泉眼中飞了出来，落在了我们的对面。我抬起头来，这是一具浑身包裹着白霜寒冰的尸体，男性，额骨很高，秃头儿，身高只有一米五多一点儿，手长过膝，脸上除了有缩水后的细密皱纹之外，上面还绘有很多古怪的纹彩。这纹彩有些像京剧里的脸谱，但是又更加原始一些，活灵活现，而最主要的东西在于，它的额头上面，描绘有跟那三眼小人一模一样的第三只眼。

这第三只眼，虽然是纹彩图画，但是却活灵活现，让人心生恐惧。

在我们的神话传说里，有好多原始神灵，以及神佛，都是额上开目的，即便是修行者所谓的开天眼，最主要的原理，也是在心中观想额头处，有一只堪破世事的眼睛,然后通过意念的不断刺激,让额头处的表皮细胞越来越敏感,能够接受更多的信号,从而成就天眼之名。

佛经有云:谓大自在天之面上具有三目,其排列不纵不横,恰如悉昙字溟之三点。

这具冰尸一出现在我们面前,冷酷无情的眸子便扫量过我们所有人。它的目光有如实质,瞧过来,犹如将人放入一盆冰水从头浸到脚,通体冰凉,直发寒战。然而对手越是强大,越要趁它刚刚苏醒,还是最脆弱的时候,将其降服,不然我们这些小角色,哪里是这些有着千年道行的老怪物的对手?

于是我二话不说,举起石块砸过去,只见它手一挥,巨石便立刻崩裂。我绕过泉眼,抢将上前,双手立即点燃恶魔巫手,朝这冰尸印过去。这个家伙很奇怪地望了我一眼,一挥手,一道寒风骤起,与我对拼一掌。

双掌抵住,便有巨大的力量狂涌过来,我的身子吃不住劲儿,顿时朝后面飞去,人在空中,手臂便开始凝结,寒冰阵阵,往上面蔓延过来。不过这寒意入体,很意外的事情出现了:我双手上的那对符文,骤然变亮,这寒意竟然没有再逞威,而是与我的恶魔巫手,神奇地融汇到了一起。

啪——

我摔在了地上,接着往后滑退四五米,看到这个矮个儿冰尸,已经和黄鹏飞、白露潭和小妖朵朵拼斗起来。

没有了傍身法器的黄鹏飞和请不到山神附身的白露潭,根本就不是那冰尸的对手,稍一交锋,便如我一般,被绝对的力量压迫,纷纷溃败。唯有小妖朵朵,她乃玉身,并不被这冰尸寒气所迫,而且身子灵活,堪堪与其对敌。

对我们来说,这冰尸厉害之极,倘若不能够将它降住,只怕我们永远都出不了这祭殿了。

我深吸了一口气,然后爬起来,掏出了震镜,行云流水一般,口中高呼"无量天尊",朝着闪退到一旁的冰尸照去。这震镜,虽然吸收了怒江群山中恐怖牛头的鲜血和能量,威力倍增,但是却终究不能够无限制使用。我自从进了此处,便频频使用,早已经到达了其临界值,此番强行沟通,虽然有蓝光冒出,但是十分稀疏,与之前相比,又弱上了好几分。不过即使再弱,也足够将冰尸定住两秒,使其动弹不得。

小妖极能够抓准机会,颇有战斗意识,瞅准机会,将右手上一直紧扣着的那只焱骡蜈蛊,朝这冰尸扔去。冰尸虽然表面覆有白霜,然而身体依然还是被骨头所支撑,自然也被这焱骡蜈蛊所克制。然而当那黑甲壳虫一般的小东西即将到临其身前时,这冰尸额头上面绘制的眼睛突然睁了开来,里面白色的瞳孔,射出一道晶莹剔透、没有任何颜色的光芒来,正好定住了这只焱骡蜈蛊。

别看那小虫子在小妖手中乖巧,兴不得风浪,然而一旦挣脱开了小妖的束缚,立即变得十分具有攻击性来。当被这一道晶莹光芒锁定时,焱骡蜈蛊浑身立刻由黑转红，光线一点一点地聚集，突然间，它浑身便如同白炽灯中的灯丝，光明大放，绚烂犹如太阳。冰尸额头上面的眼睛也开始成倍增大，一开始只有一道缝隙，到了后来，如同鸡卵一般。

这一冰一火，想来一直都是冤家对头，一旦掐起架来，竟然陷入僵持，互不相让。

趁着两者僵持，我冲上前去，准备偷袭冰尸。刚冲到前面，那家伙便伸出一只毛茸茸的黑手，上面的指甲尖锐，朝我划来，阻止我的进攻。面对这家伙，我其实没有什么好办法，突然很怀念杂毛小道在身边的日子。倘若他在，便能够凭借雷罚或者血虎红翡，将其重创。小妖从侧面冲上来，飞脚一踢，竟然像是踹到了铁板上面一般，反倒让自己脚疼得厉害，啊的一声娇呼。

我看着这头冰尸，问小妖怎么办？

小妖捂着自己的脚，眉头蹙起，说，这只焱骒螟蛊思想简单，已经被我控制住了，不过那头冰尸，却已经形成了智慧，它太厉害了，根本就不是我们所能够抵挡的。莫说是你我，便是外面那一窝子的人冲进来，都不是它的对手，要想真正降服它，也许黑手双城，再加上他手下那七把剑来布阵，或许能够抵挡一二。

我惊讶，说怎么会这么厉害？

小妖指着那具表皮白霜开始逐渐溶解的僵尸，说，这玩意儿，不知沉浸在这寒泉中多少年月，冰镇不腐，又加上这个地方怪异之极，蕴含着古夜郎最光辉璀璨的巫术精华，我不知道它的等级有多高，但是可以肯定，我们这些人，根本就不够瞧。

听小妖说得严峻，我顿时愁上心头，转脸瞧向了那道石门，上面应该还有开启的装置，我是不是可以考虑一下，将这祸水东引，让张大勇一伙来跟这冰尸死磕呢？不过，倘若张大勇等人有克制这冰尸的法门，那么我不就正遂了他的心愿了？

被人牵着鼻子走的感觉，还真的是不痛快啊！

就在我一番纠结的时候，小妖突然失声叫道："快走，这焱骒螟蛊撑不住了！"

听到她的示警，我和勉力围将上来的黄、白二人再也不作犹豫，朝着石门那边跑去，小妖更快，几乎如同一道流星，从我的身边倏然飞过。我们四人，横跨几百米，使劲儿朝着石门奔跑，白露潭和黄鹏飞身上都有伤，跑得还不如我快。我感到身后有一股强大的气势逼近，然后听到了白露潭一声尖叫，忍不住回头一看，那头冰尸已经抵近了我两米处。

此时，跑是来不及跑了，我唯有咬紧牙关，大吼了一声："临……"双手也开始结起了"不动明王咒"，准备死拼。

出乎我们所有人意料的事情发生了！这一头冰尸僵直不动，浑身发出咔咔的声响，竟然跪倒在了我的面前，伏下身子，将双手，放在了我鞋尖的一厘米处。

这，这是什么节奏？

第三十七章 恐怖的龙哥

从恐怖的追杀者，到现在这跪地臣服的恭敬形象，前后变化太过于极端，让我顿时错愕，不知道所为何来。与我一样，其他人也都不明白发生了什么事情，瞪着一双眼睛，惊讶得嘴巴张大，能够轻易看见里面的扁桃体，在空中颤动。

见多识广的小妖也惊呆了，她本来都已经在双手上面，凝聚出一道精纯的青木乙罡，准备拼死一斗。

一时间，气氛变得十分诡异，让人捉摸不透，不知道怎么回事。

这头姑且称之为冰尸的家伙，依然伏地不起，五体投地的样子，让我错愕间，又多了几分警惕。要知道，僵尸与鬼，并非此界应有，乃逆天而为的产物，所以每逢初一十五，不管它躲在何处，都会饱受阴风洗涤。那阴风如刮骨之刀，比硫酸泼面，更加痛苦，长此以往，心思自然歹毒，对所有的生灵，天然地带着一股仇恨，所以极富攻击力，一旦见到，不死不休。它的这番做派，倒是让我忐忑不安，不知如何是好。

正在我纠结之时，突然脑海中响起了一个声音："我的王，你终于来了……"

这声音莫名其妙，既不雄浑也不平淡，或者说，它根本就是我的声音。好像是我自己，在跟自己说话一样。当然，我绝对不会说出这等莫名其妙的话，那么唯一可能的，就只有在我面前低伏的冰尸了。我心中巨震，翻来覆去地想着，难道这就是超脱于语言和肢体动作之外，传说中的精神力交流吗？

冰尸并没有抬起头来，而那声音却继续响起："我的王……哦，你忘记了，你忘记了。我错了，这一世轮回的你，还不是你。你现在不是王了，而我也不是当年的左护侍龙刺了，千年的时光过去，又到了一个轮回……"

轮回……

我的脑海里轰然一震，那"轮回"二字，不断回荡，渐渐地就变成了一句咒语，让我的心，莫名地恐惧起来，并且有要深深沉入这恐惧当中去的趋向。我咬了一下舌头，断然觉醒，然后小心翼翼地问道："你是谁？为什么叫我王？"

"我错了，我违约了！没想到竟然提前见到了你，布置乱套了，我中了因果！我……"

这个声音开始胡言乱语起来，不知道说什么，虽然每一句话我都能够清晰听懂，但是却又根本不明了其中的意思，过了一会儿，这声音开始逐渐地转冷，淡淡地说道："哼，好多杂鱼，竟然敢在我的地盘上为非作歹，还想要破坏我们的……好吧，我会送你安全出去的，不用担心，你不会死于此处。等你醒过来之后，再来找我吧。

到时候,龙刺再为你效劳……"

说罢,它站起身来,朝大门处走去。

因为身体常年镇在寒泉底下,所以它身上一直都在冒着白色的寒气,有湿漉漉的水从头上、身上流下来,在我们面前留下了一串脚印。这个冰尸身高虽然只有一米五多一点儿,然而它的背影雄浑,气势滔天,竟然给人一种巍峨如高山的感觉。

黄鹏飞直愣愣地在旁边看着我,说,陆左,你刚才在跟谁说话,什么王不王的?

白露潭捂着胸口,也走上前来,说是啊,到底怎么回事,这头僵尸怎么不打算杀我们了?

小妖似乎有些不喜欢白露潭,忍不住出言嘲讽道:"怎么?杀你你怕,不杀你又反而奇怪了,这是什么道理?"白露潭想回嘴,然而想起面前这个小魔女可不是什么好惹的角色,于是生生把所有的话都憋了回去。

小妖见白露潭一副受气媳妇的模样,忍不住得意起来,说,这才对嘛,再吵吵,小娘直接吃了你。这个小狐媚子,好久没有吵着吃人肉了,这回一说起,我不由得一笑。

虽然我不知道究竟发生了什么,但貌似这个小妖口中,比小黑天还要厉害的家伙,竟然成了我们的盟友。这一下,我终于可以不用怕门口堵着的张大勇那一伙鬼面袍哥会的人了。心情爽到了极点,眉毛扬起,催促所有人,说走走走,我们跟着龙大哥一起,出了此处去。

黄鹏飞见我并不解释,转身离开,不由得小声嘀咕道:"一具僵尸而已,还龙大哥,啧啧,哪里攀的这门亲戚啊?真是的……"

听到黄鹏飞的话,冰尸转身过来,抬起头,凝望了黄鹏飞一眼。这小子如坠冰窟,顿时停止了所有的疑问,小心翼翼地从旁边绕过去。很快,我们走到了门口的汉白玉台阶下,冰尸并未停留,继续往前走,在我们惊奇的目光中,刚才那扇千钧巨石,竟然在我们走上台阶的那一刻,轰隆隆地往上升起来,当我们走到门口的时候,那石门竟然已经提到了冰尸的头顶高度。

冰尸一刻也不做停留,抬步继续往前走。

小妖朵朵在我身旁,只见她将一只黑甲壳虫子,偷偷摸摸地藏进了自己的衣袖里。见我目光中有些疑惑,这小狐媚子就扁了扁嘴巴,说你有小肥肥,雪瑞有小青,我就不许养一个啊?

我耸耸肩,没说话,不知道这小妮子为何要扯到雪瑞那里去。

随着石门升起,我看到门对面一伙虎视眈眈的鬼面袍哥众。为首者并不是张大勇,而是曹砾,还有一个穿着新款红色羽绒服、蹬着小牛皮靴的小姑娘。除了他们俩外,其余人等,全部都穿黑袍戴面具,手上拿着一把黑气萦绕的长刀。

见石门开启,曹砾当然是最兴奋,一边大声叫嚷着,让人去通知张大勇,一边从怀里掏出几个绿色的小瓶子,与其余人等,一齐围将上来。在曹砾等人的心中,我们就是一群残兵败将，并没有什么可以威胁到他们的地方，故而石门一打开，整个耶朗祭殿，就像肥美的羔羊一般，躺在了面前。不过当看到矮个儿冰尸时，他不由得一阵发愣，前冲的脚步就开始迟缓起来。

那个红衣女更是夸张，她"哎呀妈"地一声喊，转头就飞奔，远远传来她的声音："我去给大爷报信……"

她的话音未落，冰尸就开始了杀戮。此时的它便像一具人型兵器，带着寒风吹过。前面四五个前来阻拦的袍哥会众，刚刚扬起手中的黑刀，便被重重撞上。最前面的一个，被一把掐住了脖子，然后有莹白色的光芒从它的手上出现，蔓延出去，几秒钟之后，那个黑袍会众就变成了一具玻璃般的冰雕。在一个跟在后面挥刀斩来的家伙作用下，这冰雕碎裂，表皮和肌肉都碎开，而内里的红色内脏，却还热气腾腾，如同魔鬼在开餐。

白露潭和黄鹏飞都不由得深吸了一口冷气，而我这时才真正明了到冰尸的强大，原来之前与它交锋，只是因为它留了手，不然……看着地上那一摊血肉模糊的冰碴子，我不由得一阵后怕。难怪小妖会认为这冰尸是比小黑天还要厉害的存在，此番一见，果不其然。

见到自己曾经活生生的同伴，瞬间就变成了这摊冰碴，周遭的袍哥会众并没有冲上前去报仇，而是知趣地逃开了。不过这个时候跑，却已经来不及了。冰尸双手一翻，将那个挥刀斩来的家伙，变成了第二坨人型雕塑，那柄黑色长刀上面的雾气翻滚着，似乎还在抗拒，结果被冰尸额头上面的那只眼睛一凝视，便顿时失去了所有的活力，不再兴风作浪。

我们跟在冰尸身后冲，一路的腥风血雨，根本不用出手。一分钟之后，那些精锐的鬼面袍哥会众，全部死的死、僵的僵，还剩下曹砾，这个鬼面袍哥会的伪四号人物，正在从袍子里面，掏出各种粉末，往前面挥洒，顿时间，五颜六色的粉末在空中飘扬。再之后，曹砾变成了一具五彩斑斓的冰雕，僵立在道路左边，作伟人挥手状。

冰尸与其擦肩而过，继续前行，在前面带路，而我们身后的那扇石门，则轰然落下，并没有留下任何让人能够乘虚而入的空隙。我们不敢多说话，唯有小心翼翼地跟随，只怕这尊大神翻了脸，为难我们。

道路通畅，过了一会儿，就来到了之前那个深潭处。潭边整整齐齐地码着一堆尸体，并无其他人。冰尸走上前去，突然俯身，从一具尸体的身上，轻松撕下一条胳膊，然后将这还有些热乎的人肉，一下子给啃光，又把这人的脑袋给拧了下来，提着一边走，一边吃。我在这脑袋还没有被啃得面目全非之前，瞄了一眼，正是之前想要非礼白露潭的三狗子。

继续前行，各种岔路出现，冰尸越走越快，让我们都难以跟随。差不多过了十分钟，道路开始朝上了，而这个时候我突然追上去，硬着头皮拉住冰尸的胳膊，说，等等，我还不能走。

第三十八章　眼熟的老妇

　　冰尸回过头来，面无表情地看着我。它手上还提着三狗子被啃得只剩一半的人头，嘴唇和脸上，全部是红色的鲜血以及模糊的血肉，将它的面目衬托得更加狰狞，死鱼眼凸出，直勾勾地吓人。见它这么回望过来，我不由得后退几步，小心翼翼地解释道："我这里还有几个朋友，深陷在这洞中，我不能抛下他们不管……"
　　冰尸将手中的人头又啃了几口，然后往我们的来路扔去。差一点儿就砸到了黄鹏飞，这小子吓得后心赶紧贴住岩壁，生怕这头冰尸突然发起疯来。
　　冰尸没有回答我，沉默，死一样的沉默。足足持续了一分多钟，黄鹏飞和白露潭都不安地往后面缓慢移动，而小妖则有意无意地挡在了我的面前。接着，我的脑海里突然响起来一个声音："唉，王，你还是这个样子，几千年过去了，都没有改变。不过，当你苏醒之后，你会发现，这些被你像性命一样珍惜的朋友，只是你人生中的一个过客，并不值得你如此！"
　　这冰尸表达的话语，倒是有些文艺范儿，是按照我的潜意识来说话的吗？不过我依然还是摇了摇头，说，昨天不属于我，明天也不属于我，唯有今天，我仍旧把他们当作我生命中最珍贵的一部分。所以，不将他们救出来，我不会离开——即使是死！
　　见我说得如此决绝，冰尸那双死鱼一般的眼睛，顿时红光大亮，而它额头处那颗由纹彩绘出的眼睛，也同时睁开。
　　我的身子一弓，不知道到底发生了什么事情，只是下意识地想要反抗。
　　不过很快，我脑海中的那个声音又响起来了："本来想让你们出去之后，再清理这些肮脏的老鼠，不过你既然这么坚持，那么……如你所愿。我给你打一道印记，以后你真正知道我是谁了，再来这里，通过这印记，联络我吧。"
　　话音一落，便从他额头眼睛处发出一道晶莹冰亮的光芒，落在了我左手的虎口上面。我虎口上面那黯淡若无的符文，开始疯狂转动起来，如同活过来一般。我感觉到一股凉意，很舒服，不伤身体，然后融会贯通到我的全身上，我与这冰尸的意识里，似乎就有了一丝联系，就如同与小妖一样，若有若无，十分奇妙。打完了这道光束，冰尸回身，来到我们路过的第三个岔路口，然后开始在前面领路。一路黑暗，只有岩壁上面，有一种微生物发出来的淡蓝光芒，让我们勉强找到脚下的路。
　　不过即使如此，也依然不住地摔跤。特别是白露潭，这个女孩子一半的实力，都是寄托于别物，所以自身的本领并不高。这回一路前来，并没有得到很好的休息，使得她精疲力竭，几乎到了崩溃的边缘。

我看到她的表情,脸色阴阴的,似乎对我刚才要折回的请求十分不满。这也不奇怪,陷在这洞里面的,都只是她的同事,并没有太多的感情。让她为之卖命,实在是太过于强人所难。不过现在的情况是,冰尸听我的,并不会给她和黄鹏飞半点面子。他们或许也忘记了,自己能够活下来,也多是我的缘故。

所以我并不理会白露潭和黄鹏飞的臭脸,而是紧紧跟随着冰尸,朝着上面前行。

很快,我们就来到了一个死胡同里面。冰尸似乎相当熟悉这里面的地形,抬起头,只见在岩壁上面,有一个掉洞坑,直通上方。在岩壁之上,还有些石梯垫块,看上去,好像很新。我们这一路来,并没有遇见那个穿红色羽绒服的女孩儿,想来已经逃逸。冰尸站在洞底朝上看,凝望了一会儿,突然双脚一踩,身子腾空而起,朝着上方冲去。

飞尸?

我深吸了一口气,原来这冰尸,竟然达到了第四级别以上的境界!

白露潭和黄鹏飞都被吓了一跳,对视一眼,流露出了沉重的担忧。我一马当先,摸着岩壁突出的石头,朝上面爬去。这掉洞坑足有十几米高,我爬得艰险,但总算是摸了上来。差不多十分钟,黄鹏飞和白露潭也上来了。我们从这岩石地中又走了十几米,便听到脚下有动静传来,我们放慢脚步,四处张望了一番,感到有光亮,从前面的脚底下传来,爬下去,看到地下室一个又一个碗口大的小洞。

我们趴在洞口朝下望,只见下面有好多人在地上盘坐,从十六七的少年,到六七十的垂暮老人都有,皆为当地农民打扮。有一个妇人在说话,声音洪亮,好像是在传教,似乎很有煽动力。在每一个段落结束的时候,所有人都会欢呼,似乎一点儿都不嫌吵。

因为隔着碗口大的洞眼瞧,并不真切,也不全面,我找了好几个,都没有发现有穿着鬼面袍哥或黑袍的人在里面。

这些人是怎么回事?一股浓浓的疑问出现在心头。这时,黄鹏飞一不小心,将一块石头碰落到了下面去。这石头立刻引起了众人的警觉,纷纷朝上面望来。这处岩洞,离下面只有两三米高,很快就有人看见洞眼里面的人脸,于是场面嘈杂起来,一时叫嚷纷纷,而这个时候,终于看到了有穿着黑袍的家伙出现,向上望了一眼,然后挥手,就朝着我们这里召来一物。这是两头身体偏瘦的厉鬼亡魂,如同柳叶,朝这边张牙舞爪,倏然间,就通过小洞,扑将过来。

我之前说过,南洋降头师和黑巫僧之所以常炼小鬼,是因为处于蒙昧时期的孩童,神志并不成熟,很容易被某些神棍巫师所利用,炼制成害人的小鬼。而且这个时候的孩童,因为对外界有一种很强烈的憧憬,但是却不幸夭折,使得它们心中的怨气,往往比常人要高得多,所以十分富有攻击力。不过这并不代表成人鬼魂就不能炼制,只是这方法十分困难,程序复杂繁琐,耗费的资源也相对要多一些,故而不被普遍接受。但每一个能够炼制出厉鬼的人,都是修行界里面的"名门子弟"。比如湾浩

广场里十二根柱子中的女鬼。

那两头厉鬼亡魂,如两道黑影,从洞口中一浮现出,便挥爪朝我们抓来。白露潭离得近,反应不及时,左胳膊竟然被抓出了一道口子,瞬间有鲜血晕染开来。白露潭一声惊呼,脸上似乎有黑气萦绕——竟能伤人?我有些惊讶,往后一退,然后二话不说,下意识地点燃了恶魔巫手,朝着其中一头厉鬼的腰部,死力拍去。

鬼的形态万千,能量足够,它们可以幻化成你能够想到的所有物体,不过维持这种形象的力量,实在是太过庞大,所以一般的鬼魂,都习惯于使用自己生前的样子。因为没有趁手的武器,白露潭和黄鹏飞都变成了鸡肋,反而是我,一双恶魔巫手点燃,碰触到了那灵体,顿时一阵灼烧,将其神志给消磨殆尽。

另外一头厉鬼,则被小妖给伸手捉住。这小娘一番撕扯,将这头厉鬼给弄得烟消云散。

下方传来了一个男人痛苦的叫声,尖厉之极。

冰尸在旁边瞧着,并不动手。不知道怎么回事,我总感觉冰尸先前表现出来的狂妄,现在似乎收敛了一些。将这两头厉鬼消灭完毕,我们抓紧时间前行,走了几十米,在前方的一个转弯口,冰尸刚刚一冒头,立刻听到了一声响亮无比的霰弹枪声,整个洞子都抖动起来。

冰尸并无防备,被一枪击得飞起,往后面跌倒。我们都低伏下身子,只见前面一阵错乱的脚步声,然后有三个大汉冲到路口来,举起枪,冲着我们喊道:"蹲下,蹲下,不然弄死你们!"这三个大汉都穿着苗家的蓝色短褂,肌肉发达,大声地咆哮着,然而话还没有说完,便有一双手抓住了为首之人的裤脚,使劲一拉扯,将这人倒提起来,往岩壁上面掼去。喀,一声响动之后,只见为首大汉脑壳破裂,白色的脑浆子都溅了出来。另外两人反应过来,正想提枪射击,却被冰尸给掐住了脖子,脑袋逐渐变得透明,啪嚓一声,又一把枪掉落下地。

我们冲到转角,白露潭和黄鹏飞俯身拾起地上的那两把霰弹枪,然后转身面向通道里汹涌传来的脚步声。我转过头,只见刚才我们从小洞里面看到的那一群农民,二三十个,围堵在了我们的面前。这群人以少年和五十岁以上的老人居多,中年人就只有六七个。他们衣衫褴褛,手上都拿着一种奇怪的弧形短刀,眼睛死勾勾地瞧着我们。

我顿时有些发愣,不知道这些人到底是普通山民,还是鬼面袍哥会的人员。放眼望过去,我突然发现,在人群末尾处,有一个鹤发老妇,似乎极为眼熟。

第三十九章　善恶的抉择

　　这个鹤发童颜的老妇人在人群后面，看着我，眼睛里喷着火，而脸上，却露出了残忍而快意的笑容。她颧骨突出，下巴尖细，一双眉毛又细又长，嘴角噙着冷笑。看着这张似曾相识的脸，我不由得皱起眉头，不知道在哪里见过她。然而我旁边的白露潭却喊出了声来："客海玲？"我浑身一震。对了，对了，这个妇人，便是贾微的母亲、慧明和尚的老婆——客海玲客老太。

　　当日怒江集训营一役过后，慧明战死，而他的徒弟，鬼面袍哥会的白纸扇罗青羽透露，集训计划的内容，是客老太提供的。我当时昏迷，清醒后将情况告知前来调查的白羽和尹悦，然而他们却告诉我，这个老太太当天早晨，在监视人员的眼皮底下逃走了，就跟算好我要苏醒过来一样。

　　能够跟慧明和尚携手闯荡江湖的女人，虽然不在特勤局供职，一定也是个厉害角色。不过我实在没有想到，这个老女人不但没有逃走、隐姓埋名，而且还直接加入了鬼面袍哥会，隐藏在这个骨干基地中，等待着暴起一击。我一直都说过，这个世界上，最恐怖的不是鬼物，而是人心，像这种潜伏在暗处，每天都想着如何算计你的毒蛇，我真的是恐惧。顿时间，一股小米汗，就密密麻麻地出现在了背上。

　　客老太冷笑完毕，然后朝着前面堆积的人群，大声鼓舞道："你们想要过上安逸祥和的生活吗？你们想要长命百岁吗？你们想要自己的子子孙孙，再也不用担忧钱财吗？还有你们这些小子，想要长大之后娶个漂亮媳妇儿吗？杀了这几个人，你们就能够得到无上妙法，永享仙福！"

　　这极具煽动力的话，让我们面前这一堆老实巴交的山民，顿时就像打了鸡血，呼吸瞬间就沉重了几分，眼睛通红，推推搡搡地涌上前来。

　　我们所在的这个溶洞巷道，宽约三两米，二十多人堆成一团，显得十分拥挤，前面的人，看到黄鹏飞和白露潭手中的枪，都有些犹豫，而后面的，却都是些十六七的少年，一听到能娶漂亮媳妇，顿时就不管不顾，使劲往前面挤。

　　前面拦，后面挤，我们面前的这一堆山民，有些失控了。我看到前面那些头花斑白的老大爷、老太太，拿刀的手都在颤抖，便知道这些应该都是客老太和鬼面袍哥会忽悠过来的愚民，什么都不知晓，根本就不是鬼面袍哥会的成员，最是无辜。

　　白露潭也看出了一些端倪，颤抖地问我："陆左，一会儿这些人要是冲上来，我们打是不打？"

　　我看着失控的人群，想到客老太此招，应该是想让我们双手沾满无辜者的鲜血，从此心中留下疙瘩，染上因果，再无寸进。太阴毒了！这个世界上，永远有一些人，是你想象不到的恶毒。我咬着牙，摇头说："不要，实在不行，我们就先退。龙哥，一会您可留点儿手，这些人，都是些普通的老百姓。"

冰尸面无表情，不过我看到它的脑袋轻轻地摆动着，似乎有些不满意我的退让。

我正想跟黄鹏飞沟通一下，便听到前面的人群里面，爆发出一声稚嫩的喊叫声："杀死他们几个，哥子们就不用天天看画报流口水了，自己找媳妇来生娃子了嘛！"

这一声喊叫，瞬间就点爆了炸药桶，我们前面这些年过半百甚至花甲的老人，都挥舞着手中的弯刀，大声嘶嚎着，朝我们这边扑来。他们刚刚冲了四五米，我正想往后退去，只见我身边的黄鹏飞毫不犹豫地扣动了扳机，一道烈火冲出枪口，铁砂散落一大片，前面三四个老人跟跄倒地，岩地上顿时有好多鲜血溢出来。见到这些无辜者的死去，我气得肺炸，猛地推了一把黄鹏飞，高声怒骂道："谁让你开枪的？"

黄鹏飞奋力地摆开我的手，眼睛在那一瞬间，透露出亡命徒的凶悍来："陆左，你别装圣母了？你看看这些人，拿着刀子，准备捅死我们呢，你还以为他们无辜？"

他从地上尸体的怀里又掏出子弹来装上，遥遥指着前面被死人震慑到的人群，眉毛一挑，说：小白，有人冲上来，就开枪。

白露潭的脸色变幻，既没有答应，也没有否决。

这时候，刚才喊话的那个少年又开始叫唤起来："罗老爹（念嗲）他们只是去见天神了，我们一起冲，他们最多只能开两发子弹，我们一伙上，就能够杀了他们！跟我冲啊！"那个少年才十五六岁，穿着又脏又破旧的校服，疯狂地嘶喊着。当人们的情绪都开始汹涌起来的时候，他竟然第一个，就冲出了人群，挥舞着弯刀，朝我们这边冲了过来。

砰——

又一声轰鸣的枪响，这少年就像一张破纸，朝后面飞去，而其他人居然放下了生死，不管不顾地冲了上来。对于这些人的愚昧，我真的是无语了，拉着小妖的手，准备后撤，然而就在这个时候，我身边的白露潭也断然扣动了扳机。

砰——

我的心剧烈猛跳，白露潭居然也开枪了？我瞪着她，而她根本就没理我，只是稍微地侧过脸去，熟练地装起弹药来，继续射击。人的血勇，其实只是一时上头，当看到同伴们纷纷倒下，血肉模糊，死亡的恐惧就立刻占了上风，将他们的心脏捏得扁扁。

百年前的义和团如此，百年后的这些山民，也是一样。有人喊了一声"啊"，崩溃了，转身就向后面跑开。一个人掀开了逃跑的序幕，所有人都开始恐惧了，大声地嘶喊着，也不知道自己在叫什么，只是往回退。

我从开始就一直注意着客老太，见她早在那个少年开始冲锋的时候，就和几名穿黑袍的袍哥会众往后退，恨得心中直吐血。此刻见山民们一退，便顾不得身后两人可

153

能会开枪误伤的事情,绷直的身子直往前冲,路过那个少年的时候,我俯身捡起那把弯刀。

我的脚步蹬地,飞速地朝前面赶去。那些愚昧的山民,有的早就将手上的刀子扔掉,有的却还留着,当我越过他们的时候,有人似乎想起了自己的责任,挥手朝我砍来。这一刀惶惶,并没有什么力道,对于这些吓破胆子的人,我并没有太过追究,而是用刀背将他持刀的手给磕开,盯着客老太直追。

客老太这个老女人,别看是个小脚老太太,道行却跟慧明和尚有得一拼,而且就脚法轻功方面,似乎更胜一筹,饶是我健步如飞,结果也只是在追着她的影子跑。这一追一逃,我们很快就从这通道,来到了刚才下面所见到的大厅。这里岩洞并不算大,但是石笋石柱却都有,熊熊篝火在正中燃烧,旁边摆满了散乱的蒲团,还有好几个手持同款霰弹枪的剽悍男人,正在旁边警戒。见我追着客老太冲出来,那些剽悍男子立刻毫不犹豫地开枪射击。

砰、砰、砰——

无数铁砂飞射,我闪身躲入转角,旁边有噼里啪啦的响声震得我浑身发麻。

我虽然是修行者,但也不是专门炼金钟罩铁布衫之类的硬气功,这一枪打中,自然是一命呜呼。不过小妖却及时从我的身边滑过,她为了让自己少受伤害,浑身透明,如鬼魂一般晃出,片刻之后,那边传来了小妖的喊声:"陆左,搞定,赶紧过来……啊!"

小妖末尾的那个"啊",让我顿时就蹲不住了,旋风一般冲出来,只见之前那三个彪形大汉全部都倒地不起,但是小妖却被一根白色的绳子,结结实实地捆住了身子。绳子的另一头,是那个宫廷老嬷嬷形象的客老太,只见她狰狞着脸,腮帮子上满是横肉,一只手拽着绳子,另一只手,则张得很开,上面似乎有五根无形的丝线,将小妖给牢牢地牵连着。她的手每动一下,小妖就痛苦地尖叫一声。

我从来没有见过骄傲的小妖,会因为疼痛而惨叫成这般样子。她每一声惨叫,都仿佛牵连着我心头的肉,让我也疼得厉害。想来这绳子是专门对付妖灵精怪的法器,小妖一时不察,就中了招。老太婆看着我,眉角上扬,神情惬意地跟我嬉笑:"你冲啊?你再走一步,我就让你的这小妖精,心脉紊乱痛不欲生!嗯……"

这老狗用沉闷的鼻音哼了一声,一看就知道是狗血的宫廷剧看太多了。她眯着眼睛瞧我,说,瞧你这痛苦样,既然你对这小妖精如此上心,不如……这样吧?你用手上的那把刀子,捅进自己的心窝子里面,然后我就把她给放了?你说这样好不好?

这个时候,我身后传来了脚步声,只见黄鹏飞和白露潭赶着一堆无头苍蝇般的山民,从甬道里面走了出来。

而冰尸,则缓步走在最后。

第四十章　乱发死人财

看到我们的人围将上来,客老太并不惊慌,只是往前一步,缩短了与小妖之间的距离。那些溃散的山民,就像被狼撵过的羊群,没头没脑地四处奔逃,有的崩溃了,直接跑向了对面岩洞更深的黑暗处,有的见到了客老太,仿佛有了主心骨,纷纷聚集在客老太的身后,哭诉道:"老祖,老祖,他们、他们居然敢用枪啊……畜生啊,老祖你快用大法力,将他们全部给镇压了吧?"

客老太身后聚集了四个鬼面袍哥会的成员,这是她身边仅存的四个,其他的,已经全部被我们干掉了。不过客老太身边的这些,都是些小杂鱼,跟我们在耶朗石门前碰到的那几个,根本就没法比。所以杂鱼再多,只要不拿枪,就没有任何威胁。有一个络腮胡男子,附身想去捡地上的那几把枪,结果一道白光闪过,那些枪的表面,立刻结出了一层白冰,被死死地冻在了岩地上。络腮胡无论多么卖力,都动不了这枪分毫。

客老太见这白光,顿时吓了一跳,这才看到在黄鹏飞和白露潭身后,还有一个形如鬼怪的小矮个儿,面目狰狞、气势强悍,然而相当静默地站着,一看便知十分了得。她心虚了,便扯线,厉声说道:"陆左,你再敢让它动一下,信不信老婆子我直接用这九尾束妖索,将你家小妖精的心脉,给扯断?"

"九尾束妖索?好大的来头啊……"

我听着小妖压抑不住的惊叫声,心中虽然痛得滴血,表面上却是云淡风轻,说,后面这位大哥,是这个洞穴的地主,跟我们倒是没有什么关系,我的话,它不一定听,到时候它若是发起狂来,别说是你,只怕我们这些同行的,也说不定跟着一块儿倒霉。

客老太抽了抽鼻子,看着面前被制的小妖,说,你这小子,花言巧语、诡计多端,老婆子才不会上你的当呢。你或许不知道我这绳索的厉害,直接告诉你吧,这是我家那死老头子年轻的时候,在天山神池宫里面求来的,里面掺杂了两束九尾妖狐的毛发,专门震慑群妖。你这小妖精超脱不得物外,也受我这束妖索管制。我若想她死,她便得死,想想她活,她也是可以活的。

她狞笑着,说,至于是死是活,这个由你来决定。

我也摸了摸鼻子,说,老太太,你是不是电视剧看多了,你以为你一威胁,我们就会跪地求饶,任你处置?是你太天真了,还是以为我很天真?

客老太不笑了,右手如同弹棉花一般,开始不断抖动,小妖先是紧咬银牙,然而终究是忍耐不住，惨叫起来。这小丫头声音清脆，不过叫唤起来，让我如同刀割一般难受。过了几秒钟，我无奈，说，好吧，我天真、是我天真，你赢了。说吧，你想要我做什么？

客老太不扯线了，而是咬牙切齿地看着我，面目狰狞地说，我不想干什么，只是要你给我女儿偿命而已！

我摆出一副哭丧脸，说，老太太，我跟贾微姐，好得跟一个人儿似的，怎么会害她呢？她最后死的时候，你都不知道我有多伤心，当时眼睛都差点哭瞎了，甭提有多难过了。当时我死活都想着把贾微姐的香体抢回来，要不是那里的鬼物太厉害，哪里会让她一个人，孤独地留在那个潮湿阴冷的地方呢？不过你放心，那里面，有一个我朋友很熟悉的小妹妹，她一定会给贾微姐找一个向阳的坡地，好生安葬的……

说着说着，我挤出两滴眼泪来，而客老太则冷声笑着，淡淡地说道："我可听人说了，我女儿是你杀的！"

我骤然想起了被客老太逼得亡命天涯的小周，知道定是有人泄了密，知道了当时的情形。为了配合这节奏，我沉重地摇了摇头说，老太太，你可能不知道，杀你女儿的，是那个叫小周的战士。他心好狠啊，那一把三棱军刺，竟然将贾微姐捅了个对穿，太惨了！当时我要不是被杨操和胡文飞那两个家伙拦着，早就弄死他了！

客老太冷笑着，说，别人可说是你和小周，两个人配合着，杀了我家女儿的。

我断然摇头说，不是，绝对不是。

客老太说，是你，别装了。

我说，不是……

我俩你来我往，说了好一通轱辘话儿。客老太的情绪越加激动起来，大声说道："你既然敢杀我家女儿，你就要偿命！你可知道，微微这孩子，她从小受了多大的罪？她是八个月就出生的，早产，从小身体就不好，磕磕绊绊长大了，还不好看，为了这个，挨了多少委屈，她……"和天底下所有的母亲一样，一唠叨起自家女儿来，客老太就说个没完，而被她用九尾束妖索束缚住的小妖，则一直在轻微晃荡，尝试了解这九尾束妖索的运作原理。她动得很轻微，如同风在轻轻摆动，所以这正如同祥林嫂般叙述的客老太并未察觉，而是继续说道："……没承想，她不但没有好好活下来，还让我们白发人送黑发人，我的个天啊……"

她的"啊"字还没有讲完，小妖朝我挤了挤眼睛，突然朝着地上一滚，将这束妖索给卷起来。就在这一刻，我双足用力，使劲儿一蹬，朝着五米处的客老太急速扑去。

这突然的变故，让客老太有些意外，她本来还待诉说痛苦的革命家史，结果我们不但没有配合着倾听，而且还果然出手，将她打断，顿时恼羞成怒，大叫一声"好胆"，右手攥成拳头，使劲儿一拉。一道白色的冷芒出现在了那绳索上，客老太拉扯一番，发现自己的法力被封冻，竟然根本就使不出来。这时候，她才发现，一直在我

们后面的那位丑陋的矮个儿，还真的是个大有来头的主儿。

见惯了僵尸，但是三只眼的，却实在是少见。

客老太也是个狠角色，她一见自家制衡的手段没了效果，于是闪开我的攻击，断然扭身就走。她走便走了，还将她身后的那一群信众，给转手一卖，让他们给她堵住追兵。这地方说小不小，说大也不大，被这一帮无知愚昧的群众堵住了路口，便很难追击。我恨客老太，更加心忧的却是饱受折磨的小妖，于是几步冲上前来，扶起这个小狐媚子，只见她脸色苍白，眼睛紧闭，似乎受了很重的伤害。

我慌忙将她身上的九尾束妖索给解开收起来，一摸她的鼻息，似乎是损耗过度，赶紧拍拍她的肩膀。她睁开眼睛，露出一双明亮若星辰的眸子来。看到我关切紧张的表情，她开心地笑了，说，臭陆左，自己保重，我去睡觉了。说罢，她化作一道白光，飞进了我胸口的槐木牌中。

我站起身，只见那冰尸龙哥早已不见了踪影，便问旁边的黄鹏飞，人呢？黄鹏飞瞥了一眼前面的黑洞子，说："你说的，是那头僵尸吧？它见你那么在意客海玲，就帮你追去了。"我点头，看了浑身都是别人鲜血的二人，说："走吧，我们跟上去，不然遇到张大勇这些人，肯定全部都得挂。"

黄鹏飞本来还想反驳，结果似乎是想到了张大勇出手便束人的鬼雾绳索，看起来深感不安，紧紧跟着我前行。

然而客海玲和冰尸走得太快，根本就赶不上，我们追了几步，见人影无踪，黄鹏飞拉住一个山民，审问道："你们是怎么进来的？如何出去？"那个白发苍苍的老妇人吓得直哭泣，手足无措地用方言，颠来倒去地说："我不晓得咯，我们是老祖用法力带进来的，我真的不晓得……"黄鹏飞一把将老妇人推倒在地，吐了一口唾沫，说丧气，然后在我的招呼下，不理这些愚昧的信徒，朝着前方追击。

没有冰尸的顾看，我们心中都有些忐忑。在黑暗的通道中我们的呼吸，像拉风箱一样，呼啦呼啦，越来越沉重。不多时，我们冲到了一个转角处，那里有三个岔口，只见一个穿着褂衫的老头子，我只以为是刚才跑散的山民，便冲上前，大声喊道："老乡，你见到你们老祖，还有一头僵尸，从这边向哪里走了？"

那个老头子转过身来，我顿时一惊。

这是一个戴着恶鬼面具的家伙。

这老头子在转过来的同时，左手往空中一画，右手袖里藏刀，朝着我的心脏捅来。

也许是太过于关心前面的追逐，或许是这个老头子手脚实在利落，使得我并没有能在第一时间闪避，只能微微避开，胸腔中刀，剧痛袭来，接着又被踢了一脚，倒头就跌落地下。中刀的那一瞬间，我剧痛缠身，天地昏暗，然后听到一声巨大的枪响，又一具尸体倒地。

接着有脚步声走近，然后有一个黑影子蹲下来，我听到了白露潭的声音，说他死了吗?

"许是吧,不死,也差不多了……"我感到一双手在我身上摸索,最后摸到了震镜上面来:"这个狗东西,全身也就这东西值钱,收了!"

第四十一章　鹏飞的死亡

我勒个去,这什么节奏?

老子都还没有挂球呢,怎么就开始发起死人财来了?我表示我不能够忍了,于是伸出手,紧紧抓住在我衣服兜里掏弄的那只手,不让他再摸。黄鹏飞见我睁开眼睛来,说,哎哟,你居然还没死?这个家伙的手艺太潮了啊,怎么就没有一刀把你给捅死呢?

我听他这轻佻的语气,突然感到有一些不对劲儿来,左手抓着插在胸口的那把刀子,问,你什么意思?

黄鹏飞站起身来,居高临下地看着我,说:"什么意思?陆左,你刚才是不是对我们很不满意?你觉得我们在滥杀无辜了?现在你看到了吧,没有滥杀无辜的人,就像你这样,躺在地上,默默地流血,然后死去。这个世界太混乱,你装纯来给谁看?坦白跟你说吧,老子一直看你不顺眼,不但因为你跟萧克明那个狗杂种要好,还因为你明明只是一个来自乡下的穷小子,却进步得比我还要快。你一定是开挂了。这样的人生,实在没有什么好期待的,所以呢,你现在最好的结局,就是被人暗算在这里,死了,然后我黄鹏飞帮你报仇了,大家各取所需,何乐而不为呢?"

听到黄鹏飞这一番话,我不由得抬起眼皮,看向了在旁边的白露潭。

白露潭看到我的眼神,顿时一阵乱,走上前来,跟黄鹏飞劝说道:"黄队长,陆左其实伤势不重,我可以背他走的……"她的话没有说完,便被一把霰弹枪给指住了眉心。黄鹏飞死死地盯着我,然后狞笑,说:"小白,给你做一个选择题,你到底是想帮我呢,还是要帮地上这个快要死的乡下小子呢?"

白露潭面对着充满火药味的枪筒,张了张嘴巴,想要说什么,结果最后还是没有迸出一个字来。

她沉默了。

黄鹏飞狞笑起来,说:"陆左,你死了,死得其所。你为了人民的幸福安康,国家的繁荣稳定,做出了一定的成绩,奉献出了你年轻的生命。你的一生,是短暂的一生,也是辉煌的一生,所有认识你的人,都为你而骄傲。因为你是一个烈士,在秘密战线上,与罪恶势力斗争时牺牲的勇士。放心,你的家人,会为你自豪的。"

他这般说着,右手持枪对准了白露潭,缓缓低下身子,左手则朝着还插在我胸口处的尖刀摸去。他准备补刀,让我永久地长眠在这个寒冷阴森的岩洞里。

我的头贴着地,感觉根本就没有任何人会路过此地,小妖刚刚进入深度睡眠,呼唤不过来，至于肥虫子——这吃货，简直就是坑爹啊。我泪流满面，人一辈子小心，临了临了，却栽在了这个小阴沟里面，而且还给黄鹏飞这个牲口捡了个大便宜。

我咬牙切齿，说，黄鹏飞，你还有良心吗？要不是老子救了你，你早就被鬼面袍哥会的人给宰了呢！

黄鹏飞的手已经握在了我胸口的尖刀上，一摇晃，我便疼得冷汗直冒出来。

他呵呵冷笑，说："救了我？陆左，你还好意思说？你知不知道，我腰上的那玩意儿，只有曹砾那个没用的老家伙，才有独门解药。结果呢？你指使那个矮子，将曹砾给杀了？你什么意思？你不就是变相地想让我死吗？你知道么，我当时就下了决心，我若治好了，那就不说，若治不好，第一个，就拉着你陪葬……"

我无力吐槽了，唯有说最后一句："那哥们，真的跟我没什么关系，我也指使不了……"

黄鹏飞哈哈大笑，握在我胸口刀柄上的手颤动，弄得我疼痛非常。他凝视着我，说，陆左，你当我是个瓜皮是不？这么多人，唯有你的血能够打开那扇石门，这是没有关系？若没有关系，那么厉害的一头僵尸，居然给你跪下？你是欺负我的智商，对吧？

说完这些，黄鹏飞将我胸口的尖刀，猛然拔起来。

按理说，当尖刀入体，一旦拔出，胸腔里面的血压会瞬间失去平衡，迸射出鲜血来。然而我这里却没有。当黄鹏飞拔出尖刀的时候，我的伤口处，不但没有一丝血迹，居然还出现了愈合的迹象。在刀子拔出来的一瞬间，我能够感受到一物，迅速地填充到了我的伤口，开始促进所有的新陈代谢。原来肥虫子并没有睡去，它一直在，只不过因为某些缘故，也许和在上次神农架的北祭殿一样，所以并没有出来。

有这家伙在，我瞬间就有一种无比的安全感涌上心头。趁黄鹏飞愣神的一瞬间，我翻身一滚，将这家伙给掀了下来，忍着疼痛，去夺他手上的枪。我们两个抢夺，结果一搂火，那铁砂便打在了岩壁上，有的深嵌入石壁中，有的则反弹回来，变成跳弹。

这枪一哑火，我便往后急退两步，捡起跌落在地上的弯刀。弯刀是捡自刚才的山民，而黄鹏飞手上的，则是从三狗子身上搜出来的，论质量，自然是他的好，不过所谓一寸长，一寸强，我倒是并不怕他。

我胸口刚刚受伤，虽然肥虫子在帮我堵伤口，但仍旧是一阵疼过一阵。不过与黄鹏飞拼斗起来，却也不是很吃力。因为这小子，也是伤痕累累。欺负一个手无寸铁的伤残人士他在行，欺负像我这样的，却有点儿心虚。当然，心虚归心虚，既然翻了脸，他倒也十分光棍，攻击凌厉，招招致命，颇有种军人一击必杀的狠厉。

黄鹏飞到底是家学渊源，使起匕首来，十分灵活厉害，我拿那弧度颇大的弯刀，倒是有些处处不便，受制于人，一来二往，我又被黄鹏飞一脚踹倒，跌落到地上去。

倒地的我看到白露潭手持着那把霰弹枪，大叫说，小白，你拿着把枪晃来晃去干吗？他可是谋杀罪啊，你还不赶紧开枪？我死了，他一定会把你灭口的。

听到我的话，白露潭显得更加慌乱了，脑袋不断地打颤，似乎在天人交战。黄鹏飞狞笑着扑上来，说："小白都已经是我的女人了，她会帮你？你就乖乖受死吧！"他的刀子，又即将抵到了我的心窝子，然而就在这个时候，从我刚才的伤口处，突然迸出一道金色的暗光，直入黄鹏飞的胸口。

这个家伙，平日里自然是各种配备，将自己武装得像堡垒一般，但是之前被搜过身后，一身空荡荡，如同不设防的城市，光凭自身修为，自然挡不住二转过后的肥虫子，顿时中了招。我心中也是恼恨这个狗东西翻脸不认人，而且还想置我于死地，在推开他的同时，扬手一刀，抹在了他的喉咙上。

黄鹏飞骑在我的身上，捂着脖子，却止不住那喷射出来的血，痛苦地嚎叫了一声，满口的血沫子，然后仰身朝后倒去。

突然，一声雷鸣一般的炸响，从对面的一条岔路中传来。我抬头望去，只见一个魁梧的身影，从那里冲了过来，扬起手，朝我扇了过来。这家伙气势很足，我感觉自己并不是他的对手，往后一阵翻滚，然后半蹲着，借着微微的光亮，这才发现，这个脸色黝黑的来者，竟然是另一支队伍的带头大哥，洪安中洪队长。

洪安中俯身察看了一下黄鹏飞的伤势，但见脖子处有一条婴儿嘴唇大的口子外翻，呼呼地流血，他大声喊道："乔诺，过来看看……"从黑暗中，又冒出五个人，其中有个大腿修长的女人走上前来，察看了一下，摇头，说不行了。洪安中眼喷怒火，指着我，说你都干了什么？我用几句话，把刚才发生的事情给他解释清楚，洪安中半信半疑，回头看着旁边手拿着枪、被面前变故吓得发呆的白露潭，说是吗？白露潭好一会儿才回过神来，勉强地点了点头。洪安中眉头紧锁，不知道在想什么。看着黄鹏飞的眼神逐渐黯淡下去，手凌空一震，我的金蚕蛊便"唧唧"地叫唤着，溜了出来。

那个修长美腿的女人叫做乔诺，她见我胸口流血，问我还好吧？

我点头，她从随身的袋子中掏出一种特制绷带来，给我熟练地紧紧扎好，这个时候洪安中站了起来，后面又跑来一个穿着中山装的年轻人，焦急地说道："洪老大，对头又冲上来了，我们赶紧转移，不然就要被咬上了……"洪安中不再犹豫，挥手喊道："走，赶紧撤！"

旁人都抽身离开，洪安中问我伤势怎么样，要不要找人照顾一下？

我咬着牙将肥虫子收回来，顶住伤口，说，无妨，我跟着大伙便是。洪安中不再理会我，带着大家，往左角一处通道冲去。我们沿着黑暗的路前行，后面传来了追赶的脚步声。我跑动了一下，感觉即使有肥虫子在，伤口撕裂的疼痛，仍旧让我难过得紧。前行十几分钟，眼前一亮，我们又到了一个空旷的大厅岩洞，却见正中有一群人，见到我们，狞笑，说："来得正好。"

第四十二章　终极的战斗：序

这洞穴正是我们之前遇到吴临一的那个，兜兜转转，我们竟然又返回了这个地方来。

此处出口，先前被石笋遮住，后来我们又被吴临一引导，没有仔细检查，所以并没有发现。在岩洞的场中央，张大勇正在一干人等的簇拥下，挨着那颗滚圆的巨石在作商议，见我们陡然从此处冒出，先是一惊，又是一喜。他惊的是洪安中居然从他设置的重重包围中，突围而出，可见此人极其难缠，一点儿也不好对付；而喜则是因为我，本来他还准备死守几日，等待我们从石门中逃出时，再擒住我，没承想居然这会儿就自投罗网，怎能叫他不开心呢？

毕竟，即使是他们这些地头蛇，顶着这么多军人的压力，到最后，也唯有炸塌几处出口，方才能够稍微阻挡一二。张大勇有破釜沉舟的勇气，但是难保手下也是如他这般。

洪安中一行七人，加上我和白露潭，总共九个，而张大勇一方，除了五个露出本来面目的高手环伺左右之外，大厅四周还散落着十四五个黑袍鬼面人。看来我们是闯进了敌人的老窝了。前有猛虎，后有追兵，洪安中饶是横行西南的高手，此刻也不由得心中发麻，带着我们左转，朝着之前被石球堵住的通道口跑去。

张大勇并不阻拦，而是单手一挥，旁边那伙黑袍会众便拥了上来，将我们给团团围住。和之前所见到的一般，鬼面袍哥会的人已经将我们来时的通道给弄垮了一截，疏通倒是可以疏通，但我们此刻，哪里还有时间弄这个？唯有咬着牙，回过头来，站在台阶上，面对着下面围将上来的敌人，身子紧绷，准备作拼死一击。

在我们的来路上，一个大腹便便的中年胖子带着十几个人，也从尽头赶了过来。这个中年胖子身高足有一米九几，整个人就跟那胃袋一样，又高又胖，棕熊般强壮，留着一脸乱糟糟的络腮胡，眼神像磨快了的刀子一样锋利。他带着的人，跟鬼面袍哥会并不是一般打扮，这些人穿着便衣，光着脚丫子，耳朵上一律都带着硕大的耳环，无论男女，皆将耳朵弄出一个很大的环洞来。

我捂着胸口，拉着旁边那个长腿女乔诺问，这个又是何方人物？怎么看着，好厉害的感觉？

乔诺的眉头蹙起，既害怕、又紧张，说话的时候，嘴唇都在打颤："这个人，是邪灵教滇南勐腊鸿庐的大头目扎铎，相传是古时五毒教的后人，本身很低调，不怎么露面，隐居在深山里面当土司，许是同气连枝的缘故，被张大勇请到了这里来助拳。

我们刚才就是被这些家伙给拖住了,要不然,早就……"

我打断她,急迫地问道:"这个扎铎,也是邪灵教十二魔星之一吗?"

乔诺摇头说不是,邪灵教在全国有几十个鸿庐,未必还真的有几十个魔星?这些所谓的魔星,其实就是掌教元帅直属的、最精锐的部将,而像扎铎、张大勇这样自立山头的一方诸侯,与邪灵教的关系应该只是挂靠,股份合作而已,都是有自身利益的。

不是十二魔星?那还好一些!我喘了一口气,在我的印象中,每一个十二魔星,都是一等一的顶尖存在,别说正面交锋了,就是瞅我一眼,我都要疼好几天呢。

不过话说回来,张大勇、扎铎这样的家伙,跟十二魔星,又有什么区别?在邪灵教体系外,还能够自立山头的家伙,哪个不是变态?

就在我们两个一问一答的时候,邪灵教鄾都鸿庐和勐腊鸿庐的首领完成了亲切而友好的会师。双方就如何对付我们,达成了一致意见,并且对进入耶朗祭墓之后的未来进行了展望,并且一致表示,要活捉那个躲在女人后面的疤脸小子,完成邪灵教伟大而神圣的事业。

商议完毕后,张大勇似乎有些害怕洪安中搏命,遥遥喊话,说:"老洪,我们只是想要你身后的那个陆左,其他人只要肯放弃抵抗,我们是不会为难你们的,只要我们办完事,你们便可以恢复自由了,怎么样?"

敌众我寡,洪安中并没有搭理张大勇的招降,而是开始进行死战最后的动员:"宁可站着死,不能跪着生,祖国和人民都在我们背后看着,可不能给咱爹咱娘丢脸。"这个高手的嗓音似乎有股魔力,几句老套的话便让我们热血沸腾,有一种打了鸡血的冲动。

见我们冥顽不化,张大勇有些恼了,跟扎铎对视一眼,然后点了点头,说,真的是给脸不要脸,兄弟们,上。说罢,敌人潮水一样冲将上来。"砰",白露潭手上的霰弹枪响起。然而那些铁砂刚刚射出枪膛,突然遭受到了莫大的阻力,并没有继续前行。仿佛有无形的手掌,将发射的子弹携带的动能给全数中和,然后十数粒铁砂就开始跌落在了地上。子弹从出膛,到跌落,前进还不到三两米。

我看到张大勇在人群后面,缓缓地收回前伸的手掌,脸上流露出了不屑的笑容。

我惊呆了,这个家伙的手段,竟然能够让出膛的子弹跌落,现代火器在他的面前,竟然根本就不够看,这是什么节奏?就是这稍微的愣神之间,便有二十几个人冲到我们面前,有的提刀,有的耍剑,还有一个小子,摆弄着黑色招魂幡,将一头又一头的狰狞恶鬼,从幡旗上面摇动下来,抖落在我们面前。

这简直就是围殴!在自家老大面前,敌人的马仔个个都凶残无比,冷兵器的反光在溶洞里面闪耀着。很快,我们这九个人就被一众对手给冲散、分割,陷入了各自为战的困境。兵荒马乱,四处都是人影,八方皆有利刃,稍不留意,便有凶狠的腿脚,朝我身上踹来。我胸口有伤,疲于应付,很快就被踹上了两脚,难受得很。好在旁边有人照应，总算是没吃太大的亏。我这个人，从小就在苗疆大山中长大，血脉里就流有边民的悍勇，只是读了几年书，知道些礼义廉耻，才将锋芒藏于内里。此时到了拼命时刻，自然狠厉果决，就在挨这两脚的过程中，刚才沾满黄鹏飞鲜血的弯刀之上，又有好多鲜血浸染其上。

人若不怕死，其实光凭一股子血勇，也是挺能吓唬人的，何况我还有长久以来，良好的体能训练以及在集训营中系统培训过的致命格斗学呢？

不过我们这里受迫，洪安中却是大展身手。这个带头大哥在川北的地位，跟句容萧家差不多，都是世代修行的门阀，家中出仕的也不少，而且经久不衰，自然是有一番绝学。战斗中不退反进，前踏五步，轰然闯入了敌人最前头，一双铁拳，将为首的两个高手给一拳打飞，接着抖动了一下身子，有清脆的铃铛响起，丁零零、丁零零，接着这老大双手合抱，甩出两张金色符箓来。

这金色符箓，一开始轻飘飘，悬于空中，须臾之间，见风立长，竟然幻化成两尊两米高、金盔金甲的神将。左边这一位，黑脸浓须，手持节鞭，右边那一位，白脸微须，手执铁锏。这二位，如同民间传说中的尉迟恭和秦叔宝二位门神，甫一出现，便将手中的武器挥舞，使敌人不得前进。

见这两位金光闪闪，我不由得感叹这道门奇术。同样的符兵我也见过不少，皆由厉鬼所炼，一旦使出，阴风阵阵，难看得紧，还辱没了门庭，真不如洪安中这一对金甲符将来得厉害。

金甲符将现世，手持节鞭铁锏，将正面冲来的敌手打得落花流水，而浮于空中的那些恶鬼，但凡沾上一道劲风，便哀号一声，化作烟雾散去。这两个家伙一出现，便是威风凛凛，不过，正所谓"枪打出头鸟"，张大勇在后面坐镇，可不是抱着胳膊来当围观酱油党的。只见他从腰间一抽，上次捆住黄鹏飞的那道鬼索立刻如游蛇飞出，朝着左边的持鞭金甲符将冲来，而右手也往前挥洒，顿时就有一头薄若纸片的黑色厉鬼浮现，朝着右边的执锏金甲符将袭来。

兵对兵，将对将，那个铁塔一般的大胖子扎铎一声狂吼，掏出一串婴儿头颅骨连接成的项链，如同流沙河的沙僧，朝着洪安中狂冲，只见那骷髅头莹白如玉，甩飞起来，虎虎生威。

嗤——

本来那金甲符将大发神威，将来者顶得不敢上前，我与旁边的人信心倍增，正在积极对抗周围的敌人，此时却听到两声气球泄气的声音。抬头望去，只见那两尊威风凛凛的金甲符将，已被戳得暗淡无光，片刻之后，竟然消失得毫无影踪。

一招被破，怎么办？

第四十三章　援军的汇合

金甲符将被破,我方所有人的心头,都不由得一阵黯淡。

我身后有一个同志分了神,被敌人抓住破绽,踢倒在地,立刻便有乱刀砍下,哀号声响起又落下,顿时就一命呜呼,成了一摊肉酱。死人的刺激,让我们的精神又振奋起来,不进则死,我默念了一遍"金刚萨埵法身咒",完毕之后,单手结印,口中低喝道:"统……"顿时有一股悲怆的绝境求生意志迸发出来,以前在集训营中训练以及在山中的所见所闻,都井喷一样地出来了。

所谓战斗,除了最基本的技巧、力量和反应之外,还有一种精神掺杂其间。我们可以把它称为士气,也可以称之为必胜的信心,或者别的什么。总而言之,刹那间,我觉得自己的血在往上涌,而心情却逐渐地抽离出战场来,仿佛自己在俯视着所有的人。

当然,这只是一种感觉,它之所以形成,是因为我体表以及精神上面的感应,在与整体空间,以及每一个单独的个体所具备的"炁之场域",逐个接触,然后快速地反馈到了我的身体和脑海来,在意识出来之前,身体便已经随之协调动作了。

我手挽一把弯刀,冲进了扑面而来的敌人群中,也如同洪安中一般,惊起一片腥风血雨。我面前的这些对手,虽然各个都有些手段,也都是鬼面袍哥会和勐腊鸿庐的精锐分子,但是真正能够到达先天气感的人,其实并不多,而且在这你死我活的纷乱战场里,能够静下心来的人,少之又少,故而我这一番冲出,便如猛虎呼啸于山林。一时之间,我连斩三人,鲜血在面前飙飞,惨叫在耳边回响。那些炙热的血,洒落在我的身上和脚下,每一个生命逝去,我的心中就惋惜万分,然而世界便是这般无奈,真正到了你死我活的时候,容不得半分情面。

唯有杀,以杀制杀,方能让自己存留下来,不化作枯骨一堆,这悲哀无名。我的胸口越痛,心中却越是快意,想起了洪安中之前鼓舞士气时说起的套话,竟然觉得无一不是真理——这两百年来,是中华道门最璀璨、也是最黑暗的时代,便是在上个世纪的三四十年代,那个时候的道巫高人,纷纷从山中乡野涌出,或投军,或任侠,肩头上面承担的是国仇、是家恨、是民族的大义,而那个时候,杀起敌寇来,也应该是我此时的这番激荡心情吧?

一人,单刀,我独自撑起了左边一大片的天地,几进几出,竟然没有几人能够抵挡。不过这些核心的邪灵教分子,都不是之前碰到的那些炮灰之辈,他们勇猛、团结、知进退,而且敌人越强大,他们便越凶戾,悍不畏死,朝着我发起了"集团冲锋",战斗趋于白热化。

我这边吸引了敌人大部分压力,所以旁人就轻松一点。不过这轻松也只是相对的,领头的洪安中,这个长得如同田间地头里最普通老农民的西南高手,他的对手,是在滇南统领一方界的大土司扎铎。这两者对抗起来,极为刚猛,简直就是火星撞地球。大开大阖,一方是穿云夺燕手,一方是婴孩头骨链,这双方一开打,旁人纷纷退避开去,只怕会误伤自己,莫名其妙就吃了暗亏。

我战得正酣,突然周身如同一盆凉水泼下,顿时有一股黏稠恶心的感觉,从我的肌肤上面,蔓延开来。我抬起头,只见浓雾翻滚,朝着我泼头而来,竟然是一团犹如实质的鬼雾,即之前种植在鬼面袍哥会精干成员脸上的那种东西。这玩意儿火辣辣的,有硫酸一般的效果,手挡不住,笼罩在我的头上,让我看不清事物,只感觉耳边风声骤起,我的手脚皆挨了几下,疼痛难当,扑倒在地。要不是上面的大佬指望着我去开门,说要留下活口的话,光这一下,我便已经魂归幽府了。

不过在翻身倒地的那一刻,肥虫子陡然发威,将我头顶的那一蓬迷雾,给长鲸吞吸,陡然弄没。同时,在远处那条小溪的来路处,一个身型瘦削而矫健的黑影从黑暗中冲了出来。他一出现,就滑步前冲,折转甩开了两个戒备的鬼面袍哥会成员,手中长剑一抖,直接朝着人群中最中心的坐馆大哥张大勇冲去。

这人的身法快极了,距离在他面前似乎失去了作用,三两下,仿佛是呼吸之间,便到达了目标面前。他举剑就刺,简单、明了、直接,以两点之间最短的距离,朝着张大勇的咽喉处挑去。这剑乃木剑,雷击桃木制成,从外表上看,也就是柄篆刻了符文的普通木剑,看上去根本没有什么攻击力,还不如一根枣木棍儿。然而张大勇却露出了惊疑的神色,身形一闪,朝着后面疾退,躲过了这自然、无迹可寻的致命一击。

张大勇竟然害怕了——来人是谁?

我从无数双朝我伸过来的手的缝隙,看到了杂毛小道染血的侧脸。

我从来没有觉得这小子是如此的坚毅,动作之流畅,竟然比电视剧《仙剑奇侠传》里面的李逍遥,还要帅气。

看到自家伙伴竟然有如此的血勇,敢单人直冲,擒贼寇首,我的心头立刻变得火热,双手拍地,身体腾的一下,躲开了旁人的捕拿。我瞅准了一个空隙,切身冲去,越过无数会众,也朝着张大勇狂奔而去。于千军万马中,夺上将军之头颅。我心中有着这番气概。然而现实却往往事与愿违,没冲出两步,唰的一声,头顶上顿时一凉,低下头,只觉无数头发顿时散落飞扬开来。我吓了一大跳,见到那头如同加藤原二式神一般的纸片鬼儿,向我挥手而来,只差一点,就将我的头颅斩了下来。

杂毛小道木剑一挽,见到我费力地从人群中冲突而来,顿时惊喜过望,大叫:"小毒物,你没事?"

我摸着头顶被削成短寸的脑袋,说,差一点便义了。

正在这时,从空中扑来一道白影,传来了朵朵特有的可爱声音:"陆左哥哥……"

我抬头，居然是朵朵。小丫头在镜花水月中，似乎被王正一的雷符给攻击到，结果弄得我心烦意乱，引出了冰尸龙哥。我心中一直牵挂，却没想到这小丫头，居然完好无损地出现在我的面前。看来杂毛小道这朋友，还真的是一个值得信赖的靠谱青年啊。

不过战场见面，聊来聊去的，那是狗血电视剧上才有的场面，现实中，哪里会有这时间？我刚刚前冲两步，那头被张大勇放出来的纸片儿鬼，又朝我冲了过来，手臂如刀锋，呼啸着声响。为了让朵朵安全，我不得不扭转头，扬起刀，朝着这纸片恶鬼一刀砍去。

我把距离算得精确，避开攻击，回击，然后抽身而退，所有的一切，一气呵成。接着，我看着自己右手上面的断刀，发愣。

比起原二的纸片式神，张大勇的这一头纸片儿鬼，实在是厉害太多！它居然有形，如同最锋利的一道光幕。攻击你的时候，它无比锋利，你攻击它的时候，它便无比稀薄。总之，这是一头碰到了最好躲避的麻烦厉鬼。就在我稍微惊讶的那一刻，空中的朵朵已经展开了攻击。自从获得了六芒星精金项链里面的阴纯之气，朵朵就变得越发厉害了。她双手一搓圆，立刻有从《鬼道真解》中研习出来的鬼噬，断然轰出。

我避开了后面几个会众砍来的长刀，看到杂毛小道，已经和张大勇身边的一个护卫交上了手，张大勇则在旁边，指挥着那根捆人的鬼索，在周边不停地骚扰正与扎铎战斗的洪安中，并不理会我们。

朵朵和那头纸片儿鬼打得有声有色，你来我往，丝毫不占下风，而且举手投足间，也将那些从招魂幡上跳下来、在旁边打酱油的鬼物，给顺手捉住，小巧的鼻子嗡动，竟然将其一一吞入了腹中去。

砰砰砰——

一串枪声响起，在杂毛小道刚刚出现的方向，出现了四五个满身血迹的战士，手持着自动步枪，正在准确地点射着周边的会众。一蓬蓬的血花洒落，许多人一声不吭地倒地而亡。这些战士里面，为首的，正是那个叫做冯雷的排长。我扭头过去，只见王正一、秀云和尚、吴临一还有杨操等人，陆续出现在了我的视野中。

随着这些人的加入，特别是热兵器的加入，场中的局势，陡然变换。只是，当所有人都出现在我眼前时，我才发现，在我面前出现的战士，加上冯排长，只剩下这五个了。

第四十四章　守卫的惩罚

唯有看到这些,我才能够想象,在之前的时间里,杂毛小道和朵朵他们,到底遭受了什么样强度的攻击。

战士们都杀红了眼,甫一出现,根本连一声招呼都不打,见到不认识的人,就直接点射。也就是十几秒钟的样子,鬼面袍哥会的人,就已经死去了七八个,一小半的力量,便这般土崩瓦解。不过在这阵枪声中,身经百战的鬼面袍哥会会众立刻找到了避开子弹的地方,纷纷往石笋后面,奋力跑去。

唯有一个人没有跑动,那个人就是此间的坐馆大哥,张大勇。

他回身望来,不慌不忙地单手一挥,在那几个战士立身的地方,突然暴起几团带着黑色怨力的烟雾,然后像浆糊一样,将他们给紧紧缠绕包裹住。

这玩意儿,便是刚才将我满头包住的东西,应该是抽取鬼魂怨力所制成。它是鬼面袍哥会的独门秘方,之前种植在精锐会众的脸上,用来增强力量,没想到做攻击人的武器,也是极其霸道的。我要不是有肥虫子在身体中,定然也栽入这阴沟里,更何况冯排长他们这些普通的军人呢?他们的眼睛被黑雾糊住,痛苦万分,有人捂面倒下,有人则控制不了自己的疼痛,放在扳机上面的手指使劲儿一扣,结果一连串子弹就到处飞射。

为了避免误伤,我们其实也已经躲在了另外一边,只是在最后的一眼里,看到有战士的脸已经开始溶解,露出了粉红色的肉皮来。

其实也有人将子弹射向了张大勇的位置,而且还很准,直冲心脏。然而张大勇双手张开,就像一个赴难的耶稣,满脸都是怜悯的神色,无数的黑雾从他的身体里面狂涌出来,将这些子弹头儿,悉数阻止在几米之外。刚才拥挤的场中,除了张大勇外,便是一地死尸以及从地面拼斗到空中的朵朵和那纸片鬼儿。这样的对比,使张大勇的形象,瞬间高大了许多,看起来威猛至极。

枪声骤响骤停,来得快,去得也快,我探出脑袋,只见在刚才几名战士站着的地方,有四个早就已经七窍流血而亡了,还剩一个冯排长,他的头上面罩有一个破旧的瓦钵,里面发出微黄色光芒,正好将他给笼罩,使得这个男人并没有被浓雾所吞没,变成一具死尸。不过那瓦钵之前也是耗力过损,并不足以将所有人,都给笼罩到里面去。

生死总有抉择,万事都有机缘。

所以冯排长活了下来,而他的弟兄们,却伏尸倒地,再无声息。

见到张大勇一出手，便将我方最具威胁的战士都击杀，众人皆胆寒。原来鬼面袍哥会的老大，果真名不虚传。他出手狠辣，招招致命，刚才的围观，只是一种清高的态度，而那些对他生命和计划有威胁的人，他则果断地在第一时间，就给予铲除，毫不留手，真的是一方枭雄本色。

　　这个家伙不可一世，自然有人心中不服。我听到脚步声，蹬蹬蹬，接着一道黄影冲到了张大勇面前。是秀云和尚！这个有些肥胖、喜欢听人拍马屁的佛爷，第一个冲到张大勇的面前，当头就是一拍。

　　大力金刚掌！

　　此乃南少林六大功夫绝技之一的手上硬气功，此功内外兼修，功成后可开碑碎石，用于徒手技时威力无穷，劲气吐发，可及人腑脏，十分刚猛。佛爷虽然修炼，但少有用处，一是出手即伤人，二是并无对手，只是此番一出，无比决绝。

　　张大勇见秀云和尚借助着前冲的势能，一掌击来，不退反笑，大叫一声"好"，双手回缩，然后平推一掌。两掌相印，身为青城高手的秀云和尚竟然被一掌震飞，翻向空中，而张大勇只是退了一步，便稳住了身型，脸色淡然。又有一道青影腾空而起，接住了秀云和尚。既然并称青城二老，打架自然是并肩子上的，只见王正一出现在了秀云和尚的身前，手中拂尘一挽，唰地一下，立刻有一道无形劲气，甩向张大勇身前的那团缭绕黑气。

　　这一道劲气，就像修真小说里面所谓的真元，与张大勇那缭绕黑气迎面一击，在空中僵持着，互拼劲力。此乃劲气外放，唯有修为达到了一定程度，方能够形成这般情形。便如练武，一拳击打在人身上，这人没事，而他身后的树，几天后却枯萎了。

　　王正一终究也不是张大勇的对手。几秒钟之后，他积聚了浑身力量所劈出的这一记，也终究不敌，消失无影踪。酆都鬼城是天底下研究亡魂的人们最期冀的圣地，身为邪灵教最大的个体分舵，鬼面袍哥会的坐馆大哥，张大勇便是个精修鬼魂之力的大拿，一想到这里，我的心中就不由得释然了。何况，青城二老已拼杀半日，身上带伤，张大勇则还是生力军。

　　青城二老虽然都是被一招挫败，却并未灰心，咬紧牙关，又复冲了上来，与张大勇斗成一团。

　　其实早在枪声停歇的那一刻，所有人又复冲回场中来，打成一团。我们这边与杨操、吴临一等人胜利会师，我心中早已认定了吴临一就是鬼面袍哥会的四当家，故而心中一直留意着那老小子，不过他的表现倒也正常，双手不断从怀里面掏出药粉，朝着扎铎带来的那些光脚板撒去。

　　我听到有淅淅的声响传来，转头瞧去，只见那些光脚板从随身所带的藤箱里，弄出了好多五彩斑斓的毒物来，有花斑毒蛇、拳头大的黑毛蜘蛛，还有许多红颜色的毒蝎子、马陆蜈蚣，不一而足。这些人也是常年在边疆丛林中玩弄毒物的家伙，双手全部都呈现出黑色，这是经年被毒素浸染的结果，当下不断舞弄，便有如潮的各类毒物，朝着我们这边密密麻麻地涌来。

杂毛小道打架是一把好手，但是也有一些毛病，就是很怕这些虫子。哦，也不能说是怕，就是心中恶心。他唯一不怕的，便是和善的肥虫子，所以抵不住心中的难受，朝我大声喊道："小毒物，看你的了！"接着转身朝着鬼面袍哥会的一个光头佬杀去。我瞧着眼前一片，不由得冷笑，这简直就是孔老二门前卖书、关圣人庙前耍刀，当下也不犹豫，口中高声叫道："有请金蚕蛊大人现身！"

正在我胸口舔舐伤口的肥虫子立刻响应我的号召，潇洒登场，见到地上一大堆"食物"，立刻激动得唧唧直叫。

叫声过后，那些洒扬着粉末驱虫的光脚板脸色一变，低头一看，只见平日里被玩弄得跟乖宝宝一样的毒虫，陡然转了性子，毒蛇昂起了头颅，蜘蛛吐出了白丝，而蝎子，则高高翘起了黑色的尾巴来，都朝着他们好是一顿扑。毒虫反噬，瞬间便将这些个驱虫者的全身爬满，无数毒腺喷发，顿时，哀嚎声遍地。

张大勇正跟青城二老轻松过招，回头见此情形，不由得恼怒起来，左手一挥，将秀云和尚和王正一推开去，纵身朝我扑来。

这个家伙，之前只是顾忌开门之事会有差池，留我一条性命而已，此刻见到变数纷呈，便不再留情。他厉害，顶端厉害，一旦放下脸子，与我硬拼，便如同猛虎出柙，携带着腥风和血雨，轰然而来。只是身形一晃，这位坐馆大哥就已经抵达了我面前一米处，伸手来抓我的脖子。这气势，犹如飓风来袭，刚猛得紧，不过我也不是刚出道的寻常杂鱼，他身子刚一动，我便应风而动，朝着旁边退去，避开了这一抓。肥虫子见这汉子竟然敢对我下手，咦，这还了得？顿时发了邪火，朝着张大勇张嘴咬去。

这小家伙，平日里好像谁都可以欺负，一旦发起威来，倒也有些吓人，周身氤氲，杀气逼人。

张大勇也吓了一跳，往左边闪电般躲去，手一挥，从身上立刻冒出一团黑雾来，去裹挟如若子弹般冲来的肥虫子。精修鬼力，竟然一齐打出，将二转过后的肥虫子，给凝在了当场。

不过这番拼斗耗费了他大部分的精力，所以没有再朝我为难。我狼狈地逃开，但见地上的那些毒虫没了指挥，顿时一阵混乱，见到人就攻击，也不论敌我。我环顾四周，发现我方人员死伤惨重，到了此刻，竟然只剩下了不到十个，便是刚才那长腿女人乔诺，竟然也躺倒在地。而这个时候，小溪那边出现了一道红影，正是之前逃走的那个穿着红色羽绒服的少女。在她的身后，则是一大堆奈河冥猿，正虎视眈眈地瞧着我们。

她长相平凡，蒜头鼻子，脸上充满了嘲弄："闯入者，你们来接受守卫者的惩罚吧……"

第四十五章　龙哥归来

　　这位红衣少女，想来便是二娘子曾经提及的孟婆婆家幺妹，她是除了大阵守护者孟婆之外，另一个能够指挥奈河冥猿（也就是鬼面袍哥会口中所说的水齐天）的人。

　　此时的她，脸上满是怨毒，看着场中我方的所有人，特别是伏地受伤的冯排长，咬牙切齿地说："杀了我这么多小伙伴，我一定要让你们血债血偿！"这话说完，她双手朝天举起，像一个殉道者，口中咕唧咕唧，喊出了一堆常人难以听懂的话语来。这声音高低不平，音域宽广，有着特别的频率，使那些奈河冥猿像滚冒的开水，开始朝这边冲锋而来。

　　没有枪火的远距离控制，一旦被这些人肉炸弹贴上身，那可真是一场灾难了。

　　其实早在红衣少女出现之前，我们在大厅中的形势就已经很堪忧了。几乎每个人身上，都或多或少有些伤。有人倒下了，即使没有倒下，也处于生死的边缘。我们的对手从来都不仁慈，他们拥有人性里面最邪恶的一面，而且都是鬼面袍哥会的骨干，至少都是脸上种了鬼基的精锐会众，无论是论格斗，还是拼术法，普遍素质并不比我们这次前来的特勤局人员，差上多少。

　　而在人数上面，对方则呈现出压倒性的优势。

　　危机，十万火急的危机！

　　就在这些奈河冥猿发起冲击的时候，一股苍凉的、冰冷的、如同洪荒时代卷涌而来的气息，在整个大厅之中蔓延起来。这气息与我们体内的真元狠狠相撞，使得每个人心中，都不由得一滞。正在与张大勇鬼雾缠斗的肥虫子身子一缩，不再与其相斗，而是恐惧地缩回了我的体内。

　　那些勇猛冲锋的奈河冥猿，一接触到这气息，顿时吱吱地一通乱叫，聚拢成了一团。它们恐惧了，不再前进。

　　所有的战斗都在那一刻停了下来，我们往后退去，张目四望，寻找这气息的来源。很快，敏感的人都发现，这气息来自被石球堵住的那条通道口。并没有让我们等多久，一阵让人牙酸的声音，从那里面传了出来，几秒钟之后，一道黑影飞出，是巨石，如斯庞大，随后的，是无数落雨一般的碎石块儿。那巨石快疾，如同从投石机中发射而出，携带着巨大的动能，将下面一个没有戴恶鬼面具的精锐会众，给砸成了又一摊肉泥。接着，一个带着寒冷白气的矮小身影，出现在了我们的视野中。整个空间里，空气顿然变得寒冷许多，温度也下降了好几度。

　　我身子一震，忍不住喊出声来："龙哥……"

来者正是去追客老太的冰尸龙哥，它依然是一副饥饿难耐的样子，手上拿着一只不知来自何方的胳膊在啃着，一嘴的鲜血，眼睛犹如最纯粹的红宝石，环顾四周，然后落在了我的身上。我身上有伤，刚把肥虫子出了外差时，胸口的衣服又渗出了好多鲜血来，染红了一片，模样十分狼狈。

旁边的秀云和尚踉跄地走到我的面前，他刚才中了张大勇一掌，胳膊肿得老高，他望着如同此间王者一般的冰尸龙哥，回头望我，说，你认识这头僵尸？

我点了点头说，嗯，是我朋友！

此言一出，周围好几个人都吸了一口冷气，张大勇狞笑一声，说："好你个陆左，刚一进那石门，就找到一个大靠山，你以为我们真的会怕吗？"这话说完，他积蓄力量，将与自己纠缠的王正一一掌击飞，大声喊道："郝萌，让这些水齐天冲上来，自爆……"

那红衣少女听到，脸上虽然有不忍之色，但是因惯于听从张大勇的命令，也双手揉胸，高声叫了起来。这声音尖促，似乎是某种鸟类求欢的叫声，一传入那些奈河冥猿的耳中，它们便立刻激动起来，不再退缩，而是汹涌地朝我们这边拥挤而来。见到奈河冥猿前冲，张大勇则带着他的人往侧面退去，准备避开这一波爆炸。眼见着那些水猴子即将冲到我们的面前，避无可避，我唯有沟通肥虫子，让它如同在那幻境中的农庄一般，帮我们屏蔽住这一股冲击波。

我看到最前面的那头奈河冥猿，面目狰狞地前扑而来，根本都还没有靠近，便点燃了心头之阴火。

砰——

这头奈河冥猿的身体开始在幽火的作用下，爆裂成无数块的血肉，朝着四周八方散落而去。我们都往后退却，却发现这些血肉，并没有如我印象中的那般凌厉，而是冻结在了空中，那些水浇不灭的阴火，骤然停歇。

一道黑影子出现在了我们的面前，伸出一只手掌，朝前探去。

砰、砰、砰……

十几声剧烈的爆响，骤然出现，冰尸龙哥挡在了我们的面前，那些奈河冥猿就像被针戳破的气球，全部都化作了满天的血肉。平日里，它们倘若爆炸，定然都是遍地黏稠的无尽阴火，此刻，却全部都定在了半空中，浮空不动弹，不得寸进。光这一下，就比张大勇鬼雾挡子弹的那一招，帅了不知多少倍。

这还只是冰尸龙哥的第一招，在将这些麻烦的奈河冥猿全数捕爆之后，他挥了一下左手。就像统领千军万马的元帅，骤然挥下的那一道指令。随着这手挥下，一大团碎裂了的骨头，呈"U"字形，朝着那个指挥奈河冥猿的红衣少女射去。

这只是奈河冥猿所有骨血的一小部分，它们回去的速度，比过来的快上太多，根本就没有给人留有反应的余地。就听张大勇大叫一声"郝萌"，手中一团黑雾刚刚凝成，还没有来得及发送，郝萌已经被无数断碎的骨渣给打中，一根大腿骨就如同炮弹

一样，将郝萌的头盖骨掀飞，露出了白花花的脑浆来。

终日操纵奈河冥猿打生打死，谋人性命，最后却是死在了这自爆中——如此便是因果。红衣少女的身子被射出了许多窟窿，然后有幽幽的火焰，附着在尸体上面，将她燃烧成了一个火堆。

冰尸龙哥这时候，已经啃完了手上的那只胳膊，还小心地将上面的余肉，给舔舐干净。

依然还有好多附有幽火的血肉，在空中悬浮。

这时，张大勇一方的那些人，脸上终于露出了害怕来。不过不止是他们，连我们这边的好多人，看着我面前这个不断吃人肉、举手投足之间将那些让人头疼得要死的奈河冥猿悉数弄死的矮个儿僵尸，都不由得腿肚子直打颤。这是对绝对力量的畏惧，没有人能够在这魔物面前，淡定自若。张大勇他们开始退却了，一步一步地往后挪动。

很奇怪的事情发生了，在那一刻，所有人都陷入了沉默，看着那一团浮空的幽火以及矮小"猥琐"的冰尸龙哥，陷入了一种对未知的恐惧当中。不过，这沉默也只是短暂的，当有人转身想逃的时候，冰尸龙哥终于出手了，他将手上的骨头棒子当作了暗器，朝着它认为最有威胁的张大勇甩去，然后双手一挥，空中的那一大片血雨，就挥洒到了对面那十几个人的身上去。

不过张大勇也不是泛泛之辈，一道红光从他腰间浮现出来，形成了一个龟甲罩，将大部分人给遮挡住。然而终究还是有没能够被他罩住的，在边角的三个人，被那一大片血雨沾到，顿时一阵幽火燃起，烈焰焚身。蓝色的火焰跳动，将他们全身的脂肪给一点一点地燃烧起来。这种宁静的死亡，让这三个人不由得发疯了，朝着张大勇冲过去，大声叫喊道："大爷，救我，大爷……"

张大勇表情淡定，手一挥，从他的身体里陡然冒出三条长手一般的黑雾，束缚在这三人的脖子处，几秒钟之后，这些人的胡乱挥舞的手缓慢下来，然后双手下垂，失去了知觉。

砰——

尸体倒地，又是三团明艳的火焰，将全场照得透亮，也将对方凝重的脸色，给勾勒清晰。

这倒地的尸体变成了战斗的导火索，冰尸龙哥第一个冲出来，朝着对方进攻，而旁边的洪安中、秀云和尚和王正一，也皆来了胆气，各自持着自家法器，跟在了后面。我们这些次一等的角色，也不甘示弱，紧随其后。敌方虽然能够叫出姓名的不多，但是能够留到这个时候的，自然个个都是高手。我与杂毛小道并肩冲击，但见一个眉目凶悍的家伙，手持黑竹棍而来。这竹棍，两头皆是黑烟缭绕，浓雾滚滚十分凶煞。见此人应该是鬼面袍哥会里供奉级人物，我们都兴致盎然，高手自然要对阵高手，来的若是小杂鱼，我们还不乐意呢。

冰尸龙哥很快就跟张大勇对上，而洪安中和青城二老则揪住了扎铎合击，形势陡然逆转。

张大勇与冰尸龙哥过了几招，感觉吃力，突然往后猛然一跳，脚步交错鬼舞，厉声尖叫起来："老祖，敌人在前，还不现身，将其超度？"

第四十六章　开启的血阵

　　这一声喊叫后，一直躲在他们身后的一个小女孩，突然冲到前排，将头上的恶鬼面具摘下，露出了俏丽的面容。不过这小脸蛋儿虽然漂亮，但是面无表情，双目像死鱼眼一般，没有神采，直勾勾地，也不做声。张大勇伸手往那小女孩的头顶上一拍，突然间，天地都为之一震，从小女孩的天灵盖中，冒出一棵凝聚不散的大树来。这棵树郁郁葱葱，足有三米多高，一直顶到了岩洞顶上去，我瞅这模样，竟然跟之前见过的那棵鬼槐，有七分相似。这树一经出现，立刻有一个挂着拐杖的老妇人，从小女孩的头顶上跳了下来，稳稳当当，平静地看着我们面前的一切。

　　这个老妇人一出现，整个空间里，顿时又阴寒了好几分，让我们有一种待在冰箱里面的错觉。我、杂毛小道和杨操都震惊了，这个老妇人，不正是之前在那农庄里面，装成孟婆，忽悠我们喝离落孟婆汤的女人吗？

　　她竟然还没死？

　　杂毛小道引来的那滚滚天雷，居然没有将这个老妇人给劈死，到底是怎么回事啊？

　　见我们都傻了眼，张大勇得意地哈哈大笑，指着我们，说："很多人都在猜测，为何我张大勇能够将朱作良那个老不死的给弄趴下呢？没有人想到，我在这洞中，遇到了这鄷都地界里面，少数几位人间的鬼修大拿，熹微鬼母！哈哈，这才是我鬼面袍哥会，最重要的底牌！"

　　那熹微鬼母拄着一根老槐木拐棍，眯着眼睛，瞧着比自己还矮一点儿的冰尸龙哥，笑了，露出一口豁牙，用槐木点了点地，套近乎道："我和我的老伙伴儿们，闲暇无事的时候，总是在猜想，住在这大棺材里面的，到底是何方人物，今日见到老哥你，却发现，跟我们普通的邪类异物，一般无二，都是丑到了家啊……"

　　冰尸龙哥并没有说话，而是扭过头来，瞧着暂退的我，在我脑海里面响起来："……那个老女人跑了！"

　　它刚才没有和我说上话，到了此刻，竟然还有些歉意地跟我讲这个，显然是并不把对手看在眼里。

　　客老太跑了？这个老婆子，竟然能够从龙哥的手中逃脱，简直太逆天了吧？

　　不过它这种态度，顿时惹恼了那个正在淡淡装波伊的熹微鬼母，这老女鬼一顿拐杖，然后大声喊道："休得放肆，你可知道，老身我在此处，布置了天罗地网——无边恶鬼弥漫归元大阵，但凡非我等会众，皆是浮云，你出得来，却是回不去的。"

她说得吓人，我们都是心头一跳，然而杂毛小道却凛然一笑，说："什么狗屁归元大阵，一个得了山体阴脉庇护的老鬼，便敢如此猖狂，老子倒是要看看，你们是怎么让俺们回不去的！"他前冲一步，手中的雷击桃木剑划着弧形，朝最突前的熹微鬼母刺去。

经过天雷劈了几次的桃木，又经名家制剑、小道雕琢、法体养剑，对于鬼体，有着天然的压制，然而那熹微鬼母却不惧怕，挥手间，一道无形的力量，便将杂毛小道的身体掌控，让他前进不得，便是那桃木剑，也瞬间吞吐不定，竟然再也不得寸进。

熹微鬼母的法力，竟然比张大勇高上几个台阶，想必已经达到了鬼王的级别。

何谓鬼王？乃无数冤魂凝结，如蛊一般，优胜劣汰地同类相残，最后剩下来的，那还只是刚刚完成的雏形，便如雪瑞的吉娃娃，就是其中的一种类型。当然，前者天然，后者人工，高下不可同日而语，而后，还需找到诸如地煞阴脉之类的东西，寄居身形，防止被阴风洗涤、大道排斥。一段时间的修炼之后，方能修成正果，成就鬼王之身。刚才那个小女孩，想来就是天生阴脉，容纳熹微鬼母的器具吧。

当然，也有一些修行者，因为寿元将近，大限将至，既无大法力转世重生，又不愿魂归地府，故而抛弃肉体，凝练灵体，此为鬼修，算得上另外一种途径。

总而言之，这种修行百年的老家伙，肯定不是那么轻易可对付的。

杂毛小道身形被限制，立刻口念经诀，双手艰难而缓慢地结起印来，抵抗所有施加在自己身上的无形之力。这时，一道黑影前冲，冰尸龙哥一掌击向了那个牛烘烘的熹微鬼母。熹微鬼母身为灵体，反应自然要比常人灵敏无数倍，只见她身子往后飘，手上的槐木杖，则朝着冰尸龙哥指去。

一道比张大勇更加凝聚浓黑的鬼雾，缠上了前冲的冰尸龙哥。冰尸龙哥夷然不惧，快步前冲，双手抬了起来，发出了蓝色的光芒。我在后方看到这一景象，不由得大吃了一惊，这蓝莹莹的双手，不就是我的恶魔巫手吗？只不过它的双手，皆冒寒气，与我的并无太多的相同。但见它双手前抓，如同探囊取物一般，将那黑雾给抓在手上。那恐怖嗜血的黑雾，在冰尸龙哥手上，便如同面团儿一般，几下掐弄，便被悉数收入手中，一滴也不剩下。

轻描淡写，霸气如斯。

冰尸龙哥将面前这一道黑雾果断了结之后，朝熹微鬼母一掌拍去，熹微鬼母则以那槐木拐杖来迎击。双方轰然击中，我看到冰尸龙哥的身形一震，朝后退了半步，而那个熹微鬼母则抵受不住这巨大的力量，朝后面急速飘飞而去。龙哥得势不饶人，向前跨出一步，欲继续追击，然而张大勇却咬着牙顶了上来，与面前这个恐怖的小矮个儿，又拼了几击。

与此同时，洪安中和青城二老，则第一时间找上了邪灵教勔腊鸿庐的庐主扎铎。

他们三个若论单个儿实力，其实并不如一方豪雄扎铎，然而差得其实也并不算多，更何况，生死搏击，能够决定胜负的东西实在太多。大伙儿一拥而上，刚才就差点让扎铎命丧于此,现在又前冲围殴,这个养尊处优的老狐狸有些扛不住了,回首一望,自己带来的诸多心腹,如今也就只有小猫三两只,心中更是骇然,顿时间心生悔意,几个踌步,竟然想往通道退却。

不过这个时候想走,实在有些太晚,洪安中一双铁掌,侧过旁边疯狂扑来的会众,朝着那个家伙凌空拍去。这一掌,从快到慢,到了最后,竟然缓缓停止,不再前行。为了逃跑而露出空门的扎铎刚刚踏出两步,便被遥遥拍中一掌,偌大的身躯,在洪安中手掌定格的一瞬间,顿时失去平衡,口中吐出一大口鲜血,飞在了空中。

秀云和尚将面前的几个小杂鱼果断清理后,冲上去,朝着落下来的扎铎复拍一掌。这佛爷的双手,肥厚有肉,携着身体巨大的动能,一掌拍在比他更加肥硕的扎铎身上。这两个肥人身上的油脂,顿时此起彼伏,各种颤动。扎铎大叫一声,声音尖厉而痛苦,很多人疯狂地前来营救,而王正一和洪安中则在旁边生扛着,任由秀云和尚对躺下的扎铎饱以老拳。

砰砰砰……秀云和尚像擂面口袋一样,扎铎手上的那串婴孩儿头颅则瞬间爆开,从里面飞出十三个大头青面狰狞的鬼娃娃来,在空中飞了大半圈,然后一起朝着秀云和尚扑去。整个空间里,都充满了那些娃娃尖锐的哭泣声。

此时,我已经和杂毛小道协力将那个手持竹棍的供奉弄趴下了,空中一直都在纠缠的朵朵和纸片儿鬼,早已分出了胜负,小丫头地把被冻成薄片的纸片儿鬼揉成一团,然后仰头,吸入身体里。

混乱的场面中,谁也顾不了谁,我感觉身前身后都是人影,所有人都拼尽力量在斗争。不是你死,就是我活,这才是最朴素的真理,所有的正义、道德、黑白都变得无关紧要了,唯有胜利,唯有成功,唯有活着,才是检验真理的唯一标准。

杂毛小道手中的雷击桃木剑,导引着一种古怪的符阵运行,将那个持招魂幡,不断抖落出恶鬼的老汉逼到墙角,而我则顾不得此老年岁已高,一记钻心脚,直接将老汉踹飞到了岩壁上,他"哇"的一口血,喷吐出来,将最后一头恶鬼,给染成了深红色。

张大勇与熹微鬼母合力共斗冰尸龙哥,见到左右死伤这么多人,不怒反喜,朝着熹微鬼母大声喝道:"老祖,此番鲜血已够,是否开启大阵?"

熹微鬼母眼睛一亮,厉声大叫道:

"开……"

这声音蔓延,四处回荡,地上的鲜血成河,似乎在蠢蠢欲动,我们都惊惶起来,倘若真的有之前的那种血雾大阵出现,我们必然要败了。然而片刻之后,依然没有任何变化,张大勇和熹微鬼母不由得愣起神来。

第四十七章　岩洞的崩溃

嘎、嘎、嘎……

一道肥硕的身影,从黑暗中冲了出来。在最关键时刻,虎皮猫大人果然不负众望,卡秒赶到。

它围着朵朵飞了一圈儿,然后得意地大叫:"傻瓜们,任你奸滑似鬼,也逃不出大人我的算计。什么狗屁鲜血大阵,孰不知你埋藏在这里的种种布置,都被大人我给划拉开去,而那些启阵恶灵,也都成了大人我晚间的点心。小妹妹,你还小,年纪也轻,若是迷途知返,便回到你那地煞中去,若还想在这里甩脸子,可不要怪本大人给你好看!"

这番循循善诱似的教导之后,虎皮猫大人又开始装起波伊来:"想当年,大人我从幽府回来的时候,见过的场面比你这儿,那可是大上许多。就你这,还号称熹微鬼母,自封鬼王?切,乡巴子!"

熹微鬼母见到自己辛苦布置的阵法不但没有生效,还受到这只肥母鸡模样的鸟儿嘲笑,顿时肺都要气炸了,抛开冰尸龙哥,浮空而起,朝着肥母鸡厉声扑来。

这熹微鬼母,一态二形,灵体凝练的身子,如同实质,此番变了脸,立刻就是青面獠牙,狰狞满面,说不出的恐怖。虎皮猫大人虽然并不惧她,但是也知道暂避敌锋,根本就没有理会这发狂了的老鬼,朝旁边的石笋游绕,避开她的追击。不过大人这退,也不能说是退,应该叫做战略性转移,故而还闲得,一边拍打翅膀,一边言语挑衅,各种拐弯抹角的骂语,喷薄而出,气得熹微鬼母哇哇大叫,顿时就没有了高人风范。

说实话,任何一个高手,碰到虎皮猫大人这种自恋而无赖的家伙,都没有办法保持形象。

熹微鬼母一走开,冰尸龙哥就开始发威,它的动作简洁明了,招招致命,而且力量大得让人无法抵御。张大勇虽然经年修鬼齐身,已然成就了一番霸业,是鬼面袍哥会武力上面的第一高手,比起大供奉刘罗锅、白纸扇罗青羽和那个神秘的四号人物,都要厉害一头,但人力有穷时,他虽然浑身皆藏鬼雾,但最终还是敌不过藏身于耶朗祭殿寒潭中千年的冰尸龙哥,节节溃退。

张大勇溃退,扎铎身死,熹微鬼母费尽心力准备的血阵又被虎皮猫大人给破坏殆尽,鬼面袍哥会的整体局面开始崩盘。旁边那些骨干精锐,都被我们凭着一股血勇狂砍,虽然我们也受到这些亡命之徒的反击,但是这个时候的疼痛,已被仇恨蚀空,目

中皆是血色。

张大勇手上拿着一根鬼索,却不敢用来束缚冰尸龙哥。回头一望,竟然朝着清理杂鱼的我扔来。此时的我也是极其郁闷,原本指望在这混乱境地,让肥虫子出来阴人,结果它好像天生就恐惧冰尸龙哥一般,避而不见。自冰尸出现,这小东西就死死地缩在我的伤口处,不敢出来。不过也正因为如此,使得我能够拼出足够的气力,与这些人狂殴一番。

当那根捆束过许多人的鬼索,如游蛇般朝我蹿来的时候,我当下也不再留手,歇息已久的人妻镜灵疯狂运转,一声高呼:"无量天尊!"蓄积已久的蓝光扑出,朝着这如有生命的鬼索照去。

驱邪开光铜镜上面,有茅山宗自李道子之后最杰出的制符师杂毛小道所篆刻的"破地狱咒",但凡沾染阴晦不洁之气,皆可受克,便是那千年僵尸、神秘牛头也不例外,因此,这鬼索也不能避免,立刻身形冻结,失去所有灵性,跌落在地上。正在众人围攻之中的张大勇见到这副场面,脸色顿时如同吃屎一般,十分难堪。这鬼索与他,似乎跟震镜与我一般,冥冥中自有联系,鬼索一跌落在地,他也受到了不小的冲击,张开嘴巴,却说不出话来。

就在此刻,冰尸龙哥老人家的额头上面,微微一张,顿时就有一只古怪的眼睛,从干涸的皮肤中破裂开来。一道白光积聚片刻,便射到了张大勇身上。张大勇体内,顿时涌现出一大团黑雾来,浓烟滚滚,将他整个人都给笼罩在了里面。那黑雾如同有意识一般,不断地翻涌腾现,就像那龙,吞吐不定。然而冰尸龙哥的这道白光,用湘湖话讲,那是相当霸蛮,管你娘的什么黑雾、白雾、恶鬼雾,全部都释放出绝对的冰镇之力,将其果断吞噬,一寸一寸,一节一节,那所有的黑雾,都变成了果冻一样柔软的冰块儿,跌落在地上。

张大勇被这一照射,人虽然并无多少障碍,但是赖以维持武力的鬼雾却受到重创,顿时厉吼一声:"啊——"眼睛瞬间变得通红,鼻孔张大,向外面喷出不平的怒火:"为啷个,为啷个你们要和我作对?为啷个你们都要杀我,毁我百年的基业!"

我们都有些不明白了,明明是这个家伙在设套,在今晚,我们有多少同志葬身于这鬼城迷洞之中,然而他却说出这一番话来。难道临到了死亡,面对着几乎不可力敌的冰尸龙哥,这位先前还是张无敌的坐馆大哥,人就完全崩溃了?

当然不!这个世界上,只有蠢笨的普通人,却没有白痴的修行者。能够统帅整个西川地区的邪灵教众,整合出能够与特勤局最强的西南区,鼎足而立的老大,哪里会这么脆弱?怒江集训营一战,鬼面袍哥会损失了大部分的中坚力量,爪牙被斩。此番病蛆柑橘设局,一是为了报复上次在怒江丛林中惨遭打击的怨气,二是为了将我给诱引至此,好开启山腹中那朗祭殿的千年石门。这一战,天时、地利、人和,张大勇统领的鬼面袍哥会占了两种,但是到了最后面的、也是最重要的,却输了个干干净净。

179

他没有料到我竟然能够从那扇封闭千年的石门里，领出这个绝对逆天的寒冰僵尸；他没有料到，那只肥硕如母鸡般的鸟儿，竟然能够与他视为底牌的熏微鬼母抗衡，并且将他们视为必杀秘技的鲜血法阵，在悄无声息中给破解；他没想到……

他没有想到的事情还有很多，所以到了此刻，大势已去，他便突然有一种英雄末路的感觉。此番一声怒吼，宣泄完胸腹中的怒火之后，他出人意料地大声狂笑起来："得不到的，那就毁灭吧。我不享受，那么大家一起死就行了，反正我已经风光够了……"

这话一说，正在空中被肥母鸡调戏得欲死欲仙的熏微鬼母，顿时也出声呼应起来，说如此最好。

话一说完，有一阵肉眼可见的空气动荡，波纹一般，就从她的身体里面传导出来，朝着四周扩散出去。我们都停住了脚步，只听到一声又一声雷鸣一般的震荡，从四面八方涌来，闯入我们的耳中，颅腔轰鸣。

一直在后面徘徊的吴临一听到这动静，立即脸色一变，大声示警道："都别斗了，这山体崩塌了，再不走，所有人都没有小命了！"他的话音刚落，立刻就有好多大大小小的石块，从头顶砸了下来。肥母鸡见此情形，立即气愤地大叫道："你居然敢把你容身的阴煞地脉，给引爆了？！"

啊——

更大的一声喊叫，来自刚刚下命令的张大勇，只见冰尸龙哥已将手掏进了这坐馆大哥的胸口。一伸、一缩，便有一颗活蹦乱跳、桃子形状的肉团出现在龙哥的手上，上面还粘黏着好多肌肉纤维以及萦绕的黑气。

冰尸龙哥毫不犹豫地将这颗心脏给吞噬掉，畅快地咀嚼着，然后将张大勇还在机械性喘气的脑袋，给一下拧了下来，提在手中，然后回头，额头眼睛一睁，那个疯狂的熏微鬼母立刻被冻僵在空中。

见冰尸龙哥想朝熏微鬼母下手，旁边的肥母鸡不乐意了，大声叫嚷道："哎哎哎……那位朋友，大人我还没有吃夜宵呢，不要弄脏了，我来！"它之前被追得满地乱窜，此刻却来了积极性，拍打着翅膀过来，抱住熏微鬼母的冰冻之身，顾不得眼下的险状，使劲儿吸了起来。

这个时候，即使敌人主要力量已经被清肃干净，我们也即将陷入陪葬当中，大块大块的石头落下，好多人都被活活砸死。我们小心地看着头顶的岩壁，不知所措，而这个时候，我的脑海里突然响起了这么一句话："小手段而已，跟我来……"

第四十八章　避水的珠子

　　冰尸龙哥一声"跟我来"，激动得我顿时就忘记了所有的疼痛，一蹦而起，朝着旁边那些如同无头苍蝇的人们，兴奋地大喊："快，跟着我走。"

　　在山体崩塌的威胁下，无论是高人还是菜鸟，区别也只在于早死和晚死而已，仓皇如吴临一、白露潭，没头苍蝇般四处转，平和如秀云和尚、王正一，开始诵念经文，准备平静地接受死亡，也有一个穿中山装的年轻人，求生欲望强烈，朝着龙哥之前的来路狂奔而去，结果一块巨石拦腰砸下，生生砸成了肉泥，再无气息。

　　就在这样的时候，所有人听到我这么一声大喊，然后又跟着这个大显神威的僵尸后面奔行，都不由得惊喜万分，像溺水者抓住最后一根救命稻草，纷纷跟进。

　　那时节，天摇地晃，乱象纷起，谁也顾不上谁，我大叫一声"朵朵"，将这小宝贝召回身边，想要将她收回槐木牌中，安全一些。她不愿，说热，小妖姐姐用法力裹挟了一个虫虫，烫死了，挤进去难受得紧，还不如在外面，为陆左哥哥遮风挡雨呢——"陆左哥哥，朵朵不是没用的小家伙，我会站在你的背后，为你挡着风！"朵朵大声而骄傲地宣誓道，然后伸出双手，将砸落到我头顶上面的石块，一举挑飞。

　　说话间，杂毛小道已经越过我的身边，用雷击桃木剑的剑面抽打了一下我的屁股，大声道："你们两个，还不赶紧跑路，迟一秒，说不定就一命呜呼了！"

　　巨石簌簌落下，庞大的震动从地心处狂涌而来，使得我们的耳朵里一片嗡嗡响，小脑失衡。谁也不知道下一刻，这恐怖的巨石会砸在哪个的头顶上，我们在前面跑，后面的青城二老、吴临一、杨操、白露潭以及剩下几个特勤局人员在相互搀扶着追，唯有这次的带头大哥洪安中，没有忘记自己的任务，搜查了张大勇的身，摸出一个巴掌大的黑色令牌，然后还随手带了一个幸存的鬼面袍哥会活口，在我们后面追来。

　　冰尸龙哥手提着张大勇的头颅，走得不急不缓，与我保持一米的距离，不时出手，朝落下来的巨石拍去，它甚至还从身体里，震出一处若有若无的能量场域，将那些具有威胁的碎石排斥开。所以我们从大厅转入小道，基本上没有多少人受到伤害。

　　冰尸龙哥带领我们走的，是刚才来的那条通道，在死亡的催促下，我们很快就来到了我和洪安中等人会合的十字路口。然而在这里，我并没有见到黄鹏飞的尸体，连被他们所杀的那个老头儿，都一齐不见。地上一片灰烬，黑黢黢的，看不出什么。不过在这个逃命的紧要关头，谁也没有想太多，只是紧跟着冰尸龙哥那瘦小的身影，拔足狂奔。

　　通道在我们身后不断垮下来，轰隆隆，吹起的尘埃朝我们这边侵袭，呛得人一鼻子烟气。

没有人说话,因为我们不知道自己在下一秒,是否还活在这个人世。

所有人的心脏在那一刻,我想都应该是被攥得紧紧的。

当然,也有的家伙十分轻松,比如冰尸龙哥。这里是它的地盘,这样的行走,犹如在自家后院逛来逛去,并没有什么不妥之处。除此之外,还有一个,便是威武霸气的虎皮猫大人,它向来就是一个天塌下来都不惧的主儿,方才抱着熹微鬼母的身子,一顿猛吸,那灵体浓厚,这会儿都还没有吸完,一边飞,一边不停地打饱嗝,然后调戏朵朵:"媳妇儿,媳妇儿,来跟大人我亲亲,我这里有好东西给你哟……"

朵朵白了它一眼,哼了一声:"色猫儿……"便不再理会它。

这淡淡的冷漠,让大人很受伤,于是吸得更加卖力了。一边吸一边哼哼,说明明就是好东西,为什么就没有人跟我分享呢?所幸这熹微鬼母身为灵体,并无质量,因为引爆阴煞地脉,被冰尸龙哥暗算之后,失去了行动力,又被虎皮猫大人吸走精元,神魂丧失,并没有再作反抗,任由这肥母鸡摆布,倒也一切顺利。

岩洞的震动越加剧烈,我们刚走几秒,后面的通道便如多米诺骨牌一般轰塌下来,所有人的头皮都酥酥发麻。龙哥带我们走的是一条全新的道路,行至中段,他朝岩壁一拍,轰隆隆,立刻裂出了一道仅供单人行走的裂缝来。

"快……"我的脑海响起了龙哥的声音,它似乎也开始有些急躁了,我大声传话,说:快、快快!

所有的人鱼贯而入,朝下跑了五十多米,前面突然豁然开朗,潮气顿生,在我们面前出现了一条宽阔的地下河流,从西往东,奔流不息。我们一路跑到了河边来,冰尸龙哥静立当场,然后回望着我们这堆狼狈不堪的人,面无表情地将手伸入水中探了探,然后直接用精神力跟我沟通,说此处的暗河直通长江支流,这里的山脉被震碎,山体摇动不稳,但是水脉乃龙脉,天下归属,宵小妖魔,动弹不得,从此处走,并不会受到震荡,能够安全出外。

我望着面前这黑黢黢的河水,不知深浅,不知流向,人若跳进去,有八九会溺水身亡。我们这些人,个个伤痕累累,哪里还有余力去与那河中暗流搏击?再说,若是水道之内,换不得气,岂不是要被活活憋死?

其他人都纷纷蹲在河边,因为没有听到我和龙哥的对话,所以都不知道如何为好,吴临一抬起头来看我,说:"陆左,你带我们来到这里,难道是让我们走水道离开?这山腹,离长江不知道有多远,天气又冻,莫说出去,便是在里面待几分钟,人也给冻死了。"

大战过后,吴临一左臂血淋淋,脸上有两道疤,小腹处也有一大团血,脸上几处瘀青,头上常年包着的蓝布也不知道丢到哪里去了。端的是一个苦鬼、饥荒贼,十分难看,跟往日那个素爱整洁的老苗子,简直就是天差地别。

不过也不仅仅是他,这里面还活着的,哪一个人身上没有伤?都是凭着求生意志在坚持，不过看到身后的山石轰隆砸下，前面的暗河汹涌，跳是死，不跳也是死，一时间都不知道该如何是好。

我想起了石门之后的耶朗祭殿，几千年山河走移，至今仍然完好无损，想必是有所护翼的，如果能够避入那里，等这外间平静下来，再行出去，岂不是很好？然而我刚想跟龙哥提及，他便断然否决我的提议："那里是王的地盘，任何人等，进入了，都会被死神眷顾，你是例外，因为……"

他站起来，不知道从哪里摸出一颗凝现出黯淡光华的惨白色珠子，拇指大小，里面似乎有一条古怪的鱼儿在游动，难以捉摸。冰尸龙哥把这颗珠子交到我的手上，它的手上全部都是人血，珠子黏糊糊的，看不出个究竟来。它回头望了山洞一眼，说："这天吴珠，是当日我和王，在东湖上猎杀一头八足八尾的河神水伯，剖体而得，可作避水珠，王十分珍惜。你先拿去用，两年之后，记得拿回来还我……"

"避水珠？"我望着手掌上面这颗有些恶心的珠子，然后急切地问龙哥，说你不出去？

龙哥仰首望天，我看到它的嘴角似乎咧了一下，然后脑海里面响起来："沧海桑田，白云苍狗，外面的世界，已经不是我的世界了，王已经不再是王，我心爱的姑娘，也早已化作了尘埃，我为之骄傲和自豪的国度，已经变成了别人的疆土，我所珍惜的一切，都没了，我只有一个冷冰冰的石殿和一个延续千年的责任……你们走吧，善待火娃！"

龙哥说完这些话，一双通红的眼睛瞧着我们这些剩余的人，我、杂毛小道、青城二老、杨操、吴临一、白露潭、冯排长、洪安中以及他手上的鬼面袍哥会俘虏，还有两个跟着洪安中前来的特勤局高手，就这几个人……呃，还有一只身形肥硕的鸟儿。冰尸龙哥双手一挥，我们便感到有巨大的力量，像无形的风，朝着我们迎面刮来，然后所有人都跌入了黑沉沉的暗河里。

跌入水中的我们，并没有感到太多的冰凉，只是感觉空气黏稠了一些，也可以呼吸，只是很困难，使劲吸一口，方能够满足自己的肺。我的左手抱着朵朵，右手则紧紧握着天吴珠，然后伸出三根手指，拽住杂毛小道的衣角，还没有反应过来，只感到后背有一种巨大的力量，将我像喷气飞机一样，朝着黑暗中推去，感觉意识都要被这极致的速度所吞没，我狂声大吼一声："龙哥……"

快陷入昏迷的我这时候才明白，所谓的走水道，并不是游出去，而是龙哥运用法阵的力量，将我们给推出老远，推出这座山腹。

轰隆隆，头顶上面的山体，终于砸了下来。

第四十九章　河边的小花

当意识恢复的时候，我看到了璀璨的星辰，在头顶一点一点地闪耀，像孩子的眼睛，晶莹剔透。我有多久没有看见过这么美丽的星空，呼吸过这样甘甜怡人的空气了？我下意识地问自己，却感觉到一阵又一阵的疲倦，涌上了心头，连伸个懒腰的心情都没有。就这样，让自己的思想放空，那便是最好的。

过了很久，我才想起了前尘往事来，大脑开始转动，而眼睛则向四周望去。我发现自己正躺在一堆河滩烂泥上，周遭有好些个黑影，有的如我一般或躺或趴，有的则摇摇晃晃地站了起来，似乎在喊着什么，而我的耳朵里却仍旧是一阵嗡嗡的响动，什么也听不到。

过了好一会儿，我看到杂毛小道出现在我面前，用脚踢我。这小子下手很黑，见踢了几下我都不愿动弹，抬脚就朝着我的裤裆踹来。

我赶紧捂住重要部位，破口大骂，说你个屌毛，这玩意儿要拿来传宗接代的，踢废了咋整？杂毛小道见我有了反应，说哟嗬，你醒过来了？你这玩意儿都好久没用了，废了就废了呗，有什么大不了的。来来来，伸手，你那颗珠子拿给贫道来研究研究。

他蹲下身子，扳开我握得紧紧的手，托起那颗还黏连着血肉的珠子，看着这惨白色的质地，如果忽略里面那粒游鱼一般的亮光，这珠子丢在地上，估计都不会有人来捡。不过杂毛小道确实是个识货的主儿。如同色狼见到了美女，流着哈喇子说："哇，如果把这颗珠子镶嵌到我的雷罚上面，那这大江大河，汪洋大海，我不是都可以去得，这简直就是……太美妙了！"

我坐直身子，伸手过去，一把抢过来，用湿漉漉的衣服小心擦拭了一遍，然后小心翼翼地收起来："这个珠子可不能给你，我以后还要还给别人的。"

杂毛小道一屁股坐在了烂泥地上，从旁边一把抓过一只肥硕如母鸡的鸟儿来，哈哈大笑，挤眉弄眼地问我，说："你掉到那洞子里，到底发生了什么，怎么勾搭上那么厉害的千年僵尸了啊？说来听听。"

虎皮猫大人奋力扇动翅膀，试图挣脱出杂毛小道的掌控。大人酒足饭饱，脾气好得很，也不骂人了，只是在缅怀往事，说："这样厉害而且没有迷惑心智的僵尸，倒是真的不多见。大人我上次见到一个，是在洞庭湖畔，那家伙比现在这个，更加火爆、更加凶残，连大人我这么凶残的人，都被它追得满地乱窜。啧啧，那娘们，真……辣啊……"

"娘们?"

我们一齐抬起了头,虎皮猫大人顿时一阵心虚,不敢看我旁边的朵朵,装不承认,说:"没,没,就一个僵尸,好像是女的……得,不跟你们说了,大人我累了,不想说话。"而我们则哈哈大笑起来。我见旁边的人都围了过来,特别是看到吴临一那个老家伙,阴着脸瞧来,便没有与杂毛小道继续这个问题,问捂着胸口皱眉的洪安中,说洪队长,我们这是到了哪儿?

洪队长环顾四周,四下黑暗,唯有借助头顶上的星光,能看到滔滔的江水以及远处的农田和山地,他并不是很清楚,回头叫来一个年轻人,问:"朱作良,这是哪里?"这个年轻人说了一个地名,并跟我们解释,是在狼崽窝东边十几公里的地方。

我们都惊呆了。刚才冰尸龙哥送我们下水,别人我不知晓,但是我却是骤然昏迷,不知所以,醒来便到了10里之外,简直就是斗转星移。由此我不由得想到了在青山界的时候,我们从那八门鼎阵中跳下的时候,也是意识茫然,结果醒过来时,跨越了整个青蒙乡以及县城周边的乡镇,到了百里外的一个小镇。当时问朵朵,她小孩子,叽叽咕咕,说不清楚,此时回想起来,果真是如此神奇。

洪队长也对冰尸龙哥十分好奇,问我那头矮个儿僵尸到底是怎么回事,跟你认识么,它怎么会帮我们呢?

冰尸龙哥与我交流,全部都是用精神力沟通,并无其他手段,而且它老人家脸色僵直,一双眼睛红彤彤,让人不敢直视,所以在洞中,虽然大家隐隐能够知道我与龙哥关系密切,但却也不是很确定,只是猜测。

我出来混社会,已经有个五六年,自然长了心眼,知道哪些该说,哪些不该说。更何况这里面,不但有朋友,还有像吴临一这种潜伏在暗处的毒蛇。所以便也不细说,只讲我和白露潭、黄鹏飞被人追杀,躲入一个古代神殿当中,然后遇到了那个僵尸,他本来想要杀我们的,结果不知道怎么回事,就领着我们出来了,还将在门外的鬼面袍哥会众杀尽,接着就过来救大家。至于为什么,我就不知道了,不然你问它去?

为了说明我话语的真实性,我拉来花容失色、狼狈不堪的白露潭,说我们全程都在一起,不信你问她?面对大家的关注,白露潭点了点头,说陆左说的是真的,那头僵尸好像是那个宫殿里面的主人,也不知道为什么,没有杀我们。

"宫殿?"杨操吃惊地问道:"陆左,你们难道进入了耶朗西祭殿?"

我点头说,是啊,不过进去没多久,并没有仔细研究,就把里面的主人给翻出来,然后被赶出来了。杨操听得我言,不由得悠然神往,说:"埋藏了几千年的遗迹,孕育出如同有意识的伟大僵尸。不死的传说,这样的地方,不知道是怎么一个样子啊?陆左,你赶紧说来听听?"

我看着自己和旁人这一身泥浆、鲜血和伤痕累累的模样,不由得苦笑,说:"大哥,我知道你对神秘的耶朗祭殿很好奇,但是咱们能不能回去再说?外面的情况,还不知道是怎么样呢……"

所有人都停留在龙哥水道的神奇中，经我提醒，这才醒悟过来，开始手忙脚乱地寻找通信器材，联络外界。冯排长有一个军用级别的通信工具，防水，很快就联络到了县城里面的指挥部，从指挥部反馈的状况得知，在狼崽窝那处山窝子里发生了地震，山体崩塌、滑石、房屋倒塌，军民死伤惨重，那个果园子已经被埋在了地底下。现在赵承风赵副局长，已经从市里面赶到了指挥部，正在联络各相关部门，组织和展开积极的救援工作……

我们面面相觑，熹微鬼母将这界的地煞阴脉炸毁，竟然引发了这么大的一场灾难，简直是难以想象。要知道，身为鬼修，或者它们这种积年日久的鬼王，在这世上存在得越久，就越恐惧那冥冥之中的幽府，越眷念此处的风景，不敢消失。然而熹微鬼母却毅然地选择听从张大勇的话，选择了同归于尽——这是一种什么样的感情？

当然，人死如灯灭，熹微鬼母和张大勇之间，到底有着什么样的动人故事，随着前者被虎皮猫大人吞噬，后者被冰尸龙哥将脑袋啃成了骨头，便已经随风而去，再无人来关心了。

指挥部问了一个问题，说这次的罪魁祸首，就是引发病蛆柑橘的曹砾以及组织策划了这场伏击的张大勇，到底死了没有？张大勇之死，众目睽睽，这个自然没有话说，而曹砾之死，则由我和白露潭给予了证明。此次事件的两个元凶，都死于一头神秘的僵尸之手，这事情传到了指挥部，赵承风不相信。他下了命令，派人过来接我们，到指挥部述职。

我们在江里面稍微地把自己洗了个干净，然后相互搀扶着，越过田野，来到了公路边。小妖用灵力裹挟的焱骡蜈蛊，能够发出隐隐的炙热，这是鬼妖体质的朵朵所不愿面对的。不过这丫头也是累得不行，我找出了之前那根六芒星精金项链来，让她暂居。朵朵虽然不太愿意离开自己熟悉的家，但是却也不想打扰疲惫的小妖，故而噘着嘴巴，不情不愿地进入了那个阴气森森的项链里。

不过那里面纯阴之气充足，疲惫的朵朵或许能够快速地恢复过来。

旁人看着我身边的小伙伴们，都露出了羡慕的神色。

我们一堆人或蹲或站在公路旁边，像足了讨饭的叫花子，冷风刮来，直打哆嗦。现在是凌晨四点，天空最黑暗的时候。秀云和尚膀子卸了一条，但是脸上却露出了高兴的神色，跟我聊着天。不过难怪他兴奋，在西南这片地界上，他们跟鬼面袍哥会斗了几十年，现在老对头悉数挂了，自然高兴。

我说起逃跑的客老太太，他告诉我，说贾团结曾有一张已故茅山符王李道子的遁符，想来是落到了客海玲的手里。听到这话，我不由得捅了捅杂毛小道的肚子，他黑着脸，不说话。

过了半个小时，前面的道路上，有车的灯光传来。

灯光下，我看到一朵白色的小花。在这寒冬腊月里。茁壮盛开着。

第二十七卷　亡命天涯

第一章　战后风波平

　　我们并没有一开始就去指挥部，而是直接到了附近的一个乡镇医院。毕竟我们这些家伙，身上或多或少都有些伤，如果一路颠簸回到县城，那么估计在半路上可能就要挂上一两个了。乡镇医院的条件，自然不是很好，而且很多医生都被从被窝里面揪了出来，前往地震发生的第一线。我们这里，只有一个读了几年医专的毛头小子，在帮忙处理。看到他那笨手笨脚的模样，我们自己都觉得不靠谱，心中胆寒。

　　不过做我们这一行的，都是刀口舔血地混日子，哪个敢说自己没有受过伤？久病成医，而且巫医不分家，有了药品，我们便抛开这个毛手毛脚的值班医生，开始相互之间，施起药来。虎皮猫大人在旁边唉声叹气，说大人我也受伤了，有没有人过来关心我一下？

　　这肥母鸡一卖萌，立刻凑过来好几个。秀云和尚与杨操挤在最前面，各种吹捧，阿谀奉承，说前辈，前辈，哪里受伤了？让我来给你处理，一定好好的。肥母鸡看着这两个家伙，特别是为老不尊的秀云和尚，用翅膀挠了挠头，说："这里。"秀云和尚一摸："哎哟，还真的有一个小包包，是被石子给砸的吧？"

　　不过他这一番摸弄，肥母鸡顿时嘎嘎叫，说："得得得，痒死了，骗你们的，这是大人我消化不良，在这里肿起了。"

　　肥母鸡在这一役中，生生吸食了一整头鬼王的阴魂，不知道有多畅快。故而在一时之间，有些癫狂，我们都表示理解，只是看它调戏秀云和尚。不过秀云这肥和尚倒也是火眼金睛，或者是同病相怜的缘故，能够瞧得出在这肥母鸡的躯体里，装载着太多的智慧和能量，所以也是小心伺候着，不做他言。

　　在此期间，我一直都在小心地注视着吴临一，我和杂毛小道都怀疑此人即是鬼面袍哥会那个一直没有露面的四号人物。尽管这里的大部分人，都在为鬼面袍哥会的覆灭而欢欣鼓舞，但是我却感觉，这个组织，又陷入了神秘的迷雾中。如果那个四号人物，也就是研制出传播范围如此之广的病蛆柑橘的幕后真凶，还存在的话，鬼面袍哥会必然是野火烧不尽，春风吹又生的。到了那个时候，估计所有人，肯定又会遭到一次报复性的打击。

毕竟，盘踞西南数十年的鬼面袍哥会，那是一只庞大的力量。冰山之下的势力，绝不仅仅是我们在那岩洞中，所见到的那些。

然而吴临一并没有什么异常，别人笑，他也笑，别人骂，他骂得更凶。因为曾经是医科大学的教授，吴临一在这短短的时间里，帮着做了好几起快速缝合的手术，让人好生感激，而他自己身上的伤势，除了打几针，倒是没怎么理会，让伤者感激得流泪。吴临一问我要不要缝合一下伤口，我笑了笑，说不用了。

其实我是怕他用手术刀，直接扎进我的心脏里。这种笑里藏刀的人，实在可怕。

在这医院里医治了差不多一个小时，终于有从县城出发的急救车，过来这里。我们上了急救车，而洪安中和白露潭、杨操三人，算是这里面伤势最轻的，由一辆黑色奥迪接走，去指挥部汇报。我扛了这么久，其实也只是凭意志和肥虫子的坚持。上了急救车，当医生把氧气呼吸罩放在了我的脸上时，我让杂毛小道在旁边照看一二，他点头，我便安心了。闭上了眼睛，感觉这辈子，都没有睡过觉一般。

太困了，我真的是太困了。

果真应了那句我们曾经彼此调侃的话，每逢大战，都是从医院里醒过来。由此可见其中的凶危。

经过肥虫子一天治疗之后，我胸口的刀伤已经有了明显好转，不过在岩洞中消耗的力量，却将我打回了原形。我身子的几处经脉，之前就没有怎么恢复完整，此番又耗损过度，使自己差一点就下不来床。参与的时候，只以为有高手庇护，没想到鬼面袍哥会的分割切断，让我们每一个人，都直面了死亡。拼命的时候，根本没有想太多，结果这一番折腾，松弛下来，才知道自己的身体根本就扛不住了。要不是体内的本命金蚕蛊，我估计自己早就死了八回了。

杂毛小道屁股中了一记，然后内伤无数，不过这哥们也是一个打不死的小强，今个儿凌晨刚刚做完伤口处理，睡了一觉，下午就拽着虎皮猫大人，溜达过来看我。丰都的医疗条件自然不如市里面的好，不过因为特勤局大批成员都来了指挥部，上面想知道昨天晚上发生的事情，自然不会两头都跑，除了伤势颇重的转了院，其余的人都停留在了医院里，等待着上面的问询。

在病房里，我把我所有的经历，一五一十，都告诉了杂毛小道和虎皮猫大人。

虎皮猫大人调侃我，说："陆左，你这个来自穷乡僻壤的乡下小子，难道还真的是贵族血统？不然那个厉害到没谱的冰尸龙刺，怎么会上杆子帮你？你知不知道，像它们这些守护神殿墓陵的老古董，一般的做法，都是将闯入者活活弄死，然后再次陷入沉眠，哪里会管你这些鸟事？"

我哈哈笑，说难道我是小王子？你知道么，我小时候我们家穷得，一双凉鞋从春

天穿到冬天，烂得不成样子，补一补又穿——王子小时候的生活，就是这待遇？

杂毛小道按着鼻子，说陆左，说实话，你身上有很多谜团，你自己不知道，我们也不知道。什么时候揭开来呢？也没有人知晓，只希望一切，都朝着好的方向走，不要到了最后，变成一场悲剧才是。

我们谈了一阵，说起小妖在耶朗祭殿收服的焱骡螟蛊，杂毛小道很稀奇，说什么蛊虫，竟然敢拿"阎罗老子"的字号，来命名？我沟通槐木牌，唤醒了小妖。经过一夜休整，小妖踏着小舞步走出来，听我们要见一见她新得的宝贝儿，先是不愿，矫情了一番，在我们几个的强烈恳求加花言巧语之下，这个没有心机的小狐媚子喜滋滋地伸出手。白嫩的手上，有一只模样丑陋的小黑甲壳虫儿，一双触须胡乱动着，张牙舞爪地，好奇地朝我们张望而来。

我看着这只起初张狂，如今在小妖手里如同乖宝宝的小虫儿，想起了冰尸龙哥最后的话语。

善待火娃！

原来它就是龙哥口中的火娃啊？

龙哥在那耶朗祭殿中，千年孤寂，唯一能够陪着它的生物，也就是这个小虫子。而如今，小妖将它给带了出来，此番下去，龙哥又不知道要孤单多久。我感叹了一下，问小妖："昨个儿没事吧？"

说到昨天，小妖一肚子火，说客老太那老妖婆，一身的宝贝，还没有交什么手，便被那绳子给捆住了，什么力气都施展不得，最后拼力一搏，倒把自己给伤了，所以才不得不回到槐木牌中休养……这小妮子不停叨叨，心中不服。看着她红润的嘴唇，我不由得想起在寒潭底下发生的一切，耳朵边有些热，觉得自己好邪恶。

为了分心，我说，捆你的那根绳子，我好像带回来了，扔哪儿去了？

杂毛小道从衣服里掏出一截白色绳子来，约一米五长，小拇指粗细，里面混杂着很多白色的银丝，焕发着光泽，显得很漂亮。他说他之前研究了一下，这绳子是被人祭炼过的，要找高人将印记抹除，然后用"开经玄蕴咒"祭炼一番才可使用。

小妖蛮横地一把抢过来，说这个归我了，你们可有意见？

这小祖宗发话了，我们能够说什么，唯有摇头苦笑，谈到焱骡螟蛊，也就是火娃，我们问这个小东西，算不算是大杀器啊？有了它，我们岂不是可以横着走了？

小妖撇了撇嘴巴，说哪有啊。原以为厉害得要死，结果把玩了一番，一天也用不了几次。对付高手，破不了气场，欺负小杂鱼还差不多。而且脑子容量小，是个白痴，谁要有点手段，都可以迷惑它，立马调转枪头。还要总啃骨头，一个吃货，难伺候得要死，早知道扔在那儿不管了……

那火娃一双触须不停转动。我们哈哈大笑，说不少这一个，多少也算是一种手段吧。

这时肥虫子飞出来了，瞪着眼睛，看这个新加入的小伙伴。结果它那金蚕蛊王的风范，把火娃吓得吱吱叫唤，要不是小妖极力控制着，说不定就飞跑了。肥虫子这个家伙也是个拉风货儿，在火娃上空飞来飞去，不停地转，散发着黯淡的金光，淡淡地装波伊，使得那火娃最后失去了反抗，一双触须点地，表示臣服。

　　肥虫子确定了自己的老大地位之后，指挥小弟过来跟我示好，火娃就范，飞抵我手上。我吓了一跳，却发现自己并没有什么事情发生，想来火娃是可以控制自己火焰燃点的。如此最好，可以避免误伤。

　　我们好是一番喧闹，到了下午六点半，病房的门被敲响，杨操和另外一个陌生的面孔，走了进来。

第二章　静待庆功会

　　杨操这个家伙也是走狗屎运,一番大战下来,除了受点小伤之外,并没有什么事情。走进房门,杨操热情地跟我寒暄,问身体状况。我苦着脸,说这一战,人变成了半残废,估计又要休养好一段时间了。

　　杨操很自责,说:"你在集训营的事情,我已经知道了,真不该让你来蹚这浑水。不过话又说回来,如果这次没有你在,说不定我们就全军覆灭了。所以说得失之间,一饮一啄,莫非天定。"

　　旁边那个白面陌生人接腔,说是啊,陆左,这次鬼面袍哥会被剿灭,你居功至伟。赵副局长当着好多指挥部同志的面说了,一定要把你树立为特勤局的典型,让宣传部门好好宣扬一番呢。这一回,你立的功劳,足足可以直接升成正科级了……

　　杨操在旁边给我介绍,说这是赵副局长的秘书,朱国志同志。

　　我看着这个白脸年轻人,他长得很帅气,就是有些阴柔,金丝眼镜里面的眼睛狭长,让人感觉这人城府太深。听到他的这一番话,我心中发恨。升官发财的事情,我真不指望,而前面所说的大肆宣扬,搞我们这秘密战线的,若真的这么高调起来,这不是很明显地在给我招仇恨吗?只是这家伙看着精明聪慧,城府至深,为何会一开始,就跟我打官腔,理由冠冕堂皇,让我明白自己被阴呢?

　　我转念一想,顿时明白了。原来,赵承风是通过他来威胁我,让我明白,如果我不知进退,即使我一点儿错都没有,人家想要拿捏我,也是分分秒秒的事情。接下来,我去指挥部,面见赵承风,这里面有很多弯绕子,都需要跟这个老狐狸慢慢掰扯了。

　　杨操在特勤局厮混了许久,也是个精明人物,自然知道这里面的调调。立刻出来打圆场,调节气氛。告诉我,如果身体暂时无碍,那么就去指挥部走一趟吧,将此次事件的经过,做一份报告出来。

　　我胸口中了一刀,而且拼得精疲力竭,自然算是个重伤员,不过有肥虫子在,气色看起来倒还不错。有的事情,解决得越早,越容易。宜早不宜迟,我便点头同意。杨操叫来护士,给我准备了一个轮椅,就这般推着我去。杂毛小道不属于这个系统,根本不用给赵承风面子,所以指挥部也没有让他一起过去,只是由杨操代为转达谢意。

　　杨操和朱国志去找医生,而杂毛小道则说他要去找一把斧头。我问他你是要劈谁,赵承风还是你大师兄?

杂毛小道笑了笑，说你别怕赵承风那个龟蛋儿，凡事皆有大师兄罩着呢，其他的不用管。去找斧头，自然是为了伐木，昨个儿不是说，要给你做一把趁手的兵器吗？那棵槐树长在坟头后面，失去了孟老太的看护，便是无主之物，要是被哪个家伙提前顺走了，到时候你说有多憋屈？得，你先去受点委屈，老萧我给你做把鬼剑，也算是代我那瞎鸡巴忙的大师兄，给你赔罪了。

小妖听到这里，立刻也叫唤起来，说同去、同去。捏着火娃，便拉着杂毛小道的衣角向外走。

我心中一暖，杂毛小道这个家伙，真的是一个极重承诺的人。有这么一堆我在意、在意我的朋友，那还有什么委屈，是我扛不过去的呢？再说了，我之前制出了病蛆柑橘的解药和防治方子，后来又剿灭鬼面袍哥会，立了头功，同行的一干人等，皆受我的救命之恩，他赵承风又不是一手遮天的人物，哪里能够压制住洪安中、青城二老这些高手的意愿？

作为"袖手双城"，若是不识时务，只怕他也坐不到这个位置的。如此说来，我倒也不必太过于担心。二十分钟之后，我在一个办公室里，再次见到了赵承风。

他依旧春风满面、精力充沛，拉着我的手猛摇，然后推着我的轮椅到沙发区。给我斟茶，亲切地问候我的伤情，丝毫不提昨夜发生的事情。如此寒暄，差不多过了十几分钟，他才饱含深情地拉着我的手，说是他们考虑不周，让我受惊了，差点让这么一个天才的蛊师，葬身山腹，实在是太不应该了，他首先会给我做检讨，然后让此次案件的负责人董处长，向我道歉。

赵承风有一个本事，就是，一件事，别的人说起来很假，然而他表达出来，却是情真意切，让人忍不住感动起来。不过我并不是刚刚毕业的毛头小子，在社会大学里摸爬滚打这些年的我，自然知道哪些人对我好，哪些人在假惺惺。不过我也不揭穿，配合着他，眼圈儿通红，说不必了，感谢组织对我的关怀。

我们两个人闲扯半天，然后赵承风开始盘问起了昨夜发生的事情，在场的，除了他的秘书朱国志之外，还有一个戴黑框眼镜的记录员。

一问一答，我们一直很平静地进行着。赵承风是个老狐狸，所以我能够隐瞒的东西并没有多少。当然，龙哥我是绝对不会说出去的，而其他，则似真似假，都掺了一些水，习惯性地保护自己。当时的气氛很好，赵承风很懂得询问的技巧，每当我说到惊险之时，他总会很配合地说着话，或者感叹一下，或者赞扬我，表现得让人十分舒服。

在叙述到了出来之后，赵承风习惯性地摸了摸鼻子，说陆左，你讲的这里面，我还有一些问题，需要解答。我点头，说可以，您随便问，我知道什么，便说什么。

赵承风思考了一下，然后斟酌语气说："你自己判定，说鬼面袍哥会此次的动作，有两个目的，第一就是为了报复社会，第二，是想引诱你到那里，开启石门。他们的大蛊师并不是曹砾，另有其人，而你怀疑这个人，就是我们局里面的吴临一，对吧？"

我点头，说是的，这是我的猜测。赵承风不动声色地问："那……证据呢？"

我将我发现吴临一所有的疑点，包括把我借调到西南局，在专案组期间针对我，洞里面遇见时唯一的活口以及其他细节，一一跟赵承风说明。这些东西，我必须跟他说明，不然让吴临一继续潜藏下去，说不定我以后还要遭灾。赵承风一边听我说，一边点头，最后严肃地说："陆左，你提供的这个消息很重要，我们会仔细调查的，组织的原则是，不冤枉任何一个好人，也不放过任何一个坏人，你不用担心。"

他跟我谈起第二个问题，就是我的血为什么能够开启传说中的耶朗祭殿，那头千年僵尸，为何要帮我们呢？

这个我自然不愿透露，直推说我也不知道，当时的全程情况，白露潭都在现场，大家都莫名其妙的。

赵承风叹息，说可惜那座山都被埋了，不然若能够挖掘出来，千年的僵尸，那可是最有研究价值的东西，而且那里的古迹，也十分具有科研价值。我心中一跳，说我们不会在这次完了之后，去进行大规模的挖掘考察工作吧？

赵承风笑了，说不会，那里的阴脉地煞被轰击之后，所有的山势都转移了，这样子去找，就如同刻舟求剑，缘木求鱼，是找不到的。我们谈最后一个问题，黄鹏飞的死，到底是怎么回事？

他笑吟吟，然而我背上的冷汗，立刻就唰地一下，流了下来。

该来的，总是会来的。

见我脸色变得有些难看，赵承风问我怎么了？我盯着他，说这个问题我已经说过了，黄鹏飞当时以为我死了，过来摸我东西，结果我醒过来了。他本身已经中毒，平日里我们又有些私怨，所以那个时候他脑子就抽了筋，想要杀我。最后我们两个在厮打中，我正当防卫，将他击毙，此事白露潭全程在场，亲眼看见，如果还有什么疑问，我们可以找她过来，一同对质。

赵承风见我情绪有些激动，拍拍我的肩膀，说陆左同志，不要激动嘛，这只是一次普通的述职问答，归入档案而已。其中的是非曲直，你要相信，组织一定会给你一个结果的。这样吧，你看一看这份记录，如果没有出入的话，你签一个名就行了。

赵承风把旁边记录员所写的报告递给我，我接过来，心中冷笑，一次普通的述职问答，需要由一个位高权重的副局来做吗？不过我并没有说，大概查看了一下，和我的说法并没有什么出入，于是一边小心应承赵承风的话，一边签上了自己的大名。

完成这一切，赵承风跟我握手，温热的大手握得紧紧，春风满面地跟我说，陆左，不要委屈，你先回去安心养伤，然后等着参加庆功会吧。

第三章　风云突变

接下来的几天里,我减少活动,安心在医院里养伤,以便让伤口结痂好转,免得留下疤痕。自从我的左脸留疤后,这方面我就一直很小心,虽然受伤不断,但是却一直皮光水滑,连着杂毛小道也享了福,没事就借肥虫子给他通一通筋骨,完了之后神清气爽,美滋滋的。当天晚上杂毛小道和小妖朵朵回来,带回来一根木头胚子。

这东西,便是我们所见到的那棵老槐木,它内里的精怪已经被落雷轰死,剩下的树芯,还积攒着一些契合力,用来制作木剑,虽比不得雷击桃木剑,但是却能够储藏朵朵的鬼力,随着修为而成长。从这个角度看来,其实鬼剑也是蛮厉害的,而且也很符合我的身份。毕竟我是一个养蛊人,不是道士。

当然,和雷罚一样,这鬼剑的制作流程也是分为好几步。绘符篆刻这事儿难不倒杂毛小道,但是那位制剑的老师傅洗手不干了,其他人,手艺又远远没有那老师傅精妙,好好的材料,浪费了可真的让人心疼。杂毛小道打电话给小叔,让小叔去磨磨那老师傅。手艺人就是这样,脾气倔得要死,天王老子来劝也没用,但是你拿一块好材料给他,说不定就丢下以前的誓言,屁颠屁颠地搞起来了。

为何?手艺人这辈子想做的事情,就是完成几件技近乎道的作品,成为大师,流芳百世。所以杂毛小道跟小叔说完之后,用快递将树芯寄到句容去了。

这鬼剑什么时候能够有,还真的难说。不过快递还是蛮给力的,第二天下午小叔便收到了。小叔把我当作自家子侄,他对这件事情很上心,立刻打电话过来,说他这就去找那倔脾气的老头子,一定托尽各种关系,使尽浑身解数,将这把剑弄出来,一定比小明的那把,还要好。

对于小叔的偏袒,杂毛小道简直就是无法吐槽,只能翻翻白眼,当作不知道。

随着时间推移,那天行动的整个过程,开始渐渐地浮出水面。通过严格的政审,专案组内部抓住了一个泄露计划的内鬼,是一个叫孙苟涵的协调员,他使我们这次的行动布置,从一开始,就陷入了敌人的耳目当中。

为此,张大勇还特意邀集了滇南勐腊鸿庐的同道过来支援,力求一役打痛西南局,报复当日之仇。然而他万万没有想到,算天算地,却最终没有算到,他一直看不起的我,在此次战役中的表现,竟然如此妖孽,逼得他将所有的底牌都打出,却最终还是全盘皆输,身死魂消。至于那个愚弄山民的客老太,我特地几次打探消息,但是从指挥部的反馈来看,在外面的士兵并没有见到这个老乞婆,要么她走了秘道,逃离此处,要么就悄无声息地葬身于此次崩塌中了。不过依照这老婆子的狡猾来看,想来

是已经逃过了此次劫难，再次潜伏起来。

这还真的是一件让人头疼的事情。慧明在西南盘踞这么多年，门生故交遍地，虽然他们都知道了客老太晚节不保、参与了老对头鬼面袍哥会，但是看在慧明的面子上，那抓捕力度，肯定会打折扣，眯着眼睛而已。若让此老潜伏于暗处，处心积虑地谋划，那我可真的将会有得忙碌了。

第二天，伤势还未好，我被指挥部请了过去，给处于地震正中心的狼崽窝，指导病虫防治工作。在现场的时候，杨操指着崩塌的山体告诉我，当时有大约一个连的战士在原来的那个果林小屋旁，不过指挥的那个连长并没有同意进入救援。在他的想法里，再多的兵力，如果没有做好准备，一旦进入，也生死由天了。

多亏了那个连长坚持了自己的见解，没有听从蛊师李媛的话贸然前进，而仅仅是派了一个班的战士，前往地洞探路，遇到死胡同之后联络上峰，等待命令。在地震来临的时候，他果断带着大部分战士离开此地，往上方跑去，避开巨坑陷落。

不过，即使如此，也还是有一部分人牺牲在了这些地方。在共和国的和平时期，这些战士献出了最美好的生命，成为烈士，永远的沉眠于地下。

杂毛小道扶着我，站在山顶上，身旁的李媛告诉我，说她经过实验对比，这个被埋的柑橘园，就是此次病蛆柑橘的源头地，所有的蛊病，都是从这里，经过风、昆虫以及人工传播，向别处散播而去的。病源特别厉害，之前确定的药方，对它只有抑制作用，因为被埋在地下，恐怕会污染这一片区域和地下水，所以让我看看有什么办法没有？

杨操指着旁边那个房屋垮了一大半的山村，说这里面的一部分人，其实就是鬼面袍哥会的成员，那天晚上试图袭击我们留在外围的同志，结果失败了，留下了一大堆尸体以及很多什么也不知道的妇孺。而客老太在洞中忽悠的那一群人，则是来自另外一个叫做五里牌的山村，也是洪安中他们上次前往的目的地。

我在狼崽窝待了一下午，发现这里的土质确实有变化，因为病蛆柑橘一开始研制出来，便具有高度的传染性，所以对这一片的土质和水文都有所影响，不过还不是很严重。我们要做的其实很简单，就是先设立隔离带，然后在附近的水源处投放浓缩的解药即可。

李媛来自西川南部，布依族，所习的也是族中秘传蛊术。她是她们村里第一个大学生，2000年毕业，并没有听从族中老古董的警告，而是留在了特勤局，为国家出力。当然，也因为她的关系，使得她家乡的那个小山村，小孩有学上，农户也基本解决了温饱问题。就是这，才使得传她蛊术的那个草鬼婆，后来没有受追究。

无论在哪里，老百姓最终的目的，还是过上好日子。

这才是我母亲经常担心我的原因，在她们朴素的想法中，养蛊人就等于"孤、贫、夭"，远不如普通的平凡人来得幸福。

除了李媛之外，指挥部还调集了四个蛊师以及之前在市里专案组中的那些专家教授,过来一同处理。我们用了两天时间,将震区出现的问题和病蛆的源头处理完毕,不再留下任何问题。

相关的工作依然在继续,但跟我有关的却不多了,我和杂毛小道空闲下来,身上虽然有伤,但并不影响行动,所以便跟指挥部告了假,准备四处游玩一番,也算是瞻仰一下久闻的道家圣地。指挥部对我们很是关心,即使收尾工作如此繁忙,还是派出了之前的那个女孩儿刘思丽,全程跟着我们,给我们做导游工作,并且一切费用,都可以报销。

对于指挥部的关爱,我们不得不接受。后面的几天里,我和杂毛小道、小妖、虎皮猫大人游遍了酆都县境内的名胜古迹,什么名山鬼城、双桂山、鬼国神宫、阴司街、雪玉洞、南天湖、鬼王石刻……诸如此类,都走马观花一游。

酆都的旅游,主打的就是鬼城。经过这些殿宇名胜,视野不同了,我们都能够瞧出一些端倪来,不过若真论一二,却并没有包坳子那么邪门。在鬼城奈何桥的边上,袅袅的烟火中,小妖悄悄地跟我讲,在我们脚下的某处,有一个很恐怖的老鬼,不过这也只是感应而已,若没有路引,是找不到方向的。

这种老鬼,我们一路上碰到四五个。这地方果真是恐怖云集。不过它们这些家伙,长久存身于不知名之处,便如道家典藏中所云的洞天福地,另类空间,谁也找寻不得。

酆都走腻味了,我们想去市里面玩一玩,刘思丽小心翼翼地说:不可以。为什么呢?因为指挥部这边还有些事情,随时需要我们,走远了,那可不行。私下里,杂毛小道很担忧地跟我说,他认为情况有些不妙:为什么吴临一那个家伙没有被抓起来?而白露潭,我们再也没有见过她?

我打电话给大师兄,董仲明接的电话,他告诉我,大师兄到南海去了,正在那里与一伙倒卖泰国佛牌的走私僧人打交道。

如此又过了一个星期,到了十一月下旬,整个案件差不多开始收尾,我们随大部队前往渝城,在那里,西南局将联合相关部门,召开剿灭鬼面袍哥会的表彰大会。我们差不多是在中午的时候到的,赵承风还特意找到了我,拍着我的肩膀,说陆左,这次表彰会,你要不要上去发一下言,讲一讲你的心得体会?

我摆手说不用,我这个人天生怯场,最怕上领导席讲话了。

然而,我们在会场的休息室等了没多久,便有五个穿着制服、戴着大盖帽的人走过来,咔的一下,将我的双手给铐了起来。

第四章　深陷囹圄

"犯罪嫌疑人陆左，我们是丰都县公安机关的工作人员，我们怀疑你蓄意行凶杀人，犯杀人罪。根据中华人民共和国刑法第二百三十二条、刑事诉讼法第六十一条，我们决定对你实施拘留。请签字！"

为首的一个中年警官面无表情地念了以上那段话之后，将拘留通知书拿给我看，然后将笔交给了我。

我看了一下上面的内容，见到是关于黄鹏飞之死的事由，不禁冷笑。

刚才我并没有反抗，而是任由他们将我给铐起来，但是若没有一个理由，这五个人便想将我给带走，实在是有些拿我当小孩儿哄了。休息室里除了我、杂毛小道之外，还有杨操、青城二老、李媛还有刘思丽以及其他几位参与行动的人员，他们见到此番变故，纷纷都围了上来，查问缘由。

杂毛小道自然是义愤填膺，伸手拦在我前面，不准这些人动我。青城二老和杨操也围住了这几个大盖帽，责问他们，说这件事情，我们上面的人，知不知道？

见到自己反被围住，那个中年警官不由得苦笑，说："各位，我们这次过来，是受到你们局领导的委托，并非是我们故意惹事。一切缘由，你们上面的人自然会过来跟你们解释的。"他的话刚刚说完，休息室的木门又被推开，赵承风的秘书朱国志，领着一个头发斑白的老道士走了进来。

见到这个老道士，本来都准备撸袖子开打的杂毛小道立刻收敛起凶悍来，恭顺地上前作揖道："茅师叔……"他平日里是个言辞伶俐的人，此刻竟然只憋出了半句话，便再无声息。

那个老道士神形矍铄，三绺飘逸的胡须，着青灰道袍，踩黑色布鞋，右脸颊处有一颗肉痣，上面有稀疏几根黑毛，脸颊瘦而狭长，看上去显得有些刻薄。杂毛小道口中的茅师叔平淡地看了他一眼，然后站停下来，轻描淡写地说："这位居士，你既然已经被我师兄逐出了门墙，便不用再以这称呼，问候于我。若是方便，叫我一句茅老道，我便也听得过去了。"这个茅老道有一种淡淡的范儿，但是杂毛小道所有的锋芒顿时就收敛起来，再次长躬到地，说不敢。

茅老道不再看他，而是与朱国志一起走到了我的面前。

朱国志跟杨操以及青城二老解释说，陆左涉嫌杀害局内同事黄鹏飞，此事在经过了一个星期的调查，并得到了洪安中处长、白露潭等人的重要口供后，基本已经得到了确认。所以赵副局长才将此案转呈当地公安机关，由他们主导，我们协助，一同追查。请大家不要误会。我们是不会冤枉任何一个好人，也不会放过任何一个坏人的，请相信组织。

杨操和青城二老显得十分诧异，不敢相信地看了我一眼，但是最终还是散开来。

杨操抓着我的胳膊，紧紧地，他低声说，陆左，我相信你，你一定不会做出这种事情来的，对不对？

听到他的话语，旁边的那个茅老道冷哼一声，吹着胡子说道："一个来自苗疆的穷小子，整日玩虫养蛊，跟小鬼妖怪打交道。这样的歪门邪道，还有什么事做不出来的？"杨操正想反驳，朱国志适时介绍说，这是茅山宗话事人杨知修老先生的首席代表，茅同真茅道长。

杨操听到这个名字，不由得神情一震，拱手为礼后，退到一旁，不再说话了。

茅同真眯着眼睛看了我一眼，说，就是你，杀了鹏飞？

我心中无限愤怒。万万没有想到，所有的一切，竟然在此刻反转。我一直担心的事情终于到来了，而在我背后捅刀子的，居然就是我以前在集训营中对其多有照顾的白露潭。那个女人，竟然成了我杀黄鹏飞最重要的人证，如果不是她提出了非常不利于我的口供，想来我是不会接收到这一张拘留通知书的。

难道她真的就是黄鹏飞的女人了不成？落花洞女，不是要保持贞洁的吗？

真正到了这一个阶段，想来敌人早就已经网罗好了大量置我于死地的所谓证据，准备撕破脸皮了。

在我面前的这个茅老道，气守内里，神游太虚，眉扬鼻方，俨然是可以比肩张大勇那个级别的道门高手。在他面前，青城二老都算是次一级的后辈。我想到杨知修派这么一个人过来，必定是不放心西南局，担心我走脱了。瞧他眼中的那隐隐期待，我只怕我这边一反抗，他必定会名正言顺地以我拒捕为由，将我当场击杀。

是的，我感到了一股杀气锁定在了我的眉心处，钻心的疼。

我眼角的余光看到了杂毛小道以及窝在角落的虎皮猫大人，前者眉头紧皱，脸上阴晴不定，不知道在想什么，而虎皮猫大人，则轻轻地摇了摇头，示意我不要反抗。留得青山在，不怕没柴烧。我在拘留通知书上签了字，然后将脖子上面的槐木牌、内兜里面的六芒星精金项链、震镜、束妖索以及其他零碎宝贝，都掏出来，递到了杂毛小道的手里，让他帮我保管。我的手段，对方差不多都已经知晓了，留在我的身上，反倒不安全。

朱国志看到我掏出来的六芒星精金项链和震镜，不由吞了一下口水，咳了咳，说这是证物，是要没收的……

一直在控制自己愤怒的杂毛小道听到这句话，终于忍耐不住了，一把揪住朱国志的衣领，厉声骂道："你再说一句？信不信老子宰了你这小白脸！"

杂毛小道的突然爆发，吓了朱国志一大跳，他的脸一下变得惨白，色厉内荏地说，你要干什么，你要干什么？

旁人纷纷上来劝慰，而茅同真老道则冷冷地看着。事不关己，他一句话都没有说。杨操他们劝了好久，杂毛小道才松开朱国志的衣领，把我的东西收好，头也不回地冲出了休息室，将门使劲儿一摔，震得房间和走廊里，轰的一声。虎皮猫大人不屑地骂了一声傻瓜，跟着杂毛小道一同出去了。

我知道，他两个离开，肯定是去找大师兄给我想办法了，所以并没有太过担心。那个中年大盖帽见有朱国志和茅同真老道罩住了场面，头一扬，说带走，旁边两个膀大腰圆的家伙立刻上来推我。我冷笑，说客气点，不然……这话还没有说完，额头便如同僵尸一般，被贴上了一张暗黄色的符箓，立刻感觉脑子和身体里所有的东西，都隔绝起来，跟肥虫子失去了联系。

茅老道也在冷笑，说我茅山屹立千年，倘若连你这小小蛊术都抑制不了，那可真的是太可笑了。

很快，我的头上被套上了一个纸壳袋子，黑色的，就像香岛TVB剧里面的一样，被押出了休息室。一路有人引导，然后上了车，耳边一直都是嗡嗡的响声，左转，右转，大环圈……这是司机故意开的，应该是试图甩开可能的跟踪者。旁边的人都不说话，差不多过了两个小时，我又被引导着下了车，不知道到了哪里，但是从身后传来的沉重铁门开启和关闭的声响来判断，应该是某一处监狱，或者看守所。

所有的都只是猜测，因为我的头被紧紧罩住，看不见什么。与肥虫子失去联系的我，似乎也失去了方向感，黑暗中，让我有些恐惧，又有些担忧，当然，剩下的全部都是恼恨，乱七八糟的猜测，什么心事都有。

随着一道道铁门的关闭，我闻到空气中有股发霉的气息，腥臊、陈腐，以及地下室那种特有的气息。

最后，我又跨入了一道铁门，有人在我背后一推，说老实待着。然后另外一个人把我反铐在一根铁管子上。一道沉重的铁门关闭，整个世界就静了下来，没有人，没有风，四处都是黑暗，我头顶的纸壳袋子没有取下，额头的符箓也没有取走。我试图站起来，但是那管子并不够高，只能躬身半蹲。而我试图坐下，发现地上很潮湿，而且有腥臊的尿味，难闻得要死……

我唯有半蹲着，屁股湿漉漉的。天气已经进入了寒冬，过一会儿，我浑身的热量便开始散失。无边的黑暗以及失去肥虫子感应的孤独，让我开始变得暴躁起来，大声叫骂，然而没有人理我，声音在房间里回荡，四面都是铁墙。

我吵累了，便歇着，听到自己心脏跳动的声音，越来越大，不一会儿，蔓延到了整个天地：嘭咚、嘭咚……

我不知道在这小黑屋子里待了多久，思绪纷乱，一会儿痛恨白露潭，一会儿又猜测到底谁在联手谋算我，一会脑子放空，什么也不想。到了最后，我开始凝神，按着山阁老的心经，将自己的心情平静下来。

我知道，有一场险恶的仗，在等待着我，我要留一些体力。果然，很久很久以后，铁门吱呀一声响，传来了一个声音："带他出来……"

我浑身一激灵，这声音的主人，是张伟国那个混蛋。

第五章　欲加之罪，何患无辞

　　一路上被推推搡搡。过了一分钟，我被按在一张铁椅子上，坐下，双手被再次反铐在了椅子上。我的头罩被取下来。一盏明亮的白炽灯在头顶闪耀，符箓挡住了我的视线，我习惯性地眯了一下眼睛，看到张伟国这个地中海半秃子，正端坐在审讯台的后面。这个家伙，曾经在南方省的有关部门任领导职位，后来大师兄过去统管东南局，他混不下去了，便跟黄鹏飞一齐来到了西南局，不过我到这儿后，一直都没见到过他。

　　在他的旁边，有两个人，一个是茅同真，还有一个，是一个小眼睛的记录员。而之前抓捕我的那几个警察，一个都没有看见，想来是做戏给别人看的。

　　这并不出乎我的意料，毕竟像我们这样的修行者，和普通人可不一样，如果按照正常程序，将我抓到看守所，然后去检察院申请逮捕证，在此过程中，如果我发起狂来，不知道有多少人会陪葬。

　　我不知道自己被关了多久。倘若没有山阁老留在怒江地府洞穴下的心诀，就那般半蹲在小黑屋中，只怕我自己早就崩溃了。不过即使如此，我全身依然疲倦欲死，无一处不酸痛，这是身体肌肉拉扯的自然反应，虽然能气行周身，但是也扛不住之前的那般虐待。之前受伤的胸口，也在隐隐作痛。

　　他们不施刑，但是手段和花样却繁多得很，让人防不胜防。

　　张伟国看我眯着眼睛瞧他，不由得笑了起来，说陆左，看来你还是一个狠角色，在那里边待了这么久，居然还能够保持清醒的头脑，不错，不错……

　　我动了动手，感觉一双胳膊仿佛没了知觉一般发麻。看着这里的三个人，我冷笑说，张伟国，你若是想审问我，那我明确告诉你，你没有这个资格，如果你懂法的话，你就知道你现在所做的事情，是根本不符合程序的，我可以拒绝你所有的问题，并保持沉默。

　　张伟国哈哈笑，说哎哟，你这个家伙好像还懂那么一点点呢。不过我忘记告诉你了，我现在的身份，可是西南局纪检办公室的副主任，而我主要的工作，就是对局里内部成员进行监督审查。正好，你现在落到了我的手里，所以呢，我现在有权，负责你的审讯工作。

　　我被绑在了铁椅上，环顾四周，发现这狭小的房间里，亮如白昼，墙壁上面篆刻得有很多符文，似乎是专门用来审讯像我这样的修行者的，上面呈现出一种淡淡的威严，是道祖的气息。

张伟国见我不答他的话,而是四处张望,用手上的钢笔敲了敲桌子,说,陆左,既然进来了,你就别指望能够逃出去。实话告诉你,这个地方,是西南局用来专门关押像你我这般修行者和重囚犯的。设计和施工方,可是构建白城子监狱的相关单位。别说是你,就是邪灵教的掌教元帅小佛爷进来,也是白搭。你还是老老实实地交待自己的罪行,争取宽大处理吧……

我吐了一口唾沫在前方,够不到审讯桌。头顶的灯光明亮,有些热,又有些眩晕,感觉思路被打扰了。过了好一会儿,我说,当时所发生的所有事情,我都已经跟赵承风说过了,当时还有记录,不信你们可以查档的。

张伟国拿出一份牛皮纸文件夹,掏出里面的文件,说,你讲的是这一份吧?

他翻开一页,我看到了自己潦草的签名,点头说是,就是这个。张伟国的脸似笑非笑,说你哄鬼的吧?根据你的叙述,你不小心被鬼面袍哥会的人捅了一刀,倒地,黄鹏飞去捡你的法器,见你没死,然后准备补刀,你是在反击中将黄鹏飞给杀死的,是正当防卫,而当时白露潭也在现场,却被黄鹏飞拿枪指着,不得介入。这,是不是你的陈述?

我点头说,是的,当时的真实情况,就是这样。

张伟国从旁边的公文包中,掏出另一份文件,平淡地跟我说道:"这是洪安中同志,给我们做的述职报告。在这里,他也提到,他带领小组的剩余人员赶到事发现场的时候,只见你一刀,狠厉而果决地将黄鹏飞脖子切开,经当时还活着的乔诺检查,黄鹏飞已经身死,而后他从黄鹏飞的身体中,将你的那条金蚕蛊,给震了出来,可有此事?"

我点头说,没错,确有此事,我当时差一点挂掉了,如果不是金蚕蛊救了我,只怕躺在那洞里面的,便是我了。

"好,你承认就好——"

张伟国翻出另外一份文件,慢条斯理地说道:"而根据白露潭的供述,她说当时你倒地之后,黄鹏飞过去救你,结果你二话不说,坐直起来就给他一刀,将黄鹏飞给杀害了……洪安中赶到现场的时候,你用眼神威胁她做了假证,事后多次威胁,如果不配合你,就让她永远都出不了洞,或者在外面莫名死去。白露潭第一次的供述与你所说一般无二,但是到了后来,她屡次做噩梦,良心不安,才有了这第二份证言……"

张伟国说到这里,使劲儿一拍桌子,发出一声巨大的"砰"的声响,上面的文件都跳了起来:"陆左,你到底有多恨黄鹏飞,才会在那么危急的当口,忍不住出手,杀掉他呢?"

我听到这里,心中顿时叫了一声"苦也"。

白露潭这个臭娘们儿,必定是后来接受了一些人的挑唆或者交易,改了口供,所以才会导致我现在身陷囹圄。从我与黄鹏飞一直不睦的关系以及张伟国手头的这些口供来看，基本上已经坐实了我携恨杀害黄鹏飞的事实。至于其他证据，在我们这个特殊战线里，其实已经不是很重要了。

我的这个案子，一旦形成了这样的证据链，要走的，是如同军事法庭一般的特殊监察机构。如果我上面没有过硬的靠山，基本上，我这次真的就要跪了。

我当时心头的怒火，已经憋到了极致，一听到白露潭这些无耻的诬陷，我忍不住想站起来，大声呼喊。然而我根本就站不起来，那铁椅子是直接焊在地板上的，而我的双腿酸软，根本就没有什么力气。我咬牙切齿地看着面前这张肥脸，喘着粗气，说，张伟国，你们这是在诬陷我，我如果真的想要黄鹏飞死，当初在水潭前，我根本就不用理会，不去救他们，那么他自然就会死的，还需要我亲自去杀他吗？

旁边的茅老道冷笑，摸了摸自己的胡子，说，听人说养蛊人长年累月地跟虫子打交道，性情反复无常，你做的任何事情，都不是能够以常理来推论的。所以这个解释，你自己不觉得苍白无力吗？

张伟国也说："陆左，你跟黄鹏飞之间，一直都有矛盾。上一次集训营的时候，差一点就性命相见，若不是周啸天阻挡及时，你早就已经杀掉了黄鹏飞；到了此次，你在岩洞中，见四下无人，又自以为跟白露潭是铁杆的战友关系，故而肆无忌惮，痛下杀手。好狠毒的心机啊！天网恢恢，疏而不漏。你万万没有想到，白露潭虽然跟你关系不错，但是她终究还是一个有正义感、有良心的女子！"

听到张伟国地说着这一番冠冕堂皇的话，我没来由地感到一阵无力，淡淡地说："欲加之罪，何患无辞？既然你们是准备好阴我了，那我也懒得跟你们再辩解了，自然会有人，能够还原真相的……"

张伟国点头说，你既然已经默认了，那么就过来签一个字吧，供认不讳，我们就可以收工了。

我朝地上吐了一口唾沫，说，供认你娘啊，老子宁死，也不认这一瓢脏水。

茅老道在旁边插言，说，你是不是在等陈志程过来捞你？死心吧。我来之前，代理宗主已经跟小陈沟通过了。小陈表示，如果证据确凿，表明你真的是恶意杀死黄鹏飞的话，他是不会插手的。

听到他的话，我的心骤然一沉。这才想到，大师兄除了是东南局的大佬外，他还有茅山宗外院开山大弟子的身份，杨知修那老杂毛若是朝他施压，他多半是顶不住的。

如果大师兄都退却了，那么我还有什么关系和路子，可以帮我鸣冤，使得沉冤得雪呢？

想到这里，我的脑子乱糟糟的，不知道说什么好了。茅老道继续对我说，你脑门上面的这一张符篆，是茅山压箱底的一张镇蛊神符，那可是李道子的作品。有了这个东西，你的金蚕蛊，将永远被压制在肚子里，不得出来。张伟国也在旁边劝我，说你还是痛快招了吧，不然大家都麻烦。

我咬牙，就是不肯签那个字。
见我倔强的样子，张伟国突然狞笑起来，说，你还真是死猪不怕开水烫，看来不使一些手段，你当真以为我们都是吃白饭的？

第六章　白露潭的自白

此话说完，我身后的铁门便吱呀一声响，因为角度的缘故，我看不到，只感觉有一个人，朝着我缓慢走来。

我含恨冷笑，说你们现在就准备不要脸了吗？在这个年代，还想用刑讯逼供这一招不成？

张伟国笑了笑，说怎么可能。我们堂堂国家机关，怎么可能会对你刑讯逼供呢？不过你也知道，在我们这一行里面，确实是有很多门道，能够让人说实话。所以呢，你就配合我们一下，把当时的真相都说出来吧？他这话说完，我便听到身后那个男人在轻笑，说陆左，你自谓金蚕蛊王，百毒不侵，却不知道这香酥散，你是否扛得住？

我一听这声音，顿时就感觉一阵阴寒，从尾椎骨沿着脊柱，一直爬到了头皮顶上。这个家伙，居然是吴临一？这老王八，不但没有被赵承风抓起来，而且还直接参与了对我的审讯？

这是什么概念？这个最有可能是鬼面袍哥会四号人物的家伙，对我可是恨之入骨，我若入得他手，不死，也定然会脱一层皮。而且更加让人担忧的事情是，他对蛊毒很有研究，倘若真的将肥虫子从我的身体里逼震而出，将肥虫子拿来做实验的话，我岂不是一点儿办法都没有？

我的惊诧还没过去，便感觉到头顶上，洒下来一种类似于硫磺，而又很腥膻的药粉，铺满了我的脸，往我的鼻子里面钻去。

我想起了他刚才的话，香酥散。对了，"十二法门"里面有记载，这是一种苗疆巫医的药剂，主要是采用山间癞蛤蟆，也就是蟾蜍阴处的皮制成，添加各种毒物，能致幻，让人说出心里面真实存在的话来。我万万没有想到，自己也会有这么一天，被人下这种歹毒的药粉。要知道，这玩意儿如果使用过量的话，会导致人变成白痴的。

我屏住呼吸，然而并不能坚持多久，终于感觉到鼻头痒痒，忍不住打了一下喷嚏，鼻腔里面顿时吸进了好多。瞬间，我感到自己浑身发麻，脑子好像在飘，晕晕乎乎的，也不知道自己身在何方。

我身边的几个人在对话。张伟国好像在问吴临一药粉的效果，而吴临一则拍着胸脯保证，说既然茅真人请来了避蛊神符，他体内的金蚕蛊缩回本源，那么此刻的他，必然就是一个普通的人。而普通人受了这药粉，短则十几秒，长则一分钟，就会进入完全放松的状态，问什么，说什么，所有的秘密，都会一股脑儿说出来的……

听他说着，我的感知越来越晃，越来越晃，仿佛有人在天边叫我。再之后……再之后便没有我了，我失去了所有的知觉，意识像混乱的野马，狂奔不羁。

当我再次清醒过来的时候，发现自己躺在一张臭烘烘的床上，身上盖着的被褥，有很浓重的霉味和臭脚丫子散发的那种恐怖怪味。我试图掀开被子，却发现自己的双手，都被手铐绑在了床的两边，而双脚则被沉重的镣铐给锁住，整个人摆出一个"大"字，躺在床上，不能动弹。

我的脑门上，依然贴着那张符箓，它像长在了我的额头上面一样。

我吹了几口气，就放弃了。我虽然只是一个刚刚入门的画符者，但是也知道，高级的符箓，是可以死死吸在人体上的。那不是一种材料的技术，而是纯粹的符文语言，所依持的是上面所蕴含的法力。我脑袋疼得厉害，也不知道自己到底被做了什么手脚，一想起是吴临一那个老乌龟在我后面搞的鬼，我就心虚，不知道事情的进展，到底怎么样了。

我试图动一动，然而被锁得死死，根本就没有什么活动空间。长期的手铐脚镣穿戴着，使得我的四肢发麻，根本就没有多少力量。肚中饥饿，从胃袋的收缩来看，我陷入沉睡的时间，一定超过了十二个小时。

我开始无比怀念起往日的时光来，在东官开事务所养伤的日子，在家中悠闲的时光，还有没有被外婆下金蚕蛊时，那种整日忙碌、为了赚钱养家而辛苦的日子……几个朋友、一顿美食、心爱的姑娘，所有的一切，都是那么地让人怀念。

然而此时的我，却如同一只蛆虫一般，躺在熏臭的床上，动弹不得。我不由得想起了当日在缅甸大其力街头，见到古丽丽时的场景。如此的憋屈，让人忍不住怒吼。

不过这所谓的苦难，尝过了之后，我的心智终于开始坚强了一些，知道自己各种缅怀和回忆，都只是懦弱的表现。此时的我，应该努力让自己强大一些，也好在接下来的进展中，不至于被身体拖垮。我开始凝神静气，三条经脉齐走，将剩余的那一点点暖流，行气运遍全身，努力让发麻的部位，开始回血。

这样坚持了差不多一个钟头，我听到有响动，铁门哐啷响，有一男一女在门旁边对话，过了一会儿，有人走了进来。没多久，白露潭那憔悴而柔美的脸庞，出现在了我的视野里。

骤然看到这张我曾经心生怜意的脸孔，本来已经很淡定的我，突然身子就绷得挺直，瞪着愤怒得喷火的眼睛，大声叫骂道："白露潭，你这个贱人，你居然还敢来见我？"

听到我的污言秽语，白露潭的眼圈顿时就红了，两行清泪，从她那水潭一般清亮的眼睛中，滑落下来。她抽泣了一会儿，哽咽地说道："陆左，我知道你很恨我，但是我还是求他们让我过来，见一下你。其实我也不想这么做的，但是如果我不把你陷进来，他们就要拿我，去顶杨知修的怒火了。你可能不知道，我家里面，还有三个弟弟妹妹，他们都还小。我们家好穷的，我从小到大，到了十八岁，都没有穿过一件新衣裳，后来成了落花洞女，才有了第一件。我穷怕了，不想我弟我妹他们再受苦了。

我若进去了,他们就没人管了。所以,我没办法……"

我看着白露潭那委屈的模样,咬着牙,说,难道就因为这,你就可以随意诬陷我吗?

白露潭摇着头,哽咽地抽泣:"我也没有办法啊,我也没有……"说着说着,她显得十分内疚,泪水雨滴一般地掉落下来,将我的手臂都打湿了。我盯着白露潭,直勾勾地,说,小白,看在我们以前的交情上,告诉我,到底是谁在整我?赵承风,吴临一,还是杨知修,还是别的我不知道的角色?告诉我!不要让我做一个不明不白的糊涂鬼……

白露潭停止哭泣,用手擦干眼角的泪水,说,陆左,你放弃吧,他们太强大了,并不是你能够抵抗的。而且你已经在审讯记录上面签字画押了,铁案已成,是不可能再翻案的了!还有,你的朋友萧克明,已经被他们的人监视起来了,他是不可能过来救你的了。

听到白露潭这话,我心中莫名一阵晦暗,憋着的那一口气泄了,再也没有提起来。

过了好一会儿,我才喃喃问道:"那么……我接下来所要面对的,就是一颗子弹,结束我罪恶的一生了?"

白露潭摇头,说,怎么会?接下来,你将会和鬼面袍哥会的余党,一同押送到白城子监狱服刑。在那里,他们答应我,你将会得到好一些的待遇。放心,你不会受太多苦的……

我看着白露潭这清丽中又带着一些娇媚的脸庞,心中浮上许多说不出来的厌恶,闭上眼睛,说,你滚吧,不要让我再见到你!

白露潭的声音在那一刻突然凝住了。我闭着眼睛,看不到什么,但是能够感受到她的目光在我脸上停留了一会儿,然后带着一股香风离开了。铁门缓缓关闭,沉重的响声,敲打在我的心头。我想起了白露潭所说的话,她告诉我,我已经签字认罪了。想来这是我在昏迷后,遭吴临一迷惑,被动了手脚。我心中冷笑,吴临一这个混入组织内部的大贼,他还真的是不择手段,不过就这东西,能够成为证据吗?

现代社会,无论是做什么,都是要讲法、讲证据的,他们这么做,早晚只会自食其果。因为,总是会有正直不阿的人存在。

这个世界,正义是永远能够战胜邪恶的!

我在那个小房间里待了几日,再也没有人过来看我,想来他们是封锁了消息。到了第四天,有人过来领我,说是要带着嫌疑人到法庭去,审判之后,直接押运到白城子。我并没有被套上头罩,走出层层铁门之后,我看到了久违的太阳。押运人员里,并没有茅老道,而是几个不认识的高手。出了门,我看见了一个熟人,就是手托瓦钵的秀云和尚,只见他煞是厌恶地看了我一眼,说走。

旁边几个彪形大汉立刻走上来,把我推上了防护森严的押运车里。

第七章　陪你走天涯

这趟被押运的,除了我之外,还有另外一个家伙,他坐在我对面,不停地拿眼睛盯着我瞧。

我本就心情烦躁,被这土贼瞧得心里面满不自在,于是冲他大声吼道:"看,看你娘咧?"

那个土贼被我一通骂,先是一惊,然后哈哈大笑起来,戏谑地说道:"哎哟,你不认识我了啊?想当初,你在洞子里神猛得很,仗着跟那头老僵尸的关系,弄死了大爷,还将我们这一伙人全部都给带出了山腹,却没想到,最后还是落得如我一般的下场。怎么样?世事无常吧?"

听他这一番说辞,我不由得想起来,这个土贼,不就是洪安中最后带出来的那个活口吗?

能够在那场合,还陪在张大勇身边的,想来都是他的心腹。只是过了这么久,都还没有将他给来审判,还要和我一起凑上法庭呢?我心中有些疑虑,但并没有搭理这个家伙,而是打量四周。我们待着的这后车厢,是特制的,窗口都焊着牢牢的钢筋,然后用布帘盖着,偶尔有一丝光线透露出来,让人知道这是白天。在前面的隔间里,有两个全副武装的军人,正持着手枪,子弹上膛,全程盯着我们。一旦我们有异动,警告无效之后,他们是可以随时将我们击杀的。

我看到秀云和尚了。他也在栏杆外面安坐,闭目而眠,似乎是睡着了,然而我却能够看到他眼皮下面的眼珠子在动,似乎在练着什么功,气息吞吐不定。刚才交接的时候,他根本就没有跟我说过一句话,完全忘记了与我并肩作战的友谊,这样的表现,让我心中很不爽快,不过想一想,也释然了。

毕竟我现在成了一个杀人犯,而且死者还是茅山话事人杨知修的外甥。

避嫌,这件事情总是要做的。

因为看不到外面的景况,我坐在后车厢里,也不知道自己将要前往何方。这种心无所依的感觉,让我有些难受,空落落的。不过这车内,比起我之前待的房间来说,环境要好一些,我尽力伸展四肢,让戴着手铐脚镣的手脚,不那么难受。

我对面的那个土贼不停地聒噪,讽刺我,仿佛要把自己受到的所有苦难,都推到我身上来。见到别人比自己更惨,他开心得要死,浑然忘记了自己此刻的处境。

被关押了几日,我的心态已经被磨砺得坚毅如铁了,所以并没有多在意,而是一直在脑子里面,推演各种关系和随机概率,并且想着一会儿到了法庭,我要如何向法官，证明我的清白。我始终相信，邪恶是战胜不了正义的，任何人，都不能够一手遮天。

就这样，大约过了一个多小时，那土贼早已经闭上了喋喋不休的嘴巴，车子在平静地行进着。突然，有一声巨大的震动，从车壁处传来，然后我听到了轰然的撞击声和急速的汽车刹车声。

当这一切骤然发生的时候，我和我对面的那个土贼被惯性给控制，摔倒在地。不过我们两个的手都被铐在了车壁上面，这一拉扯，手腕处立刻痛得要死。我这些天来，手铐脚镣是必备的，使得手腕处全部都是青肿，这一下，疼得我哇哇叫。

不过我们难受，车厢前面的人也不好受，我摔倒在地，看不到什么，但是听到前面一片混乱，车终于刹住了，嘈杂的声音传过来，有人慌张地大叫怎么了、怎么了？

没有回音，又过了几秒钟，我听到有玻璃破碎的声音，这是被拳头击碎的，然后又有打斗声传来。没有枪声，我努力站起来，想往前面看，结果车体又是一阵摇晃，轰隆，整个车厢都被掀翻。我天旋地转，对面的那个土贼也压在了我的身上来。

我的耳边突然响起了一声呼唤："陆左哥哥……"

我睁开眼，只见小妖出现在了我的眼前，她的手往我的手腕处摸去，冰凉凉的，让我青肿的手腕好受了一些，骨头也不再疼得那么厉害。接着，我听到"咔嚓"一声响，手铐便打开来了。我当时的心情并不是惊喜，而是担忧，我拉着小妖的手，急迫地问道："你怎么来了，这事情可开不得玩笑啊？"小妖弯腰给我解脚下的锁链，见我如此激动，也来不及解释，说，先离开，我们回去再说。

我想也是，努力站起来，然而脚下一紧，鬼面袍哥会的那个土贼抓着我，大声喊道："大哥，大哥，带上我吧。小弟高雄，一定鞍前马后，做牛做马来报答您的恩情。"

我当时的心情乱糟糟的，不过在此之前，我其实也有料到我的小伙伴们，在最无奈的时候，会铤而走险，走出这一步。既然我能够想到，对方未必不知晓，那么极有可能，这个突然冒出来的家伙，就是赵承风他们收买的暗子，我哪里敢带这么一个地雷在身边？

小妖看向了我，而我则一个眼色，她明白了，手起掌落，这个土贼双眼一翻白，顿时晕了过去。接着这小狐媚子开始用劲踹那后门，砰砰砰，只几下，那精钢铸就的门锁便被崩飞。

我在小妖的牵引下，爬出了押送车。这在一处城乡接合部的工地附近，道路上没有人。押送我们一行的总共有三辆车，一辆车翻到了道路旁边，一辆车的人全部都闭目而眠，没有血迹，似乎昏迷了，而我们翻倒的这一辆边缘，有一袭青衫，正在与人搏斗，战斗正酣呢。

我伸手去拉额头上面的镇蛊神符，结果小妖拦住了我，说，等等，别忙，萧大哥不让。

我表示知晓，绕过车子，冲着正在与那几个陌生高手交锋的杂毛小道喊道："你怎么来了？胡闹！"杂毛小道哈哈一笑，没回头，手上不停，一边抵挡一边说道："兄弟有难，我岂能坐视不管，既然所有的手段都试过，穷途末路了，那么就只有现在这一招了。怕什么，不就是亡命天涯吗？做兄弟的，自然是要陪着一起的……"

听到他淡淡的话语，我不由得鼻头一酸，这话儿说得痛快，但是真的亡命天涯了，那么人生的所有，都会由此而改变了。

他，倒还真的能舍得下所有，包括性命。

也许，这就是真正的兄弟吧！

说话间，杂毛小道手腕转动，又挑中了一个家伙的手筋。为了赶时间，杂毛小道此番出手的剑法，多了好几分的凌厉和凶猛，完全就是拼命的节奏。然而他面前的那三个高手，也不是等闲之辈，一番纠缠，反倒将杂毛小道压制得有些施展不开。

我转头去找此行最厉害的高手秀云和尚，但是却没有发现，正四处望，突然一道肥硕的黑影出现在了那三个高手的身后，一掌一个，利落地击晕了两个，第三个察觉不对，刚刚准备回头，小妖果断出击，将他给轰然击晕。这个肥硕的黑影，正是我在寻找的秀云和尚，他的脸色焦急，朝着我们低喊："快跑，这是张伟国设置的圈套，正是要引小萧上钩，所以才没有安排茅同真以及其他人押运。不出五分钟，他们就会赶到的，快跑！"

我见到秀云和尚突然反水帮我们，心中惊诧，忙问，佛爷你怎么办？

他惨然一笑，掏出一把匕首，果断往自己尽是板油的腹部，一刀捅去，狠厉而果决，吓了我们一大跳。

见我们要走上来，他挥挥手，说，无妨，贫僧自己省得轻重。陆左，你是被冤枉的，这个我们都晓得，只是现在杨知修那老杂毛震怒，形势所迫，你必须要避一避风头。不要偏激，要相信，邪恶永远是战胜不了正义的，请一定要相信正义，相信善良，不然贫僧这一刀，就白挨了。好了，我能帮的也就只有这些，你快走，避过风头，其他的事情，我们来给你周旋！

这时一道肥硕的黑影，从我们的头顶飞过，虎皮猫大人嘎嘎大叫，说一群傻瓜，赶紧跑，那伙屌毛在后面吊着呢，马上就追上来了。我点头，没有再与这个可敬的老和尚说话，杂毛小道拱手为礼，然后带着我和小妖，往前面跑去。在那里，有一辆越野车。

我们冲进车厢，发动机没有停，杂毛小道一踩油门，车子就像匹野马，朝着前面蹿去。

杂毛小道还是我们在洪山开苗疆餐房的时候考的驾照，学得不久，不过开得很猛，几乎是在狂飙，拿这车子当赛车开着。我见他脸色绷得紧紧，想来心里面也是紧张到了极点，不由得埋怨，说，你们既然知道是敌人的圈套，怎么还这么冒失，前来劫道？

杂毛小道叹息，说，不然能怎么办？现在杨知修那个家伙压力顶过来了，赵承风又是顺水推舟，你这回肯定是避不过的，如果把你弄进了白城子，到时候，天王老子来，都救不了你了……

　　这话还没有说完，我就听到很远的地方，传来了一阵警车的鸣叫。

第八章　另辟蹊径，飞剑啊飞剑

虽然后视镜里还没有出现追逐而来的警车，但是听到这鸣笛，我们的心中，便不由得又是一阵压抑。在背后阴我们的人，其实是一个很高明的棋手。他知道自己虽然已经罗列了一系列证据，但是如果我当庭喊冤的话，仍然还是会有差池，说不定还有翻案的可能。而万无一失的情况是，如果我逃跑了，那么他们在追击过程中，将我果断击杀，这样才更符合他们的利益；除此之外，还能够将杂毛小道给拉扯进来，给我陪行。所以他们才会安排这么一次押运，才没有让茅同真随行，才会让与我亲近的秀云和尚主持……

所有的一切，都是阳谋，但是涉及的相关人等，却不得不如同牵线木偶一般，按照那个棋手的预定方案行动。小道终于还是孤身前来，秀云和尚终究还是出手帮了我们，一切其实应该都在他们的预料之中，因为他们洞悉对手所有的性格。而现在我们所要拼搏的，则是他们，到底能不能抓住我俩。

抓住了，我们就彻底输了，不但坐实了我故意杀人的罪名，而且还罪加一等，越狱了。

没抓到，我们亡命天涯，天下之大，总能够有我们待的地方，然后等着杨知修下台，或者其他机遇。不然我们永远都只能漂泊异乡，顶着另外一个名头过活，连打个电话问候家人，都不行。

一想到这里，我的心里面就憋屈得厉害，认真地问正在聚精会神开车的杂毛小道，说，事情真的到了这个地步了吗？如果你们不过来，我在法庭上面，真的就通不过吗？

杂毛小道点头说，是的，根据他们目前掌握的证据，你是故意杀人，而且手段恶劣。即使因为你修行者的身份，不会对你判处死刑，但是如果押运到白城子的话，你定然是要受到更多的痛苦。大师兄告诉我，说没办法了，杨知修那里看得紧，他不能动，要想避过这一次的风头，必须先逃跑，逃离对手的掌控，隐姓埋名，等他后面运作妥当，方能够完好无损地返回来，沉冤得雪。

我对大师兄心有怨言，没好气地说：「你大师兄会不会把我给卖了啊？」

我说这话其实是有缘由的，上一次集训营，便是大师兄给我安排的名额，九死一生，差一点就挂掉了。而这一次，也是大师兄找的我，结果不但中了鬼面袍哥会的圈套，而且还沾惹上这一档子倒霉的事情。我在此以前，可从来都没想到自己会变成个模样，就像好莱坞警匪剧里面的被诬者，被一大串呜哇呜哇的警车追逐。

"怎么会呢？"

杂毛小道很是奇怪地看了我一眼，见我脸上有愤慨，叹了一口气，说，其实你是被连累的。

他跟我讲起了茅山宗的一些内幕，所谓茅山宗，是分内院外院的，而最高的领导人，自然是当代掌教陶晋鸿。除此之外，茅山宗还有司职传功、弘道、继法、管阁等的长老团，以及处理日常事务的内外堂负责人。不过杂毛小道的师傅，自当年黄山龙蟒一役后，受了重伤，封锁后山修行，据说兵解成就了地仙，不过具体情况如何，却无人知晓，其他人只是知道，陶晋鸿还活着。

国不可一日无君，教不可一日无主。当日封山，陶晋鸿曾将众长老召集，任命内院负责人杨知修为主事人，处理日常事务，除非关系茅山宗生死存亡的事情，不然不可入后山打扰他。

至此，茅山宗开始进入了后陶晋鸿时代。杨知修此人善于交际，会拉拢人心，但行事难免过于功利，亲疏有别，而且本身修为也不高，难以服众；而此时，陶晋鸿当日大弟子陈志程已经在特勤局内异军突起，成为茅山宗的另一面旗帜，深得很多长老的欢心。一山不容二虎，故而两人常有龃龉，不过杨知修一是大师兄的师叔，二则是陶晋鸿亲自点名，在大义方面，占了上风。

这一次，我算是大师兄的人，而黄鹏飞则是杨知修最疼爱的外甥，为避免被人诟病，所以他表面的态度，自然是不偏不倚，按程序办事。然而背地里，大师兄却跟杂毛小道筹划好了一切，告知所有的信息，让杂毛小道将我半路劫出，设计好逃亡路线，避开对手的这一波凶猛反扑。等事情过了，他才好将那些证据链给一个个掀翻，为我们平反。

当然，所有的前提在于，我们要能够逃脱以茅同真为首，特勤局各路高手的凶猛追击。

命短命长，到了最后，还是要看看自己的本事。

在杂毛小道跟我讲这些秘辛的时候，小妖正在给我整治脑门上面的那张符箓。这张非金非纸的符箓，有着巨大的吸引力，紧紧地贴在我的皮肤上面，小妖给我尝试撕了一下，感觉连带着皮肤，血淋淋地一起被剥离下来。不过杂毛小道的符箓之道，正好也是习自已故的李道子，这里面的窍门讲究，他了如指掌，早先就教与了小妖，他这边开着车，小妖那边拿着一种黏糊糊的黑色膏药，涂抹在我的额头上。

那膏药温热，小妖手指冰凉，不一会儿，涂满了我整个脑门。

接着，杂毛小道抽空点燃了一张符，然后将我额头这张一起引燃，一道火焰冲天而起，我感觉脑门子一阵炸响，接着遮挡在我面前的那张符箓，便消失不见了，我的胸口一痒，长久被压制的肥虫子冒了出来，瞪着一双黑豆子眼睛，可怜巴巴地瞧着我。这些天来，它被压制在我的身体内，与我失去了联系，那符箓的镇压之力，源源不断地压迫而来，使得它受到的委屈，比我还要多，十分可怜。

杂毛小道开了一段路，周边的车辆越来越稀少，突然他的眉头一皱，说前面封路了，入山这一条道走不通了。说着他使劲儿打着方向盘，朝着另一边行去。这时，我们身后那乌泱乌泱的追兵，终于跟上来了，离得老远，就有子弹飞过来，有的与我们擦肩而过，有的则砰砰打在了车身上。

之前我们旁边还有车辆，为了避免误伤，他们并没有对我们进行攻击，而此刻，竟然肆无忌惮地使用起了枪支，想来是已经接到了格杀勿论的命令。我们都吓得伏低了身子，不敢让自己的脑袋，多冒出一点，担心自己的脑壳儿被子弹给掀开来，脑浆四溅。

情形是如此的危急。我知道，虽然秀云和尚帮我们争取的那一点儿时间，使得我们能够提前冲出对手设置的包围圈，但是，我们与他们相比，就是蚂蚁与大象，哪里能够硬抗。杂毛小道改路线之后，周围的车子渐渐地就多了起来，没有人敢承担误伤的风险，枪声骤停。不过越来越多的车子，加入了追逐的行列，从后视镜瞧去，吓，十几辆！

杂毛小道的车子已经开到了极限，他的反应能力其实还是蛮高的，真正搏起命来，风驰电掣，周边的景物"唰唰"地往后面飘，根本就来不及看清楚什么。不过我还是看到了几张模糊的脸孔，那是路人惊诧的表情，深深地印入了我的脑海里。我感觉我们现在好像在拍电视剧一样，显得很不真实。

又行驶了十几分钟，旁边的车辆多了起来，杂毛小道的额头上面全是紧张的汗，一滴一滴地滑落下来，小妖拿着毛巾，帮他擦去汗水。我感觉我们的车子在飘，如同一个亡命徒，不断地超车、加速，这样巅峰的车技，居然是一个学车不久的家伙开出来的，果真是应了那句话："人都是逼出来的……"

我们奔行着，前面的视野渐渐开阔，出现了一架大桥，横跨几百米，下面是浑浊的江水，奔流朝东。

杂毛小道大声叫，说小毒物，后面的防水包裹拿着，我们准备跳河了。

我刹那间便明白了杂毛小道的计划。正是有着龙哥给我的那颗避水珠子在，才使得他生出了这么一个能够在重重包围中突出逃生的计划。时间紧迫，我也来不及再问，伸手将后车座上面的防水背包抱在怀里，几下掏弄，便将那颗惨白色的珠子，紧紧握在了手里。

这时，我们已经开上了桥面，朝着大桥中央行去。我远远地看到，在桥的对面，已经有警察在封锁桥面了，很多车辆拥堵成了一团。杂毛小道怕后面的车追尾，往旁边压，然后骤然停车，大喊我的名字。我表示知晓，背着防水背包，推门，躬身从车头绕到了桥边来。当我一冲出车头的时候，杂毛小道也推开了车门，冲了下来。

而就在这个时候，我们听到空中一声炸响。一把青色飞剑，朝着我们这边急速袭来。

第九章　小隐隐于市

　　读过还珠楼主《蜀山剑侠传》的朋友，想必对飞剑一物，十分倾慕。
　　我在刚刚踏入这一个行当的时候，也曾经问过，这个世界上，是否有飞剑这东西存在呢？杂毛小道告诉我，是有的，不过很少，几乎没有几个人见过。不过这世间的事情，就是这么奇特，你没有见过的事情，未必不会存在，所以，万事皆不可妄下定论。如今，我见到一束青光，以一种磅礴迸涌的气势，朝我们飞射而来，心中顿时狂跳不止。
　　杂毛小道见我愣住了神，一把拉住我的手，拽到大桥的栏杆前，望着下面淡黄色的奔涌江水，大叫"一起跳啊"。那道青光转瞬而至，我也反应过来，在小妖的助推下，与杂毛小道手拉着手，纵身翻下栏杆，朝着那宽阔的江面，一跃跳下。那束青光，擦着我们的头皮飞过，炙热，我感觉到自己的头发都要变得弯曲了，再接着，是身体急速的跌落，让我的意识在那一瞬间，变得有些模糊。
　　风声在耳边呼呼作响，没几秒钟，我们便跌落江中。很奇怪，我们并没有跌出巨大的水花，而是缓缓一震，然后往下面沉去。
　　我的左手牵着杂毛小道，右手则紧紧握着天吴珠。
　　那珠子平日里摸着温润如玉，而此刻，却是冰冰凉，然后以它为中心，往外冒出排斥的力量，在我们身周形成了一个可供呼吸和行走的空间。不过若说是完全避水，这也不是。怎么讲，我感觉这天吴珠就好像一个可以供我们在水里面呼吸的肺，或中转器，而我们在里面，水从液体变成了气体，湿漉漉的，像身处于落雨长毛的梅雨天。
　　而且，我可以用意念控制天吴珠，上浮下沉，十分有趣。
　　头顶上面一大堆豪华阵容的追兵，我自然是一沉到地。身后有暗流涌动，我则随波逐流，被奔涌而来的江水推着，往下游漂荡。漂了没多久，听到身后轰然一阵响，有一道剑光从天而降，击在了我们身后落江处。震波传来，我们皆吓得胆寒，催动避水珠，奋力往下游逃窜。
　　好在大江宽阔，我们沉于水底，从上面看，均是浑浊浊一片，瞧不出个究竟，那使飞剑的家伙摸空射了两道，便再也没有出现了。我和杂毛小道行于江底，下面好多淤泥、石头和垃圾，还有各种水草，天吴珠在我们身边隔绝出一个不大不小的空间来，身后有水流推动，我们仿佛电视中看到的在月球走路的人，脚尖一点，就朝着前方漂，感觉十分奇怪。周遭有些浑浊，偶尔能够见到一些游鱼，在我们的呼吸圈之外滑过，瞪着一双眼睛，好奇地瞧我们，不知道是什么东西。

这空间里虽然潮湿，但是可以说话，我问杂毛小道说，刚才使飞剑的那位，是你那茅同真茅师叔？

杂毛小道摇头，说茅同真练的是五雷明证录，阳神驱鬼，并不通此法。那使飞剑的，想来是他们从青城山请下来的高人。我顿时想骂娘了，剿灭鬼面袍哥会的时候，一流高手里，只派了洪安中和青城二老三位，害得我们差一点就葬身山腹中；而此番追捕我们，设套子，竟然请来了这么一位，太瞧得起俺哥俩了。

老萧哈哈大笑，说，他们也是不得不防，从我们数次的战绩来看，我们向来都是爆发型的，要以防万一。杨知修的面子，有些人还是会看的。

之前逃出山腹那次不算，我们两个也是第一次用天吴珠。在水中奔行，感觉十分自在，就如同神话传说中的一样。《山海经》曾曰：天吴，八首八面，虎身，八足八尾，系青黄色，吐云雾，司水。这是一种江河湖泊中的异兽，古人瞧见，以为河伯。龙哥和他的王，当年猎杀了这么一位水神一般的家伙，剥皮抽筋，最后掏弄出这么一个珠子来，自然是珍贵得紧。

我们潜行了半个小时，才浮上来，瞧一眼外面的景物，对比周围的景物，知道自己漂到了哪里，接着再次潜下去。

有天吴珠在，水下虽然可以勉强说话，但毕竟不舒服，我们便一直沉默，而小妖早已经躲入了六芒星精金项链中。我摸到背包里有两柄木剑，心中一喜，问，我的鬼剑制好了？杂毛小道点头，却并不言语。

在水中足足漂了一个小时，杂毛小道再次与我一起浮出水面，四下张望了一番，然后指着远处江边堤上的一辆面包车，说，过去，那里有人接应我们。我们开始往江边靠拢，然后上了岸。我收起天吴珠，浑身湿漉漉的，问，这个人可靠吗？

杂毛小道点头，说是老交情了，以前四处浪荡的时候认识的。你还记得我跟地翻天之间，不是有一段交情吗？其实我和他是曾经一同在中原故地刨过坟子，有着过命的交情，当时的几个兄弟，里面就有这个。

我说哎哟，还真看不出来，难怪当初在火车上一见李汤成，就能闻得出人家是个地里面刨食的土夫子，原来你自己也干过这勾当啊？杂毛小道并不隐瞒，耸耸肩膀，说当时也是好奇，就跟他们走了一遭，后来就再也没有去了，忒累，远没有摆摊算算卦、泡泡妞来得爽利，就散伙了。

说话间，从江堤上面跑下来一个穿黑夹克的中年男人，低声道："小萧，终于来了？快点，进车里面，现在全城风声鹤唳，再不走，只怕回去就要设卡检查了。"

杂毛小道上前跟那黑褂子握手，然后跟我介绍："万一成，刚才跟你讲的那哥们；陆左，一起逃难的兄弟……"

万一成跟我们匆匆握手，然后将我们带上了江堤，进了面包车。他看了一下我们的来路，瞄了一会儿，说还好今天下了一点零星小雨，不妨事的，走，我们先回去。

瞧他这一番做派，倒也是一个谨慎的精干之人。我心中虽然有些忐忑，但既然是杂毛小道的朋友，便也放宽了心。

　　在水中行了差不多一个钟头，这天寒，冷得够呛。好在车后面准备得有干燥的衣物，合身，当下我们两个顾不得许多，将全身扒光，然后换上，这才感觉好一些。万一成见我们换好衣服，便问我们，说到底做了什么丧尽天良的事情，竟然弄出这么大的场面来？刚才从复线桥那边经过，那阵势，好多年没有见过了。

　　杂毛小道弄了把梳子，将自己刚刚用毛巾揩干的头发梳拢，然后找了根橡皮圈，捆成一个帅气的马尾辫，十足的艺术青年。听到万一成的问话，他指着我，说，这哥们得罪了我们茅山宗现在的话事人，将他大外甥给杀了，现在全城正在搜捕。他们知道我的社会关系，隐秘一点的，也就只有你了，所以才麻烦你来帮这个忙。万一成愣了一下，看着文质彬彬的我，说，杀人啊？看着这哥们不像啊？

　　我跟他解释，说，我是自卫杀人，那个家伙想弄死我，结果本事不够，自己就跪了，如此而已。

　　万一成点了点头，说，既然是这样，我老万就没有什么心理负担了。先去我那儿待一段日子，等这段风头过去，再作打算。说完这些，他没有再说话，而是小心地开着车。一路上，不时有警车呼啸而过，朝着长江的下游行去，一直往回走，沿途的江堤上，都有穿制服的警察在瞧看，而江面上也有渔船在打捞。

　　没有人知道冰尸龙哥交给我的那颗珠子，能够避水，而我们进入那水阵，也只是一阵昏暗，虽然也有人会猜测到，但是这种违反科学常识的东西，还是很难让人相信。所以这几天江面定然不会太平，那些人应该还在打捞我们，活要见人，死要见尸。

　　万一成住在市边缘的城中村里，与我们跳水的复线大桥相隔很远，独门独院的一座二层小楼。车子一直开到门口，然后看左右无人，将我们给带进了院子。

　　万一成往日曾与杂毛小道一同干过盗墓的勾当，不过后来洗手不干了，自己开了一家汽车配件店，生意倒还红火。他结过婚，有一个十岁大的女孩儿，不过后来又离婚了，孩子跟着老婆过。目前光棍一个人，在这里单着过，所以十分适合我们在此隐匿。

　　我们走进小楼，万一成给我们安排了两个房间，因为很久没住人，而且一个大男人，自然不怎么擅长收拾房间，所以条件并不是很好，有股霉味。我们回来的时候已经是下午五点多，放下了行李，万一成让我们收拾一下，自己下楼张罗。没一会儿，便弄了一桌热腾腾的火锅，招呼我们下来吃。

　　我在牢中，伙食难吃，心情也郁结，到了此地，尤其是看到这锅面漂红的浓汁和热油以及滚滚的蒸汽，不由得眼泪都要滴下来。

　　终于，自由了。

第十章　精金镀鬼剑

万老哥做的是正宗渝城火锅，鲜香麻辣，红油翻滚，吃得我腹中饱饱，眼泪都快要滴落下来。

杂毛小道见我这副模样，伸手过来拍我的肩膀，说，人活一世，总是要受一些委屈的。受不得委屈的人，就跟那温室里面的花朵一样，没什么大的出息。想当年，我被逐出茅山，一个人流落江湖，四处飘零，有家不能回，天下之大，竟无自己的容身之处。当时那个情形，现在想起来，也不由得辛酸，不过，也不是过来了吗？

我低下头，揩干湿润的眼角，挟了一串鲜香可口的毛肚，入口，缓缓地嚼着。我说，我受到这点委屈，倒不妨事，就是怕我老爹老娘知道了，老两口要想不开，那可咋整？

万一成吓了一跳，说陆老弟，你可别想着打个电话，回家报平安什么的。你要知道，这个时候，你大部分社会关系的电话，都已经被监控起来了，只要你一个电话过去，没多久，别人就知道你在哪里了。这可开不得玩笑的。

杂毛小道笑了，说小毒物，这你可得放宽心，别小瞧了你那娘老子。你外婆那么厉害的人物，你母亲能有那么简单？她的见识，肯定比你所想的要远，所以，只要你平安了，你父母才是真正的安心。这几天，先养养身子，瞧你这手腕儿，瘀青浮肿，连筷子都拿不稳，还跑啥子路啊？

万一成举起酒杯，跟我们喝了一杯白酒，然后问我们接下来的打算。

此地不是长居之地，落个脚可以，在这里一直待下去，不但万一成的生活节奏会被打乱，而且很容易露出马脚，被那些人给算到。我来的路上也一直在思考。

杂毛小道说出他的想法：往南，到滇南，然后越境到达缅甸，我们可以在东南亚厮混一段时间，然后等待内线的消息。如果一时半会澄清不了，那我们就去别的国家，比如日本、美国、英国，反正咱们朋友遍天下，哪里去不得？不过杨知修那老杂毛，最宝贝自家的外甥，倘若他心中的积怨未消，只怕逃到天边，都会追来。

杂毛小道告诉我，说有人跟他说，如果真的要躲，就往西，过盆地，往藏地行去，可以在那里避一段时间。至于为什么，那人没有说。

所谓那人，便是大师兄。不过杂毛小道为了保护万一成，让他少知道一些。

杂毛小道问我的想法，我考虑了一下，说我也觉得去东南亚这个方案还不错，至于藏地，一是咱们没有去过，二是那人的含义是什么，我们都没有弄清楚，如何去？

杂毛小道说不急，这几天暂时也别联系他了，先安心养伤，过一段时间再说。

我们不再说起,而是安心地将肚子填饱。当天晚上,我和杂毛小道凑到一起,聊起我被抓捕之后的情况。

　　他告诉我,说他那天出门之后,立即打电话责问大师兄。大师兄当日便将事情的严重后果,给杂毛小道讲明。因为事情涉及茅山宗内部事务,他也没有什么资格和立场说话,而这背后,又有赵承风在推波助澜,要想给我翻案,唯一的路子,就是让白露潭这个最关键的证人,再次改口。然而,白露潭既然已经下了决心陷害你,自然是没有回头的心思。而且她若是真的改口了,那么在她背后操作的那些人,定然是不会放过她的。由此引出的一大堆公案,那可就真的让人头疼了。

　　所以,大师兄在沉思很久之后,告诉杂毛小道:劫道,完了就跑。让这件事情冷上一段时间,凭他的手段,定能够给我们翻案。

　　我问杂毛小道,万一成这里的关系,有多少人知道?杂毛小道说应该是安全的。老万是过命的兄弟,而且他俩交往的事情,少有人知晓。现在追捕方的精力,大部分都集中在了长江水道以及比较熟络的社会关系上,像老万这种,绝对没有人能够查得出来。

　　这一天,我也是精疲力竭,跟杂毛小道确定完这些之后,我真诚地跟他道了一声感谢,然后在他的怒骂声中,返回了自己的房间,安心歇息。

　　接下来的几天里,我们足不出户,在万家小宅里安心养伤。

　　外面的风声沸沸扬扬,说什么的都有。老万家能够上网,但是我们却并不敢登自己的所有账号,也不敢联络朋友和熟人,以免被追根溯源,只是浏览相关的新闻,看看而已。随着时间的推移,我的心情愈加沉重,想一想自己本来还是一个自由人,如今却陷入了各方通缉当中,连出个门都不敢,心中就越发地恨。

　　不过这恨也只是针对那些在背地里阴我的人,我自始至终记得秀云和尚给我的告诫,公道自在人心,要选择相信,而不是憎恨。总有一天,我会重新返回自己生活的地方,不用再像现在一样,像个老鼠,一听到警铃声,就吓得找地方躲避。

　　这样憋闷的生活,普通人定然是受不了的,而我和杂毛小道却例外。我胸口受过刀伤,双手双脚也被勒伤。因为如此,使我更加渴求力量,所以每日都在用功,或者固体,或者行气,抓紧每一分时间,用来强大自己,争取尽早复原。而杂毛小道,他的兴致则转移到了前几天刚刚从老家寄过来的槐木鬼剑上面来。

　　这剑是小叔三顾茅庐,请得那老师傅加班制成,而在事发的前两日,刚寄到了杂毛小道手上。之后他一直忙于策划劫车,故而没有时间打理,此番潜伏下来,这才得闲,开始专心致志地在木剑上面篆刻符文。

　　之所以说是鬼剑,其一,这槐木成精,而后神魂被劈死,留下来的是妖身,契合鬼力,是了不得的材料;其二,因为杂毛小道准备在木剑之上,篆刻上"荐拔往生神咒",此神咒乃超度亡魂的不二法门,与鬼近,离神远。所以,称之为"鬼剑"最是贴切。

杂毛小道还有一个念头，便是我手中现有的那一串六芒星精金项链，有几处结构与法阵无关，纯粹是为了满足西方人的审美装饰。这精金的密度很大，延展性也好，如果能够凝练出来，给木剑镀上一层精金，那么不但更具契合力，而且也能够如同金属剑一样锋利。

　　杂毛小道的想象力越来越丰富了，而他在符箓之道上，越走越远了。

　　第二日下午，万一成提着食物返回，然后拿手机给我们看。上面的照片，正是我和杂毛小道两个人的通缉令，已经上了街头巷尾。如此一来，我们更加不能够出门了，万一成告诉我们，说认识几个收破烂的拾荒者，改日去淘一些遗失的身份证来，到时候若像，就先用着。去滇南的时候，应该会用得着的。

　　我们两个待在藏身之处，根本就没有任何外界的消息来源，也不知道追踪我们的人，到底是一直跑到了下游，还是以为我们死了。不过，作为这个行当的人，我们很清楚地明白，总会有高人能够掐指一算，说不定连方位都找寻得到，我们在此处待得越久，就会越危险。

　　晚上，虎皮猫大人找了过来。它长得实在太明显了，所以出入的时候，十分小心。虎皮猫大人告诉我们，说那群傻瓜在江面上打捞了两天，没什么结果，一部分人到下游去搜寻，一部分人则返回，没有什么动静。如此又过了一个星期，市面上好像平静了许多，我逛网上的地方论坛，再也找不到相关的帖子，也不知道张伟国、茅931真这些人，到底有没有放弃搜寻。

　　我的伤已经好得差不多了，除了剧烈运动的时候胸口隐约有些疼痛之外，再无其他问题。杂毛小道请万一成买了一些工具，竟然真的完成了他的设想，将那柄鬼剑给镀上了精金，用手指在剑脊上面轻轻一弹，有铿锵的金属之音回荡出来，清脆而嘹亮。

　　当杂毛郑重其事地将这柄镀上精金、刻满古怪符文的鬼剑，交到我的手上时，我眼圈发红，忍不住想哭。

　　即使全世界都背叛了你，总还会有一个兄弟，在默默支持你，共赴生死。

　　鬼剑，这是我和杂毛小道这些年来，友情的见证。它黯淡而内敛，必要的时候，将锋芒毕露。我将这剑提在手里，感觉隐隐有些发沉，很有质地，里面有一股莫名的吸引力，将力量输入进去。这力量能使得剑的速度，变得更快。而当朵朵附身进去的时候，它仿佛活过来一般，风声呼呼，游龙惊凤，刹那间，便有精妙的剑法，施展出来。

　　得此好剑，我很兴奋，然而万一成下午回家时，告诉我们一个消息，却让我们的心情沉重下来。这几天，万一成好几次见到有人，在这附近瞎转。他以前做过一些勾当，眼招子自然十分厉害，一眼就瞧得出来，这些人，都是公家的。

第十一章 风中川南行

听到万一成凝重的话语，我们知道，离开的日子，终于到了。

整个渝城三千多万人口，想要找两个人，简直就是大海捞针。如果查不出万一成这样的社会关系，其实理论上我们只要不出门，就一定不会被发现的。这期间，气氛还是很紧张的，居委会、邻居以及民警，有几次过来串门，导致我们警戒得很，晚上房间里都不敢开大灯，生活在黑暗中。

然而理论终究是理论，在我们这一行里，通过求神问卦、占卜堪舆这些手段，其实也是很容易找寻到我们存身的大致范围的。毕竟，世间的万物都是有牵连的，只要人活着，总有大拿能够算清楚你的前来后往。

此前，万一成已从黑市给我们淘弄了两张真实的身份证。上面的两哥们，一个叫梁凯，一个叫刘忻月，前者跟我长得很像，后者则跟杂毛小道有些神似。其实遗失的身份证有好多，稍微一点儿相像，很容易蒙混过关的。我们听到消息，便没有再作停留，匆匆收拾东西，然后将之前准备好的发套、胡子弄好。万一成以前混过这行当，他给我们草草化完妆，然后从后门，送我们出去。

其他行李都还好说，就是那两把剑，比较难藏，不过我们之前弄了一个收藏画稿的圆筒，背着，倒也不是很扎眼。

我们出发的时候，正好是晚上五点多，城中村华灯初上时。十二月份，街头巷尾都搭起了小摊子，好多夜市摊，喷香的辣椒和麻油的香味在空中飘散。我和杂毛小道穿着平常，像两个普通的游客，为了改变造型，我还特意穿了一双内增高的鞋子，显得很高大。

我们在巷道里穿行。突然，杂毛小道紧紧拉了一下我的手，我顺着他的目光瞧去，只见好久不见的张伟国，出现在对面街头的一家店面处。在他的周边，有好几个便衣，正远远地朝着我们这边走过来。

虽然经过了化妆，脸颊上面也粘了胡子，面貌已有了很大的改观，不过我的心却依然有些发虚，不知道该如何是好。杂毛小道却并不在意，他从怀里掏出一瓶二锅头，把酒淋在手上，然后又漱了一下口，哈了口气，然后扶着墙，半蹲，开始强烈地干呕起来。我自然也有样学样，跟他讨了一点儿酒，涂抹身上，然后将手指放在喉咙里，死劲儿扣，蹲在地上，装醉鬼。

你还别说，将手指放在喉咙里，尽力往里面伸，然后悄无声息地收回来，立即有一股又一股强烈的呕意，袭遍我的全身，弄得我直打颤，浑身的鸡皮疙瘩都冒了出来。当张伟国从我的眼角余光中,往我们下一个巷道口走的时候,我再也忍不住了,将晚上吃的火锅,从胃里面翻腾而出,呃的一下,全部都喷吐到墙上面。

杂毛小道见我装得如此投入,赶忙往旁边退开一些,我摇摇晃晃地摸进旁边的黑暗中,便见到一个男人捂着耳麦,一边说话,一边从我们的身边走过。我仅仅用余光瞥了一眼,便没有再抬起头来,而是蹲在地上,不敢动弹。这个男人正说着:"……张处,我从左巷进入,如果目标从这里出来,我绝对会发现他们的……"

听这口音,我浑身发麻,这个男人其实我还真的认识,他便是我在集训营里的同学,西南行者赵兴瑞,2009届集训营中最优秀学员,也是慧明和尚的关门弟子。从他们的对话来看,他们应该是差不多锁定了万一成,今天晚上开始行动,要不是我们提前走了一步,说不定就被堵在门口,抓了个正着。

天知道这些人是怎么摸过来的。虽然心忧老万,但是我们也不敢再作停留,见四处再无可疑人等,便匆匆走到街道上,拦了一辆老旧的出租车,直奔长途汽车站。

在车上,我们一言不发,我们之前的账户什么的,都被冻结了,也不敢去取,此番还是临走前,老万给我们提供了一万元跑路基金。到了车站,下了车,我低声问杂毛小道两个问题:一是,老万有没有可能露出破绽,让张伟国他们抓住马脚?第二,老万若是被抓了,会不会供出我们来?

杂毛小道摇头表示不知道。说起来,老万这人行事向来谨慎,我们走的时候,也清除了痕迹,应该不会有事;不过我们在那里住了近十天,自然还是会有蛛丝马迹,能够查得出来的。不知道他们是否已经锁定了老万,倘若是,小毒物你在他们的手下,都过不了几个回合,还指望老万能够坚抗到底吗?

不过好在除了第一次在吃饭的时候,我们当着老万谈过去处之外,后面的逃跑计划,都很小心地避开了他。这并不是不信任他,而是对他的一种保护,知道得越少,越能够活得安逸。便是我们此番出来,也没有告诉他下一步的计划。只是我们的假身份证,确实是一个地雷,如果老万真的被监视怀疑了,那么我们就很有可能暴露。不过事情实在太紧急了,我们需要马上离开渝城,于是在长途汽车站匆匆买了两张前往凉山的票,正好赶上有年末加班车,便匆匆上车,前往西川最南方的那个地区。

值得一说的是,行李安检的时候,我的那把鬼剑镀金,然而却为木质,弄出来说明一下虽然也可以,但是终会留下把柄,所幸小妖动了点手脚,没有被发现。

夜间行车,车厢里面一片静谧,唯有前面的灯光明亮,我和杂毛小道坐在车尾,心中的担忧,如爬山虎一般,慢慢浮上了心头。我们都有些担忧万一成,相处一个多星期,我有点喜欢这个西南汉子了。抛开他以前的身份不谈,对于一个五年多没有见过面的老友和一个素不相识的陌生人,而且还是两个通缉犯,他在得知缘由后,不但挺身而出,将我们两个收留,而且还积极帮我们打探消息,筹谋出路。临了的时候,他还拿出一大笔钱来,明明知道,这些钱对方有可能永也还不上。

演义小说里,有这样气质的人一般都能成大事,比如呼保义宋江、托塔天王晁盖。而在我的眼里，人的一生，有几个这样可以担当的朋友，也不算是白活了。只可惜，不知道我们此次，是否会连累到他。

　　从渝城到凉山，白天车程八个小时，到了夜间，要足足行走十一二个小时。加班车一般都是那种比较差劲的大巴，里面的汽油味让人闻到就有些难受。这车里，大部分是返乡的民工，他们一年到头都在渝城打拼，到了年尾，终于要返乡了，大包小包，除了放在车厢下面的储物格外，还将车厢里面，挤得满满当当。

　　有个两岁的小孩子从上车就开始哭，嘹亮的嗓音喊了一路，而我们前面有一个年轻的女孩子，则在中途就开始吐，足足换了两个袋子，呕吐物的味道，弥漫了整个车厢，有个彝族小伙儿受不住，打开车窗，呼呼的冷风就灌涌进来，里面顿时无数骂娘声。彝族小伙儿被骂得头也不敢抬，匆匆关上窗。过了一会儿，又找我们攀谈，问两位大哥，你们是干啥的？

　　我没说话，而杂毛小道却接了腔，说我们是美术学院的老师，是下乡采风的。

　　杂毛小道梳着一个精神的马尾辫，确实很有艺术范，哄骗得这个叫凯敏的年轻人一阵崇拜，各种马屁齐来。凯敏告诉我们，他是渝城一家很有名的火锅店的店员，眼下是旺季，不过家里面给他相了门亲，所以回去看看。他家是宁南的，到了西昌，还要转车呢。

　　我们聊着，又小睡了一会。行程过了大半，已经进入了凉山州，不知道怎么又聊了起来，突然车窗一阵扑棱，有一只肥硕的鸟儿，在窗外拍打翅膀。凯敏指着这鸟儿笑，说哪里来的肥鸟儿，不知道这里是玻璃啊，还猛往这里撞？

　　然而我和杂毛小道的脊椎，顿时一下子挺直，连忙站起来，大声喊司机停车。

　　半夜三点半，司机正打着精神开车呢，没承想听到这么一声喊，顿时吓了一大跳，回过头来，就骂骂咧咧，各种问候。

　　我们提着行囊来到了车前面，让他停车。他的脸色一恼，然而见我和杂毛小道脸上满是寒意，说的又是普通话，脸上虽然还是不满意，嘟嘟囔囔的，但终究还是忍住了，把车门打开来。我第一个跳下车子，便看到虎皮猫大人撞入怀里，大人羽毛上面，全部都是寒露，身子都在颤抖，而嘴上却是十分焦急。

　　它用很低沉的语气说道："离开这里，进山，后面有人追上来了。"

第十二章　恰同学少年

听到虎皮猫大人的话，我们的心中一咯噔，该来的，果然还是来了。

应该是我们用的这假身份证出了岔子，让人有迹可循，于是追踪而来。杂毛小道下了车，问了两句，望着旁边黑蒙蒙的山，也有些发愁，那个司机见我们两个人待在车旁商量，鸣了两下喇叭，大声怒骂，问停这里干吗，还走不走了？

我听得烦躁，扭头往上，说，滚，要滚早点滚！

那司机脸上横肉抖动，露出了快意的笑容："好，好！老子这就滚，让你们两个龟孙，在这个黑麻麻的鬼地方，喝西北风吧。"这话说完，他油门一踩，大巴车扬长而去，留下一堆烟尘。十二月的寒冬天，头顶上既无月亮，也无星子，如同一块黑幕，把天空遮盖，我们就这样，看着那大巴车的尾灯，如一盏菊豆，朝着前路渐行渐远，然后消失在路的尽头。

杂毛小道搂着胳膊叹气，说，得，我们爬山吧，尽量在这山里面，将追兵甩开。

我们两个其实都不想跟特勤局的追兵起冲突，能够避开，便避开，杂毛小道在劫车的时候，也是尽量避免伤人的。为何？我们本来是被冤枉之后逃离的，悄悄隐姓埋名，等事实大白于天下，我们再回归，也能够博得上层大佬的同情；如果在此期间，我们对咄咄逼人的追兵痛下了杀手，那么不管我是否被冤枉，终究还是杀人了，坐实了罪证。到那时候，黄泥巴落在裤裆里，不是屎也是屎，哪里还有别的东西？

所以，这是一场不对称的战争。追兵对我们，是格杀勿论，毫不留情，而我们则缩手缩脚，不敢妄动。这样被捆着手脚作战，我们哪里敢去正面起冲突呢？

有的事情，越想越憋屈。我们没有办法，翻下路基，朝着道路旁边的山里爬去。

大晚上，朵朵跑出来了，自告奋勇地给我们探路；肥虫子也是。这小东西一进山，便撒欢了。它到处跑，这会儿叼来一只张牙舞爪的小虫，那会儿又弄死一条冬蛇，调皮得要死；至于小妖，则在我们前面带路，火娃的身子忽明忽暗，充当路灯，周围的植物草蔓如同生物一般游开，将艰险的路，变得不再那么难走。虎皮猫大人在天空翱翔，给我们提供战场信号支援。

看着这些小家伙，我的心情终于好转了一些，终于能够感觉到寒冬里面的温暖。觉得无论是去何处，有这么一群小伙伴儿，一切便都没有想象中的那么困难。

夜间行路，自然要困难很多。我和杂毛小道顺手从路边弄来两根小树作拐杖，勉强往山里爬去。过了差不多十分钟，走在山腰间的我们，看到远处有闪烁灯光的车辆行来，四辆，从山脚下呼啸而过，朝着前方的大巴车追去。虽然不知道这车里面坐着的都是什么人物，但倘若有茅同真或者那个青城山的御剑者，任何一个，我们都是吃不了兜着走的。于是当下也鼓足了劲儿，奋力往山里面疾走。唯有进了山，凭借着小妖、肥虫子这些家伙，我们方能够占据到那么一点点小倚仗。

我们的目的地是滇南边境，离我们现在的距离还很远，这样长途跋涉，翻山越岭，实在有些效率低下。不过这也没有办法，我们既没有大师兄嫡系所用的那种纸甲马，又没有名门正派的风符遁符，当下只有凭着一双铁脚板和心中的意志力，慢慢甩开敌人的纠缠。

在黑夜中赶山路，其实是一件很熬人的事情。不过跟缅甸的热带雨林相比，此处的山路干燥，林深细密，倒也不用很担心虫蛇。只是路并不好走，略陡峭，要不是朵朵几个帮我们探路，说不得要走多少冤枉路。

如此又行了半个小时，我们已经完全远离公路，朝着大山纵深行进。

这个时候，很远的后方，开始有模糊的犬吠声传来，埋头赶路的杂毛小道突然转过头来，看着我。黑暗中，他的眸子晶晶亮，咧开嘴笑，说该来的，总算是来了。我点头，说，只是连累到了老万，我心中不安啊。杂毛小道摇摇头说，万一成，这个家伙狡猾得要死，想来不会出什么大事，等咱们回去了，到时候再找他喝酒，不醉不休。

杂毛小道说得豪爽，然后我能够听到他的鼻子里，似乎有点塞，想来也对这个好友，略微担忧。又复行了一个小时，天地昏暗，小妖突然停住了脚步，四处张望。我跟上来，问有情况吗？她不言语，小耳朵则在微微颤动，听着声音。正在这时，前面的草丛中突然蹿起了五个身着中山装的男子，为首的那个，竟然是昨夜刚刚见过的西南行者、我曾经集训营的同学赵兴瑞。

没有伏击成功，赵兴瑞显得很不高兴，他摸了摸鼻子，背上斜挂一把桃木剑，左手上面则拿着一把雪亮的开山刀。他身后有一个青年拧开了手中的一个纸筒，立刻有一束信号弹，朝着天空飞去。

那烟花璀璨，在夜空里格外耀眼。

看着往日同学，今日敌手，我不由得嘴巴苦涩，说老赵，没想到你竟然也参与了追捕我的行动。你不是调到总部了吗？

赵兴瑞脑袋一直低着，这会儿才抬起头来，看着我，脸上有着莫名的微笑。他说，陆左，别人都说上次集训营，最佳学员非你莫属，而我，只是一个幸运的家伙而已。这个说法，从我被选上开始，就一直甚嚣尘上，所以我特别期待与你重逢，用事实来证明，他们的说法其实是大错特错的，所以，我就来了。你，敢跟我公平决斗吗？胜了我，便放你一马！

那个发信号弹的青年有些质疑，上前一步说，赵队长，这恐怕……

赵兴瑞手一扬，有些厌恶地对那个青年说道："王牧轩，这里我做主，出了任何事情，都由我来扛。"

看着眼前这个挽着道髻的清瘦男人,他可是慧明和尚的关门弟子,我不由得豪气顿生,气血翻腾,怒笑道:"有何不敢,来,战个痛快!"说话间,我将鬼剑从画筒中倏然抽出。这把槐木所制的木剑,表面暗金,如同刷上了一层油漆,与金蚕蛊的颜色相似,低调且奢华。

见我抽出剑,赵兴瑞将手上的开山刀掷落地下,抽出背上的桃木剑,抖了一朵绚烂的剑花,大叫一声"好胆",便扑将上来。

赵兴瑞是先天高手,曾经在集训营中,跟我们分享过对于"炁"的感动,之后在对抗试练中的表现,也是十分彪悍,显示出了非凡的实力。这样的对手,若是在平时,我定然会像以前缠着赵中华一样,用来磨炼自己的能力,然而此刻,我却丝毫不留情面,他前冲,我也前冲,双剑相抵,他桃木剑上有风雷之声响起,符文如游龙,不断摇曳,而我却手腕一转,横切一剑。

唰——

这镀过精金的鬼剑,竟然如同金属长剑一般锐利,一番转动,便将赵兴瑞的桃木剑削下一块来,上面游动的符文立消。此消彼长,我趁赵兴瑞惊诧之时,前冲一步,用肩膀朝着赵兴瑞撞去。他往左闪,蓄劲拍出一掌,正与我相对。

相比集训营,赵兴瑞功力又有精进,我们对接一掌,震得我半边身子发麻,痛苦不堪。

不过我难受,赵兴瑞更加不痛快。他往后退了几步,挽剑来看,只见自家心爱的桃木剑上,被削出了一道粗鄙的伤痕。我担心后面的追兵越来越多,时间不等人,便仗着剑利,不给赵兴瑞拔刀的时间,疯狂攻击,将他逼得节节败退。到了此时,单挑胜负已分,也顾不得公平与否,招呼小妖、朵朵和肥虫子,一拥而上。

赵兴瑞身后四人蠢蠢欲动,杂毛小道身子一动,朝着侧边一个,一剑袭去。

老赵就算是高手,也高不出我多少,我这般乱拳打死老师傅的做派,使得他疲于应付,刚刚避开我的凌厉一剑,后心窝子便中了小妖一拳,一踉跄,头顶处又有一小鬼,将其发髻抓烂,薅下不少长毛,正想咬牙施展绝招,菊花一痒,后门松动,一声惨厉的尖叫之后,终于跪了下去。

两分钟之后,左道组合将第一波追兵打得落花流水,除了那个叫做王牧轩的年轻人屁滚尿流地跑开之外,其他人皆被我们给捆了起来,用他们带来的手铐,反铐在树上。

我们从其他人身上搜出一些补给,还有军用级别的地图,看着一脸郁闷的赵兴瑞,我笑了,说:"老赵,你不会以为我上次废了,这回,就会任你欺负吧?"赵兴瑞张了张嘴巴,但是却没有说话,眼睛直转。我察觉有异,附耳过去,只听他压低声音,用极低的声音告诉我:"陆左,白露潭失踪了,你们现在很危险。此次前来的,除了茅同真之外,还有青城山老君阁年青一代中的第一高手李腾飞,你快跑,不然就来不及了!"

第十三章　飞剑名除魔

  我万万没有想到赵兴瑞竟会对我讲起这一番话来，还没反应过来，见他眼珠子一骨碌，便破口大骂，说，你算什么东西，好好的单挑，你召集这么多鬼东西冲上来，有本事把我们都杀了，这才显得你的本事呢！

  我知道他是忌惮旁边那三个中山装，跟他对骂两句，然后使个眼色，小妖和杂毛小道手起掌落，那三个哥们儿立刻晕了过去。这时我才直接挑明道："为什么帮我们？"

  赵兴瑞叹气，说，接着刚才的讲，集训营的事情，别人不知道，但是我们这几个一队的，个个都欠你一条命呢。人做事，天在看，我可不敢做违背良心、让自己祖宗蒙羞的事情。闲话不要多讲，我腰间有个布袋，那里面有两张人皮面具，还有真实的身份证，这是杨操托我带给你们的。你们赶紧跑，不要担心家人，即使有人要黑你，也还是有更多的人，在默默地为你奔走着……

  我伸出手，在赵兴瑞腰间摸出一个丝帛口袋来，借着火娃隐约的光，能看到两张身份证，上面的人显得十分陌生，而里面则有两团柔软滑嫩的东西，我来不及仔细瞧，问，这东西靠谱吗？

  赵兴瑞说，杨操的曾祖父，是民国时期最著名的画皮匠人，早年间川东的大盗，包袱里随时都备着一张，跑路必备。他那手艺失传已久，这两张是杨操家里面压箱底的东西，为数不多，知道的人也少。他临来时跟我说，贴在脸上，旁人根本就瞧不出来，相逢对面不相识，完全就是另外一个人。身份证也是早就准备的，本来有别的用场，现在你们急，就先给你们了。记住，这人皮面具一天只能戴八个小时，然后就要放在水中浸润，不然便皱了，没有效果。

  我将那口袋递给杂毛小道，问收留我们的那个朋友，现在怎么样了？

  赵兴瑞说，吃了点手段，现在收押了。不过你们两个的情况已经被压榨出来，他就没多大用处了。没人管，我们会帮着照看的，放心。顺便说一句，你的金蚕蛊，能不能出来了？

  我看着赵兴瑞憋红了脖子的模样，不由得笑了，唤出肥虫子，拍着他的肩膀，说，老赵，我们撤了，你先委屈一下吧。日后若有再见的时候，必定同杯共饮，不醉不归。

  赵兴瑞松了一口气，撇嘴，说，你们还是想想如何躲开茅同真和李腾飞的联手追杀吧。特别是李腾飞，此子为人极为自负，手中的"除魔"，是老君阁神像中藏了几百年的宝器，机缘巧合，归于他手。此番出山入仕，听得你们的"恶行"，正想拿你们祭旗，成就他的名头呢。

听赵兴瑞说得严重，我们便没有再作停留，拱手为别，朝着东南面，匆匆行走。

我走出几步，赵兴瑞在我们后面喊道："陆左，别以为我这次帮你，就不跟你比了。这次是我看不惯那些家伙，保留了实力，以后若是还有机会，一定跟你来一场君子之战，好报我那损剑之仇！"

赵兴瑞的话语，使得我的心头暖暖，没有回他的话，而是跟着小妖她们快步前行。

这半个月来，我经历了欺诈、冤枉、阴谋、暗算、背叛以及冷漠，心中已经是遍体鳞伤，倘若是心志稍微脆弱些的人，早就崩溃，怒火中烧，满心只有报复。不过当人彻底陷入这种狭隘的状态时，基本上也就废了。而正是有着杂毛小道、秀云和尚、万一成、赵兴瑞以及杨操这些人，他们阳光正派的品行，就如同阴霾天气里的一米阳光，将我的胸膛照亮。

世间，因为这一切而变得更美好。

有了信号弹，敌人会很快赶来。我们已经耽搁了一段时间，不敢再等下去，在山林中疾奔，一路上不知道摔了多少跤。

对于敌人的追踪，虎皮猫大人最是清楚，不时飞下来，告诉我们，哪个方向去不得，哪个方向有多少援兵。过了二十多分钟，我们头顶突然一阵轰鸣，远远有灯光浮于空中，然后广播声响起："陆左，萧克明，请你们放下武器，出来投降，我们会坦白从宽的，不然格杀勿论！"

当探照灯射过来的时候，我们全部都低伏在了草丛里，螺旋桨的声音稍一远去，我们又躬身飞奔。

在我们对面山脊上有一道黑影闪过，直升机上顿时有机枪的轰鸣声响起。那道黑影只是一头岩羊，在机载机枪火舌的舔舐下，瞬间变成了一堆烂肉。这轰鸣的枪声让我们胆寒，他们或许早就知道那道黑影，只是一头可怜的动物，而射击的目的，更多的，是警告，表达出一种强硬的态度来。

杂毛小道的身子弓起来了，回头看我，说真没想到，杨知修那老东西，竟然做得这么绝。他们有高手加入，让朵朵先躲入槐木牌中，不然她的鬼气，会成为黑暗中一盏明灯的。我想也是，一挥手，朵朵便也没有啰嗦，直接钻入了我的胸口，而肥虫子也收敛起吃货的憨态，吱吱叫唤，唤出许多冬眠的虫蛇来，留在我们的后路，阻挡追兵。

这时已经是五点多钟了，即使是深冬，天色也开始变得有些淡薄，如果我们再不摆脱后面的追兵，到了白天，光明大放，只怕我们就更难了。

不知道翻了多少座山、过了多少条沟，奋力跑，到了天蒙蒙亮的时候，以为甩开了追兵。然而没过一会儿，又听到有大型獒犬的狂吠声从山间传来，仿佛就在我们的后面一样。所幸我修袭山阁老的心法中,有一条经脉,是专门修行神足通的法门,边跑边行气,倒是没有累垮自己。不过杂毛小道的脸色却变得有些苍白。当我们路过一条小溪的时候,他捂着肚子,伸手拦住我,说,小毒物,我们不能这样走了。追兵人多势众,既有专门寻人的恶狗,头顶上又有直升机,我们若这样一直跑下去,铁定耗不过他们,会被生生累死的。不行,不行,我们得反击,至少要将那几条狗儿,给阴死!

杂毛小道所说的,正合我心中所想。又不是娘们儿,一味退让,能够有什么好处?飞剑又怎么样?不过就是柄能转弯的子弹,再厉害,能够跟导弹比吗?时代在进步,以前神秘的种种,现在看来,也没有什么牛了。

当下我们合计了一番,然后在林溪边的小坑处蹲下了身子。郁郁山林,自然是小妖的地盘。这小丫头双手挥舞,点点青光落下,在我们周围立刻连上了一蓬藤蔓,不但遮挡了视线,而且还将我们的气息一起笼罩,从外面瞧来,只是一片郁郁葱葱的荆棘草丛,并无别的奇怪之处。

一条兽径,从我们面前歪歪斜斜插过,如果对方真的追逐上来,必然会从此经过。

肥虫子则四处呼朋唤友。冬天来临,百虫蛰伏,全部都深藏在了温润潮湿的土地里。这些小弟或者进入了冬眠,或者往生,有些难以召集。不过深山野林里,是它的主场,多多少少,还是有一些面子的,故而集结了一些花环蛇和黑头蚂蚁。

我们屏息等待,顺便抓紧时间,将这一夜辛劳过后疲惫的身体和精神,给全力调整回来。呼吸是一件很有意思的事情,它是新陈代谢的组成部分,普通人呼吸,交换氧气和二氧化碳,而修行者呼吸,除了给自己的肺部和血液带来氧气之外,还在不断地交流着这天地之间无所不在的能量,也就是所谓的冯洛震荡。十五分钟之后,从我们的来路传来了响亮的犬吠声,以及一阵急促的脚步声。听这动静,人倒不是很多,最多四个。

还有三条狗。

太阳还没有出来,大地都是一片黯淡,那三条大型獒犬伸长舌头,从溪水那头开始冲过来,肥虫子军团的成员立即出动,四五条花环蛇,各自寻找了目标,纷纷从隐匿处射出,朝着高速奔行的追踪獒犬咬去。

敌人太厉害,直觉强大,我们根本就不敢直瞅,只是用余光扫量。有了肥虫子的指挥,顿时有两条大型犬跪倒在溪水边,惯性带着它们巨大的身子往前滚动,有一头,竟然直接摔到了我们藏身处的跟前来。有一个穿着利落短装的少年顿时激动万分,痛苦地大叫:"阿黄,小蓝⋯⋯"话音未落,肥虫子亲自登场,将那个反应灵活的最后一个大型獒犬,一口咬中,钻进它肚子里,那狗儿呜咽一声,顿时就跪倒在地,呜呜地叫唤,痛苦不堪。那个少年完全绝望了,顾不得十二月的冰寒,一下子跪倒在冰冷的溪水中,大声哀嚎道:"六月⋯⋯"

至此，那三条让我们一直头疼的狗儿，终于被肥虫子给全数料理了。

我们看到一个身姿挺拔的道人出现在溪水旁，远远瞧见狗儿六月的身子，冷冷一哼，说鼠辈敢尔。手一扬，一道青光，就朝着肥虫子所在的六月身子里，电射而来。

第十四章　左道战飞剑

唰——

那飞剑快得如同闪电，根本来不及反应，便看到那条半人高的獒犬，被一柄无把短剑击入体内。大概有一秒钟左右的停顿，那条叫六月的獒犬，身子里因为积聚了太多的力量，突然爆裂，如同之前在酆都鬼洞中所见到的奈河冥猿一般，血肉四溅，漫天的血雨在空中飘扬。我的心猛然一抽，不过在刹那间，知晓肥虫子并没有受到多大的伤害，但是却被这急剧的震荡所攻击到，顿时有一种无边的恐惧，从它小小的心灵中，传递到我这里来。

飞剑之威，竟然如此厉害！

肥虫子也是被这正宗的飞剑吓到了，在漫天的血雨当中，条件反射地朝着我们这边飞来。然而还有一段距离，那道青光又是一阵摇晃，抖落所有粘连的血肉，瞬时恢复了光洁，如有灵性，朝着肥虫子再次射过来，闪电一般。

肥虫子这小东西，天生就带了一些狡黠。在这生死攸关的时候，稍微一顿，然后突然朝前一晃，骗开了那个道人的心念，使得那颤动的飞剑，猛然扎进了我们前面两米处的土地上，深深的，齐身而入。

我们盯着面前的那把七寸长的飞剑，才发现这是一柄青铜打造的无柄金属剑，卖相很古老，有点像历史课本上面，吴越时期的那种短剑。只见它插入泥地里，尾端不断颤动，仿佛有一根丝线，在扯动着剑身。高频的震荡，使得这飞剑十分凶猛狠厉，让人瞧一眼，都觉得难以抗拒，霸道非常。

肥虫子这厮，平日里就是个蔫货，偷奸耍滑，这飞剑将它吓得屁滚尿流。回想起来，便觉得有损自己的威名，发起了狠，顾不得其他，转动身躯，朝着这个据说叫李腾飞的道人射去。

好人做多了，便容易被人忽略它的爪牙；肥虫子萌卖得多，却让人忘却了，它还有着自己独有的执着和傲气。

此番铆足了劲儿，肥虫子汹涌袭来，那道人却也有些害怕。不过这刚刚下山的道士，身上法器繁多，右手执剑诀，左手立刻摸出一串铜环，摇晃，发出一种奇怪的声音来，丁零零、丁零零……本来还是来势汹汹的肥虫子，一听到这声音，顿时火气就消减了许多，灰溜溜地又钻入了草丛中，朝着我们的前路奔去。

那道人见到这厉害的虫子想跑，哪里肯让，顿时大叫一声"休走"，脚步连环，如踏罡步，朝着肥虫子追来。他很快就越过了我们身边，朝着前方飞奔而过。我们既然伏击于此,自然不会让肥虫子孤军奋战。这个家伙一从我们前面经过,我们便立刻将之前布置的一个绳索拉得绷直,想要绊倒他。然而这隐藏在落叶里面的藤绳刚一绷直,那个家伙竟然像有预知一样,脚尖轻点,堪堪越过,跳落到了对面。

糟了!

我的心中一跳,知道这个道人,是个一等一的高手,就如同善藏法师一般,有未卜先知的先天炁感,可以提前知晓布局。当下我们也知隐藏不了,立刻从伪装的地方蹿了出来,手中的剑倒提而起,朝着道人的咽喉处抹去。虽然我们并不愿意杀人,但是面对着这样的高手还束手束脚的话,只怕横尸倒地的,便是我俩。

我的剑法,习自杂毛小道、赵中华、万三爷等人,而后在集训营中受训,更加趋向简单凌厉的实用风格。杂毛小道的剑势却是花样繁多,突然冲出来,便有一大蓬的剑花飞扬,四处散落,将李腾飞给全数笼罩了进去。

我们两人一同袭杀,然而这李腾飞却了然于胸,长袍袖展,如同灌铁一般,朝着我们两个的剑尖拍来。这衣袖宽大,拍打在我们的剑尖之上,巨力横生,有柔中带硬的力量灌注其间,将我们的木剑全数给荡开,化解了这一场突如其来的危机。

之后,李腾飞口中念念有词,一句真言,如雷轰鸣,我便感到左眼皮突然跳得厉害,身子不由自主地往旁边躲闪。还没有想到什么,便有一道灼热而凌厉的剑光,从我的耳边擦过,接着一声炸响,使得我的头皮麻酥酥的。余光处,那道青光箭矢一般射到了我们左边的一棵大树上。

砰——

那大树的树冠部分一阵剧烈晃动,中剑的主干,发生了沉闷的爆炸,生涩的木屑,漫天飞扬。就这一下,我的后背上全部都是鸡皮疙瘩,耳朵有一道被劲风刮开的血口子,麻麻的汗水遍布全身,终于再一次深刻地感受到了死亡的气息。那是如此寒冷,如此惊悚,仿佛下一刻,便要魂归地府一样。与此同时,与李腾飞同行的另外三人也反应过来,持着手中利刃,朝我们猛扑过来。

我方也不甘示弱,小妖、朵朵,以及折回来的肥虫子,硬生生地顶了上去。

我们与这个道人李腾飞拼斗两记,电光火石之间,杂毛小道一声大喊,身子很奇怪地往旁边一扭,一道青光与他擦肩而过,无数的星光点点,像黎明前的黑暗中的刹那光明。交手不过三五秒,我和杂毛小道都差一点悲催死去。生死就在一瞬间,这样的攻击节奏,实在让人放松不得,他们此行已经有人通过联络器,通报消息,而我和杂毛小道缠着李腾飞,只求将他速度解决,也好回身来清理旁边这几个高手。

然而近身搏斗,那个李腾飞也是厉害之极,腾挪移动,袖法凌厉,让人不敢靠近,拼斗中时不时便有一道青光呼啸而出,让人分身乏术,头疼得厉害。

此时,天边有一架黑影正在缓缓逼近,那是之前枪杀岩羊的那架直升机。

不过也正是因为这一番面对面的搏斗,我发现了一个规律:李腾飞虽然能够与那飞剑沟通,但并不是无限制的,每隔三五秒,他都会念出口诀,眼球朝哪里翻,那道

青光,便朝着哪里射。倘若飞剑是导弹,那么李腾飞,便是导航系统。

我们知道,修行者与普通人的区别,就在于懂炁。此炁行于体内,为气,疏经活络,强大神魂;此炁行于外,推演卦卜、经诀符咒。这飞剑,其实也是用一种契合性金属打造,然后灌注入如人妻镜灵这般的灵物,施术者日夜观想,让自己的生命磁场,与这飞剑契合,最后达成高度和谐统一的状态。而这观想驱动的过程,则叫做"御剑",传说中真正强大的御剑高手,甚至可以身立剑上,御空飞行。当然,那也只是传说,在这末法时代,想要飞行,还是享用现代科学,坐飞机或者热气球,来得实在。

然而在青城山老君观中埋藏百年的飞剑,确实是一柄极端厉害的法宝。在与李腾飞交手的那十几秒中,我数次与死神擦肩而过,凭着最灵敏的直觉和炁感,才堪堪避开凶险。李腾飞这个年岁不过三十的青年道人,除了兵器凶厉,自身修为也是顶端厉害,似乎他师门大部分的资源,都朝他倾斜了。此刻他给我的压力,比慧明那老和尚,还要沉重。

拼斗几回合,李腾飞被我和杂毛小道缠住,感觉施展不开手段,便抽身而走,与我们拉开距离,手并剑指,然后朝着我横剑指来。

那柄短剑,携着寒光,嗖的一声,朝我这边飞掠而来。

我全身的寒毛炸开,还未反应,便听到杂毛小道口中急速念就口诀:"沉痾能自痊,尘劳溺可扶……"话音刚落,从他的左手掌处,便有一道红光涌出,光芒大盛,一头蛮牛般的剑齿猛虎从那血虎红翡中跳下来,朝着那快得让人肉眼捕捉不见的青光抓去。

一红一青,两者轰然相撞,那锋芒毕露的飞剑并不能够冲脱出血虎的灵体,而是被那巨大的虎口咬住,不能动弹。

杂毛小道的身子僵直挺立,左手虚张呈虎爪,似乎在跟这不断颤动的飞剑较劲。

脸上本来有着十成傲气的李腾飞,见到自家引以为傲的飞剑,竟然被杂毛小道一招所制,一双眼珠子恨不得凸出来。不过他倒也是心志坚定之辈,手掐剑诀,身子前突,朝着全身动弹不得的杂毛小道,一脚踹来。我自然不会让他得逞,挺身而出,鬼剑游绕,朝着李腾飞的脚尖削去。

正在此刻,我突然听到朵朵一声惨叫,扭过头去,只见一个麻秆儿般的老家伙,手持着一根黑色的鞭子,正好抽打在朵朵的身上,这一击,朵朵的身子都黯淡了数分。

啊——

痛苦的朵朵忍不住叫出声来,她的叫声高频而尖锐,化作了一种攻击,让所有人的心魂摇曳,忍不住地恐惧起来。见到朵朵受苦,小妖发起飚来,她大声叫嚷道:"欺人太甚了,烧死你们……"

一个黑点从她的怀里飞出,朝着那个麻秆儿老头飞去。那老头似乎感觉到了危险，往旁边一闪，黑点撞上了旁边的草丛，轰，顿时一阵冲天的火焰燃起，将我们所有人，都照得透亮。

第十五章　峰回路转

　　没有什么比明艳怒放的灼热火焰，更加让人心生恐惧。

　　那个麻秆老头儿本来表现得还算刚猛，然而见到身后的那片连天火焰，顿时慌了手脚。他倒也是个有见识的角色，闪身就朝着旁边的溪水踏去。小妖也知道此间对我们威胁最重的，是那个能够御剑的道士，于是一拳砸翻那个驱狗的少年后，指挥着火娃，朝李腾飞冲过去。

　　李腾飞手中的飞剑被血虎咬住，人又被我给缠住，顿时感到自己没有等待配合的武警一同前来，实在是太过托大。他的身手十分灵活，只几下，便抓住我的空隙，一掌打拍在我的胸口，巨大的掌力让我连着倒退好几步。李腾飞抽身而出，凝聚精神，终于将那飞剑，从血虎口中拔出，然后手指一挥，嗖的一声响动，那柄青铜飞剑，朝着火娃斩去。

　　道蛊既相生，又相克，这飞剑抵来，道力磅礴，剑气纵横，火娃顿时变得惊慌，扭着"8"字舞，闪避这灵活机变的凌厉飞剑。

　　血虎到底是新生不久的符灵，虽然沿袭了远古猛虎的血脉精元，又有杂毛小道繁复奥妙的符文构建以及长日来的细细温养，但终究还是不如这几百年的老牌法宝狠厉，刚才一番较量，便让它有些摇摇欲坠。不过杂毛小道知道，倘若让李腾飞任意施展飞剑，我们无论有多大的手段，都抵不过这威力与速度兼具的法宝，定会被戳上无数个洞，成就了别人的名声，于是勉力驱使血虎，复冲上去。

　　我突然想到，这飞剑之上，附有剑灵，不知我的震镜有没有效果。一想到这里，我便掏出震镜来，兜头朝着那游绕在空中的飞剑罩去。然而那剑太快，嗖的一声，只沾到了一点儿尾端。不过也是这一下，虽然不知效果，李腾飞的脸色却更加难看了，只见他从怀里掏出一张符箓，左手一搓，立刻点燃，火焰浮空，朝着我甩来。

　　这符箓之上，自有一股恐怖业力，透过震镜端口的蓝色光华，吸附而来。我赶紧收起震镜，持剑戳中那符纸，抖出几道剑花，将这上面蕴含的业力给震散，使其不再作恶。而此时，被震镜影响的飞剑不再逞威，杂毛小道终于解脱出来，右手上的雷击桃木剑前刺，唰唰唰三剑，朝着李腾飞的胸口要穴刺去。

　　杂毛小道的反击凌厉，携着他被压抑已久的怒火，李腾飞顿时感受到了压力，他所凭恃的飞剑正在与血虎、火娃周旋，不敢分神别处，我和杂毛小道这一猛攻，立刻将他逼入了两难之地，首尾不得兼顾，便踏着罡步，朝后退撤。

　　他退，我和杂毛小道便进，两招过后，杂毛小道的雷击桃木剑劲气一吐，终于点在了李腾飞的小腹处，上面蕴含的雷意喷出，将他全身电得酥麻。而我则专攻下三路，终于在他身形停滞的当口，得了机会，一剑横扫，李腾飞的左腿便立刻有血花飞溅出来，出声痛呼。火娃是个机敏的小虫子，见有血虎缠住飞剑，顿时回转身子，张翅，朝着李腾飞就飞扑过去。

此时正是李腾飞周身真气散乱的时刻，火娃此刻若能够前突进去，我们面前的这一劲敌，必定就出师未捷身先死，会化作一团火球，在这凌晨绽放。

然而李腾飞到底有着青城山老君阁第一青年高手的名头，危机来临，竟然呼吸一顿，厉喝一声，那柄被血虎抓住的飞剑，立刻飞回了他的右手上。而他的左手，同时捏破了一张竹片所制的符箓，人顷刻化作一道虚晃的影子，急速朝着后面退去，不一会儿，竟然消失无踪了。

我心中诧异，回过头来问杂毛小道，说，这是什么，风符吗？

杂毛小道摇头说不知，老君阁也是一处厉害的修行地，百年的积累，想来总是有些应急的压箱货儿。他一边说，一边收回了血虎，然后向与李腾飞一同前来的那三人袭去。在我们的合力打击下，那个持鞭的麻秆老头被杂毛小道一剑逼退在地，而驭狗的那个年轻人被小妖一顿暴揍，还有一个苦瓜脸的男人，则被朵采用青木乙罡束住了双脚，肥虫子断然给他下了蛊毒，此刻已然翻倒在地，四处翻滚，没多久就晕了。

说实话，不出动部队围剿，像这种等级和人数的较量，我们还真的不是很怵。

远处又传来螺旋桨的转动声，之前那架直升飞机，已然出现在我们的视野里。杂毛小道将血虎红翡收好，朝着地上吐了一口唾沫，说，杨知修好大的狗脸子，竟然能够召集到这么多高手，还有直升飞机过来，不知道过来撒网的部队，有多少？

我说，问一下不就知道了。然后将这三个人还有死去的三条狗，全部拖进我们刚才藏匿的低洼处，又从其中一个的身上，摸出一把匕首来，抵住那个麻秆老头儿的脖子，说，人越老越怕死，还是从你这里说起吧？

那个麻秆老头儿苦笑，说，两位，你们若是敢杀人，早在前面赵兴瑞那一拨就杀了，何必来吓唬老头儿我？

我一听，就气不打一处儿来，说，你怎么知道我不敢杀人？狗逼急了跳墙，兔子逼急了也咬人，你们为了我们这两个小人物，群英汇聚，现在头顶上直升飞机也到处晃，机关枪也扫射得嗒嗒嗒的，浪费好多弹药，当初剿灭鬼面袍哥会，都没有见到这么卖力，还赌老子不敢杀人？

麻秆老头儿见我抱怨，直接将我的话挑明了，说，你的案子都还没有定下来，你敢杀人？真把我们几个杀了，你这辈子都翻不了盘，到死都是亡命天涯，这事情你愿意？

我一屁股坐下来，骂骂咧咧，说，敢情明白人这么多，既然知道我们是被冤枉的，怎么就没人给我们翻案？

麻秆老头儿不愿意说太多，只是讲职责所在，身不由己。并且说如果我换到他的位置，也定然一样，天塌下来了，命令还是第一大的。他也没有办法，让我们要么就去自首，要么就有多远，逃多远。不然下次见到了，还得抓。这就是无奈，逃的人无奈，抓的人更加无奈，大家都是过河的卒子，没办法而已。

话说到这个地步，我也不好装黑脸唬人，让肥虫子给这三人下了一种很常见的蛊毒，这玩意儿，吴临一就能够解。为了防止意外，我还将解法跟他们讲解了一下，不求毒死，只求让他们伤退下来，不再纠缠。

见我这般，麻秆老头有些感激，对着转身准备离开的我说道："我们是知道些内情的人，不过那些奉命而来的普通战士可不晓得，就知道你们是叛国者，格杀勿论。所以你们自己小心，能跑则跑，不能跑就投降把。不要丢了性命，也不要滥下杀手……"

我恨恨地给了这老头儿一个中指，忍不住地骂娘，说，你们这些家伙，瞧瞧自己办的什么事情？忠良被陷害，小人却当道，自己为虎作伥不说，连站出来说个实话的勇气都没有。说真的，我自己都为你们觉得害羞，这样浑浑噩噩下去，这辈子，活着有个鸟意思？

这番话语说完，我也懒得理会双颊通红的这几个追兵，跟着已经启程离开的杂毛小道跑去。我们静静地走了十几分钟，一直埋头在前面疾奔的杂毛小道突然叫我，说，小毒物！

我应了一声，说干吗？杂毛小道说，你刚才骂得过头了。其实杨知修那里的怒火朝这边压下来，赵承风又在这里推波助澜，像他们这些当差的，其实也是没有办法阳奉阴违的，刚才跟你说这话，也算是明事理了……

我点头，说，我知道，只是心里面憋屈得慌。

杂毛小道叹气，说，这个世界，永远都不可能是乌托邦的理想状态。红尘炼心，你只有真正经历过快乐和痛苦，才能够明白那朴实的真理、不变的原则。只有你真正的明了了，才能够懂得，这世间的一切，不过都是浮云而已。看开些，看透些，心中多些宽容，多些感恩，多些与那自然之道顺应的明悟，你的修为和境界，才能够超脱于物，达到我们所追求的"真"和"道"。

听到杂毛小道这一番话，我不由得肃然起敬，躬身为礼，说，陆左受教了。

杂毛小道反倒是绷不住了，飞起一脚来踢我，说少在这里装大尾巴狼。

听了杂毛小道的这一番劝导，我的心情终于开朗起来，将这一次事件，当作人生里面的一场试练，不再那么纠结。山林茂密，群山连绵，小妖在后面帮我们掩埋痕迹，又走了一个多钟头，东方既白，朦朦胧胧的雾色渲染着清晨，在我们的视野中，突然看到了一个深山中的寨子。

第十六章　谷仓险惊魂

　　我和杂毛小道一夜生死惊魂，脚板底都走得酸痛。看到这么一个寨子，便也不作思考，就想摸进去，找个地方歇息。只是我们身后便是追兵，如果进了寨子，被人发现，到时候说不定就麻烦了。我们两个商量了一下，最终还是决定进去看看，而且有人气遮掩，总比在荒山野岭间，要好得多。

　　等我们从寨子的西侧面，缓慢接近的时候，才发现这个寨子是傈僳族的。吊脚楼前面晾衣竿上，全部都是具有傈僳族特色的衣服，蓝的白的，鲜艳极了。勤劳的傈僳族寨民们很早就起床了，寨子里有公鸡的鸣叫声，也有土狗在房屋之间颠来跑去，跟小孩儿玩耍。有人已经在寨前地头劳作，一垄一垄的冬白菜翠绿，长势喜人。

　　以我和杂毛小道的身手，避开这些寨民，倒也不是什么难事，那些偶尔窜出来的土狗，自然也有小妖和肥虫子帮我们料理。虎皮猫大人一直在空中帮我们预警，但是现在却不知道跑哪里去了。不过以肥母鸡的能力，倒也不用我们太过操心。

　　我们在寨子外查看了一下，避开众人，朝着寨子偏西的一家摸去。一会儿，我们来到这吊脚楼后面。这座吊脚楼共三层，一楼喂猪牛，二楼三楼住人。楼对面，有一个很大的圆楼，由土砖堆成，有个昏眼老头儿在前面小房里守着。这种圆楼就是谷仓，是用来存放来年谷种的，跟平常村寨自家存自家收不同，传统的傈僳族山寨，因为地处偏远，一般谷种都会由族长组织储藏，以备来年之用。

　　我们偷偷地从那老头儿耷拉的眼皮下溜过去，小妖将手放在门口的铁将军上面，喀的一声轻响，门便开了。我和杂毛小道小心地从拉开了一条缝的门中进去，然后小妖将门关上，隔空把那锁给复原了。

　　谷仓里通风，也有亮光，旁边有水缸，是用来防火的，四处都有楼梯，能够登高，而正中间，则是五个又高又陡的木制储仓。我们忙活了一夜，腰酸腿疼，口干舌燥，将行囊中为数不多的干粮拿出来，然后就着一瓶矿泉水，吃了点儿，补充热能。

　　杂毛小道用符纸、朱砂和谷仓内未脱壳的谷种，在我们周围的角落处，布置了一个隐匿气息的小阵，然后由小妖朵朵帮我们放哨。完成这一切之后，我们爬进倒斗形的木头槽里面，掀开上面罩着的藤盖，躺在发热的谷种中，歇息起来。

　　躺在这谷种上面睡觉，伸展四肢，其实很舒服，能够感觉到这些谷子也在呼吸。这是生命的气息，热情洋溢，有谷子从我们的脖子钻进去，一翻身，有些痒痒的。不过我实在是太过疲倦了，跟两拨追兵的打斗，也耗尽了我的气力，战斗的时候热血沸腾，每一根神经都在紧绷，而到了此刻，激情散却，闭上眼睛，就感觉到周公他老人

家,正在亲切地呼唤着我。

睡吧,睡吧,梦里面的世界,无忧无虑,没有欺诈,没有背叛,心中所想,皆有可能。

我阖上了眼,感觉疲倦如潮水,将我淹没。

我不知道睡了多久,感觉有人在推我。身处险地,熟睡中的我也一直有一根筋在绷着,所以很快就清醒了过来。我睁开眼睛,看到小妖明媚的脸,然后有光线从头顶的房梁上洒落。这小狐媚子告诉我,追兵已至,就在外面。我一激灵,脚钩住那顶上的木槽,然后翻身起来,屏息静气,缓缓朝屋子的高处摸去,杂毛小道也已经醒转,他像一头敏捷的猎豹,悄无声息地占据了东北角,手搭凉棚,往远处望。

我探出头,便见到好多身穿迷彩绿的士兵在村子里面检查,有身穿中山装的人在跟村民交涉,杂毛小道的手指点了点东边,我顺着望去,但见凌晨惊走的那个李腾飞正和一身灰色道袍、头顶金色圆形铜冠的茅同真缓步走来,围着他们两个的,还有赵兴瑞、麻秆儿老头以及好几个素不相识的家伙,皆眼神锐利,气度不凡。

瞧这阵势,好像是想驻扎在这里,成立前线指挥部了。

杂毛小道看到赵兴瑞,想起凌晨他给的人皮面具,翻出来瞧,说,不错,这东西是个宝贝,戴上去,除非是对我们的身型、气度、习惯了如指掌的专案组成员,不然肯定认不出来的。这个老赵,跟你关系处得不错?

我摇头说,不知道如何说,他是慧明的关门弟子,跟我在集训营里也有些情谊,不过这个人的城府很深,让人看不透他心里的想法。杂毛小道点头,说,不错,一个人不愿意表露出内心的想法,一是受过训练,二是害怕伤害。不过从目前的情况来看,他应该是站在你这边的。且不管他是什么目的,我们接下来的方向,不是在深山,而是去城镇,乘车前往滇南边境,伺机越境。

我苦笑,指着外面那些正在逐屋检查的战士说,我们要先逃过此劫才行。

说话间,便有六个持枪的战士,朝我们这边走过来,我们赶紧低下头,只听到一个为首的战士,正跟门前那个老眼昏花的老头儿对话。老头儿用浓重的方言,告诉他们,说这里是寨子里面的谷仓,他天天看着呢,不会有老鼠的。

那些战士倒也是尽责,不同意,非要打开仓门进来看看。

我和杂毛小道对视一眼,然后勾住上面的房梁,悄无声息地返回了倒斗形状的储仓里,一人一个,开始往下沉,让谷子将我们淹没,仅仅露出鼻孔来呼吸。我们刚刚藏好,那谷仓的木门就被推开了,然后房间里,传来了刚才几人的声音,哐啷几声响,他们在检查这里面的可疑之处,没一会儿,就检查完毕了。有人惦记起了这谷仓中间的储仓来,想要攀上来,揭开上面的藤盖,瞧一瞧。

那老头儿有点不乐意了,似乎还发生了点冲突,老头儿用傈僳语骂了人,然后又拌了几句嘴。过一会儿,又走来了几人,询问情况。

我听这声音有点耳熟,想起来是那个抽了朵朵一鞭子的麻秆儿老头。

同样都是老头,交流起来并没有多少障碍。过了一会儿,我听到有人搬来了梯子,要爬上来,检查情况。我不敢动,感到小妖往我的脸上浇谷子,很仔细,悄无声息的。没一会儿,我听到我藏身的这个谷斗一声震动,是木梯子搭在上面的声音。我的心沉了下来,而此时的我,被那些谷粒掩盖,胸中的氧气越来越少,鼻腔里面,全部都是稻谷的气味。

有阳光的味道,但是吸入鼻中十分呛人,而且痒,让人忍不住想打喷嚏。

我拼命抑制打喷嚏的冲动,然后听到藤盖被人挪开,有一只手插进了谷子里面来,开始认真地搅动。这个家伙是如此认真,几乎每个地方都摸过去,我心中一直祈祷着,忍耐着,结果天不遂人愿,那只手执着地朝我的头顶处摸了过来。我的心都要跳出来了,右手紧紧地握着鬼剑,想着若是这个战士开枪,我会不会还击?

这时,门口传来了一个让我咬牙切齿的声音:"老胡,这里清理了没有?"麻秆儿老头见到这人,热情地说道:"差不多了,老吴,要不是你今天给我解蛊,我说不定就被毒死了。太感谢!回去,咱老哥俩儿,可得好好喝一杯。哎,几个小同志,差不多了,发现什么没有?"

几乎要摸到我脑袋的那只手收了回去,然后一个年轻的声音传来:"报告首长,没有!"

"没有就下来吧,大家先去吃点东西,那两个家伙本事大得很,我们这回可能要做好持久战的准备了。赶紧补充能量,不要拖垮了身子……"麻秆儿老头招呼搜索的战士们出了仓房,然后声音渐远,那个看门的老头儿咕哝了几句,还朝着地上吐了一口唾沫,将门重重关上。

等声音差不多走远,我伸出手,抓住木仓的边缘,抬起头来,像一个溺水的人,深呼吸,贪婪地往肺里面灌注空气。那些金黄的谷粒从我的头两侧滑落。过了好一会儿,我推开盖子,只见杂毛小道早已站立在刚才木仓之上,眼睛盯着远方。

我问他刚才没有被发现吧,他摇摇头,说没有。然后回头,认真看我,说,小毒物,再次看到吴临一,有没有什么想法?

我说没有,怎么了?

杂毛小道的嘴角一咧,说,不如我们在这重围中,将那老乌龟劫出去,审问一番,看看到底是谁,在背后阴人?

我诧异,说,这也行?看看那些兵哥哥,子弹都是上了膛的啊!

他脸上露出郁闷的表情,思索了一下,说算了。我们两个没有再说话,静静等待追兵的离去。

夕阳西下,夜幕降临的时候,这谷仓的门,又是一阵响动。

第十七章　纸鬼引灯术

夜幕初上，寨子里到处星火点点。这种居于深山中的傈僳族村寨还没有通电，倘若是在平时，寨民们早早就休息了，你若行于寨子中，或许还能听到此起彼伏的原始运动声。然而此刻，有了大量外人驻扎，寨子就显得有些热闹。在谷仓斜对面的打谷场上，有篝火点燃，那些在这一大片区域搜寻的士兵开始返回，在打谷场上面用起餐来。

风中有食物浓郁的香味，我和杂毛小道正流着口水羡慕着，便听到仓门那里有动静，顿时低伏在房梁顶上，不敢动弹。一个消瘦的身子出现在了门口，是那个麻秆老头儿，老胡。

他出现在门口，朝着黑暗中打量了一会儿，然后沉声喊话，说，我知道你们在这里，出来一下，有事情跟你们说。我和杂毛小道都没有动，过了十几秒钟，老胡快速回头瞅了一眼，然后将门轻轻关拢，压低声音说道："别藏了，这谷仓少有人进入，但是灰尘中却有鞋印子，要不是我将这些给你们悄悄弄乱，你们早就被发现了……"

我和杂毛小道从黑暗中悄然出现，一前一后，将他给夹在中间，杂毛小道默默不语，而我则低声问道："为什么要帮我们？"

老胡见到我们出现，不悲，不喜，而是惨然一笑，说，来感谢你的不杀之恩呗。

见我没有说话，他咧嘴笑了起来，说，你凌晨说得刻薄，不过也骂醒了我。其实我这些年来，除了手段不断纯熟之外，修为并无寸进，估计这跟我甘于平淡和屈服强权的心态有关系。之所以过来找你们，主要有三件事情：第一件，刚刚得知，西北局的箫应忠对你的案子提出了质疑提案，现在进入重审阶段。不过你逃了，而白露潭又离奇失踪了，不知道是哪方人出的手，现在是暗流涌动，各方斗得厉害……

我回头瞧了一下杂毛小道，他耸耸肩，说，我大伯这个人，一般不会这么冲动的，看来他这次是动了真怒。

我点头，萧家大伯跟我交流不多，但是我知道他最是喜爱老萧这个大侄子，而我又是老萧的生死兄弟，跟萧家来往颇多，他自然有怒气追究。我于是不多说，问第二件事情呢？

老胡告诉我，说第二呢，是告诉你们，李腾飞手上有面铜镜，能够对标记的人定位，所以很容易找到你们。不过你们藏身在这里，他却没有提及，想来那镜子效用有是有，但也不算大。他们几个主事人正在讨论，猜测你们并没有逃远，而是在这附近藏匿起来了，决定这几天对几个重点区域，进行排查……

我们面面相觑，难怪追兵像牛皮糖一样一直甩不掉呢，原来竟然是李腾飞的镜子在使力。此番要不是杂毛小道提前布置了一个隐匿身形和气息的小阵，只怕我们便如困守笼中，被人瓮中捉鳖了。

"第三个问题，"老胡咽了一下口水，说道，"你们倘若能熬过这几天的抓捕，部队协助的人手，可能就会撤掉，而我们也即将回去了。接下来追踪你们的，可能就由李腾飞和茅同真，以及杨知修派过来的团队接手了。"

说完这些，老胡从兜里面掏出两坨热乎乎的酥油糍粑，说，你们也累了一天，吃了这个，然后早些休息吧。最好还是趁早走，刚才茅同真跟李腾飞聊天的时候，他说总感觉这村寨怪怪的，好像有人窥视一般。他的感觉真准！明天，还要进行一次更加彻底和严苛的搜查，整个村里村外，犄角旮旯，都会重新扫一遍，所以你们这里……不安全了。

我接过老胡手中的酥油糍粑，听到他关心的话语，有些感动，刚想跟他说两句感激的话，他双手一摆，说，别的不多说，你们若是被抓了，别供出我老胡头就行，这……最实在。

我和杂毛小道都不由得笑了，敢情这老家伙还在担心这件事情呢，不过也正因为如此，才显得他为人坦白、真实。

我以前看电影，对一句台词印象颇深，大意说的是："如果一个人，能够压制住自己心中的恐惧，那么他定然是自己世界的王。"这句话也已经应验到了老胡的身上，到了 2013 年的今天，有门道的人可以去打听一下西南局有数的十余名在职高手，胡仁权的大名，一定就在其列。

这话扯远了。回到 2009 年冬天的那个寒冷的夜晚，我和杂毛小道啃完老胡送过来的还有余温的酥油糍粑，感觉体力一点儿、一点儿地恢复。修行者也是人，餐风饮露的生活，只适合那些修炼辟谷的山中老道，或者小妖朵朵这样的，像我们这剧烈运动的逃亡之旅，如果不及时补充食物，定然会越来越虚弱无力，再也走不动的。

老胡的话语，让我们不由得警惕起来。此行有高人，算法推演厉害，我们设局藏纳了气息，他们还能够推断出我们所走不远，若是拖到了明天清晨，他们再用梳子一般的方法筛查一遍，我们未必就有今天这般幸运了。

逃！我们必须逃，逃得远远的，不然等到了天明，就走不脱了。

我和杂毛小道很快就达成了共识，不过逃也要讲究方法。追兵已经将这里布置成了大本营，但凡有任何异动，大批高手转瞬就至，而杂毛小道的血虎红翡没有三天时间，是不可能再唤出来的，没有了血虎，我们如何抵挡住那柄飞剑的威力？

除此之外，更加恐怖的，是战士们手中的枪。

几十把自动步枪的扫射，我们又不是地仙，哪里抗得住这金属风暴？

我们蹲在谷仓顶端的观察孔里，瞧了一下四周，但见在寨子外围，每隔五米左右，便有一个持枪军人警戒。看来茅同真等人也怀疑我们有可能就潜藏在寨子中，所

以防范才会如此严格。

　　看到这些，我不由得叹气，早知道就不进来了。而且，倘若我们不留手，对我们威胁最大的这些军人，其实是最脆弱不堪的。无论是肥虫子，还是火娃，还是两个朵朵，只要我们悍然不顾，这几十号人不说全部死光，只怕也不剩多少。这也正是那个幕后者的险恶用心，就等着将我们给逼反，弄出投名状来。到时候，他便可直接调动高层力量，将我们果断碾压。

　　只是，这些普通的军人，何其无辜！

　　最后，我们商定，让肥虫子和小妖朵朵先行，将西边守望的战士给迷住，我们从那里突围。至于如何对付李腾飞的除魔飞剑，杂毛小道也有办法。就在谷仓对面的那栋吊脚楼，茅房后面有根晾竿儿，上面耷拉着几块黑乎乎、湿答答的棉布，这是主人家的女儿来了月事。

　　山里人没有卫生巾，便用吸水的棉布做成类似的物品，而且可洗干净，反复利用。这黑乎乎的东西，便是我们通常所说的下宫血，阴秽过甚，专破观想意念所练就的法宝，只要沾上一点，那飞剑就得罢工几日。

　　2009年12月的川南是十分寒冷的，空气又潮湿，那种寒意冻到了骨子里，麻酥酥的，就像有蚂蚁在爬。我们熬到了下半夜，除了少数暗哨和巡逻人员，其他人都已经在老乡腾出来的房间里安睡。黑夜里一片静谧，寨子里只有几处地方的灯火，还在亮着。我唤出了朵朵和肥虫子，让两个小家伙收敛声息，去将西边路上的暗哨迷倒。

　　我们的时间，只有短短十几分钟，过后巡逻队就会路过，发现异常。所以我们逃跑必须迅速而果决，绝不拖拉。

　　我们深呼吸，待小妖那里传来了安全的信号，便从谷仓的气窗处，如狸猫一般地滑落而下。杂毛小道健步如飞，朝着茅房后面的那个晾衣竿冲去，而我则张首四望，确定安全之后，朝着房屋的阴影处隐去。蹚了这么久的江湖，我俩多少也有了些默契。一旦行动，神经就绷得紧紧，如离弦的弓，朝着西面疾行，健步如飞，悄无声息。

　　小妖朵朵和肥虫子打头战，已然迷晕了好几处暗哨，我们一路摸过去，倒也没有发生什么意外。

　　因为地处深山，这莽莽群山中其实还是有一些野猪之类的猛兽。所以这寨子周边，也修有栅栏，不过天长日久，修缮不力，已经是漏洞百出。我们没有走大道，而是专门从房前屋后的阴影奔走。

　　即将走到寨墙边缘的时候，杂毛小道却停住了脚步，蹲伏身子。我跟在后面，往前看去，有一张发黄的纸人儿，被贴在寨墙的漏洞口，正随寒风飞舞着。这还不算什么，借助着远处的微光瞧去，那纸人儿头上的一对眼睛，似乎活过来一般，正骨碌儿四处瞧，打量着周遭的一切。杂毛小道沉声告诉我，这是茅山宗外门的手段，叫做纸鬼引灯术，可以用来监督敌手，只要我们一出现，茅同真那个家伙，立马就能够

243

知晓。

我不由得恼恨,问你可有解脱之法?

杂毛小道摇头,说这是外门的伎俩,实用,但非大道,我因为很早就被逐出了师门,类似的东西,没有学会多少。

我们两个愁眉不展,正想着另外找寻出路,突然感觉身后不对劲。扭头一看,竟然有一朵幽幽盛开的鬼火,悬浮在半空中,里面有一张脸,正在冷冷地瞧着我们。

第十八章　伤痕累累，逃无可逃

　　见到这一张隐现在鬼火中的人脸，杂毛小道二话不说，雷击桃木剑就刺了过去。
　　他这纯属条件反射，剑尖与鬼火的轨迹，几乎呈现出完美的直线，唰的一声，那桃木剑就从鬼火的中间部分，划空而过。一瞬间，那鬼火闪现出了蓝色的光芒，那是电的颜色，根本就没有任何时间来反应，就泯灭不见，化作了缕缕青烟。
　　杂毛小道一剑斩灭这鬼火，我才反应过来，刚刚浮现的那张人面，不就是茅同真那个老杂毛吗？老萧再也没有隐藏身形的意思，推了我一把，说跑，快跑。
　　我听到这句话，屁股一撅，朝着寨墙的破洞开始狂冲，没跑一半，便听到身后的整个寨子，在那一瞬间醒了过来，喧闹声震天响。有人在大叫，说那两人藏在寨子里。有人则高声宣扬，说跑了，那两个通缉犯跑了。也有急促的脚步声，从南边，沿着土路朝这边跑来。
　　我冲到了寨墙边，刚想钻出去，突然从那纸人儿身上，射出一道冰冷的黑光，击打在我身上。我以为纸人儿只是一种预警设置，没想到竟然还能够伤人。被这黑光一射，我感觉全身一麻，头沉重得厉害，身子也软，忍不住就想往地上跪去。杂毛小道看到了我的异常，从后面飞起一脚，把我往缺口那里踹去。这小子脚黑，我顺着惯性，一下子就飞了出去，打了几个滚，手磕在石头上，擦出了血，火辣辣的疼痛将先前的麻木给果断驱赶，精神倒是一震，眼睛仿佛抹了清凉油，陡然亮了起来。
　　然而也就是在这个时候，一阵急促的枪声骤然响起，爆豆一般。杂毛小道往地上扑去，我听到他闷哼了一声，还来不及问候，便听到天空中一声炸响："果然是你们两个小贼，天堂有路你不走，地狱无门闯进来。今朝还让你们活着逃走，我李腾飞，就不用再出来混了！"
　　那个之前被我们逼走的青城山老君阁高手李腾飞，第一个出现在了视线中，此子来得急迫，鞋子都没有穿，一身白色的秋衣，显然是刚刚被吵醒。
　　这西寨墙外面是朝下的坡地，乱草丛生，我们当下也来不及跟这位报仇心切的高手打招呼，摸着泥地，躬身往下逃。巡逻队的战士开始往我们这边冲来，就在此时，一阵红色火焰冲天而起，翻涌的火舌舔舐着湿漉漉的残旧寨墙，将他们的前路给封堵住。
　　这是火娃的杰作，虽然我们已经警告过它，不得拿人来点燃，但是这个纵火犯的脑瓜子却也聪明，它有着无与伦比的天赋，在我们后面点燃了大火，将第一时间赶到的追兵们，全数挡在了寨子里面。

出了事，我们自然奋力狂奔，不过我冲了十几步，便听到黑暗中，有一道恐怖的风声传来。

因为草丛和山石阻挡，初期的子弹根本就威胁不到我们，不过李腾飞的除魔飞剑，却在第一时间赶到了现场，比它的主人还要凶猛，一声"嗖"，飞上天，又一声"嗖"，俯冲下地，朝着逃奔的我们射来。这剑快，如一道疾电，当我们听到那声音时，剑锋已经抵在了我们的后背。

除魔飞剑，是能够拐弯、威力巨大的法器。

不过我们已经有了对付此类速度型法器的心得，那就是时刻关注周边"炁"场的变化，一旦危险袭来，便让身体趋利避害的最原始反应，去引导自己的反射动作。如此，往往能够在最后一刹那，躲开飞剑凌厉的攻击。

我艰难地避开了这一击，然而杂毛小道没有，一道让我听了浑身发麻的撕裂声响起，接着正在跟随我跑路的杂毛小道仰天倒地。我惊恐地望过去，只见杂毛小道的左臂上，正在往外疯狂地喷溅鲜血，热血洒满了黑黄色的泥土和荒草，而他的脸，也已经扭曲成了一团。

不过杂毛小道左手上面的那包下宫血，已然盖在了除魔飞剑青色的剑脊上。

这包下宫血，他之前一直不顾肮脏地紧紧握着，几乎挤出汁水来，刚才趁那飞剑来袭，果断抹到了上面。他之前的猜测果然很有效，一被棉纱蕴含的下宫血沾染，这一直发出蜜蜂般嗡嗡声响的飞剑，顿时失去了灵性，身上的青光在瞬间，就变得黯淡无色。当然，它还是挣扎了一番，在空中摇摇晃晃，然而一秒钟之后，像一块废铁一般，哐啷掉在地上。

见到杂毛小道受伤，我的心剧烈疼了一下，返身回去，心中还在疑惑：以这家伙的身手，不至于为了给这飞剑抹上污秽，受这种伤吧。然而当我冲到他面前，却见到他后腰处一片模糊的血肉，原来是在刚才，被流弹给击伤了。

一看到这场面我就受不了了，脑子一热，如同炸开了一般，发疯地喊肥虫子，让它赶快过来，堵枪眼。好在肥虫子这个小东西，此关键时刻不掉链子。一道金光闪现，立即就冲进了杂毛小道正在往外汩汩冒血的伤口，至于被飞剑划伤的左臂，则是小妖及时赶到，手中青光一抖，将那道狰狞的伤口给封堵住。看到痛苦万分的杂毛小道，我心中不由得一阵悲怆，朝着坡上的火光就是一阵大吼："老萧要是死了，我陆左对天发誓，今天的凶手，逃到天涯海角，我都要弄死你个狗东西！茅同真，你个老杂毛，不要逼我杀人！"

回答我的，是更加凶猛的一阵枪击，有曳光弹，将坡地下面的我俩照得透亮，还有李腾飞，这个家伙在坡上仓皇地大喊，说你们两个小贼，到底做了什么，我的飞剑呢？

我的戾气未消，还待放些狠话，结果被小妖搀扶着的杂毛小道抬起头来，忍痛朝我喊道："小毒物，不要图口舌之快，快跑！"我不再说话，捡起地上那柄除魔飞剑，想过去背杂毛小道，结果小妖已经将杂毛小道给背起来，她个儿不高，朵朵也出来了，两个小女孩一前一后，像抬花轿一样，将杂毛小道给托起来，朝前方飘飞而去。

李腾飞的除魔飞剑，入手沉重，上面污秽不堪。这东西既然落入我的手中，自然不可再留下来。我左手除魔，右手鬼剑，顺着前面的低洼路段，拔足狂奔。而没了小妖拘束，火娃此刻便逞了凶危，简直就是一个穷凶极恶的纵火犯，我刚刚拔足狂走，它又将我们身后的一大堆草丛，给瞬间点燃。

冬天的草丛，干燥至极，一点就着，吞吐的火焰将我的背影遮盖，而追兵则陷入了一个两难的境地：到底是追我们，还是救火？

趁着他们思考的工夫，我已经越过了寨子旁边的田地，遁入到山林中。还是有人在开枪，不断有子弹打在我的身边，或者是脚下的泥地里，或者是身边的树木中，或者与我擦肩而过。我的头皮一直在发麻，曾经有好几次幻想自己已经中弹了，火辣辣的，结果手往背上一摸，全部都是湿漉漉的汗水。

那些奉命前来围剿的战士可不知道什么内情，他们接到的命令，就是追剿两个叛国贼，一旦发现，立即击毙。和平时期，这样立功的机会不多，于是战士们都红着眼睛，像嗷嗷叫的小老虎，准备着立功擒贼，哪里管得了许多。

我刚才中了那一道黑光，身子昏昏沉沉的，不过这个时候，也是逼急了性子，朝着远处就跑。进入了林子以后，头顶立刻落下一只身型肥硕的鸟儿，拍打着翅膀。虎皮猫大人劈头盖脸地臭骂一番，说两个傻瓜，见了寨子就钻，现在被人关门打狗了吧？还不如大人我一天寒宿，来得畅快呢。骂完人，虎皮猫大人不忘领路，说，跟我来，这边儿走！

我们忙不迭地紧紧跟随，别看小妖和朵朵两个女孩儿模样娇弱，但是前者是麒麟胎身孕育的精灵，后者是百年罕有的鬼妖，杂毛小道这一百多斤，抬起来几乎没有重量，而我也是被逼到了极致，甩开了膀子，豆大的汗水，不断洒落在川南的土地里。

不过我们快，还有人更快，追剿我们的，除了普通的部队战士外，还有一群跟我们同一个行当的高人，他们很快就反应过来，分一部分人灭火，其他的人，则气势汹汹地向我们紧追而来。我偶尔一回头，见到一个穿着灰色道袍的家伙，从坡顶腾空跃下，那英姿，简直就是滑翔一般。

这个人，就是杂毛小道的师叔、陶晋鸿的师弟茅同真。

山路蜿蜒，我们急速奔逃，也不知道虎皮猫大人准备把我们带到哪里去，而在我们的身后，则是唰唰的掠空声，以及时不时的点射。这枪声在黑夜里，几乎没有什么威胁，然而每一次响起，都让我的心脏猛跳，感觉死亡正在慢慢逼近。

这一次，难道我们真的无路可逃了吗？

第十九章　初战茅同真

茅同真有类似于纸甲马之类的神行工具，在我们翻过一道山梁，然后准备冲下那个山坳子的时候，我听到身后有一阵恶风席卷而来，回手一剑，便感到一阵巨力狂涌过来，身子失去平衡，滚落在落叶腐质层上。

我可不敢待在原地，一落地，便立刻往旁边滚动。果不其然，我刚刚翻滚到另一边，一双藏青色的布鞋就踩到了地面上。砰，一声闷响，地皮颤动，我翻身而起，但见一道金光，扑面而来。我不识此物，条件反射地往后面退，几步之后，定睛一看，才发现这是一根包铜的木棍。

我听杂毛小道曾经说过，茅山道家法器五宝：刺球、七星剑、铜棍、鲨鱼剑、月斧。这铜棍便是其中之一。此棍身上，钉有一百零八支铜钉，共分成八排排列，其中四排每排有十三支，另四排每排十四支，每根钉的帽处，还绑有把每个钉串联在一起的红绸线，此乃乩童降身后使用的法宝。

没想到，之前杂毛小道说他师叔修的是阳神出窍之法，竟然就是乩童降身的门道。

我的鬼剑，主体是槐木，上面镀有精金涂覆层，而这铜棍的主体，也是木质，只不过一百零八支铜钉打入，沉甸甸的，与我的鬼剑拼斗，占尽上风。而且俗话说得好，拳怕少壮，棍怕老郎。茅同真一辈子的工夫都在练这棍法，自然是凶煞得厉害，虽然没有见他那乩童降体，但是其凶戾，并不比寻常角色差。

出身茅山，用的是铜棍，茅同真自然是别有一手。只几下，我的鬼剑与茅同真的铜棍交手过后，便剑身禽动，不断作响，显然是抵受不住上面传递过来的巨大力量。

我的脚步紊乱，在第三次交手中，茅同真一棍反撩烧天，将我护住中门的鬼剑挑开，然后右手陡然长了几寸，袖里藏棍，一下子，就击中了我的心口。他这力道，几乎是想要给我的身子来一个对穿，然而偏巧不巧，这棍子的尖端，顶到了我胸口的槐木牌上。

此物虽非法器，但是取自东官环城河的一棵百年老槐，根骨坚硬，而这铜棍也只是钝器，故而我只是又飞了起来，朝着山坡下滚去。

正在前面抬着杂毛小道奔跑的小妖见到，顿时一阵火大，叫朵朵照顾好杂毛叔叔，然后一声厉喝，折身冲了回来："好你个老杂毛，敢欺负陆左，吃小娘一拳！"

那茅同真见到小妖携了怒气前来，不慌不忙地冷笑一声，唇上的两撇胡须抖动了一番，手上也不停，射出四道五方令旗，分别镇住了东南西北四个角落。刚一稳定，便有四股昏黄色的气息链接到了一起,形成了一个方圆三十米的独立空间,将我们与周围隔离。在这空间里,那昏黄色的光芒一直在闪耀,幻化出一种昏昏欲睡的效果。

小妖一拳打在茅同真迎上来的铜棍上面,手上顿时一阵摇晃,仿佛受到了很大的伤害。翻身到我的旁边,望着这四周的境况,眉头蹙起,冷冷地问道:"四相封魔阵?"

茅同真惊讶了一下,笑了,说,哎哟,你这个小妖精,倒还真是蛮识货的,这正是我茅家的不传之秘,三茅祖师流传下来的四相封魔阵,随时随地都可以布置的阵法!怎么样,怕了吧?

我冷笑,说,好大的血本,你这四相封魔,黄津津的像坨屎,有啥厉害的?

茅同真一副你好没有见识的模样,居然耐心给我解释起来。所谓四相,乃东方苍龙、西方白虎、南方朱雀、北方玄武四大镇天神兽组成。我这布阵的令旗,乃先贤所授,待贫道演化一二,让你瞧瞧厉害!你看我这苍龙……

茅同真追了我们几天几宿,竟然起了逗弄我的心思,不过我哪里想听他废话,待他刚刚准备发飙的时候,天空突然刮起一道狂风,一泡热腾腾的鸟屎,洒落在他这把绘制得惟妙惟肖的东方苍龙青色令旗上,这迷蒙的空间,顿时就裂开了一处缝隙。

我早就等待虎皮猫大人前来增援,见空隙一产生,便也不跟这老道闲扯,拉着小妖,转身便跑。我身后的牛鼻子老道气得哇哇大叫。本来准备了很多装波伊的话语,结果我这观众一走,他老人家又不能像郭德纲早年那样,对着空气也能讲半天相声,故而悻悻地去四处拔那令旗。瞧见苍龙令旗上面那一泡新鲜的鸟屎,不由得仰首望天,去寻找那个破坏自己法阵的家伙。只可惜,虎皮猫大人早就已经展翅高飞,深藏功与名,不知踪与影了。

我接着跑,几乎是连滚带爬地往山坳子下面逃去。经过刚才一耽搁,远处的枪声越来越近了,如此这般追逐下去,我不确定自己是否能够逃脱得了这脚程飞快的追兵。

唯有跑,拼尽全力,让自己尽量离那个可怕的牛鼻子老道,远一些……

茅山宗果然是人才辈出!杂毛小道弃徒身份,已经能够奔东走西了,而黄鹏飞也是强势狠厉,再加上这个手段频出的茅师叔,仅仅出来三个人,个个高手,就让人刮目相看。这便是底蕴深厚的名门正派,只不过当他们与我为敌的时候,我的心中只有万种愤慨,狂奔而过。

有这本事,朝着鬼面袍哥会、朝着小佛爷使去啊?

那个客老太,罪大恶极,也没见到动用诸多人手,以及直升飞机到处抓捕啊?怎么到了杂毛小道和我这儿,就摆出了这般好莱坞的阵势来呢?这个世界,能不能稍微公平一点儿啊?如此这般,吃相未免太难看了吧?

然而茅同真并没有听到我心中的各种怒吼,他依然在我们身后追逐着,越来越近。

小妖终于火了，回过头来，朝着一直紧跟着自己的火娃大声说道："火娃，点燃他吧！"

这是小妖第一次对火娃，说出这般直接而戾气的话，这只焱骉蜈蛊一听闻，立刻兴奋起来，扇动一对翅膀，朝着茅同真嗡嗡飞去。见到这放火的惯犯，茅同真显然并不着急，他手中的铜棍一抖，口中念念有词："云篆太虚，浩劫之初，乍遐乍迩，或沉或浮——疾！"

这一句话念完，顿时有一道金光射到了火娃的身上，那只气势汹汹的黑壳甲虫，居然停止不动了，然后缓缓地转过身来，火红的眼睛，死死盯着我们。

小妖大叫一声说，不好了，这个小畜生，让人家给迷惑了，这回，它要烧的是我们了！

果然，茅同真脸上露出了狰狞的笑容，说，果然不错，是个好东西，既然想把我烧成蜡烛，那么，你们自己先变成一团灰烬吧！

这话一落，火娃便闪耀着红光，朝我们直扑而来。早在耶朗祭殿中，从那二娘子的惨状，我便知道发起飙的火娃不好惹，我们出手受限，茅同真这老牛鼻子却肆无忌惮得很，于是我立刻转身，又是狂奔。

如此一跑一追，我们来到了离那个傈僳族村寨两里地外的一个山坳子。到了这里，便见到一个几十平方米的小潭。这便是虎皮猫大人领我们过来的原因。

这潭水，是傈僳族村民居住在这深山中的源泉，之所以没有毗邻而居，而是采用竹筒接水的方式，或许是不想让人类生存的烟火，将这一汪清潭给污染了吧？寨民们宁愿让它在静静的深山中孤立，默默地提供着生命的源泉，让这个山寨，在这深山中，自由安宁地存在着。

在横断山脉南北数百公里的群山中，不知道有多少个这样的寨子，在无人造访的深山中，默默存在。如同世外桃源一般。

我们终于还是打破了它们的宁静。对手虽然知道我们很能潜水，但是依然不晓得有天吴珠这种逆天的东西存在。然而茅同真却有着惊人的直觉，他见到了水，见到了深潭，便再也不隐藏实力，双足一错，瞬间奔行了几十米，出现在我的身后，将铜棍抡于空中，朝我后脑勺敲了下来。

这一招，专业术语叫敲闷棍，向来是劫道蟊贼的最爱。依茅同真这牛鼻子的劲道，我的后脑勺倘若中了，难保不会脑壳崩开，白花花的脑浆子四处飞溅出来。

在那一刻，我不知道是怎么回事，无法形容当时的感受，仿佛预料到了一般，身子往后面撞去，一下子，就缩进了茅同真的怀里，将他这凶猛一棍给化解了。两个人滚葫芦一样，跌落在了潭边。就在这个时候，虎皮猫大人从空中飞下来，翅膀一挥，火娃顿时失去了知觉，被扇飞到了小妖手中。

大人这回话倒不多，只说了一个字："跳！"

它说的是如此狠厉果决，根本就没等我反应过来，肥硕的身子就朝着黑黢黢的潭

水钻去。准备跳潭的我,后心中了茅同真一掌,一大口血,飞洒出来。

咕咚……

我们全都跌进了水里,而茅同真则抱着手,在潭边冷笑着。

他相信,我们终究还是会浮上来的。

他不急!

第二十章　不弃的温情

多年以后，万事硝烟尽，我和老胡早已经成了朋友。某日他外孙女出嫁，我正好也在黔阳办事，碰见了，于是就得了张请帖，去喝喜酒。席间，我们谈起当日之事，老胡告诉我，说他到现在，还记得茅同真当时在潭边的表现。

麻秆儿老胡是在我们跳入潭中的五分钟后，跟随大部队赶到现场的。他看到茅同真、李腾飞还有吴临一三个为首者，站在潭边，望着宁静的潭水发愣。老胡走上前，问，那两个通缉犯到哪里去了？李腾飞和吴临一都瞧向了茅同真，而这老牛鼻子则指着潭水，犹豫地说："两个都重伤了，全部都跳到里面去了。这潭深，但是不大，都已经五分钟了。诸位瞧好，没一会儿，他们应该就会浮上来了，到时候，若有反抗，全数射杀！"

那些跟来的战士听到这番话，都不由得紧紧握住了手中的钢枪，仔细地对准了潭面，小心地瞄着。对于他们来说，在这潭水底下的，可真的是一伙凶人啊。就两人，还有几个妖魔鬼怪，把天都闹翻了，动静忒大，若是他们真的反抗，岂不是很可怕、很凶残？

时间一点一点地过去，茅同真脸上的神色，也跟着越来越难看。十分钟之后，几乎就黑了。这种黑，是愤怒和惊诧集中的表现，倘若去演包青天，都不用化妆。

又过了五分钟，茅同真看着早已回复平静的潭水，嘴唇发抖，开始不信地喃喃自语起来："不可能啊，这不可能啊……他们两个，明明都已经受了重伤啊，那小子，中了我一掌，还能坚持这么久不上来，到底是什么原因呢？"李腾飞也终于知道旁边的这个牛鼻子老道在忽悠人，他顾不得这冬日里的潭水，寒冷清冽，几乎如冰，悲伤地仰天长啸一声："我的除魔啊……"他几乎是一个字、一个字地迸出来，接着，一个猛子，扎进了深潭中。

十分钟后，湿漉漉的李腾飞在一干战士钢枪的瞄准下，爬了出来。似乎有些失魂落魄，刚刚爬到潭边，就一屁股坐在了泥地上，浑身湿漉漉的，瑟瑟发抖，半天，竟然也没能说出一句话。

谁也没有想到，这两个受了重伤的家伙，竟然如同那天从长江大桥一跃而下般，悄无声息，无踪无影了。长江波澜壮阔，还可理解，但是这眼深潭，咫尺方圆，怎么会这样呢？莫非这人还能够变成鱼儿，游走了？

而为什么我们当时跳入深潭中的时候，茅同真并没有使出任何手段阻拦，而是在潭边苦等呢？

这个问题后来老胡也给了我答案。其一，是因为茅同真坚信这么一眼小潭，不能翻出多大的浪。要么淹死，要么浮出来，他还有诸多手段，收拾我们。其二，也是最重要的一点，那就是，出身茅山顶峰的茅同真，从小就不通水性。好吧，就是因为茅同真不通水性，使得我们的逃亡之旅，本来应该戛然而止的周期，再次延长。

　　而我们跳进深潭之后，到底经历了什么事情呢？
　　其实我也不是很清楚。茅同真的一掌，凝聚了他六十多年来的巅峰修为，一掌印入我背，顿时有无边力量狂涌。我坚持了几秒钟，当深潭寒水入体的时候，一激灵，不但没有清醒过来，反而昏迷过去。倒是先前中枪，又被飞剑划拉的杂毛小道恢复了清醒。当我在一个湿漉漉的洞中醒过来的时候，他已然在肥虫子和小妖的治疗下，恢复了一些精神，正握着临来西川时大师兄托曹彦君送给我的那个青铜环，在研究。

　　刚刚苏醒过来的我感到浑身燥热难当，口中轻呼水，立即有一捧清冽的水移到我的嘴边，是朵朵。这小丫头用手给我捧来水，小心翼翼地一点儿一点儿喂我，双眸晶晶亮，宛若天上的星辰。

　　见到我苏醒过来，杂毛小道扭头过来看我。
　　这是一个潮气弥漫的小溶洞，空间中一片黑暗，唯有火娃像萤火虫一般，发出忽闪忽闪的光亮。这光亮昏黄，在我们旁边荡漾的水面映照下，我看到了老萧苍白的脸。他问我，你还好吧？我摸着胸口，感觉浑身好像一个大火炉，又如同快要散架的老爷车，不由得咧开嘴，惨笑说，你那师叔，掌力还挺猛！

　　杂毛小道点头，说，是啊，那老牛鼻子练的是先天童子功，六十多年来，元阳未失。娘胎里自带一股灼热的先天元气，这火能焚内力，也能焚修为，歹毒得很，也厉害得很，江湖人送匪号，"烈火真人"。他这人不坏，就是偏执，为人不近情面，在茅山宗十大长老里面，人缘算是最差的。此番前来，是给杨知修当枪使了。

　　我咳了咳，感觉胸肺间火辣辣的，难受得紧，想起杂毛小道的伤势，便问他的情况。

　　他笑，将身后的伤口给我看，上面已经结痂，而左手上的那一道狰狞的口子，也已经勉强愈合。看完这些，他好声安慰我，说，受的都是外伤，有小肥肥和小妖在，倒也无妨。只是你，你受的是茅同真的烈阳焚身掌，他练此功，白天以硫磺、朱砂和水银球为引，晚上又以极阴的赤练亡魂为伴，一个人身居茅山宗后院数十年，这全力一击，你的血液没有被引燃，也算是机缘深厚，修为颇高了。

　　我尝试着行了一遍气，感觉浑身滞涩，应该是被茅同真的掌意所伤，难怪浑身热烘烘，就像发高烧一样。我打量四周，问，这是哪里，安全吗？

　　杂毛小道告诉我，这里是与那潭水相连的一条暗河溶洞，离那潭水，足足有好几里地了。追兵没有潜水的装备，也没有相关的水性高手，所以暂时是安全的。不过也说不准，茅同真这个人爱较真，死要见尸，活要见人，我们还是得跑路的。

他将右手上面那个青铜环，递到我的面前，说，大师兄果然是神机妙算，竟然算到我们会有一劫。这青铜环，上面篆刻的名号叫做"遁世环"，除了可以掩藏你额头那吸血鬼的诅咒，还能够将我们与这世间的牵连，变得模糊，让人根本就无法演算出我们的行踪。不过这东西用法奥妙，之前大师兄留了一点玄机，我也是刚刚在这符文的提示下，才解开的。现在，我们就不用再担心自己，被人算死了。

他说到这里，我才想起这玩意儿，我一直挂在钥匙扣上面，以为是个摆饰，没承想，竟然还有这等妙用。更加神奇的是，龙哥临别时送我的这天吴珠，竟然两次帮我们逃开了追兵的绞杀，而且还将在以后的日子里，成为我们逃亡过程中最重要的凭恃。

虎皮猫大人在旁边抖了抖翅膀，溶洞里面很潮湿，它十分不喜欢，身体有些颤抖，小妖从防水背包里面掏出了一张干燥的毛巾，正在给它揩干身子。大人抖了抖肥硕的身子，然后给我们布置接下来的事情。说先吃点东西，然后顺着这条暗河一直走，应该会有通道的；出去后，尽量离这里远一些，然后找一个地方，先猫起来养伤，等这阵风头过了再说。滇南还是不要再去了，行踪既然已经暴露，再前往，会被守株待兔的。

我们皆点头称是。朵朵弄了点河里面捉来的鱼，拇指大，剥皮去骨，然后洗净。

这鱼是刚才在暗河里面行进的时候捉的。小妖说我们这般奔逃，体力消耗严重，如果不进食，说不定身体就垮了。所以两个小家伙一边架着重伤的我和杂毛小道往里游，一边利用天吴珠的特性捉鱼。这鱼是一种如泥鳅一般形状，头骨坚硬的小鱼，浑身透明，眼睛退化成了一个黑色斑点，模样瞧着难看，不过当朵朵递到我的嘴边时，我细细地嚼，虽然是生的，但是感觉鲜嫩甘美，除了有一点淡淡的鱼腥味，竟然是不错的美食。

在此之前，因为从小养成的饮食习惯，我拒绝尝试任何生的肉食，即使是被吹上天的日本生鱼片，瞧都不瞧一眼。不过至今为止，我仍然忘不了我们在那个并不大的暗河溶洞里面，吃的那一餐小鱼儿。

没有盐，也没有任何调料，唯一有的，是朋友和伙伴之间，那种生死不弃的温情。为了避免我们就食不顺，朵朵处理得小心到了极点，鱼肉里面，几乎没有一根刺。

没有刺，这就是朵朵想要给我们表达出来的爱。

我们在那个暗河凸起的溶洞里待了差不多一个小时。活动了一下身子，我感觉自己依然头晕得厉害，身子发软。小妖和朵朵一左一右过来将我扶起，结果杂毛小道却闹开了，指着我的鼻子笑骂，说，看看，同样是重伤员，你是左拥右抱，留我一个人，好不孤独。

见他说得凄惨，肥母鸡忍不住安慰这位小兄弟，扑棱着翅膀，一屁股坐在了杂毛小道的头顶上，而肥虫子为了显示自己的存在，也从他的胸口伸出半个头颅来，唧唧地叫了两声。大家伙儿都发声了,一直充当电灯泡的火娃也张牙舞爪,过来安慰杂毛小道。这个纵火犯,杂毛小道有些怵它,连忙挥挥手,表示心领了,不要过来。火娃有点儿委屈,头顶上面的触角不住乱晃,杂毛小道缓缓走到暗河边缘,叹气,说,这就是命啊……

一声惆怅的叹息,让我们所有人,都笑了起来。

不弃的温情,如此动人。

第二十一章　危机进行时

一个星期之后，大凉山彝族自治州宁南县的街头，出现了两个脚步轻浮的男人。

这两个男人，年纪稍大的一个三十多岁，皮肤黝黑，额头有些少年纹，留着短短的头发，一看就是老实巴交的乡下人。而稍微高个儿的，是个白净的年轻人，鼻子附近还有些雀斑，头发扎着马尾，眼睛亮，像是一个艺术学校的学生。这两个人身上的衣服好几天没有洗过，散发出一股臭味来，不过看着人都是蛮精神的。

我站在一家小店的门口，从反光玻璃中看自己。半天儿，不敢相信这个老实巴交的男人，就是曾经走南闯北、历经生死的我。这两个完全不搭的角色，竟然是东官风水咨询行业里面的翘楚，茅晋风水事务所的老板。

当戴上人皮面具的那一刻，我和杂毛小道都不由得被对方的模样给惊呆了。

我们的小伙伴们也都惊呆了。

那个时候，我们已经在山里东躲西藏了好几天，餐风饮露。终于忍受不住冬日的严寒，决定返回人群居住的地方来。出山一打听，才知道我们已经走到了宁南县境内。于是我们搭了车，来到县城，弄了两身衣服，找一个旅店，用杨操准备好的身份证登好记，美美地洗了个热水澡，然后出来，找了家富有当地特色的饭馆子，准备吃个肚儿圆。

因为这里主要是彝族聚居区，所以食物也很有特色。桌子上面八大碗，黄条、红烧肉、绉沙、千张肉、凉白肉、烩腊肠、醋花生，还有一海碗鲜香浓郁的鸡汤，两碟凉菜，一碟是羊血腌制的萝卜丝，一碟是本地有名的豆腐干。也有酒，是农家自酿的苞谷酒，清香浓烈，一口入喉，暖意就从心口处，火辣辣地升腾上来。

两口小酒下腹，这才觉得人间的日子，实在太过美好。

这小馆子没有单间，我们选一个角落，边吃菜，便轻声交流。我们一路行来，倒也没有再见到茅同真一伙追兵，所有的风声鹤唳，都陡然消失，世道太平，恍如往日。而我们，只是两个前来旅游的过客而已。

然而，我们并不敢放松警戒。

要知道，李腾飞这个心高气傲的家伙，飞剑丢失，不但是他，便是老君阁，也不能接受。茅同真那边，随着时间推移，只会越来越急躁，增派的人手，只怕也会更加强势。而且，茅同真吃了暗亏，依他的性子，应该也会穷追不舍，不会放任我们安然离开的。

不过这里处于香格里拉黄金旅游线的辐射范围，游人很多，我们两个，不算

扎眼。

　　吃完了饭,我们返回旅店,路过一楼大堂的时候,风韵犹存的店老板娘冲着我们笑,热情招呼,问两位是过来旅游的,还是工作?如果是旅游,她可以帮我们介绍一个导游,价钱也不贵。我们摇摇头,说要不得,我们就是过来办事情的,哪里有啥子闲钱旅游哟。

　　老板娘不动声色地盘问了我们一番,不过我们来之前就已经对好了口,说是过来找一个老板,做门子生意。

　　杂毛小道的嘴,死人都能够说活,何况是一个女人?不一会儿,便把这个上前来探底的老板娘忽悠得五迷三愣的。临了,这老板娘跟我们说了个事情,说早前所里面,找她们这些做旅馆的人去开会,说最近有两个十恶不赦的 A 级通缉犯,男性,有可能路过她们这一片。那两个人应该都受了重伤,其中一个,脸色会有不正常的红艳,另外一个是长头发——当然,也不排除剪掉的可能。

　　老板娘很慎重地告诉我们,如果见到这么两个人,一定要远远避开,然后马上打电话报警。如果是真的,这两个人,一个人的消息,值二十万。

　　我和杂毛小道对视一眼,不动声色地接茬,说,哎哟,不错啊,二十万,要是真遇到了,哥几个,三两年不用做事了,长什么样啊?

　　老板娘回头喊了一下小娟,立刻有一个又矮又肥的女孩子从柜台那边跑过来,手上拿着两张纸。杂毛小道接过来,我凑过头去一看,一个模样刚毅倔强的刀疤脸,一个眼神明亮睿智的猥琐男,黑白照,可不就是我和杂毛小道嘛?!

　　在照片下面,关于我的文字是:"陆左,男,现年二十四周岁,黔州省晋平县人,民族侗。该嫌疑犯因犯故意杀人罪被收押,2009 年 12 月 4 日押运途中,在同伙协助下逃逸。如有该嫌疑犯消息者,请联系当地公共安全机关。如果情况属实,奖励人民币二十万元整。"

　　而杂毛小道的文字则为:"萧克明,男,现年二十八周岁,苏省句容市人,民族汉。该嫌疑犯,涉嫌恶意袭警,并且协同杀人嫌疑犯陆左逃逸,至今仍无消息。如有该嫌疑犯消息者,请联系当地公共安全机关。如果情况属实,奖励人民币二十万元整。"

　　这两张通缉令的内容和格式,与其他通缉令有些不同,不过结尾的那二十万元奖金,让人怦然心动。要知道,虽然物价一直在上涨,但是在 2009 年底的时候,二十万元,足够在一个三线城市的郊区,或者像宁南这种小县城里,买一整套房子。对于大多数人来说,这着实是一笔巨款。我们现在面对的不再是以茅同真、李腾飞等人为首的追剿团队,而是陷入了人民群众的汪洋大海中。

　　如果我们没有杨操托赵兴瑞带来的人皮面具,那么除了深山老林子外,但凡是有人聚居的地方,都是寸步难行的。而且在这种寒冬天,我和杂毛小道是两个身受重伤的人,不是小妖、朵朵她们这些可以餐风饮露的精怪,哪里能够抗得住?修行者也是人,也需要足够的食物和充足的睡眠,也需要一个好的环境以及足够的药材来修养身子。即使是一个真正的苦行僧,他至少也要保证自己的身体无恙,是不是?

回到房间,我和杂毛小道长舒了一口气,我指着杂毛小道那颇有文艺范的马尾辫,说,你这头发,太有辨识度了,还不赶紧给铰了?

他护着脑袋,说,上次就给剃了,这回还等着留长了,重新挽成道髻呢。头可断,血可流,这头发是万万不能够再铰了的。

我也不强求,将回来路上买的洽洽原味瓜子剪了个口子,铺在茶几上,然后又去找热水壶,泡了一包茶叶。这茶叶自然不是西湖龙井,咱逃亡路上,也没有那个条件。这茶叶刚刚一泡开,打开的窗户,立刻飞来一道肥硕的黑影子,正是虎皮猫大人驾到。这哥们之前一直在上空为我们侦察敌情,此刻见它灰头土脸,羽毛上面有血迹,我们纷纷大惊失色,围上前来,问它这是怎么了?

虎皮猫大人落在茶几上,一边嗑着瓜子,一边骂骂咧咧,说,刚才在西边碰到一头白背兀鹫,那扁毛畜生凶猛得很,跟我缠斗了数个回合。敢跟大人斗,简直就是一个没长眼的傻瓜,最后被大人我料理在一个荒坡里了。大人我毁尸灭迹,忙活了半天,这才来晚了……呸,小毒物,你泡的什么茶,这么没味?

我苦笑,说,我的大人哟,跑路啊,大家就凑合一点。杂毛小道刚刚从要被铰头发的恐惧中挣脱出来,摸着鼻子,说,弄死算球,为什么要这么费事?

虎皮猫嗑瓜子的速度,无与伦比,不一会儿,地上就一堆瓜子皮。小妖朵朵恨恨地去捉这个不讲卫生的肥母鸡,它飞在半空中躲闪,见我们问起,便说,那头白背兀鹫,是人养的,应该是茅山上面的那个老杂毛专门调过来对付大人我的。一旦撸起了袖子,自然要下死手,而且不能让它的尸身暴露了……

这时小妖终于捉到了灵活的虎皮猫大人,查看了一下它的身子,敢情都是白背兀鹫的血迹,这家伙半点伤都没有。

我们都苦笑,看着外面风平浪静,没想到背地里,还是暗流涌动。敌人各种手段,纷呈迭出,让人目不暇接,处处碰壁。我和杂毛小道商量,其实有了人皮面具和真实身份证,我们身上的破绽极少。就是随身所带的雷罚、鬼剑、震镜、槐木牌,以及我们跑江湖时所用到的一堆零零碎碎的东西,都是追兵所掌握的信息,倘若他们从这方面追查过来,只怕我们还是要暴露。

不过这些都是关乎我们身家性命的东西,把它们处理掉,不太现实。

没有人愿意将这些对自己无比重要的东西,扔掉。

我们两个有些发愁,思虑了半天也没有找到两全的法子,感觉到黑暗处有一张巨大的网,将我们勒得喘不过气来。我们两个没有坐多久,突然从房间外面的走廊上,传来了一阵脚步声,过了一会儿,我们的房门被敲响,传来了一声瓮声瓮气的喊门声:"开门、开门,警察查房!"

第二十二章　警察的突袭

"你是王黎，你是林森？"

面前这个左眼浑白的中年警察，像瞄准射击一样地盯着我和杂毛小道，手上拿着两张身份证，狐疑地问道。而我则用变腔普通话回答，说是，我是王黎。杂毛小道则点头哈腰，像足了抗日神剧里面的二鬼子，说是，是瑟，我逗是林森，我出生的时候，算命先生说我五行缺木，所以娘老子就给取了五根木头，哈哈，哈哈……

杂毛小道说的是正宗的川普，这个家伙走南闯北，倒是很有语言天赋，不但是各地方言，便是英语，他要是来了兴致，也能够跟你拽上两句，完全看不出他有小学文化。他很夸张地说完之后，自以为有趣，不断地笑，然而中年警察和跟在他后面的实习女警察，却没有理他，而是开始打量起我们的房间来。

说实话，宁南这个小县城里，旅社的条件也并不是很好，不过既然是旅游文化圈，倒也不像我们那儿一般凑合。散发着洗衣粉味道的两个床位，然后是床头柜、洗手间、电视还有一个麻将桌，几张椅子和沙发，放眼望去，一目了然。基本上没有什么可以查的，不过那个中年警察的目光，扫视一圈，最后落在了我们带来的那个防水背囊上。

他的眼睛一亮，手不自觉地摸到了腰间。

普通的警察，一般是不配枪的，只有到了重大行动，才会到枪械管理处那里领取枪和子弹。然而今天这个中年警察，却是带了一把警用左轮手枪，可见上面对此事的重视程度，已经达到了何等的高度。他慌张地拔出来，然后指着我们，大声喊蹲下，靠墙蹲下。

我和杂毛小道见这中年警察情绪紧张，而门口，则围着包括老板娘在内的好几个围观群众，没办法，唯有双手抱头，乖乖地听命令，靠墙蹲着。那个中年警察一边拿枪指着我们，一边指挥手下的实习女警："蓝小仙，去把他们的行李包，拿过来！"

那个实习女警敬礼说，是，师傅！然后屁颠屁颠跑过去，鼻翼翕动，似乎还有一些兴奋。

当她把我们的防水行李背包拿过来时，想解开，结果上面有一个密码扣，中年警察指着我们，心情和缓了一些，说，哟，你们这背包，还挺高级的嘛。我装着无限委屈的模样，说，样子货，看着高级，其实就是在淘宝上面卖的，总共花了不到八十块钱。大哥，你要背包，你就拿去吧，没必要拿枪指着俺们。

中年警察怒笑了，说，少贫嘴，密码多少？

这个密码是三位数的，包里面放着好多玩意儿，比如我的槐木牌、震镜、桃木钉、六芒星精金项链、抢来的军用地图、黄大仙符笔等，还有杂毛小道的红铜罗盘，一堆符箓以及相关制品，因为之前怕被查出来，都和一堆衣服塞进了里面，此番要是被检查出来，我们铁定会暴露身份。至于那两把最易暴露身份的木剑，刚才慌乱的时候，已经被塞在了床板底下。不过被一把警用左轮指着脑门子，我也不敢玩得太嗨，唯有默默地念出密码，让实习女警蓝小仙打开来。

我心中都已经做好了打算，倘若这次哥们儿暴露了，就直接夺枪，将在场所有人都打晕掉，十天半个月没有知觉的那种，然后我们就跑路。至于这下手力道如何，我还需要仔细研究一番。然而当密码扣打开，蓝小仙滑开拉链的时候，背包里，全部都是一些换洗的衣物，能够暴露我们身份的东西，全然不见。

我望了杂毛小道一眼，他表面上看着波澜不惊，不过似乎也吓了一大跳。我转念一想，应该是在刚才虎皮猫大人飞出去的一刹那，小妖在这里面动了手脚。这小狐媚子的手，可真够快的，她倘若是转了行，只怕八手神偷周志佳那个号称"东北贼王"的老蟊贼，都会没饭吃了。想到其中道理的我，看着手上拿我红色内裤的实习女警察，忍不住咳嗽，说，警官，如果没有什么事情，把我的裤子放下吧，多不雅观？

听到我揶揄的话语，那个实习女警察仿佛手上拿的是一颗引爆的手雷，惊慌地扔下来，脸立刻变得通红，像蒙上了一层红布一般。她长得不算是漂亮，不过穿上警服，就显得很英姿飒爽。不知道怎么的，我看到她，就想起了黄菲，所以不知不觉，心情就有些沉重起来。

中年警察见到这背包里面的物件，这才放下心来。不过并没有将手枪收起，而是盯着我们，瞄了一会儿，然后指着杂毛小道说，你，把衣服脱了！杂毛小道一愣，有些不明白，说，上衣还是秋衣？

中年警察面无表情地说："全部，衣服，都脱了……"

杂毛小道看着周围的群众，有些扭捏，说不行，人太多了，我心里面有障碍。

中年警察手一挥，那个实习女警察便将房间的门给关上，虽然杂毛小道游戏花丛，衣服脱了不知道多少次，但还是第一次，被一个男人用枪指着脱衣服，有些扭捏。半天，他终于吭哧吭哧地将衣服剥开，露出了健硕的上身来。

这是一具健康男人的身体，虽然没有红龙特种部队老光、霸王他们那种恐怖的八块腹肌，但是肌肉匀称健硕，细腻白皙，卖相倒也不俗。

中年警察绕着杂毛小道瞧了一圈，并没有从他身上找到任何一条疤痕，或者枪眼来，看着假装被冻得浑身直哆嗦的杂毛小道，他沉吟了一番，然后开口说道："林森，你把衣服穿上吧……"

杂毛小道如获大赦，赶紧把丢在床上的秋衣、羊绒衫和外套拿起来，准备穿，而就在我幸灾乐祸的时候，中年警察又指着我说，你，把衣服脱了……我顿时哭了，说，大哥，咱不搞基！然而在我千般恳求下，中年警察依旧面不改色，我没办法，也

像杂毛小道一样，在这寒冬里，将上身扒光。

不过我倒也不慌，因为我身上根本就没有什么明显标识，胎记、疤痕什么的，都没有；而常年在外奔波，我身体的肤色，跟这人皮面具的，也是差不多的，反倒是杂毛小道，到处流窜，竟然比我还白些。这也是我们哥俩儿之前选面具时，主要考虑的东西。

我知道他们之所以执着地让我们脱光，主要是在那个傈僳族村寨外的现场，他们发现有人中弹了，而李腾飞应该也感应到自己的飞剑伤了人，所以才会如此。

中年警察又围着我评头论足一番，然后收起猥琐的眼神，让我把衣服穿整齐。

这时候，他才露出了和蔼可亲的笑容来，跟我们握手。说："不好意思了，你们应该听茉央说过了，最近世道不太平，有两个流窜犯有可能途径我们县，所以上面查得严一些，正好你们两个的身材模样，跟那两个流窜犯很像，所以不得不郑重，这也是为了大家的安全着想，抱歉了。"他说完拍拍我的肩，以示亲昵。

像他刚才把枪拿出来指着我们，这种行为其实很让人诟病，为了避免投诉，这个之前一直表现得很酷的中年警察，才不得不变得和蔼可亲，像邻家大叔一般。我和杂毛小道心中有鬼，自然也不想跟他多做交谈，于是只有故作大方，说，无妨，无妨，人民警察为人民嘛，这点觉悟我们还是有的。

这中年警察说着话，一屁股坐在电视机旁的沙发上，开始盘问起我们的来历来。

我们不好轰人，唯有穿好衣服，坐在床头，将骗老板娘茉央的说辞，细细跟他掰扯。说是认识一个叫作汪涛的家伙，这个家伙在宁南是做松茸收购生意的。松茸又叫松口蘑，富含多种微量元素和维生素，是野生蘑菇之王，不仅味道鲜美可口，还具有药用价值，在欧洲和日本市场上，甫提有多畅销了。不过这玩意儿分布有限，数量稀少。我们就是过来找汪涛洽谈合作的，杂毛小道是领头儿的，我是干杂活的。

说话的过程中，我终于看到了小妖，她居然抱着那一大堆东西，躲在了门口的衣帽架里，小丫头本来还隐去身形，见到我瞧了过来，居然露出半张明媚的脸，冲我直乐。她一笑，把我吓了个半死，魂儿都丢了，就怕这两警察回头，瞧见小妖。

经过刚才那一番搜查，基本排除了我们是通缉犯的可能，又有杂毛小道的这一番说辞，中年警察十成信了八成，起身跟我们握手，说，麻烦了，我叫李东洋，你们在这里碰到什么情况，都可以找我。要是遇到这两个通缉犯，可以直接拨打我的电话。

我们感激涕零，上前握手，说李大哥，有幸结识，三生有幸，一定，一定。

见我们说得狗腿，小妖捂着嘴笑，表情轻松，朝我挤眉弄眼，我回头一看，刚才太惶急，结果鬼剑都还留有尖尖在外面。询问完毕，李警官起身，与我们握手告别，见我眼神不对，问怎么了？我说偶感风寒，有点发烧，他说去看看，我们这儿的彝药，很有名的。

送走两个警察，紧张的我瘫倒在床上，半天没起来。杂毛小道嘻嘻笑着过来，结果一摸我的额头，吓了一大跳："哎呀，小毒物，你的脑袋怎么这么烫？"

第二十三章　世间的百态

我额头上面的热度，倒不是这两个警察给吓出来的，而是中了茅同真的烈阳焚身掌。在山里的那一个星期，因为缺医少药，我的内伤一直都没有办法痊愈。

杂毛小道曾经介绍过茅同真这掌法的厉害，修炼不易，相当凶猛，这家伙之所以能够名列茅山十长老的位置，跟他这门功法，其实有着很重要的关系。这玩意儿，打入人体，对真气很有腐蚀性，产生的余毒，非独门解法，不能清除。歹毒得很。我尝试过用山阁老的法门行气，结果浑身火辣辣的，烫得厉害，而且肥虫子都没辙。这玩意儿是阳毒，与肥虫子有些相克，两者斗得很凶。此刻那阳毒已经融入我的身体里，越斗，我便越是痛苦，难过得不行。山里面虽有药草，但是不全，虎皮猫大人虽然有缓解阳毒的方子，但是巧妇难为无米之炊，这也正是我们冒着巨大危险出山的原因之一。

我的身体内，除了茅同真打我的那一掌，寨墙上面纸鬼点灯术射出的那一道黑光，也在作乱。那黑光就是一根肉刺，深深扎在我的精神烙印里，鼻涕虫一般，甩也甩不掉，而它冥冥之中，又跟外界有着一缕联系，要不是大师兄送来的青铜遁世环帮我们遮盖气息，说不定一出暗河，就又被找到了。

如此一阳一阴，时不时发作，将我折磨得痛苦不堪。

反倒是有着肥虫子不断修补，伤愈之后的杂毛小道皮光肉滑，生龙活虎，对着一身暗疾的我无限同情。在山里的时候，他就破例用大六壬，帮我卜了一卦。结果在算完之后，杂毛小道终于明白了我为什么如此倒霉。有一段很经典的对话，发生在我们俩之间，节选如下：

杂毛小道：咦，你今年多大了？

我：二十三周岁，呃……翻年就二十四岁了，咋的？

杂毛小道：你底裤什么颜色？

我：呃，黑色啊……

杂毛小道（暴怒）：本命年，你还不穿红底裤，脑壳进水了吗，想死啊？难怪最近一直倒血霉，你也是半个行内人，就不能够稍微讲究一点吗？害得老哥我陪你亡命天涯。走，进城就去买底裤，红色的！妥妥的！

……

虽然我极不愿意承认这个说法，但是杂毛小道却还是把我们倒霉的原因，全部归结到最根本的底裤问题上来。这也是刚才那个实习女警蓝小仙，从背包里面搜出一条

红色底裤的原因。

同样的底裤，我包里面还有整整一打。

杂毛小道弄来了一些冰水，浸湿毛巾，然后给我的额头敷上，虎皮猫大人扑棱着翅膀飞进来，见我这般模样，略带关心地问："又发作了？"

杂毛小道点头，而小妖则握着我的手，说，臭屁猫，怎么办？

虎皮猫大人在我的被子上走来走去，有些忧愁，说："发作的间隔越来越短了，这样不行。小杂毛，这样子，你去县城里面转转，找几家药店，照我给你的方子抓药。记住，分开抓，不要集中，这样很容易被人摸到路子的。这方子的主味，是雪莲，一定要五年的，多一年不行，老了；少一年不行，药力不够。最好是天山的，不行的话，这附近雪山采下的，也可以。"

杂毛小道苦着脸，叹息，说他小的时候，他大伯有事没事，就给家里面寄那玩意儿，当白菜嚼，现在临时若想找，只怕是很难搞到手。唉……

他起身准备出去，我拦住了他，说，等等，我这烧火儿劲过了，一同去。

《镇压山峦十二法门》中有巫医一节，所以对辨识药草，我还是能够说得上话的。而且，真正像个病人一般在这里挺尸，倔强如我，也是不太乐意的。杂毛小道也能够理解我的心情，点头，等了差不多半个小时，我的体温恢复如常，去浴室洗了一个热水澡，然后跟着一起出门。

小妖非要跟着去，不过她的目标也很明显，我们好是一通劝，让她留在房间里面看管行李，不然要是被秘密搜查出来，只怕我们又要跑路了。这是大事，小妖噘着嘴巴磨蹭一会儿，无奈，只有让我把朵朵和肥虫子留下来，陪她。

毕竟，两把鬼剑，一把缴获镇压的飞剑，还有好多家当，都在这里呢，闪失不得。

我和杂毛小道摆脱了小妖的纠缠，出了房间，走过旅社前台的时候，那个老板娘茉央走上来，说，两位小兄弟，多有得罪了，姐姐我也是没有办法，都是上面的规定……

我苦笑说，哪里，只是耽误您挣那二十万了。老板娘是个八面玲珑的人物，见我这般说，知道我们心中有怒气，于是好言相劝，刻意地说了很多乖巧的好话。我们也有事情，懒得跟她掰扯，于是稍微说几句，便不再聊，跟她说此事揭过，下不为例。

出了旅社，我们往北走，宁南县城并不算大，我们问了几个当地人，然后走了几家卖中药、藏药和彝药的铺子，分批分量地买了一些药材，然而治这伤的主药，就是那五年的雪莲，这小地方却是没有的。问了好几家，即使有雪莲，也没有符合虎皮猫大人要求的，颇为无奈。我本来琢磨着如果没有，那么差不多也就凑合着，然而杂毛小道不愿，说不行，失之毫厘，谬以千里。

我们转到了下午，有一个药店老板告诉我们，说在城西口那儿，有一个土市场，有很多乡下人拿着些土特产过来卖，去碰碰运气，说不定就撞上了，买到我们想要的东西；要么，就去找倒松茸的汪涛，这个家伙路子野，说不定就有，不过也得花老鼻子的钱。

那老板说得对，但是即使他真有五年的雪莲，我们未必能够出得起价。当初跑出来的时候，我们的相关账户已经被冻结了，即使没有被冻结，我们也不敢去取，就怕暴露了身份；老万给了我们一万元的跑路基金，一番花销，用了小三千，而刚才买药，又花了两千，剩下的五千来块，哪里够花？

听到这话，我和杂毛小道二话不说，出门左转，直奔城西口的土市场。走的时候我还问杂毛小道，你不是认识那汪涛吗？我们干吗不去找他？

杂毛小道叹气，说认得是认得，不过交情泛泛，跟万一成那种过命的兄弟，是没法比的。如果我们去找他，先不说可靠不可靠，即使可靠，也未必会冒这么大的风险，来帮咱们。这世界上，有的人可以不问缘由，两肋插刀地帮你，那叫做士，士为知己者死的士；有人却不会，心里面，只有自己，容不下别人，这个叫私，自私的私。汪涛这家伙，是后者，酒肉朋友而已。况且，咱也不能害他……

当杂毛小道在跟我说这一番道理的时候，我们正好路过一家餐馆，有一个包着彝族蓝帕、浑身脏兮兮的老婆婆，八十多岁了，正在门口的泔水桶里面捞东西。那泔水桶里面，堆满了客人吃剩下的鱼和肉，老婆婆就去捞来吃。

我和杂毛小道最受不了这种东西，赶忙上去阻止，将这老婆婆扶起来。那老婆婆也是饿得头昏眼花了，被我们架起来的时候，迷迷糊糊的，说的话，我们也听不大懂，便问看热闹的餐馆女服务员。那服务员说这老婆婆是过县城来看她孙子的，结果没找到，钱又被小偷给偷了，结果饿得不行，找几家店子讨口水喝，都被轰出来了，没办法了，才扒泔水桶的。

见这老婆婆老态龙钟的样子，我不由得想起了将我从小带到大的奶奶，心中难受得紧，鼻子酸酸的，赶紧将她扶进了餐厅，让那服务员弄杯水来。

那服务员正想转身过去，结果跳出一个满脸横肉的中年男人，一脸恶相，骂骂咧咧，说，不要把这老乞婆弄进来，脏了老子的店子。这人是此店的老板，说着话，就伸手过来推我们，杂毛小道剑眉一竖，动了火气，一伸手，就掐住了这家伙的脖子，恶狠狠地说："打一盆水来，给她洗洗，再炒几个菜，该给的钱，一分不少；你若不干，信不信小爷砸了你的店？"

恶人还需恶人磨，杂毛小道这掷地有声的话语，震到了那店老板，只见他悻悻地咕哝了两句话，转头离开。

那服务员倒是个好心肠的姑娘，端来了一盆水，给老婆婆洗净手脸，然后端上一杯茶水来，老婆婆咕嘟咕嘟，一口气喝完。那服务员又端上一杯来，然后跟我们讲述。原来这老婆婆有个孙子在县城，做个什么生意来着，但是好久没有回家了，这老婆婆想孙子，就偷偷避开家人，走了几十里地的山路，搭车到了县城，结果发现孙子以前的店早就关张了，钱包也丢了。她一辈子都没出过几次山，哪里知道这些，着急

死了……

老婆婆饿了一天,服务员端上三盘菜,她一个人就着吃了两大碗饭。

我们有事,也不便一直陪着,想起中午那叫李东洋的警察,说有事可以联络他,于是借用了餐馆的电话,拨打过去,李警官倒也负责,说好的,他一会儿就过来瞧瞧。

杂毛小道见这老婆婆可怜,问我们还有多少钱,我说五千,他伸手,说拿四千来。

这家伙就是个甩手掌柜,钱一向都是我来管。不过他既然发话了,我也不好驳他的面子,于是拿出一沓毛爷爷来,杂毛小道拿一张付账,其余的,全部都塞在老婆婆的手里。那老婆婆吃饭可以,钱却是万万不肯接受,两人语言不通,好是一阵推托。正在这当口,餐馆的门被推开了,有人冷笑着走进来:"这钱,还是给我吧。"

第二十四章　雪莲的消息

说这话挑衅的人，正是之前那个被杂毛小道揪住脖子的饭馆老板。这个满脸横肉的家伙刚才出去，原来是去召集帮手了。

我抬起头，往他身后看去，有六个吊儿郎当的汉子，将门口堵得满满当当。这些人以一个下巴留着小胡子的家伙为首，其他人都穿着脏兮兮的棉袄，头发花花绿绿，腰间鼓鼓囊囊的。就这小胡子，脸色冷毅，穿着一件火红色的羽绒服。当然，这羽绒服，也是脏兮兮的，仿佛半年都没有洗过了。

小胡子嘴里面叼着一根烟，眼睛眯起，冷冷地瞧着我们。

饭馆老板身后有了人撑腰，胆气顿时就壮了起来，说，你们这两个拐货，不但弄脏了我这店子，还想吓唬我？外地人，不教训你们一下，你们是不是当我们宁南没人了？

那个老婆婆有些惊慌，颤巍巍地站起来，害怕得想往后躲。杂毛小道一把按住老婆婆，和颜悦色地说："奶（读第二声），你尽管吃你的，不用怕。服务员，再倒一杯茶来，给这奶奶顺顺气。"他的脸都没有抬一下，根本就不屑于跟这一伙人对视，好像会脏了自己的眼睛。

我身上虽然有暗伤，但是这些许几个街头混子，倘若冲过来，收拾起来，那是妥妥的，不费劲儿。那饭馆老板见我倏然站了起来，眼神在那一刻，绽放出了狠厉的精光，不由得一怵，往后退了两步，心中生疑。他回头又看了一下身边的几个地痞，胸中多少也有了些胆气，伸出手指，指着我，说，你、你还得瑟个毛啊，信不信，我废了你？

他说着狠话的时候，周边几个混子便围了上来，看着嘴角咧笑的我，说，你挺牛的啊你，是不是欠修整？

一时间十分喧闹，那个饭馆老板怂人壮胆，更加猖狂，那手指头，差一点就戳进了我的眼睛里来。说实话，我真的不明白他到底有什么可恨我的。他可以任由一个八十多岁的老婆婆，在自家店门口捞泔水吃而置之不理，却不能够容忍我们把这老婆婆叫到他店子里面来，像个正常人一样，好好吃饭？就因为杂毛小道掐了他一把，竟然纠集附近的地痞，对我们进行围攻……

我冷着脸，不想让身后的那个老婆婆吓到，一字一句地警告这个饭馆老板，说，你别过分，我最恨别人用手，指着我！

他哈哈一笑说，我指了，就指了，怎么滴吧？我不但指你，还削你呢，弄不死

你我！

　　这话说完，他的右手为掌，就朝着我的脸上呼来。我陆左，哪里可能让这么一个不入流的家伙扇到耳光？即使是在逃亡路上，我也不可能吃这亏。于是在那饭馆老板前冲扇来的时候，身子往后退了一步，正好错过他的锋头，口中叫嚷着"哎哟，你怎么打人啊？"

　　我嘴上这么说，是表示我正当防卫的立场，而手可一点儿不含糊，一击窝心拳，就把这满脸横肉的男人打得热泪盈眶，鼻涕直流。作为这一行当里的人物，我自然知道打哪里，又痛，又不受什么伤害，见到我这番作态，旁边的混子们都站不住了，纷纷从腰间掏出弹簧刀、短截钢管以及仿三棱军刺，朝我猛冲过来。

　　前两种武器，在混子中倒也是常见，而那个小胡子手上的仿三棱军刺，还真的是把我吓了一跳。要知道，这种军刺，一般是安在半自动步枪上用的。三棱形的创口，十分不好缝合，倘若是捅入了内脏，一搅和，那人的小命就没了一半。胆敢用上这种武器的街头混子，一般都是亡命之徒。至于吗？我心中有些恼恨，而杂毛小道的眼睛，在军刺拔出的一瞬间，也跟着陡然亮了起来。

　　接下来的时间里，我和杂毛小道正当防卫，空手缴白刃，将这一伙街头地痞揍得哭爹喊娘。我们两个都是打架的行家里手，知轻知重，而对手又不是一个等级的，所以这一战，将我们之前被人像狗一样撵着到处跑的怨气，都给撒了出来，松筋爽骨，好是畅快。

　　过了一会儿，杂毛小道冲我使眼色，我表示知道，故意露出了几个破绽，被人擂了一拳，然后蹲在地上，那几个被我们揍得不轻的混子见到这机会，脑子立刻就烧了，攥紧拳头朝我们狂吼着冲过来。

　　就在这个时候，一声春雷般的吼声炸响，正是那李东阳李警官杀到。

　　事实就摆在眼前，我和杂毛小道都蹲在地上，被餐馆老板带着的六个混子一阵"狂擂暴打"。李警官正好带着出勤的左轮警用手枪，于是这六个混子一个都没有跑了。我和杂毛小道挨了几记软绵绵的拳头，然后装着有理有节的模样，跟李警官讲述了我们所遭到的待遇。当然，这些也刨开了我们之前痛打七人的客观事实，而是以轻飘飘的一句"反抗"，作为定性。

　　为了表示公平公正，李警官还特意询问了一下最中立的老婆婆。结果老婆婆见到一身制服的李警官，顿时眼泪就流了出来，唠唠叨叨地将发生的所有事情，都给李警官讲得了清楚。她拉着我和杂毛小道的衣袖，说着话，我们听不懂，后来才知道，她在跟李警官说："这两个孩子，是好人啊，是大好人！"

　　饭馆老板欲哭无泪，百辩辞穷。他这一方，持械伤人的罪名算是妥妥的了，天知道为什么这个警察会来得这么巧？几个痞子喊冤，说报告政府，我们才是被害方，你看我们这儿、这儿，都是被这两个外地人，给毒打的。

　　李警官倒是个不错的警察，不地方保护主义。他对这些地痞熟悉得很，也知道这些家伙是什么样的角色,将他们训斥了一顿,然后打电话让附近的派出所,过来拉人。骂完这些人,他过来跟我们握手,说感谢我们做的一切,让他作为宁南人,都有些惭愧。

我们把那四千块钱递给李警官,说这老婆婆不肯收,而且她想找的孙子,也可能需要你们帮忙。我们这儿还有事情,如果需要任何配合,您直说……

说话间,几个派出所民警推门而入。我们在李警官的带领下,去附近派出所做了笔录,人家并没有怎么为难我们,问了几句话,叙述过程,然后就跟我们握手,送了我们出来。没走几步,那个李警官冲出来,问我们,说你们没有手机号码吗?到时候这老婆婆有消息,我好告诉你们。

我说有,不过这地方,没信号,就扔房间里不用了,你要是有事,直接打电话到我们的旅馆里,就可以通知到我们了。那个李警官疑惑了一会儿,还是跟我们挥手告别。回过头来的我和杂毛小道一脸冷汗,什么手机啊,自从出逃之日起,为了避免被追踪,早就给扔到不知道哪儿了。可怜我的那个诺基亚5800,跟随我还没到小半年,就又不知所踪了。我已经记不得这是第几次换手机了。

出了派出所,头顶的天阴阴的,没有太阳,不过好像有些晚了。我们叫了一辆三轮车,就朝着城西口的土市场行去。到了地头,大部分人都已经收摊了,我和杂毛小道匆匆地看了一遍,见到卖土产药材的,便抓着问有没有卖雪莲花的?要五年左右的那种……

那些人都忙着收摊,见我们一口普通话(刻意改变过的),都摇头,说没得没得,乡下地方,哪里有这种好货哦。

好几个人都是这样回答,这让我们有些丧气,站起身来叹息,看着收摊的人三三两两离去。其实我们还是有些心存侥幸了,正规的药店都没有的东西,这种跳蚤市场,哪里会有;即使有,还不早就被人给高价收购了,哪轮得到我们来捡这便宜?

我们往回走,心情沮丧,想着如果没有雪莲这份药引子,我身体里面的阳毒,可能就消散不去,若一直这样存留,不但我们跑路会大受影响,那如附骨之疽的东西,还会燃烧我体内的真元,一点儿一点儿地将其腐蚀,到了最后,只怕我就会变成一个火炉般的废人,化作一具尸体。

杂毛小道见我的脸色不好,犹豫地碰了一下我的肩膀,说,小毒物,要不然,我们去前面那一家买吧?虽然是三年的新货,但是好歹也能够起到作用的……

我们两个正低声说着话,突然身后传来一个男人的声音:"两位,你们可是要买雪山莲花?"

听到这声音,怎么都觉得耳熟。我们回过头来,吓了一大跳,这个穿着黑色夹克的年轻男子,不就是我们前来凉山时,在大巴车上有过交流的彝族小伙子凯敏吗?他怎么会在这里?我们都有些吃惊,我想到,后来警察应该是追到了大巴车,他想来也知道了曾经坐在他旁边的那两个人,便是A级通缉犯。

过了几秒钟之后,我们才回想起来,啊,我们都戴了人皮面具,他哪里会认出我们来?
　　杂毛小道操着一口标准的川普说,是的,你有吗?
　　凯敏笑了笑,说,跟我来。

第二十五章　金钱的危机

我们跟在凯敏的身后走,他一边走,一边兴奋地说道:"这事儿也是巧了,我这儿正好有一朵天山雪莲花,是五年的。其实我也不懂,这雪莲花是我叔带过来的,他跟我说,武侠小说里面说的千年雪莲,纯粹是骗人的,这雪莲长到了五年后,已经是生命中最美好的年份了,再长,就老了,木了,哪里还能够入药呢?"

他说着,回头过来瞧我和杂毛小道,有些疑惑,说,两位,我们是不是在哪里见过?

我和杂毛小道小心地对视一眼,我们两个,加起来可值四十万,可不敢走漏了风声。杂毛小道笑了笑,用浓重的川普回答,说鬼晓得,老林我长了一张大众脸,这两年在川北黔渝到处奔走,说不得在哪里见过哟?

凯敏说,哦,我在渝城的一家火锅店里面做服务员,说不定我们在那里见过,两位大哥,长得还是蛮有特色的。

他说到这里,我们的心才放落下来。这个小伙子,他跟我们攀近乎,其实也是商人砍价的一种手段,聊热乎了,价格什么的,都好商量。我们越过收摊的人群,来到了西面最靠里的摊位,只见一个穿着廉价羽绒服的女孩儿正支着两块断砖头坐着,收摊子呢,那羽绒服色差很大,显然是尾仓货,而女孩儿的脸蛋儿有些高原红,不过人倒是蛮秀气,眼睛也有着涉世未深的清亮。

我很喜欢这双眼睛,里面的单纯,让我想起了死去很久的小美。我最近总是在梦中回忆过去,不知道是不是逃亡的生活,让我不由得怀念起以前的美好。我是一个很少伤春悲秋的人,但是自从踏上逃亡道路上之后,家人、朋友、熟人以及以前的一些过往,便越来越占据了我大部分的思想……好吧,我也不知道自己到底在表达什么,太细腻的感情翻来覆去地说,让人诟病,只是,我们惯熟的感情,见惯的人和事,人生里面所有的一切,都即将离我远去的时候,我便忍不住地怀念,控制不住地想……

这便是亡命天涯的悲凉。然而即使如此,杂毛小道却毅然陪着我,一同走过这些日子。

在这个红脸蛋儿女孩前面的摊子上,我见到了我们一直寻找的五年雪莲花。这东西远看通体莹白如玉,走近看,双手合捧大小,密布白色长茸毛,呈现出完美的莲形,纹茎与虎皮猫大人跟我们形容的一模一样,而且采摘的人十分懂行,所以这雪莲花的药性,得到了完整的保留。

倘若拿这朵雪莲花来做药引,我身上的阳毒,便可镇压两个月,不受侵扰。有了这两个月，我们早就已经逃出了边境，走在了东南亚的莽莽丛林中。到那个时候，海阔凭鱼跃，天高任鸟飞，我们有大把的时间和精力，来研究我身上的病症，我就不相信，集合虎皮猫大人、小妖、我和杂毛小道四人的力量，还搞不定茅同真这什么烈阳焚身掌的威力。

杂毛小道是个擅长沟通的角色，其实就是忽悠，跟凯敏聊了大半天，就是没有进入正题。我也不着急，买东西嘛，你若表现得太在意了，一百块钱的东西，别人能够跟你喊成一千，所以，我便在旁边慢慢看两人瞎侃。说了半天，那个彝族小伙儿凯敏终于忍耐不住了，说，这位大哥，既然我们聊得这么愉快，那么这雪莲，您就出一个价，要是合适的话，给您了，就当交个朋友嘛！

杂毛小道不接这个茬，呵呵一笑，说，哪里，这世道，哪里有买家喊价的道理？小兄弟，你先说说你准备卖多少，老哥我好有个心理准备，看看到底要不要买嘛？

凯敏一拍手，说，大哥，这雪莲其实是我叔准备给我爷治风湿病的，不过现在家里面急需用钱，所以就拿来卖了。至于卖多少呢？这个我跟你说个实价，这东西要拿到市面去卖的话呢，可以卖到五万块钱，不过我真急，就卖三万五，这钱是拿来救我妹子命的钱，实在是少不得。两位若是真的有心要呢，就成交！

我在旁边插嘴，变着声腔，说，你妹子这不是好好的吗？哪里用得着你拿钱救命？

凯敏见我们看向了旁边的那个红脸儿女孩，说嗨，你们搞错了，她是我朋友，家里面刚刚介绍的朋友，是陪我过来卖东西的。她可不是我妹……

他正说着话，那个红脸儿女孩衣兜突然传来和弦的铃声，她掏出古老的蓝屏诺基亚手机，接了电话，匆匆说了两句，脸色大变，然后挂了电话。凯敏见这情况，忙问，孙静，怎么了？红脸儿女孩孙静慌里慌张地告诉凯敏，说她姨奶进派出所了，不知道怎么回事，家里面刚刚得到消息，然后想到她在县里面，便让她去找一下，问清楚怎么回事。

孙静收拾东西准备离开，凯敏对这新找的对象十分上心，也跟着着急，忙催促我们，说，两位大哥，我说的可是实话，你们看要不要。要的话，我们现在就交易，你看我这里也有急事，就不再说了。

杂毛小道摸着鼻子，不做声。他刚才把我们剩下的五千块钱送给了那个在饭店门口捞泔水的老婆婆，这行为自然是不忍心看到老人受苦，但是却也将我们的跑路基金给折腾得没多少了，哪里还有三万五，来买这个真正合适的雪莲药引呢？

他眉头深锁，不知道如何说这事儿。而凯敏见这刚耍的女朋友准备离去了，不由得着急起来，急急忙忙地跟我们解释，说两位大哥，我说的真是实话，这三万五是用来给我妹救命的。你们到底要不要？不要的话，我明天坐车，到市里面去卖了啊。

我抿了抿嘴唇，说，这样吧，小兄弟，我看你这边事情也忙，我们手上也没有带这么多钱。你留一个电话给我们，明天，我们取了钱，然后打电话给你，好不好？

凯敏说好，那就这样吧。说完，他匆匆将手机号码抄给我们，然后将摊子收拾好，跟着孙静屁颠儿屁颠儿地跑了。我则看着杂毛小道苦笑，说萧老大，你出手阔绰，那你说说，咱们现在该咋整？杂毛小道的眉头一挑，说咋地，就算没给那老婆婆四千块，咱们也不够钱啊。那钱给别人，你心疼了啊？

我耸耸肩，说，咱们认识这么久，你也能说出这话来？说实话，我也见不得这种可怜的老人，你做得对。搁平日，咱们少不得做更多一些，好实实在在地帮助别人。不过我的问题是，我们现在到哪里，去弄那三万五？

杂毛小道沉吟了一番，小心翼翼地说："要不……咱重操旧业，去摆个摊儿算命吧？"

我没好气地笑他，说，得了啊，就你这点伎俩，别人档案上厚厚一沓，只要你把这摊儿支楞到街道上去，保不齐十分钟不到，就有人逮着你进了局子，信不信？杂毛小道叹气，说那照你这么说，不如我们联系简四，让她打一点钱给我们，应应急？我说你这更加不靠谱了，因为我们的事情，茅晋事务所说不定早就被封了，一堆人在盯着呢。打回去，咱们不就直接暴露了？到时候钱没到，一堆追兵就到跟前了。

杂毛小道见我连续否决了他两个提案，顿时来气，说照你这么说，那咱们正道是来不了钱了，要不然就去偷点钱，要不然就直接将那小子手头的药给偷了！

我捏着鼻子说，我的哥哥哎，那些家伙就等着我们弄这些事情出来，好知道我们在哪里；而且，人家说得很清楚，那钱是用来救自家妹妹的小命儿的，如果因为咱们把人家的药偷了，小命儿保不住，那么我们不就是害死人了？这种因果，谁来承担？

杂毛小道翻了白眼，说，这也不行，那也不行，那你有什么好办法，说来听听？

我摸了摸额头，说我也不知道，先回去，问问虎皮猫大人，用药店里最普通的干雪莲花，药效是不是还可以？能够拖一点时间，就拖一点时间，犯不着去做那些缺德事儿。还有，我们得想一想，如何赚取跑路到边境的资金了，靠这一千块，咱们还真的有点儿悬。

不过我们两个讨论归讨论，一点儿都没有觉得把大部分钱给那老婆婆，这事儿办得不理智。近朱者赤，近墨者黑，或许这就是我们两个能够走到一起来，最重要的原因吧。所谓朋友，最主要的不就是意气相投，然后加上价值观一样吗？

冬天下午五点多，天有些黑了，我们两个穷鬼步行返回旅馆，结果一打开门，发现房间里面除了小妖、朵朵和虎皮猫大人之外，还多了一个人。

第二十六章　山中的邪煞

这个人是趴在地上的，身形瘦小，穿着一身破烂的黑夹克，油腻腻的，仿佛用手摸上去，就能刮下一层油来。我慌忙关上门，问三个正在调戏火娃的小家伙，说，这是怎么回事？

小妖见我指着地上的家伙，浑不在意地说："一个小贼而已，他想溜进来偷东西，却不知道这里面，到底有些什么人。我们一开始还怕是警察，隐匿了身形，结果这小贼准备将背包和剑都给摸走，才不得已，从后面敲了闷棍……"

我蹲下身来，将这个趴着的小贼翻转过来。脸孔黑乎乎，十三四岁，若是还在上学的话，顶多也就初三初二，当地人打扮，全身上下，也就那一双手好看，白白净净的，修长，像是弹钢琴的手指。我往他怀里掏，从瘦骨嶙峋的怀间摸出了几个钱包来，有一个仿皮革的，有一个用硬壳纸折出来的，还有一个蓝布缝合的。我翻了一下那个蓝布缝合的，里面有一张车票，还有几十块零钱，以及一个黑不溜秋的珠子。

我捏了捏这珠子，问，这个人，是什么时候摸进来的？

朵朵有点害怕给我们惹麻烦，小心翼翼地说："你们走后的半个小时吧，陆左哥哥，我们是不是给你惹麻烦了啊？"

我笑着摸了摸这小可爱的脑袋，说没有，就是问一问而已。

我转头问杂毛小道，这个人怎么处理？杂毛小道走南闯北，社会经验比较丰富，说像这样的小偷，一般都是有团伙的，他一个人栽在这里，后面肯定还是会有人晓得的，上门来捞人，怕就怕这种蟊贼将我们的身份给暴露了。先不管，兵来将挡、水来土掩，先说你的事情……

我点头，然后将我们今天遇到的事情，告诉了虎皮猫大人。

这肥母鸡茶叶嚼着、瓜子嗑着，已然是酒足饭饱，听到我说用普通雪莲代替，猛摇头，也说出了和杂毛小道一样的道理，所谓"差之毫厘，谬以千里"，用药一道，讲究针对，药理分明，方能够对症下药，倘若药性都不够，这一味药下去，只怕不但起不到效果，反而会加重病情。

猜想被否决之后，我们把主要的精力，都集中在了如何筹措钱财这件事情上来。世人关于钱有一句很妥帖的俗语，叫做"有钱走遍天下，无钱寸步难行"，然而对于修行者来说，赚钱的方法其实很多，只不过在于正当和非正当的区别而已。

所谓正当，就是周瑜打黄盖，一个愿打、一个愿挨，比如摆摊子算命卜卦，比如我们开风水事务所，处理案子，收取酬劳。这是正正经经的行当，赠人玫瑰，手有余香，积功又积德。而不正当的则有太多，比如王麻子那种先给人下蛊，然后勒索治疗，这其实也是一种，来钱快，但是功德亏损，太沾因果，不但自己没有福报，而且还遗祸后人，所以一般修行者都不愿意弄这些。

而我们，若想要钱，古典小说里面那种劫富济贫，也是可以的。但是三万五在这小县城里，可是一笔巨款，若是莫名其妙不见了，就是有钱人也得肉疼，也得报案。一旦报案了，这诡异情况传到了我们追兵的耳朵里，很明显就是把一个大大的红箭头，指向了宁南。

或者也可以让小妖或者朵朵，直接潜进自动取款机里去取，不过道理同上，所以办不得。

肥母鸡惆怅，说，小毒物，你体内这阳毒如果得不到及时有效的治疗，即使以后能好，你的这一身修为只怕也要废了，经脉枯萎，以后即使想重新修炼，终生也抵不上此刻的一两成功力。欺负欺负普通人，这还可以，但是永远也登不上大雅之堂了。这事情，关乎你的未来，所以真的不能耽搁……

我能够感受到这个老不正经的虎皮猫大人对我的关心，不过在这逃亡路上，如何将问题解决，又不让人查询到踪迹，这方法倒真是有些难办。

我们这边说着话，杂毛小道则在处理李腾飞的那把除魔飞剑。这神奇的玩意儿，自从被杂毛小道以被伤一条胳膊的代价，用一块沾满下宫血的棉布拿下之后，就一直在造反。不过所谓飞剑，一直都是相生相伴的关系，它一旦离开了李腾飞的感知范围，反抗的意志就变得薄弱。杂毛小道虽然没有见过飞剑，但是对如何镇压飞剑，却是深有研究，这得益于李道子的真传。要知道，茅山一直以符箓、丹鼎和旁门之术闻名于世，但是要想在这正道济济的行当里有地位，自然也要针对竞争门派的拿手绝活，有着制约的法门。

其实不光是茅山，龙虎山、崂山、天师道、青城山、阁皂山、峨嵋金顶、昆仑悬空总寺等这些有数的名门正道，哪个不是既掌握着核心技术，又对别派一直不间断地在研究？时代在进步，如果不能够与时俱进，那么一定会像历史上那些曾经很出名、然后又默默消失的门派一样，被这瞬息万变的时代所抛弃，变成一个又一个传说，只留下余光，让人缅怀。

杂毛小道弄了一个布套，上面画满了朱砂符箓，将这玩意儿给笼罩住，不得动弹，里面的剑灵每次蠢蠢欲动的时候，就会有一道符光落下，将它洗刷。剑灵并不是一个具象的东西，而只是一个只有几岁孩童智商的意识，所以每天总会有一段时间在闹，不长记性，欠收拾。这还有一点儿好处，就是它能够预警，如果李腾飞出现在一定距离内，它便兴奋，跳动不已。如此一来，敌在明，我在暗，形势立变，不知道那个老君阁的第一高手若晓得这情况，会作何感想？

我们正头疼着，床头的座机响了起来。杂毛小道笑了，说不会是问要不要服务吧？

我让大家不要出声,并且控制好这个处于昏迷的小贼,然后接过电话,原来是李东洋李警官打过来的。他告诉我,说那个老婆婆的家人已经过来接她了,老婆婆很固执,说一饭之恩已经够重了,这钱,一定要还给两位恩人,可不敢要。所以,李警官让我们去一趟派出所,把钱还给我们,并且让老婆婆的家人,谢谢我们。

　　我摇头说,钱都已经送人了,哪里还有收回来的道理?不过那个老婆婆,她的孙子找到了?

　　李警官说,不是,找来的是那老婆婆家的亲戚。至于她孙子,他帮忙查了,那小子以前在县六街那里开了个小手机店,有钱就得瑟,喜欢赌博,经常因为聚赌被拘留。上个星期,那小子赌博时输了个精光,急红了眼,拿刀子捅了庄家,造成对方重伤,然后就跑路了。这小子以前不知道犯了什么事儿,用的身份证是假的,结果找不到他家里人,刚刚对上来,正准备查呢……

　　我笑了,说原来这案中还有案哪,干你们这一行的,警觉性可真强。

　　李警官跟我闲聊两句,最后跟我说,你们过来吧。

　　我挂了电话,披上外衣,问杂毛小道要不要去?他摇头说,算了,我在这里看家吧,这地上的小鬼也是一个麻烦,指不定就闹出什么幺蛾子呢。你自去,带着肥虫子和朵朵,这边我照应着。回来的时候,打包点吃的。

　　我点头,想了想,把那个蓝布钱包拿上,转身准备出门。小妖不干,非要跟着,杂毛小道拉住有了她,说小妖,你等等,萧大哥有点事情,要跟你商量……

　　我出了门,华灯初上,外面有寒风,呼呼地往我的脖子里灌,不过我的体温高于常人,这冷风对我来说,倒很舒爽。因为之前去过派出所了,我很快就找到了地方,在旁人的指点下走进房间,抬头一下,便见到了李警官。旁边坐着三个人,除了那个老婆婆之外,剩下两人,居然是我们下午碰到的凯敏和孙静。我已经猜出他们俩儿是谁,但是他们却不知道那个人是我,所以好是一阵惊讶。

　　我们在派出所寒暄一番,然后那个老婆婆把杂毛小道给的钱,又还给了我。我见老婆婆的家人都找回来了,也不矫情,收好。凯敏他们其实也是准备离开了,就是要等一下我,所以我与他们告别,刚刚出了派出所,他们也跟着出来了。

　　我走前一步,凯敏快步跟上来,拉着我,说大哥,那雪莲你还要吗?

　　我苦笑,说要是要,不过……我话还没有说完,他便接了茬,说,大哥,今天孙静的姨奶要不是碰到你们,说不定就啥了。你是好人,我就跟你说个实价,两万五,你要觉得可以,直接拿走。按理说冲您这品行,我直接送给你都甘愿,不过这两万五,我得拿来请先生给我妹救命,所以……他显得很不好意思,摸着头,不敢看我,也不敢看他身后的那个红脸蛋儿女孩,以及那个老婆婆。

　　我疑惑,说你妹到底怎么了?

　　凯敏沉默了一下,说,大哥,跟你说你可能不相信,我妹冲了邪煞,犯了山里面的鬼神。这钱,我得去市里面,请一个老先生过来瞧病。

第二十七章 这样的风景

听到凯敏说他妹子冲撞了邪煞,我的眼睛顿时一亮,原来如此。

所谓邪煞,其实就是山精野怪、孤魂野鬼。这类灵体飘忽不定,很容易找体质虚弱的少女、小孩以及孕产妇纠缠。此乃区区小术,无论是我,还是杂毛小道,对付这种东西,都是手到擒来。先前只以为凯敏的妹妹是得了什么疾病,需要进医院,如今看来,这钱给别人赚也是赚,倒不如便宜了我们。

唯一让人犹豫的是我们在逃亡路上,贸然显露身手,要是被追兵知道,很容易就被寻迹而来,逮个正着。所以,这里面的利弊权衡,还需要我斟酌一番。我不动声色地盘问了一下凯敏他们村的位置,竟然是一个消息很闭塞的深山。孙静她们寨子还能够通电话,凯敏他们那儿,连电都没有,简直就是与世隔绝。

当听到这个消息的时候,我犹豫了三秒钟,然后慢腾腾地跟凯敏说道:"小兄弟,老哥跟你说个实话,我们手头没有这么多钱。我们这趟总共就带了五千块,下午的时候,我那朋友还把四千给了你对象的姨奶,所以别说两万五,就算是一万,我们也是拿不出来的……"

凯敏十分惊讶,看着我愣了半天,好久才回过神来,嘴巴皮哆嗦,说,我和孙静还猜测给姨奶钱的,是两个大款呢,没想到你们竟然把身上"全部"的钱,都给了她。这、这、这实在是太仗义了。大哥,大哥……

凯敏激动得说不出话来,后面的孙静听见了,捅了一下凯敏的胳膊,说,凯敏,这大哥是好人,他跟我姨奶素不相识,都能够这么做。人家现在可是咱们的恩人,要不然,你把你那朵雪莲,直接送给人家呗,不要让别人瞧不起咱彝家的汉子。

女朋友这么一开口,凯敏却陷入了左右为难的境地,他自然也是想给的,只不过想到自己那个失魂的妹子,就不敢答应,支支吾吾,不言语。

我见他这般模样,心中就有些好笑,也不说出自己能够救助他妹妹,只是问他,说你们在这县城里面,可有亲戚,或者落脚的地方?凯敏说没有,本来打算天黑的时候,坐末班车回去的,他家还要翻几十里山路,准备先在孙静家歇息,没想到出了这事儿。

我说这样吧,反正你们也要找地方住下,就先和我,一起去旅馆那边找个房间住下,我这里也正好有些事情,要跟你商量。

凯敏点点头说,要得,走嘛,走嘛,我们先去住下来,再讲咯。

我们回到了旅店,找前台开房间。凯敏面嫩,要开两个房间,而孙静却是一个节俭的女孩子,说开一个房间就好了,她和她姨奶睡,凯敏睡另外一张床,不妨事的。不然弄两个房间,多浪费钱啊!有过小县城生活经验的朋友也许能够了解,平时住旅社并不算贵,但是到了临近春节期间,在外打工的人都回去了,那价格就成倍增长,很普通的一个房间就要一百多两百,普通人自然住得肉疼。

我陪着凯敏他们安顿好,返回房间,发现那个小贼不见了。问杂毛小道,他笑,说让小妖施了个迷魂术,将那尊小神给送走了,不留后患。问我怎么没有带点吃食回来,早上吃的东西,早就消化得空空了,这会儿正饿着呢。我把凯敏的事情,说给他知晓,然后询问他的意见。

杂毛小道沉吟了一番,说他们那个村子既然远离城镇,那其实还算是一处比较理想的藏匿之地,只不过,就是怕他们晓得我们的身份了。要是知道了,到时候说不定为了那四十万,将我们给出卖了。

说着话,他指了指我们的人皮面具,说,当时赵兴瑞给我们的时候,说过这玩意儿每隔八个小时,就要取下来清洗一下,我的是刚刚洗了,你看看你,都开始有色差了,赶紧弄一下。

我在小妖和朵朵的帮忙下,将人皮面具取下来,一边清洗,一边和杂毛小道商量利弊,最终还是决定去一趟那个彝族小山村。一是先把我的病给治了,二是看看能不能够在那里待一段时间,先把追兵的风头给避过。毕竟虽然有着人皮面具,但是我和杂毛小道的身形隐匿不了,而且焦不离孟、孟不离焦,在这人群拥挤的县城里,很容易引人注意的。

再次戴上人皮面具,我在镜子里面整理好,然后跟杂毛小道一起出门,过去找凯敏他们,然后带着去旅馆附近的一个小馆子里,请他们吃晚饭。

大冬天,吃的自然是热滚滚的火锅,旁边三五小菜,也是贴合当地特色。不过见到这丰盛的晚餐,凯敏他们都有些搓手,说太破费,要不然由他们来付账吧?杂毛小道浪荡江湖,向来都是豪气得很,从来不愁钱花,挥挥手,说,婆婆既然不接受我这钱,请吃一顿饭,也是小事,多吃一点,就当是给我们面子。

这馆子虽小,但是饭菜都很有特色,有一种血糍粑,下火锅,爽口得很,我们先吃了一会儿,又开始喝酒。喝的是苞谷酒,中午喝的那种,喝得脾胃暖洋洋的。凯敏似乎有些放不开,好像在纠结什么。他见过世面,知道像我们这般热情,定然是对他有所求。不过我们对孙静的姨奶又有援手之恩,如此情感交织,让他难办得很。

菜过五味,酒过三巡,看着食之无味的凯敏,杂毛小道终于没有拿捏这个重感情的彝族小伙儿。碰完杯、喝完酒之后,将手搭在了凯敏的肩膀上,说,小哥,情况是这样的,我们手头真没多少钱,不过又急需那雪莲。本来也不好意思强求的,不过听王黎(我的化名)说了你妹妹的事情,正好我就懂这个,所以呢,我想明天随你进山看看去,若看好了,你把雪莲给我们,若没看好,这雪莲你再拿去市里头卖,你看好不好?

277

听到了杂毛小道的话语，凯敏的眼睛一亮，说，此话当真？

我正在挟着一块烫得酥软的血糍粑，说，本来刚才就准备跟你说的，不过这种事情，说得再多，也不如最后的效果让人相信。所以我和老林商量了一下，明天早上跟你们一起进山，去见你那冲邪的妹子。不过这件事情，你能够帮我们保密吗？

凯敏如释重负，一口将桌子上面的酒干了，畅快地笑了起来，说，要得，要得。本来还愁这件事情，既然两位大哥讲得这么肯定，那小弟哪有不相信的道理？走，明天一起走，到时候不管成不成，雪莲都给你们了！

放下心头重负的凯敏终于轻松下来。他虽然一直在渝城的火锅店里打工，吃过的也不少，但是家乡风味的食物，他是最喜爱的，再加上摆了一天摊，肚中饥饿，于是拿起碗来，开始认真吃饭。我们见他眉头舒展，知道他是个性情中人，心结解开，也不住地劝酒，拉拢交情。

所谓朋友，不就是在日常交往的点点滴滴中，惺惺相惜，才会变得相交莫逆的吗？

当然，劝酒的同时，我们还在招呼孙静和她姨奶。孙静她姨奶也是刚刚听说凯敏他妹的事情，在旁边嘀嘀咕咕说些什么，我们听不懂，孙静帮我们翻译。她姨奶说要是她的布钱包没有丢，她就有办法给那妹子破邪呢。可惜，谁想到这城里面，三只手会有这么多。

我笑了，从兜里面掏出那个蓝色布包来，递到她面前，跟着凯敏叫姨奶，说刚才在路上抓到一个小偷，正好从他身上搜出这个东西来。我一想，这包莫不是你的，给你看看，是不是？

孙静她姨奶接过来，翻出里面的东西确认了一下，说是咧，这就是我的咧。下车的时候，被一个鬼崽（当地方言骂小孩子的话）碰了一下，结果就不见了。怎么到了你们的手里？听到孙静转述的话语，我们都笑了。说，姨奶，你是有福之人，所以不要着急，凡事慢慢来，总是会变得好的。

这话触及了孙静她姨奶的伤心事，一想起自家那个跑路的孙子，连吃饭的胃口都没有了，潸然泪下。

吃完晚饭，我结了账，然后将喝得有些高的凯敏等人，送回旅社房间。

第二天，我们一早就起来了，与凯敏他们碰了下头。因为出山一趟不容易，所以他有一些东西要买。我们也是，在山里面的衣物和补给、药物，都得准备充足，以便万一再次被盯上的时候，可以迅速跑路。这些东西很多，所以我们不得不再买一个山寨的背包。到了早上十点钟的时候，我们乘坐班车，离开了宁南县城，朝着东南面的山区行去。

我和杂毛小道坐在摇摇晃晃的班车后排，看着渐渐稀少的建筑，深呼了一口气。

这样的风景，或许，我们以后都难得再见了吧。

第二十八章　有用先拿着

　　凯敏家果然是有够偏僻的。山路弯弯曲曲，班车坐了四个钟头，到了乡里下车，然后有马车过来接人，坐了一个钟头，才到了孙静家。歇息了一个多小时，吃了点饭，开始进山。山路崎岖，冬天雾气又大，走于山间，如行云中，腾云驾雾一般，十分危险。

　　凯敏担心我们走不惯山路，不时回过头来照应我们，说还好走吧？我们摆摆手，说你只管走，在前面领路就是，不用担心我们的。

　　凯敏是个性格开朗的年轻人，说话也不羁，说，那可要不得，上次有个山外头的兄弟过来相亲，也是我带的路，走着走着，后面没有人声了。回过头去，哎哟，果然，人还真的不见了。于是我和另两个伙伴一起回去找，结果发现那人一脚踩空，跌到斜坡下面去了，喊都来不及喊，哈哈……

　　他这般吓唬我们，却见身后这两人脚步轻盈，健步如飞，并不比他这个在深山里长大的孩子差劲，于是没劲了，不再说话。

　　沉默了一会儿，杂毛小道是个闲不住的人，见凯敏不说话了，便问起他妹妹，是如何遭的邪煞？谈到正事，凯敏的话就多了起来。他告诉我们，他妹子十五岁，是个漫山遍野，到处溜达的野姑娘。他是上个星期回来的，他妹子非要去猎个野兔子、野鸡啥的山间野味，给他这常年在外的哥哥尝尝鲜。他那天正好是由长辈带着，去孙静家相亲，大人都没在，所以他妹子就和几个从小玩大的伙伴，进了山。

　　凯敏相亲回来的时候，并没见到他妹子，也不以为意。到了傍晚，那几个同去的小子慌慌张张逃回来，说遇到鬼了。回来的人中，没有他妹子。凯敏和他父亲都急了，这大冷天，丢落山里头一夜，说不定就冻死了。

　　于是找了几个叔叔，进山寻找，终于在山窝子里面，找到了他妹子。那个时候，他妹子已经昏迷不醒，检查了一下身子，没什么大碍，只是口中呢喃，不知道在说些什么。背回来以后，人时而清醒，时而糊涂，糊涂时总是缩在床角，瑟瑟发抖，求山神爷爷饶命。

　　凯敏当夜就去找了那几个一同出去的野孩子问，都回答说碰到了鬼，红彤彤的眼睛、白森森的牙齿。大家被吓得魂飞魄散，急于跑路，结果忘记了果果——凯敏的妹子，大名叫张媚，小名叫果果。

　　寨子里面的老人讲，凯敏家的妹子是冲了邪煞，看她额头间的气色发黑，如果不驱散的话，说不定山神爷爷过几天，就来索命，带她回地下面去，做一个侍女呢！要想破呢，只有去求隔壁乡的那个朱半仙。不过朱半仙前年就搬到市里头去了，而且请他也贵，没个两三万的，人家哪里能够请得来？所以这才有了他拿着家里面最值钱的雪莲，出山换钱的举动。

凯敏说着话，杂毛小道跟在后面问，而我，则时不时地仰首望天，寻找虎皮猫大人肥硕的身影。到下午五点多，我们才翻过了群山，来到了凯敏家。

这是一个很典型的彝族寨子，坐落在一片小溪旁，每户之间隔得有些远，木房子，多是一层，三五间大小，房前屋后，都有自家的菜地。凯敏家在寨子的前头，我们沿着蜿蜒的土路走，一直行到他家门口，看到一个满脸皱纹的半老头子，正蹲在门口抽旱烟，不断地咳嗽。当听到凯敏叫那个老头爹的时候，我们才发现，这只是一个中年男人。只是他被生活的重担，压得有些苍老。

凯敏家五间木房，左边有牛棚，右边是茅房。凯敏向他父亲介绍过我们后，他父亲对我们很热情。虽然他说的是当地方言，我们却也勉强听得懂。走进堂屋，偏左墙边有一个火塘，烧着旺旺的火，昏暗的角落草席上，趴着一个瘦小的女孩儿，正在烤火。她的身体瑟瑟发抖，见我们走进来，便用盖在身上的碎花被子捂住头，不敢露出脸来。

凯敏看向他父亲，担忧地问："果果怎么样了？"

他父亲磕了磕旱烟杆里面的锅灰，叹息说，唉，还是和昨天一样，不吃不喝，也不说话，除了我和你娘，见谁都躲。你几个叔叔，还有你爷爷过来看她，都大喊大叫，吓得不行……

我和杂毛小道面面相觑，这种节奏，莫不是落花洞女的干活？

说起来，落花洞女其实是一种很凄惨的角色，一般都会死掉，灵魂永远被山神所拘。不过说到这里，我不由得想起了另一个落花洞女，白露潭。那小娘们儿，此刻不知道落在了谁的手里。在我们看不见的地方，还有另一场战争，在打响。我们也不知道谁是胜利者、谁是失败者，唯有让时间，来证明一切。

我有时候突然想，白露潭是不是也会偶尔后悔自己对我所做过的这一切呢？

堂屋里除了凯敏的妹妹，还有一个头发斑白的老妇人，那是他母亲。

本来家里面还有一个爷爷的，不过自从他妹妹生病以来，为了防止老人冲邪，他三叔就把爷爷接过去住了。杂毛小道并没有立刻上去给凯敏小妹瞧病，而是拉着凯敏和他的父亲，跟他们商量。他说："叔，这病，我们一定能瞧，邪煞，也一定能够驱走。不过时间有些长，我们得在你这里观察几天，负责到底，但是你们不要把我们的事情，告诉别人，你说行不？"

凯敏的父亲不明所以，凯敏倒是反应过来，说："没得问题，你们要是能够治好我家小妹，就是我们全家的大恩人，请都请不来的贵客。想住多久，就住多久，至于瞒住你们的本事，我也晓得，贵人嘛，总是要低调些的。"

凯敏的父亲这才反应过来，随着儿子的话语点头，说要得，就是这个样子的。

我们这才放了心。在这穷山沟沟里，通信不畅，村民一两个月又难得出山一回，蹲在这儿猫冬，我们的消息，就是传，也传不出多远的。那么，我们暂时是安全的，等到将我的阳毒排空了，到时候我们再离开这里，转行他处，也不用担忧太多了。

达成协议之后，我们走到火塘边，地上铺着草席子，凯敏的妹子果果埋着头，窝在里面发抖，不肯露出头来。杂毛小道凝眼一瞧，但见这里有黑气萦绕，一挥手，说，王黎，按住她。

我身上有伤病，唯有配合杂毛小道的行动。得了令，便过去将那碎花被子掀开。盖在头顶上面的被子一不见，这小女孩儿便发出一声凄厉的惨叫，像受伤的野兽，瘆人得很，然后挥手朝我抓过来。我哪能让一个小女孩给伤到，于是伸出手，将这女孩的一双手死死勒住。手勒住了，但是脚还在，女孩儿果果伸脚来踢我，踹到我的脚杆子上，生疼。

见到自家妹妹被我给捉着，凯敏的脸上顿时就有些着急，眼睛红了，看着我，不说话。这个彝家年轻人摸着发青的下颚，眉头一跳一跳的，不过他还是拦住了更加着急的父母，等待我们的下一步动作。杂毛小道也没有让他们等待多久，仔细地观察了一会儿面前的这个女孩儿之后，他口中念念有词，然后一张"净身神咒符"，贴在她额头上面。那女孩儿浑身一挣扎，劲都泻出，身子一软，然后朝着我倒了下来。

我将她放倒在地上，然后小心地用碎花被子给盖好。

凯敏的母亲急急忙忙冲上前来，扑到草席上，看着自家女儿。见她神情端详，呼吸均匀，就像睡过去一样，凯敏母亲想起女儿数日都没有睡过这般安宁的觉了，终于放下心来。

杂毛小道和我围着火塘坐了下来，屁股下面是用烂木头做的小板凳，杂毛小道此刻显得特别高人，跟凯敏一家交代，说你家女儿这病呢，确实是冲撞了山里面的神灵，被拘走了一魄，有些失常的举动，也是正常的。你们先用银杏叶和罗汉果给她泡饮两日，调养身子，等第三天子时，我们试试给她招魂，如果能够招得回来，大功告成，如果招不回来的话……

杂毛小道不说话，凯敏的父亲则急躁了，说，大师，要是招不回来，那可怎么办呢？杂毛小道有些犯难，说，那就要麻烦许多，我们可能要进山去，勘测谋断，将那个山神的老巢给找出来，灭了它，然后才能够将你们家果果给救回来。不过这事情麻烦就麻烦在，那东西飘忽不定，好打，但是不好找，所以我们也不能够打包票！

虽然杂毛小道并没有把话说得太圆满，但是凯敏的父亲仍旧十分激动，他伸出一双粗糙的大手，将杂毛小道的手紧紧握住，然后奋力地摇动，说了一大堆感激的话。

随后，凯敏将我们带到隔壁的房间，那是他爷爷的屋子。他帮着收拾了一下，还拿来了一床全新的被褥，帮我们铺上。收拾了一番，我们又在房间里聊了一会儿，他被他父亲叫了出去。过一会儿，他将那朵白色的雪莲，递到了我的面前，告诉我，他父亲说了，既然我们需要，就先拿着吧。

第二十九章　门外的飓风

因为确实急用,所以我并没有推托,而是直接收下了那雪莲。

山里面的彝民确实淳朴,即使是还没有见到女儿果果痊愈,也毫不犹豫地将我们所需要的东西,直接交到了我的手里,一点也不怕我们翻脸走人。不过这也得益于我们之前所表现出来的品质,确实也能够让人放心去信赖。世界是一面镜子,人都是相对的,你对别人好,别人就对你好,你若想被人无缘无故地关怀备至,那么基本上不是妄想,就是别人对你有所求。凡事都是这个原理,无出其外。

这就是因果,这就是报应。

拿到雪莲的我有点儿兴奋,因为虎皮猫大人开出的药方里面,就缺这味药做引子了。将这药按方子煎服,我便能够暂时摆脱阳毒的袭扰,将它压制住,一直到我们离开追兵的视野,安静地研究解法。对此,杂毛小道也深深感慨,说一定要帮小妹子恢复神智。多好的年华啊,要是死了,或者从此傻了,真的是太让人接受不了。

凯敏他爷爷住的这屋子,是他们家里面最大的房间,头顶上还盖着两片玻璃瓦,光线可以透进来。虽然床上有一些陈旧的气息,不过换了被褥之后,总算没有那么难闻了。房间里面的家具不多,几个陈旧的木箱子、一个老式的木桌、角落里还有一些农家的用具。我和杂毛小道收拾了一番,将见不得光的东西,全部都塞进了床底下。那下面也堆满了杂物,放进去,一点儿都不起眼。

天完全黑下来的时候,凯敏过来了,叫我们吃饭。我和杂毛小道跟着凯敏来到堂屋。彝族民居里,火塘是必不可少的设施,边上立石三块成鼎状,锅支其上,称为"锅庄"。锅庄严禁人踩踏跨越,否则认为不吉。在锅庄上方,以篾索吊一长方形木架,上铺竹条,作烘烤野兽干肉或蒜头、花椒、辣子之用。我们围坐在火塘旁边,锅里面白汤滚滚,小孩拳头大的肉块,在汤水间起起伏伏。

凯敏跟我们介绍,说这是他们彝族很有名的"坨坨肉",后寨王保子家前些日子杀猪,他母亲刚刚去割了点肉过来,尝尝看,香得很呢!

那架在火塘上面的锅子漆黑,上面香气四溢,我深深吸了一口,这肉味很鲜,比我们平日里在城市里吃的那种注水肉,香得多。那一锅汤里面,除了大坨大坨的猪肉之外,还有棕色和白色的蘑菇、松茸,黑色的木耳和青色的大葱段,看上去,颜色鲜艳诱人。在火塘旁边的板凳上面,还摆放着几碟菜,有酸菜、有荞粑、有锅巴,还有用大壶装的酒。

看到这些,我就知道,这一顿看似普通的晚餐,其实是凯敏他们家里所能够置办

出来的，最丰盛而隆重的一餐了。

凯敏的父亲是个不善言辞的山里农家汉子，拿着一个蓝瓷碗，不时地端起来，冲着我们喊一声喝酒，说完之后，也不管我们喝不喝，仰头就喝大半口，结果还没有吃多少菜，人就有些晕了。凯敏的母亲则找来一个大碗，给陷入沉睡的女儿装了不少菜，然后担忧地问我们，说那个汤已经熬上了，果果什么时候能够醒过来？

杂毛小道含笑说，她太累了，明天吧，醒过来之后，脾气应该会好一点，不会像今天这样，富有攻击性了。

凯敏的母亲点头，表示知道。然后过了一阵子，又不放心了，小心翼翼地又问。如此五六遍，到了我们吃好，她才麻利地收拾东西。"汉人贵茶，彝人贵酒"。凯敏的父亲酒量并不算高，但是却觉得客人没有喝好酒，是因为他陪不够。没多久，这个老实的汉子就自个儿醉倒了，我们七手八脚，将他扶上床歇息。

因为没有电，也没有其他娱乐活动，我们吃完饭，继续在火塘边聊天。到了差不多九点多钟的时候，凯敏的两个叔叔过来了。凯敏帮我们介绍，说是两个朋友，在渝城那边上班的时候认识的，正好我俩过来这边办事，就请上家门口来做客。

他两个叔叔也是很好客的山里人，不过赶在这当口上门来做客，实在是有些不妥。他们问起卖雪莲、找先生的事情，凯敏答说在办了，含糊地说了两句，便不再说。他两个叔叔见有外人在，也不多说，坐下来陪我们喝了两杯酒之后，告辞离开。

凯敏苦着脸，说，两位大哥，旁人倒还好说，我这两位叔叔，都是至亲的人，我如何瞒得了他们？

杂毛小道摆手，说，也罢，明天你只管对他们讲便是，不过让他们管好自己的嘴巴。

酒足饭饱，我们返回房间，一躺下就睁不开眼，疲倦得厉害。不过第二天我们还是早早地起来了。我找凯敏的母亲借了一个药罐子，然后在火塘上面，严格地按照虎皮猫大人的方子，开始熬制驱除阳毒的汤药。这药一煎就是一上午，连我们的中餐，都是用火烤糍粑，裹了点霉豆腐吃的。

虎皮猫大人已经在昨天夜里就跟了过来，被我们塞在房间里，不过他时刻都对我进行指导。我要看火候，由杂毛小道传信，一来一回，一来一回，腿都跑得酸痛，我也是累得腰都直不起来。到下午两点，终于煎好了。汤药从罐子里倒出来，是一小碗金子一般黄色的药汁。

我闻了闻，苦。闭上眼，一口将这碗药汁喝入腹中，感觉到那药汁从喉口滑落胃袋，立刻有一股暖流升腾起来，这热流不同于酒的那种火辣，也不同于茶那般的甘洌，反倒是像嚼了柠檬和薄荷，暖中又有一股冷飕飕的凉意，蔓延到我全身各处穴窍中去，那些活跃在我身体里面的阳毒，就像被泼了一盆冷水，摇摇欲坠。好多并不是很深刻的，直接就被弄得泯灭，不见踪影。那药汁喝完之后，我连着打了几个冷战，浑身抖动，仿佛一直缠绵在我身体和穴窍里面的阳毒，都已经全部解除了一般。

其实不然，这东西就像是那被盖在了大雪之下的嫩芽，待到春花烂漫的季节，它又会蓬勃生长起来，一丛一丛，一簇一簇，让人应接不暇。不过在此时此刻，我却不用再为这玩意儿担心。伸了伸懒腰，感觉精神焕发，恨不能出去跑个几圈。

凯敏第二天还是把事情的原委告诉他两个叔叔，并嘱咐不要外传。他的叔叔们都表示不会，不过还是有些担忧，说这两个家伙好像不是很靠谱。不过额头被杂毛小道贴了净身神咒符，又喝了银杏叶和罗汉果煎服的汤水，果果终于开始安详起来，脸上的黑气也消了一大半，没有那么有攻击性了，只是在自个儿哼着一些旋律。这些旋律很优美，我问了一下凯敏，他告诉我，这是他们这儿的一些山歌小调。果果在他们寨子里，唱歌最好听了。

说这些的时候，凯敏是流下了眼泪的。他跟自己妹妹的感情很深，如今妹妹变成了这番模样，怎么叫他不伤心呢？

不过，好在还是有希望的。

那几天我们一直都很警戒，不敢离开这房子半步。其一，是因为要低调一些，尽量少暴露在村民的视野之内，能少一些麻烦，就少一些麻烦；其二，我们一直在等，防止那个摄了果果魂魄的所谓山神，因为被杂毛小道切断了他们之间的联系，而直接找上门来。

然而让人失望的是，虽然我们一直都在期冀，但是那个所谓的山神最终还是没有露面，胆小得厉害。

第三天晚上十一点，子时终于来临了，我们把凯敏的妹妹果果放在火塘旁边的草席上，然后准备了一应招魂的物件，静待时辰，等着给这个女孩子招魂。

招魂的具体步骤，前文已说很多，此处不再详述。杂毛小道的法子跟雪瑞、欧阳指间老爷子的那种差不多，都要洒米，然后唱茅山秘传的引魂歌。呜啦啦、呜啦啦，这个家伙的舌头灵活至极，念起经文来，像唱歌，语速快，吐字清晰，十分好玩。

堂屋里除了我、杂毛小道和张果果三个人外，其余的人都被赶回了屋子里，不得观看。我有些无聊，用木棍拨着火塘里面的柴火，静待着杂毛小道能够招魂成功，也免得凯敏的家人一直担心。然而从十一点半起杂毛小道一直念经文，过了十二点，都没动静。又过了十分，杂毛小道一屁股坐下，声音若有若无，不知道念着什么。突然，那紧闭起来的大门处，传来了咂啷一阵响动。接着，一股山风将大门给吹开了，门开时，吱呀一声响，好不瘆人。

我猛然惊醒，抬头一看，但见一道黑影，携着飓风，朝着这堂屋吹来。

图书在版编目（CIP）数据

金蚕往事. 8 / 南无袈裟理科佛著. — 上海：上海社会科学院出版社，2020
　ISBN 978-7-5520-3018-1

Ⅰ. ①金… Ⅱ. ①南… Ⅲ. ①长篇小说－中国－当代 Ⅳ. ① I247.5

中国版本图书馆CIP数据核字(2020)第001238号

金蚕往事. 8

著　　者：南无袈裟理科佛
责任编辑：王　勤
封面设计：人马设计
出版发行：上海社会科学院出版社
　　　　　上海市顺昌路 622 号　邮编 200025
　　　　　电话总机 021-63315947　销售热线 021-53063735
　　　　　http://www.sassp.cn　E-mail:sassp@sassp.cn
印　　刷：上海盛通时代印刷有限公司
开　　本：890 毫米 ×1240 毫米　1/32
印　　张：9.25
字　　数：348 千字
版　　次：2020 年 10 月第 1 版　2020 年 10 月第 1 次印刷

ISBN 978-7-5520-3018-1/I·382　　　　　定价：49.80 元

版权所有　翻印必究